Psychoville

Du même auteur
aux Éditions J'ai lu

Le monde d'En Haut, *J'ai lu* 5527

Christopher Fowler

Psychoville

Traduit de l'anglais
par François Thibaux

Titre original :
PSYCHOVILLE
Warner Books, 1995

Premier jour à l'école
le grand
amicalement
a jeté mon ballon
avec beaucoup d'adresse
très haut par-dessus le toit
Si haut qu'il a disparu
loin de ma morne existence

Sans réserve
je l'ai admiré

Comme d'autres avant moi
lorsque leur respect
leur argent
leur virginité
leur honneur
leur espoir et leur vie
ont été si triomphalement
projetés dans les airs

Michael Ivens

Prologue

Comment vous faire entendre en faisant tout sauter

Rien n'est plus simple que la fabrication d'une bombe incendiaire.

Il vous faut un récipient, de préférence un bidon fait d'un alliage de magnésium et d'aluminium. Une variante de thermite pour le charger, mettons de l'oxyde ferrique ou de la poudre d'aluminium. Un détonateur capable de produire l'étincelle initiale, plus des substances susceptibles de provoquer une réaction chimique intermédiaire, disons du peroxyde de baryum et de la poudre de magnésium. Il importe, en effet, d'accroître la force de l'étincelle pour atteindre la température nécessaire à la mise à feu de la thermite.

L'éclair brûlant est engendré par la réaction de l'aluminium et du magnésium avec l'oxygène. On obtient l'effet incendiaire par la fusion du métal et la combustion du récipient qui en résulte. J'ai doté toutes mes bombes d'amorces de bonne qualité que j'ai fabriquées en cousant des lignes de poudre à canon dans des chutes de tissu. J'aurais pu utiliser des détonateurs de pétards mais, dans ce cas, il est plus difficile de déterminer avec précision le temps qui s'écoule après l'allumage. On peut réaliser des bombes à retardement en adaptant un simple mécanisme d'horlogerie, semblable à ceux qu'on trouve à l'intérieur de certains jouets, ou en imprimant un mouvement à une aiguille sensible prise dans un champ magnétique. J'ai préféré ce système aux engins télécommandés, plus délicats à manier depuis la prolifération des fours à micro-ondes, des ordinateurs et des téléphones portables.

Le mot « grenade » vient du terme français désignant le fruit du même nom, dont cet engin a la forme. Une grenade contient environ cent grammes d'amatol ou d'ammonal. Celles dont je dispose semblent assez vieilles. Je les soupçonne même d'être défectueuses. Là encore, ce sont les détonateurs qui posent un problème. Le ressort du détonateur, s'il est trop vieux, peut perdre son élasticité ; dans ce cas, l'objet n'explosera pas ; ou bien, le délai entre l'allumage et l'explosion se réduira de cinq à une seconde. Alors, vous perdez vos doigts, vos bras, vos yeux, voire votre vie...

*Pendant que je m'escrimais à débloquer le cadavre de ma première victime, coincé tête en bas à mi-hauteur du puits de drainage des eaux pluviales, je me remémorai certains événements historiques. La meilleure manière d'expédier des tâches pénibles consiste à se concentrer sur des faits. Le 11 novembre 1663, Samuel Pepys mentionna dans son journal une substance faite à partir de l'or, l'*aurum fulminans, *dont un grain, placé dans une cuillère d'argent puis enflammé, pouvait produire une explosion aussi forte que celle d'un mousquet et perforer le métal sans que la moindre force ne s'exerce ailleurs que sur la cuillère.*

Je dus découper les extrémités du linceul de plastique où j'avais enfermé ma victime pour que son cadavre puisse enfin s'enfoncer. L'eau sale pénétra dans ce tube, recouvrant la tête. Le liquide montant à l'intérieur de la canalisation gonfla ses cheveux qui nimbèrent son visage. Coincée à quarante-cinq degrés contre la paroi, elle ressemblait à une torpille sur le point d'être lancée ou à une sirène venue prendre une bouffée d'air. Je poussai douce-

ment ses fesses enveloppées de plastique avec ma botte, m'efforçant de penser à autre chose.

La première allumette fut inventée accidentellement en 1827 par John Walker, un chimiste anglais. Un bâton recouvert de potasse et d'antimoine s'enflamma après avoir heurté le sol. Walker ne breveta jamais sa découverte. Je refis cette expérience avec des allumettes que j'avais fabriquées. Cela me parut une bonne façon de commencer. Après tout, notre vie n'est qu'une étincelle qui finit par s'éteindre. J'arrêtai après avoir malencontreusement fait un trou de trente centimètres dans l'un des meubles en formica de la cuisine. J'avais quatorze ans. Lorsque mon père vit ce que j'avais fait, il faillit m'étrangler.

Le corps de la femme avait l'air coincé contre la paroi. Serrant les dents, j'appuyai de toutes mes forces. Elle bougea de quelques centimètres...

Le premier explosif chimique était de la poudre noire, un mélange de salpêtre, de charbon et de soufre concocté il y a dix siècles par les Chinois, à des fins militaires : dans le but, donc, de faire sauter des gens ; grossier mais efficace. Vinrent ensuite la nitroglycérine, puis la dynamite, inventée par le savant suédois Alfred Nobel, fondateur du prix Nobel. Cependant, l'explosif favori du XXe siècle, en particulier lors des grandes guerres, resta le T.N.T.

J'examinai l'ouverture carrée, essayant de découvrir la cause du blocage qui empêchait la femme de disparaître dans le réseau. Je trouvai rapidement l'explication. Un morceau de la feuille de plastique s'était pris dans l'appareillage en brique, tordant son coude gauche : le corps ne pouvait plus bouger. M'agenouillant près de l'ouverture, je dégageai la feuille et remis le coude en place. Les produits chimiques dont j'avais inondé le cadavre pour retarder toute identification produisaient des vapeurs qui m'irritaient les yeux. La vase grise de l'égout bouillonna à l'intérieur du tube, l'emplissant complètement. Avec une lenteur macabre, ma victime sombra dans le courant.

La mythologie arabe honore le plus grand de tous les djinns : Eblis, né d'une explosion unique, pure, sans la moindre fumée. Lorsque Dieu demanda aux anges d'adorer Adam, Eblis refusa : à ses yeux, Adam, fait de poussière, n'était pas aussi pur que lui, venu au monde par simple combustion. Dieu, dans sa colère, le transforma en démon. Eblis devint dès lors le maître des anges déchus, le père de tous les diables.

Je pensai à lui tout en remettant la lourde plaque de fonte dans sa position initiale. Premier cadavre : il y en aurait beaucoup d'autres. Mon plan grandiose ne faisait que commencer. Bientôt, dans l'éblouissement d'une lumière dévastatrice, assourdi par la puissance de chaque nouvelle explosion, je danserais devant un mur de flammes, protégé, quoi qu'il arrive, par le père des démons.

J'ai vingt-cinq ans et je ne suis pas fou. Mais la folie est entrée en moi. J'avais juste quatorze ans le jour où mon existence me parut à jamais dénuée de sens. Dès lors, je n'ai vécu qu'en prévision de ce moment magnifique et terrible : la vengeance. Cette vengeance, la voici. Depuis cette pauvre femme dans l'égout jusqu'à l'horizon ravagé par le feu, personne ne sera épargné. Je n'accorderai aucune circonstance atténuante. Mon cher, mon unique et véritable compagnon, mon amour secret, cette autre moitié de moi-même pourrait expliquer mon comportement. Je souhaite qu'il n'ait jamais à le faire. À l'instar du tueur qui fit irruption dans un McDonald avec une mitraillette, je ne m'excuserai pas pour mes actes. Tandis qu'approche à grands pas la fin de tant d'êtres humains, je voudrais que tu comprennes mes motivations. Voilà pourquoi j'ai tenu régulièrement ce cahier rouge. Dans l'espoir qu'on le trouvera, qu'on le lira. Tout ce qui s'est passé sera éclairé par ces pages. Pourtant, tel le démon-dieu apparaissant dans un superbe jet de flammes, certains moments resteront hors de portée des mortels...

Première partie

1985

« Qui sait ? Peut-être
retournai-je à la campagne
lorsque Londres aura brûlé
jusqu'à la dernière poutre ? »

Thomas Hood

1

Changement de marée

« *Un tiers de la violence liée à des problèmes domestiques est causé par des voisins.* »

1993, British Crime Survey

La fille courait le long d'un interminable couloir cramoisi, cherchant à mettre le plus de distance possible entre elle et son poursuivant, hurlant comme une *banshee*, une de ces fées irlandaises dont les cris annoncent la mort. Mais l'image, dans le coin supérieur droit de l'écran, était floue, ce qui rendait difficile l'identification de son agresseur.

La créature portait une robe satanique noire de confection courante et se déplaçait comme un homme de haute taille aux jambes raidies par des appareils orthopédiques. Ses mains crochues avaient des griffes de bête sauvage, bien plus impressionnantes que celles que Billy avait vues, limées et recroquevillées au bout des pattes des fauves somnolant sur les rochers artificiels du zoo de Londres.

Lorsqu'il regarda de nouveau l'écran, l'héroïne avait, d'une façon ou d'une autre, réussi à pousser le monstre dans une cave. Elle s'appuya de tout son poids contre la porte et la maintint fermée jusqu'à ce que la créature cesse de tambouriner. Alors, elle la barricada avec une planche.

Billy écarta les doigts de ses yeux et fixa de nouveau l'immense écran. Tout d'un coup, une tête hurlante en latex jaillit à travers la porte de la cave, bavant et crachant du sang, les yeux révulsés dans leurs orbites, comme ceux d'un poisson bouilli. La fille gémit et s'effondra au moment où la créature infernale l'agrippait par les cheveux. Cette fois, elle était foutue. Elle en savait trop et serait réduite en charpie pour avoir osé s'aventurer dans l'antre diabolique. Billy avait déjà vu le film. Il savait ce qui allait suivre : une coupe, tout bonnement, un pépin dans la bande sonore avant l'apparition d'une scène moins traumatisante, petit tour de passe-passe exigé par les censeurs.

Il jeta par terre son paquet de pop-corn et leva la tête vers le grand plafond écaillé du Woolwich Granada. Jadis promu « cinéma le plus romantique d'Angleterre », cet établissement, à présent, empestait la pisse, le désinfectant au parfum de pin et en était réduit, pour boucler ses fins de mois, à offrir à ses clients, à raison de deux pour le prix d'une séance, des films d'horreur de cinquième ordre.

La salle ne comptait qu'une dizaine de spectateurs, assis pour la plupart aux places les moins chères. L'un d'eux, un homme d'âge mûr vêtu d'un élégant imperméable bleu marine, ne cessait de changer furtivement de siège, cherchant à surprendre quelqu'un en train de se masturber. Il n'y avait plus d'ouvreuses à proprement parler ; juste une petite Coréenne assise, la tête dans les mains et sa lampe éteinte sur les genoux, somnolant, pour échapper à l'ennui de son emploi, au sommet des marches du balcon.

Un roulement assourdi de tonnerre se fit entendre au-delà de la porte de sortie, se mêlant parfaitement à la bande sonore du film, telle une nouvelle trouvaille imaginée par la direction. Billy aimait le son dolby stéréo qui envahissait la salle, rehaussant la tension dramatique. Des accords lugubres scandaient les bruits de pas, les conversations les plus anodines prenaient une résonance inquiétante ; se répercutant à travers le bâtiment, les éclats de rire ou les cris de terreur se prolongeaient longtemps après la fin du film. Plus ample que la vie, le cinéma n'en devenait que plus réel. Les fictions gravées dans la pellicule respectaient la singularité de leurs propres règles : les monstres existaient pour de vrai, les crimes étaient élucidés, la vengeance s'accomplissait. De tels contes recelaient des vérités immuables alors que le monde extérieur, lui, avait besoin de réajustements constants.

Forcé de s'en aller, Billy se leva à contrecœur. Il escalada les marches du balcon avant de descendre l'escalier incurvé et doré jusqu'au vestibule vide, dépassa l'affiche annonçant le film de la semaine suivante, *Retour vers le futur*, en dépassa une autre révélant que le bâtiment deviendrait bientôt une salle de loto (les travaux de remise à neuf devaient commencer d'ici un mois), puis s'arrêta sous la marquise non éclairée, au-delà de laquelle la pluie tombait avec acharnement. Il ne portait pas de veste et savait que sa mère le tuerait s'il trempait son chandail. Dénué d'abri, l'arrêt du bus était, en plus, assez loin ; Billy allait donc se faire saucer. Il ne lui restait qu'une seule possibilité : attendre. Son arrivée en retard pour le thé ne changerait rien à l'humeur de sa mère ; ayant séché ses cours et dépensé au cinéma l'argent de ses livres scolaires, il était déjà dans le pétrin. Cette fois, son père qui, pourtant, aimait le cinéma, allait à coup sûr perdre son sang-froid. Billy l'entendait déjà : « Nous nous saignons aux quatre veines pour que tu poursuives tes études, que tu arrives plus tard à quelque chose et c'est ainsi, petit salaud, que tu nous remercies ? »

Il poussa un des battants et jeta un œil au-dehors. Crachée par les gouttières de la marquise, l'eau s'écoulait avec fracas sur les marches. Il se réfugia dans le vestibule, extirpa de sa poche arrière un prospectus écorné : « Devenez directeur d'une salle Odéon. » Il l'avait ramassé la semaine précédente dans un autre cinéma à tarif réduit. Peut-être, après tout, se retrouverait-il un jour directeur de salle ? Ces gens-là semblaient jouir d'une existence bien remplie.

« En tant que directeur d'une salle Odéon, vous serez chargé d'escorter les vedettes et les célébrités visitant votre ville. Vous aurez également la responsabilité de l'affichage publicitaire, du débit de boissons et des toilettes de votre établissement. »

Billy avait du mal à imaginer des célébrités s'aventurant par ici. Il ne voyait pas Harrison Ford séjournant longtemps à Woolwich, à moins de vouloir se faire piquer son autoradio. Mais, même modestes, ses émoluments de directeur de salle Odéon lui permettraient de régler le trajet jusqu'à son domicile et de voir tous les nouveaux films à l'œil. Restaient quand même deux problèmes à résoudre. Un : on fermait les cinémas les uns après les autres à cause du développement des cassettes vidéo. Deux : Billy March n'avait que quatorze ans.

Adolescent dégingandé immobile dans l'encadrement de la double porte de verre et de chrome du Granada presque en ruine, il méditait ainsi sur son avenir en attendant que la pluie se calme, à six heures du soir, un misérable mercredi de septembre 1985. L'année avait été mauvaise. L'anarchie régnant dans les quartiers pauvres faisait la une des journaux. Flambées de violence à Brixton et Handsworth, incendies criminels de foyers asiatiques à Ilford, bagarres entre supporters de football, catastrophes aériennes, sans compter l'interminable grève des mineurs. Petit geste de défi, on projetait en double programme *My Beautiful Launderette* et *Lettre à Brejnev* dans les salles de Londres. Rien de tout cela, bien sûr, ne concernait Billy. Seuls les gens informés pouvaient prendre conscience des énormes changements qui se produisaient. Billy, lui, se contentait d'attendre.

En cet instant précis, il se trouvait sans le savoir dans la même situation que son père en 1966, le jour où Ray March, alors proche de la trentaine, se tenait sous la marquise illuminée du cinéma Roxy, en haut de Westcombe Hill, guettant la fin de l'averse, sans veste, avec ses rêves pour seule compagnie et, se dispersant dans la nuit mouillée, le souvenir de *La Peste des zombies* et de *Dracula, prince des ténèbres*, les films qu'il venait de voir.

Même si Billy n'en était pas conscient, lui et son père avaient de nombreux points communs. Il savait, comme Ray, que lorsqu'on quittait le cinéma, le charme de l'écran subsistait au fond de soi quelques minutes encore : tout ce qu'on voyait et faisait était coloré par les émotions ressenties quelques instants plus tôt. Pendant ce bref moment, si précieux, l'imaginaire et le réel se confondaient pour rendre tout possible, absolument tout. Mais la réalité reprenait très vite le dessus, laissant la sensation de magie se perdre et s'en aller. Billy n'ignorait pas qu'un jour, elle disparaîtrait à jamais. Ce jour-là, il deviendrait adulte.

À la minute même où il arriva au numéro 35 de Westerdale Road, Greenwich SE 10, il sut qu'il se passait quelque chose d'inhabituel : on ne lui reprocha aucune faute. En temps normal, sa mère aurait immédiatement élevé la voix, criant qu'elle en avait assez de ses retards, de ses mensonges. Elle n'en fit rien ; elle se contenta de rester assise dans la cuisine, désemparée, comme si quelqu'un, sans l'en avertir, avait changé les meubles de place. Elle le remarqua à peine lorsqu'il entra, faussement essoufflé, une excuse toute prête à la bouche. Son père était debout, mains enfoncées dans les poches, les yeux baissés vers un document posé sur la table de la cuisine, parlant vite, mais d'une voix posée.

— ... avant Noël. Impossible. Il nous faut du temps. Je vais leur dire que nous ne pouvons pas. Quant à leurs facilités de paiement, je sais ce que ça signifie. Ce n'est pas raisonnable de leur part de s'attendre que des gens qui ont vécu toute leur vie...

Il s'arrêta brutalement, sentant une autre présence dans la pièce. Angela leva les yeux, croisa le regard de son mari. Elle ne voulait pas que sa colère éclate devant leur fils.

Billy profita de cette pause pour débiter son discours préparé à l'avance.

— Désolé pour mon retard, mais j'ai assisté à un accident terrible. Un bus a renversé une vieille dame. Elle est tombée, j'ai dû m'arrêter et...

— William.

Son père ne l'appelait jamais ainsi. Du moins sauf s'il avait fait quelque chose d'affreux. Et, dans ce cas, il employait un autre ton.

Dans la douce chaleur de la petite cuisine au carrelage rouge et noir, Billy put enfin enlever son chandail mouillé. Il demanda :

— Qu'y a-t-il pour le thé ?

Après qu'ils avaient mangé, il passait d'ordinaire une partie de la soirée devant ses devoirs éparpillés sur la table. Mais ce soir-là, la table n'était même pas mise.

— Ton père et moi avons parlé, commença sa mère, comme s'il s'agissait d'un événement inhabituel. Regarde-toi, tu es trempé. Va chercher une serviette. Et va suspendre ce pull quelque part.

Il avait remarqué que l'écheveau de petites rides autour des yeux d'Angela s'approfondissait un peu. Elle avait quarante-deux ans, mais paraissait plus âgée : trop de travail, trop de soucis, pas assez de rires.

Il revint de la salle de bains aussi vite que possible, anxieux de ne pas perdre une bribe supplémentaire de l'étrange conversation qu'il avait interrompue. Une vague de chaleur venue de la vieille bouilloire fixée au mur le submergea alors qu'il pénétrait de nouveau dans la cuisine.

— Que dirais-tu de déménager dans une chouette nouvelle maison, Billy ?

— C'est quoi, ce plan ?

Son père déplia la page posée sur la table, révélant de petits caractères serrés et un en-tête à l'allure officielle.

— Le gouvernement décrète que nous devons partir d'ici.

Il regarda Ray d'un air stupide. Il ne voyait pas ce que le gouvernement avait à voir avec ses parents.

— Quitter cette maison ? Mais c'est là que nous vivons.

— Je sais, dit sa mère, mais nous pouvons très bien aller habiter ailleurs. Il existe des tas d'endroits aussi agréables que celui-ci. Plus agréables, même, ajouta-t-elle sans paraître convaincue.

— Où ça ?

À présent, tous deux évitaient son regard.

— Pourquoi devrions-nous emménager ailleurs ? Je me plais, chez nous.

— Nous le savons, Billy, mais nous n'avons pas le choix. Souviens-toi de cette chanson que je te chantais quand tu étais petit : « Le chemin de fer traverse la maison. » Eh bien, ils veulent faire traverser la nôtre par une autoroute.

— Ils ne peuvent pas faire ça.

— Si, ils en ont le droit. Les plans ont déjà été approuvés.

Cette conversation, absurde, ne correspondait en rien à celle qu'il aurait dû avoir avec ses parents. Ils étaient censés lui reprocher son retard et lui était supposé leur raconter, du bout des lèvres, un énorme mensonge sur l'endroit où il avait passé son après-midi.

Son père s'était mis à faire les cent pas, preuve d'impatience. Lorsqu'il se retourna, sa mèche noire à l'extrémité grisonnante bondit comme celle d'Elvis. Ray était un fan du King. De deux années plus âgé que sa femme et plus vieux de deux ans qu'Elvis au moment de sa mort, il se vantait d'avoir vu les trente-trois films de la star et d'avoir fait rire sa famille aux larmes en chantant dans son bain Love Me Tender.

— Ils vont construire une bretelle qui rejoindra l'autoroute de Blackheath. Nous nous trouvons tout au bout de leur chemin. Nous avons reçu un ordre d'expropriation assorti d'un délai.

Ray donna une petite tape sur la lettre officielle.

— Il y a des mois que nous discutons avec eux. Il semble bien que nous ayons perdu.

Billy, de biais, essaya de lire la page, mais elle lui parut résolument absconse, pleine de *en conséquence* et de *susmentionnés*.

— Alors, nous pouvons choisir l'endroit où habiter ? demanda-t-il.

— Nous avons laissé passer le temps qui nous était imparti.

— Le temps de trouver une nouvelle maison.

Ray et Angela s'étaient exprimés d'une seule voix. Ray regarda fixement sa femme et poursuivit, seul :

— Ils nous ont accordé un délai pour nous permettre de chercher un nouveau logement. Nous l'avons dépassé parce que nous avons essayé de faire annuler le projet. Maintenant, nous sommes obligés de les laisser nous reloger là où ils l'auront décidé.

— C'est injuste.

— Exact. Mais la vie n'est pas juste, Billy. Nous n'avons pas les moyens financiers de refuser.

Ray avait sa dose. Il ouvrit la porte du fond donnant sur la cour et resta debout sur les marches, face à la pluie. Il alluma une Malboro.

— Le loyer sera subventionné et nous aurons une préemption pour acquérir le logement s'il nous convient, expliqua Angela. C'est une véritable aventure. Pense à tous les nouveaux amis que tu vas te faire.

Billy n'avait nulle envie de rencontrer de nouveaux amis. Il ne reprochait rien à ceux qu'il avait déjà. Il n'arrivait pas à croire que ses parents avaient accepté si facilement leur expulsion. Il ne comprenait pas ce qui s'était passé ces derniers mois, n'avait pas assisté aux réunions publiques ni entendu les discussions acharnées et interminables qui avaient retenti, la nuit, dans la chambre de ses parents. Les disputes commençaient invariablement par une polémique sur un déménagement possible, pour aboutir aux mêmes conclusions : manque d'argent, absence de travail, incapacité pour Ray March de se prendre en main. Homme paisible, méthodique, le père de Billy ne remettait jamais l'autorité en question. Il avait refusé, en l'occurrence, toute idée de confrontation.

— Où allons-nous aller ?

— Pourquoi faut-il que tu poses toujours des questions à la con ? aboya Ray depuis l'entrée.

— C'est tout naturel. Le garçon a le droit de s'interroger.

Angela avait une silhouette fine, un visage agréable. Elle était raisonnable en dépit de sa nervosité, aussi tendre que la flamme d'une bougie. Ses cheveux, qui grisonnaient prématurément, s'harmonisaient avec la couleur de ses yeux, qu'elle ne maquillait pas. Elle se tourna vers son fils et tendit les mains, l'attirant contre elle.

— Il y a d'autres choses à considérer, dit-elle doucement. Il ne s'agit pas simplement d'un déménagement. Ton père et moi essayons de résoudre nos problèmes.

— Mais encore ?

— Je ne pourrai pas garder mon emploi. Il va donc falloir que je trouve autre chose.

— Cela peut prendre des siècles. D'où viendra l'argent ?

Travaillant à temps partiel dans les transports londoniens, Angela passait ses fins de journée derrière le tableau électronique du stade de courses de lévriers de Catford, emploi auquel elle songeait depuis longtemps à renoncer pour une raison très simple : financièrement responsable des paris engagés contrairement au règlement, elle rentrait souvent chez elle les poches vides, ses retenues dépassant le montant de son salaire.

Licencié quatre mois plus tôt pour raisons économiques par *British Glassware*, Ray savait qu'il avait une toute petite chance de trouver un emploi convenable hors de Londres. Accrochée à la « mobilité sociale ascendante », Angela l'assurait que tout irait bien : un nouvel emploi pour tous les deux, une maison neuve, que rêver de mieux pour un nouveau départ ? Elle paraissait vraiment ravie de déménager.

Billy imaginait ses parents perdus dans une ville étrangère, sans argent. Cette perspective l'affolait, accentuait son pessimisme naturel, cette « tension » permanente dont parlait sa mère, qui le décrivait comme un garçon incapable de marcher le long d'une plage sans s'inquiéter de la marée montante.

— Qu'allons-nous devenir ? demanda-t-il, la regardant droit dans les yeux.

Elle frotta une marque imaginaire au dos de son poignet, geste qui trahissait son désir de mettre fin à la conversation.

— Il se passera quelque chose, finit-elle par répondre. Essayons de vivre au jour le jour.

Il était quand même clair pour Billy que ses parents, en réagissant plus tôt, auraient évité de subir la situation qu'on leur imposait. Cela aurait certainement empêché les atrocités à venir.

2

La fuite

« Lorsque Ken Kennet aborda Colin Bourne par-dessus une clôture de jardin à demi défoncée, son voisin lui tira à bout portant un coup d'arbalète dans la poitrine. »

The Big Issue

Ce soir-là, il décida d'affronter le mauvais temps pour aller restituer les livres qu'il avait empruntés à la bibliothèque. Cette fois, il s'était résolu à enfiler son imperméable de collégien, oripeau qu'il détestait, sorte de gabardine informe aux manches trop courtes. Il ferma la porte d'entrée et s'engagea dans la rue, piétinant les pavés inondés. Il n'avait qu'un court chemin à parcourir jusqu'au bâtiment victorien et délabré coincé sous la bretelle d'autoroute qui serait bientôt responsable de l'exil de sa famille. Il tenta d'imaginer ce qui allait se passer, mais ne parvint qu'à discerner le trou noir d'un futur improbable.

— Petit crétin ! beugla le conducteur d'une voiture passant tout près de lui.

Il s'était, sans y penser, éloigné du rebord du trottoir et les pneus du véhicule avaient patiné au creux d'une flaque, aspergeant le bas de son pantalon. « L'avenir appartient aux rêveurs », lui disait toujours son professeur d'anglais. « Nos rêves meurent peu de temps avant nous. » Cet homme respectable n'avait rien précisé à propos des rêveurs se faisant arroser les jambes ou expulser de leur foyer.

À quatorze ans, Billy ne payait pas de mine : adolescent maigre à l'air studieux, il avait un front bombé et pâle, un menton étroit, de grands yeux bleus qui exprimaient facilement la surprise ou la peur. Sa taille ne correspondant en rien à son poids, il avait du mal à se tenir droit et ne marchait que voûté, ne sachant comment placer ses coudes en forme d'ailes de poulet. Il passait la plupart de son temps à errer le long des rues désertes de banlieue, les bras chargés de livres, les cheveux collés par la pluie qui maculait ses lunettes. Plus tard, il se remémorerait ces moments comme les plus heureux de son existence.

Il se retourna, contempla la rue à travers la pluie oblique que jaunissait la lueur des réverbères, détailla la rangée de maisons rouges accolées les unes aux autres avec leurs petits jardins en friche, nota pour la dernière fois les coquillages nacrés encastrés dans la façade du pavillon proche du sien, le bleu foncé de la cour du maçon encombrée d'échelles et de seaux, et aima ce qu'il vit. Tous ses amis, oncles, tantes et cousins vivaient dans le voisinage. La rumeur prétendait (nul ne lui avait raconté cette histoire de vive voix) que Ray et Angela s'étaient rencontrés au Angerstein Arms, un pub situé au bout de la rue parallèle à la sienne. Le père de Billy était originaire de l'East End, de Bermonsdey, héritier d'une longue lignée de tailleurs et de couturiers habiles à créer des vêtements à partir de rien. À présent, l'artisanat était mort, tué par la production de masse. La qualité n'était plus de mise et Ray avait été le premier membre de la famille à renoncer, résigné, au métier de ses aïeux.

Angela, elle, venait de North London. Les siens avaient toujours vécu à l'étroit dans de petits logements proches du terrain de football de l'Arsenal, travaillant, d'une façon ou d'une autre, dans les transports. Leur arbre généalogique comprenait une multitude de conducteurs de diligence puis d'autobus, de mariniers, de passeurs ou d'hôtesses de l'air. Il était étrange de constater que tant d'êtres humains spécialisés dans les voyages n'étaient jamais allés nulle part. Personne, chez les Upton (nom de jeune fille de Mrs. March), n'avait jamais songé à quitter Londres. Jusqu'à aujourd'hui.

Le délai de restitution des livres était dépassé et Billy avait dépensé l'argent nécessaire au paiement de l'amende. Quelques mots d'excuse au rastafari blanc assis derrière le comptoir réglèrent le problème jusqu'à la semaine suivante. Billy retrouva avec délectation l'atmosphère de la bibliothèque, son parquet aux lattes disjointes ou manquantes, le bourdonnement de ses lampes au néon et la senteur de cave qui y régnait en permanence, même en plein cœur de l'été. Comme d'habitude, les salles de lecture étaient désertes. Il faut dire que cette bibliothèque de quartier n'offrait qu'une quantité réduite de romans à la mode. On y trouvait quand même une collection impressionnante de vieux ouvrages que personne ne consultait jamais, surtout au sommet des étagères qu'on ne pouvait atteindre qu'en montant sur une échelle et dont Billy caressait amoureusement le dos du bout de l'index.

Alors qu'il effleurait la rangée de volumes consacrés aux faits divers criminels, une pensée subite le foudroya. Et si l'endroit où il allait désormais vivre n'avait pas de bibliothèque ? Pis encore, pas de cinéma ? Comment supporterait-il sa nouvelle existence s'il se retrouvait en pleine campagne, dans un de ces hameaux devenant, la nuit, totalement obscurs et puant le fumier, peuplés de paysans s'exprimant avec un accent incompréhensible, un de ces trous où l'on n'entend jamais le bruit amical d'une sirène de police ? Cette perspective le remplit d'horreur.

La campagne, il connaissait ; il s'y était rendu plusieurs fois pour rendre visite à son cousin Ashley, parent très éloigné, grâce à Dieu. Billy appréciait les odeurs qui emplissaient sa maison. Mais il n'avait jamais eu, de nuit, l'occasion d'apercevoir les champs ceinturant le village, car son père et sa mère ne se déplaçaient que de jour. Et il avait conscience de se trouver en présence d'un beau paysage uniquement parce que Angela empêchait son mari, dans ces cas-là, de vider le cendrier.

Après chaque week-end passé hors de Londres, Ray prenait toujours le chemin du retour au crépuscule pour éviter, disait-il, les embouteillages, ce qu'il ne parvenait jamais à faire. Billy avait encore en mémoire ces heures interminables passées au bord de la mer, à l'abri du vent, dans des sites historiques aussi célèbres qu'Hasting ou Herne Bay, censés offrir autre chose qu'un bout de jetée, une assiette de coques et une misérable piste de danse. Après avoir considéré d'un œil circonspect les sandwiches aux œufs durs concoctés par sa femme et englouti quelques pièces dans les machines à sous, Ray coupait le trajet du retour en s'accordant un verre de bière et un paquet de chips dans un de ces pubs du Kent disposant d'une salle réservée aux enfants. Tous trois regagnaient ensuite la voiture et se dirigeaient droit sur le halo lumineux qui surplombait la ville. Car Londres n'était jamais plongée totalement dans le noir. Et Billy n'avait jamais vu de véritables ténèbres. Il en verrait d'autres, plus tard, bien plus tard.

L'idée d'abandonner ses amis lui était insupportable. Non qu'il en eût beaucoup. Il vivait seul sans souffrir de sa solitude, se sentait trop individualiste pour s'intégrer dans une équipe de sport, trop taciturne pour faire partie d'une bande, trop fier pour être populaire, trop timide pour afficher une quelconque confiance en soi. Il se confinait dans son monde imaginaire, où il se sentait parfaitement heureux. À l'issue du trimestre qui venait de s'achever, son professeur principal avait écrit sur son bulletin : « Si l'on se fie à son désir d'indépendance, le jeune William finira par atteindre ses objectifs, même s'il choisit, pour y parvenir, le chemin le plus long. »

Malheureusement, cette phrase ne s'appliquait pas seulement à lui, mais à toute sa famille, condamnée à un très long détour.

En dépit de l'exiguïté de leur maison de Westerdale Road, Billy et ses parents ne se marchaient pas sur les pieds. Un vestibule étroit et sombre menant à la cuisine, un joli salon au parfum de meubles cirés qu'on n'utilisait que pour recevoir des invités ou regarder la télévision, la cuisine elle-même, aux fenêtres embuées et dotée d'un grand évier carré qui se transformait en plan de travail une fois barré par une planche : tout, dans cette habitation, était vieux jeu, comme si les années d'après-guerre avaient figé la moindre velléité de changement. Même s'ils avaient fait de rares concessions au présent, installant une machine à laver avec chargement en façade ou un second téléphone sur le palier de l'étage, Ray et Angela considéraient la plupart des inventions nouvelles comme peu fiables, inutiles et inabordables. Un linoléum usé recouvrait encore les escaliers. On lustrait régulièrement la mince couche de peinture du palier. La meilleure pièce exhibait fièrement son mobilier de cuir marron et un buffet de noyer orné de jolis vases de porcelaine, vides et décorés de fleurs.

C'était là que l'homme se tenait. Billy, il s'en souvenait parfaitement, l'avait aperçu par l'entrebâillement de la porte. Grand, le visage osseux, les cheveux coiffés à la dernière mode, il paraissait trop jeune pour un employé de mairie. Billy et sa mère se trouvaient seuls dans la maison, Ray étant parti à la recherche de mystérieux documents administratifs, lorsque l'homme était entré sans s'annoncer. Occupé, dans le vestibule, à réparer sa bicyclette, Billy écouta avec attention la conversation qui prit, en quelques minutes, une tournure menaçante.

— ... en son absence. Il m'est impossible de prendre une décision.

— Il n'y a aucune décision à prendre, Mrs. March. Ou vous acceptez, ici et maintenant, notre proposition, ou nous résilions notre offre.

Résilier. Un mot à retenir. Billy en chercherait le sens dans le dictionnaire. À mesure qu'il écoutait, il sentait sa colère croître. Avait-il vu, pendant des années, ses parents penchés sur la table de la cuisine, épluchant leurs factures et refaisant leurs comptes avec une infinie patience, pour en arriver là ?

— ... de telle sorte que votre famille devra quitter les lieux dans un délai de sept jours ouvrables.

— Mais on avait promis à mon mari... On lui avait accordé un sursis...

— Vous avez eu tout votre temps, ma jolie. Et vous n'en avez rien fait.

À genoux sur le sol, Billy s'apprêtait à fixer sa pompe sur son cadre. Un instant plus tard, il se retrouva debout, les joues en feu, plein de fureur, sa pompe brandie comme une matraque, le raccord toujours vissé à son extrémité. Ce fut ce tuyau flexible qui zébra de façon si douloureuse le visage de l'employé de mairie.

Billy se rappelait avoir bondi sur lui en rugissant. Il se souvenait des mains de l'homme protégeant ses traits, de son hurlement de frayeur. Il revoyait Angela le repoussant tandis qu'il criait qu'ils n'auraient jamais la maison de ses parents, qui s'étaient saignés pour avoir le droit d'y vivre. Au cours de la lutte, la statue de porcelaine préférée d'Angela, une danseuse aux cheveux platine vêtue d'une vaporeuse robe verte, tomba du manteau de la cheminée et se brisa sur le plancher, réduite en mille morceaux, comme un présage lugubre. Pis encore, Billy prit conscience que sa fierté d'avoir frappé le bureaucrate ne pèserait pas lourd face à la honte d'avoir offensé sa mère.

Lorsque Ray revint à la maison, Billy entendit ses parents se disputer jusqu'à épuisement. Ils ne le punirent pas et nul ne mentionna plus jamais l'incident. Il essaya de recoller les débris de la statue, mais ne reconstitua qu'une figurine difforme, sans grâce, qu'on dut jeter à la poubelle.

Trois jours plus tard, Ray et Angela allèrent visiter le logement qu'on leur avait alloué. Billy refusa sèchement de les accompagner et resta seul, travaillant à un projet de station spatiale dont il avait conçu les plans et à une bande dessinée peuplée de personnages monstrueux. Cette nuit-là, sa mère vint s'asseoir au pied de son lit et tenta de lui décrire avec enthousiasme leur nouvelle maison, le jardin, bien plus agréable que la cour dont ils s'étaient contentés jusque-là, sans oublier les charmants nouveaux voisins avec qui ils se lieraient. Il refusa de l'écouter.

Le jour où la famille March déménagea, il décampa.

Il n'alla pas bien loin, juste au cinéma le plus proche. Il se glissa dans la cour au moment où le camion de déménagement arrivait, escalada la clôture et se retrouva dans la rue. L'Odéon projetait deux autres films d'horreur à petit budget et voués à l'oubli : *Death Line,* avec Donald Pleasance, suivi de *La Maison de Whipcord,* de Peter Walker. Fort heureusement, la caissière se désintéressait totalement de son travail ; on pouvait toujours compter sur elle pour laisser entrer, s'ils étaient d'assez grande taille, les adolescents n'ayant pas l'âge requis.

Tout en regardant les navets en couleurs, Billy essayait de se faire à l'idée qu'il ne reviendrait plus jamais dans cette salle. On ne présenta aucune bande-annonce pour de nouveaux chefs-d'œuvre, car il n'y en aurait pas. D'ici quelques semaines, on abaisserait le plafond du cinéma, dont on ôterait les ampoules pour y fixer des lampes au néon. On remplacerait ses sièges par des tables de loto de plastique rouge. Qui se souciait de maintenir en l'état ce palais de l'imaginaire alors qu'on pourrait y réaliser des profits bien plus substantiels ?

À cinq heures et demie de l'après-midi, Billy avait vu les deux films, dont l'un deux fois. Il s'enfonça dans une nouvelle nuit mouillée, avec un irrémédiable sentiment de défaite. Il n'avait que peu d'argent sur lui et une visite à des amis ou à des voisins aurait immanquablement abouti à un coup de téléphone à ses parents.

Il s'installa, en face du cinéma, au comptoir de plastique jaune d'un bar enfumé où beuglait la radio branchée sur la station *Jésus et Marie* et regarda passer les bus, sachant qu'il ne faisait que retarder l'inévitable. Après tout, c'était peut-être mieux ainsi. Le quartier changeait. Les boutiques qu'il aimait s'écroulaient les unes après les autres sous les coups des bulldozers, remplacées par des centres commerciaux et des immeubles de bureaux. La nouvelle politique des années quatre-vingt prenait son essor. À en croire les panneaux publicitaires, l'ère radieuse qui s'annonçait était là pour longtemps. Les Britanniques s'engageaient résolument sur le chemin d'un avenir sans nuages. Pourtant, lorsqu'il entendit le crachotement d'une radio de la police et aperçut l'agent qui traversait le bar en enlevant ses gants, Billy comprit que les lumières aveuglantes de la ville resteraient à jamais interdites aux êtres de sa sorte.

3

Un territoire de rêve

« Les politiques de planification ont élevé la notion de « communauté » au niveau du mythe... Cette conception d'une communauté idyllique encouragée à des fins politiques ou commerciales ne correspond en rien au désir grandissant de vie privée que recherche une partie croissante de la population. »

Deyan Sudjic
The 100 Mile City

Billy March étrenna sa première nuit à Invicta Cross dans une voiture de police. Même si le conducteur n'actionna pas son gyrophare bleu lorsque le véhicule fit son apparition dans la rue, plusieurs rideaux s'écartèrent devant des visages impassibles à demi dissimulés et Billy sentit dans son dos des regards désapprobateurs au moment de remonter l'allée menant à sa maison.

Les agents le sermonnèrent, lui reprochant de leur avoir fait perdre leur temps. Ses parents, eux, lui témoignèrent une compréhension inattendue. Ils avaient même gardé, à son intention, un plat au micro-ondes. Sa mère paraissait choquée par sa fugue. Elle ravala pourtant son hystérie en se lançant dans une vigoureuse opération de nettoyage.

— Tu aurais dû penser à son inquiétude, lui dit son père.

Billy essaya de plaisanter.

— L'armée n'a pas voulu de moi. J'ai donc décidé de rester ici jusqu'à ce que j'aie l'âge requis pour m'engager.

Cette irrévérence lui valut une claque derrière l'oreille.

Ray fit faire à son fils le tour du propriétaire. La maison parut à Billy fonctionnelle, moderne et sans caractère. Il ne manifesta aucun intérêt particulier. Fatigué, il monta se coucher aussitôt après le repas.

Le lendemain, dimanche, le soleil se leva sur un monde transformé. À contrecœur, Billy s'extirpa de la chaleur de son lit et entama sa propre exploration.

Tout en étant de mêmes dimensions que leur ancienne maison, leur nouvelle habitation ne ressemblait à rien. Finis les taches d'humidité et le vieux linoléum. On aurait juré un dépliant publicitaire, avec ses minces murs blancs, ses plafonds bas, son broyeur à ordures, son coin petit déjeuner isolé par une demi-porte coulissante, son salon absurdement dessiné en forme de L, ses recoins sans la moindre trace de poussière et cette moquette cloutée partout. Adieu aussi la cour étroite où le chèvrefeuille s'épanouissait librement près de la pierre tombale en forme de sucette de Joey la tortue. Autour de la maison, on ne distinguait que de la pelouse, rectangulaire à l'arrière et plus étroite sur le devant. La maison n'était pas accolée à une autre mais isolée et plus petite que ses voisines de l'allée Balmoral, comme si on l'avait coincée, après coup, au bout de la rue. Les March avaient signé à son propos un accord avec la municipalité de Greenwich : ils paieraient un loyer à un cabinet immobilier et bénéficieraient d'un droit de préemption pour s'en rendre acquéreurs au bout de trois ans, temps qu'il leur faudrait pour économiser le montant du premier versement.

Au lieu d'aider ses parents à déballer les caisses qui encombraient le vestibule, Billy sauta sur son vélo et partit découvrir les environs.

On avait affublé toutes les rues d'Invicta Cross de noms royaux, comme pour faire croire que ce nouveau quartier était chargé d'histoire. La bicyclette traversa ainsi Windsor Terrace, Warwick Avenue, Bedford Gardens, la rue Brunswick, l'allée Spencer, et même le boulevard Boadicée, du nom d'une reine de l'ancienne Grande-Bretagne, héroïne de la résistance à l'occupation romaine. Dénominations pompeuses ne désignant que des rangées de maisons immaculées, parfaites petites boîtes de brique orange flanquées de porches blancs et de péristyles, comme autant d'options « de luxe » collées sur des façades identiques au départ.

À l'extrémité nord de la ville s'élevait un nouveau supermarché géant, un des tout premiers de sa catégorie, agrémenté d'une aire de stationnement goudronnée pouvant accueillir plus de deux cents voitures. Le sud était délimité par une vieille centrale électrique dont les pylônes rouillés, les transformateurs et les isolateurs de céramique paraissaient aussi désuets que l'impressionnante tour gothique en brique oubliée là comme un vestige d'une époque révolue. Désactivée au début des années soixante, la centrale attendait à présent la masse ronde des démolisseurs.

Le long des rues goudronnées partant de ces deux pôles s'alignaient d'autres maisons neuves, une école maternelle à la façade vitrée, un grand bâtiment de béton servant de foyer municipal, un pub tout neuf nommé l'Hélicoptère. Rien d'autre : pas de boutiques, pas de cinéma, pas de bibliothèque, ni aires de jeu ni jardins publics ; aucun endroit où déambuler, nulle part où s'asseoir pour, simplement, contempler le monde. Il était évident qu'ici, le monde ne pénétrait pas. Il ne faisait que passer, contournant prudemment Invicta Cross, comme surpris de se heurter à cette cité jaillie de nulle part. *Voici mon nouvel univers*, pensa Billy. *Tel est l'endroit où je vivrai le reste de mes années de formation.*

Comment s'étonner, dès lors, des événements terribles qui allaient s'y produire ?

Au cours des douze années précédentes, le père de Billy avait travaillé comme contremaître dans une grande entreprise de verrerie située à Bethnal Green. Mais lorsque la société avait décidé d'automatiser sa production et de se délocaliser à Toronto, il avait renoncé à cette possibilité d'émigration et accepté son licenciement. Il n'avait pu, depuis lors, retrouver un emploi similaire.

Non qu'il n'aimât pas l'idée d'aller finir ses jours au Canada. Mais il éprouvait, vis-à-vis de l'autorité, une réticence très nette : il détestait toute forme d'ultimatum. D'un autre côté, il refusait d'imposer à son fils un déracinement qui, en le traumatisant, aurait nui de façon désastreuse à sa scolarité. Dans son idée, Billy serait le premier héritier de la lignée à bénéficier d'une bonne éducation, ce qui lui permettrait d'assurer enfin la promotion sociale de la famille. Ray s'était ancré dans sa résolution lorsque le médecin avait annoncé qu'Angela ne mettrait jamais d'autre enfant au monde. Tout, désormais, reposait sur les épaules de son fils unique. Il savait que Billy finirait par s'en sortir. Il lui fallait juste un peu de confiance en lui.

Ray adorait Londres. Mais cette ville n'était plus faite pour lui. Un nouvel ultimatum, officiel, cette fois, avait fini par déraciner la famille. Cet exil, même proche, paraissait à Billy irrémédiable. Si Londres était le cœur de la nation, où les avait-on relégués ? Dans sa rate ?

Invicta Cross était situé dans le Sussex, à égale distance de Crawley et d'East Grinstead, près des derniers vestiges de la grande forêt d'Anderida, dont les chênes avaient brûlé, trois cent soixante ans plus tôt, dans les fonderies de fonte qui avaient eu également raison de ses lacs, massacre parachevé par les villes nouvelles au béton plus meurtrier que n'importe quelle révolution industrielle.

On y accédait en train depuis East Grinstead, à plusieurs kilomètres de là, sans compter un service d'autocars irrégulier et capricieux. On avait édifié cette cité en pensant à une catégorie bien précise de résidents : y logeaient des couples disposant d'une voiture, des banlieusards qui laissaient, à la maison, leur femme s'occuper de leur intérieur. En semaine, les rues étaient aussi désertes que la surface de la lune ; les rares audacieux qui s'aventuraient hors de chez eux pour promener leur chien se réfugiaient vite derrière leurs rideaux, une fois satisfaits les besoins de leur animal favori.

Scrutant les fenêtres devant lesquelles il passait, Billy chercha à y discerner une trace de vie. Il n'en croisa que quelques signes furtifs : une porte qui se fermait, une lampe qu'on avait oublié d'éteindre, le murmure lointain d'un téléviseur, seules preuves de présence humaine dans cet ensemble posé entre des bretelles d'autoroute, là où s'étendaient, à peine trois ans plus tôt, des prés et des champs, dortoir luxueux né à la frange du grand mouvement d'urbanisation qui ravageait le pays.

Il y avait dans cette succession de pelouses au vert uniforme, de F3 au faux style Tudor où les hommes astiquaient soigneusement leur voiture (dans le garage, pas sur le trottoir) tandis que leurs femmes brûlaient le rôti du dimanche et que leurs enfants regardaient la télévision d'un œil morose, quelque chose de ouaté, d'irréel, une lassitude lourde, presque sous-marine, comme si la ville avait été inondée, comme si les habitants de ces rues mortes évoluaient tout au fond de l'eau. Les solitaires n'y avaient pas leur place. On préférait les couples aux enfants en bas âge, qui consommaient davantage et qu'on encourageait à s'installer dans ces pavillons sans fantaisie protégés par des haies impeccablement taillées. Plus les résidents étaient riches, plus ils devenaient invisibles, jusqu'à disparaître complètement.

Billy revint à son point de départ, Balmoral Close, ou allée Balmoral. Un rideau trembla, la brise souleva des feuilles mortes. Il eut le sentiment, tout en poussant sa bicyclette, que quelqu'un l'observait. Mais lorsqu'il se retourna, il était déjà trop tard. Il se sentait faible, comme si l'effet soporifique du territoire de rêve qu'il venait d'explorer se répandait jusque dans ses os. Il avait envie de décrire à quelqu'un ce qu'il ressentait. Mais il n'y avait personne à qui parler, personne qui aurait pu comprendre.

Son père n'ayant pas réussi, ce premier dimanche, à se procurer du gaz pour la cuisinière, Billy proposa de commander des plats chauds qu'on avalerait en achevant de déballer les caisses. Il feuilleta une pile de prospectus étalés dans le vestibule et opta pour des pizzas. La possibilité de se faire livrer sans augmentation de prix ce genre de nourriture constituait encore une nouveauté. Comme on n'avait toujours pas branché le téléphone, il se porta volontaire pour aller appeler d'une cabine au bout de la rue.

Les pizzas. Ce fut à cause d'elles que tout ce foutoir commença.

4

Les germes venus d'ailleurs

« Geraldine King et Amanda Lofting, toutes deux âgées de 22 ans, protestèrent auprès de leur voisin ivre au sujet du bruit produit la veille au soir par son poste de télévision. Il mit le feu à leur maison, les brûlant vives. »

Daily Mail

Il pouvait prévoir ce qui allait se passer.

L'astronaute se dirigeait vers la mauvaise maison. Billy dévala l'escalier jusqu'à la porte d'entrée, mais fut obligé de s'arrêter pour enfiler ses chaussures. Il noua un lacet de travers et dut, finalement, sauter à cloche-pied, en chaussettes, pour empêcher de parfaits inconnus d'ingurgiter les pizzas. Il traversa trop tard la pelouse trempée : le livreur avait déjà sonné au numéro 12. Billy constata – et entendit – la réaction des voisins par la fenêtre colorée et à moitié ouverte de leur vestibule.

— Qui cela peut-il être aussi tard ?

Un homme entre deux âges, au long nez et à la chevelure étrange, qu'il identifia plus tard comme étant Ken Prent,posa son tournevis et consulta l'horloge.

— Huit heures et quart. Drôle d'heure pour frapper à la porte.

Le livreur de pizzas actionna une nouvelle fois le carillon. Il s'agissait d'une sonnette électronique qui jouait jadis les six premières notes de *We've Only Just Begun*, des Carpenters. Mais Ken avait essayé de la réparer. À présent, elle ne crachotait plus que *Only Just*.

— Barbara, va voir qui c'est.

— Tu es plus près, lui répondit sa femme. Je m'escrime avec le lave-vaisselle.

Marmonnant et secouant la tête, Ken descendit de son échelle, au sommet de laquelle il tentait d'installer une alarme anti-incendie, et gagna la porte d'entrée. Devant lui se tenait un être ressemblant à un astronaute avec son casque de moto noir et sa combinaison de cuir, portant une grande boîte de plastique rouge matelassé.

— Ça fera... ssmmffmm... livres et trente-six pence, déclara l'homme de l'espace, désignant plusieurs fois le paquet d'un geste du menton.

Ken fit la moue en reniflant la boîte.

— Enlève tes bottes dégueulasses de mon perron, dit-il.

— Papa, Martien.

Son fils de trois ans, Simon, traversait le vestibule sur son derrière, pointant vers le seuil un doigt potelé.

— Je crois que c'est pour nous, dit humblement Billy.

Ken Prent ne pouvait le voir distinctement à travers la haie. Quant au livreur, occupé à déchirer le rabat de velpo du paquet et à en extraire le contenu, il ne l'entendit pas. Le vestibule des Prent se remplit d'une odeur de saucisses épicées.

— Caca, clama joyeusement Simon Prent. Caca boudin.

— Remballe-moi tout ça, ordonna Ken.

— Vous ne les avez pas commandées ? Je suis bien au numéro13 ?

— C'est le 12, connard ! Ai-je l'air d'un gus à commander des pizzas un dimanche soir ?

— Excusez-moi, mais elles sont pour nous, s'écria Billy, cherchant à se faufiler à travers la haie.

— Nous mangeons toujours un rôti le dimanche, précisa Barbara avec un sourire niais, en s'essuyant les mains contre son tablier à fleurs.

Elle avait la bouche peinte comme une carte de géographie et les cheveux plus bizarres encore que ceux de son mari.

— Que se passe-t-il ?

— Ce débile s'est trompé de maison. C'est la porte à côté.

— Il n'y a personne, à côté, lança-t-elle d'une voix forte.

Billy espérait être enfin aperçu, mais Barbara ne portait pas ses lunettes. Elle attendit que le livreur eût remballé son paquet avant de s'éloigner d'un pas lourd, puis nota avec dégoût l'état du tapis du porche.

— De la boue partout. Et quelle odeur ! Je croyais qu'ils avaient renoncé à trouver un acquéreur.

— En fait, des gens habitent là-bas. Ils ont emménagé hier, alors que nous étions chez grand-mère Prent.

— Comment le sais-tu ? Tu as vraiment vu quelqu'un ? Tu dois avoir vu quelqu'un.

Derrière elle, Simon baissa sa culotte et désigna son anus.

— Pas un chat. Mais nous savons déjà quelque chose à leur sujet. (Prent arrondit les yeux.) Le genre de personnes à commander des plats tout préparés. Tu vois ce que je veux dire... Des ploucs.

— En tout cas, au moins, c'était italien.

Barbara remonta la culotte de son fils et le renvoya d'où il venait, le regardant d'un air vague se cogner contre un mur proche.

— Quelle différence ? demanda Ken.

— Ç'aurait pu être pire, répondit-elle avant d'épeler avec réticence le mot fatidique. Ç'aurait pu être *indien*.

Billy décida que le moment était mal choisi pour se présenter. Il remit la branche de la haie à sa place avant de se couler jusqu'au numéro 13. Il ne parla pas des Prent à ses parents, certain qu'ils tomberaient bien assez tôt nez à nez avec eux.

Assis sur le plancher, les March extirpèrent de la boîte d'énormes parts de saucisses et de pizza à l'oignon qu'ils firent passer en ingurgitant de grandes rasades de Coca. Pour Angela, rien n'était plus vulgaire que de manger avec ses doigts. Ce n'était pas ainsi, pensait-elle, qu'ils auraient dû inaugurer leur nouveau logement ; mais elle ne savait plus très bien où se trouvaient les couteaux et les fourchettes. Ils dînèrent en silence, cernés par des murailles de caisses. L'opinion des Prent sur les gens qui se contentaient de pizzas toutes faites un dimanche soir gâcha le plaisir de Billy. Ses parents et lui n'étaient là que depuis quelques heures et faisaient déjà ce qu'il ne fallait pas faire.

Le rez-de-chaussée de la nouvelle maison ne comportait presque pas de meubles. Ray avait renoncé à y installer le vieux salon, conscient que son piteux état ressortirait davantage dans cet environnement si neuf, si blanc.

— J'ai pensé à une chose, déclara sa femme en s'essuyant délicatement le menton avec une serviette en papier absorbant. Si je ne parviens pas à trouver de travail dans un bureau, j'essaierai de dégoter un emploi de vendeuse à East Grinstead.

— Tu étais dans les transports, lui reprocha Ray. Tu avais des responsabilités. Les magasins n'emploient que des marmots, de nos jours. Du boulot à la petite semaine. De l'esclavage.

— Il faut se contenter de ce que l'on trouve, répliqua-t-elle calmement.

Billy se demanda s'il s'agissait d'une pique contre son père ; la critique ambiguë faisait partie des vieux trucs d'Angela. Ray encaissa, tout en mastiquant d'un air pensif.

— Demain, j'irai en ville avec toi. Nous chercherons ensemble. Et nous pourrons équiper convenablement le petit.

On avait inscrit Billy à l'établissement scolaire local, un bâtiment de béton qui, relégué à l'extrémité de la ville et nommé « Collège mixte de Sherington », ressemblait au bunker où Hitler s'était suicidé. Billy devait commencer le mercredi suivant. On lui avait accordé la moitié d'une semaine pour se familiariser avec son nouvel univers. Il détestait l'idée d'avoir à se créer de nouveaux camarades et de nouveaux ennemis, mais s'était juré de ne pas se plaindre pour ne pas rendre plus pénible encore à ses parents la douleur d'avoir abandonné leur passé derrière eux. Jamais il n'avait pris une décision aussi adulte.

— Comment s'est passé ton tour de vélo ? lui demanda son père en décollant un anchois de la sauce de sa pizza.

— Je n'ai pas vu un seul être humain.

— Eh bien... (Ray réfléchit un instant, cherchant à dire quelque chose de positif.) Il faut toujours un certain temps pour connaître les gens. Les dimanche après-midi sont calmes partout.

Pas de ce calme-là, songea Billy. *Même dans les cimetières, on entend des chants d'oiseaux.* Angela ajouta :

— Tu finiras par te plaire, ici, une fois que tu auras rencontré de nouveaux amis.

Il perçut dans la voix de sa mère un espoir désespéré.

— Je préférerais avoir un chien plutôt que de nouveaux amis, dit-il. Un chien ou un flingue.

Le lendemain, il fut réveillé par une pétarade agressive de moteurs de voitures. Il jeta un coup d'œil au réveil qu'Angela avait placé près de son nouveau lit. Sept heures et quart. Bondissant en pyjama jusqu'à la fenêtre sans rideaux, il regarda les autos sortir de leur garage : consciencieuses et soumises, les épouses d'Invicta Cross conduisaient leurs maris à la gare. Le temps qu'il se lave et s'habille, les bagnoles étaient revenues sans passagers. Une demi-heure plus tard, une partie du flot se mit de nouveau en branle, cette fois pour déposer les enfants à l'école. Contemplant les rues désertes, Billy décida de passer dans sa chambre le reste de la journée et, pourquoi pas, le reste de son adolescence.

Tenaillée par le besoin aigu de se retrouver couchée sous le météorologue, Georgina Bovis se sentait submergée par une dépression atmosphérique intense. Il y avait des semaines que Graham lui promettait de se libérer, un après-midi, du centre météorologique de Croydon, tout en ne cessant d'inventer de bonnes raisons de demeurer à son poste. Il était évident qu'il se lassait d'elle. Les frissons provoqués par leurs torrides après-midi se dissipaient ; une zone de basses pressions s'était installée entre eux et on ne pouvait prévoir nulle amélioration.

Graham Birdsmith l'avait sautée pendant quatre mois sous le nez de son mari. Il habitait deux rues plus loin, allée Gaveston, où ils avaient fait connaissance lors de sa pendaison de crémaillère. Eblouie, moins par l'activité professionnelle de Graham, chargé de la météo pour toute la zone sud-ouest, que par la bosse bien visible de son érection qui acheva de s'épanouir alors qu'il s'alanguissait en face d'elle dans une chaise longue, Georgina l'avait autorisé à venir sonner à son domicile lorsque son mari se morfondait à son bureau et que sa femme à lui assistait à ses séances de thérapie.

Ces après-midi radieux avaient coloré ses joues. Hélas, depuis peu, la délectation de l'amour se muait en désolation ; Graham, de toute évidence, avait décidé de redevenir un bon garçon et de s'occuper de son ménage.

Georgina sentait poindre en elle le besoin d'un remplaçant. Elle s'assit près de la fenêtre de sa chambre, drapée dans le rideau de tulle qui la nimbait comme une aurore boréale. À midi, elle était encore en chemise de nuit. Elle semblait n'avoir aucune raison de s'habiller. Alan était parti travailler des heures plus tôt et une de ses voisines avait emmené sa fille, Sherry, à l'école maternelle.

Accablée, elle concentra son attention sur les nouveaux voisins, deux portes plus loin. Le père sortit de la maison, portant une caisse vide. Il se pencha pour ramasser un papier qui traînait sur la pelouse, se redressa et regarda autour de lui, comme s'il se savait observé. Georgina le détailla de haut en bas : les traits avenants, la mèche rock, la poitrine ferme. Elle décida de faire plus ample connaissance avec ses nouveaux voisins.

Elle se rapprocha de la fenêtre, tapota distraitement la vitre du bout de ses ongles corail. Quelle existence, quelle destinée ! Alain couvrant la table de la salle à manger de documents comptables et conspirant à voix basse, avec sa fille bien-aimée, contre maman, Graham, cet amant sans cœur, se réfugiant derrière des excuses absurdes auxquelles il ne faisait même pas semblant de croire. Pourquoi perdre son temps avec eux alors qu'une occasion unique se présentait à quelques mètres de là ? Trop de gens commençaient à avoir des soupçons à propos des visites diurnes du météorologue. Ils savaient bien qu'il ne se glissait pas dans la maison d'une femme mariée pour consulter un pluviomètre. Peut-être était-il temps de clore l'épisode Graham.

À ce moment-là, un adolescent à l'air pataud et une toute petite femme voûtée s'engagèrent dans l'allée pour prêter main forte à l'homme. Georgina laissa retomber en partie le rideau et s'arrangea pour que la femme et l'adolescent disparaissent, ne gardant que Ray dans son champ de vision.

À midi, les employés du téléphone se présentèrent au nouveau domicile de Billy March. Peu de temps après, on livra le lit de ses parents. Ils avaient passé leurs deux premières nuits sous un duvet, à même le sol de leur chambre. Tout en déballant ses livres classés avec soin, ses magazines et ses modèles réduits, Billy surveilla du coin de l'œil les fenêtres de la maison située deux portes plus loin. Il avait vu plusieurs fois un rideau tressaillir, comme si la maison frissonnait chaque fois qu'elle surprenait son regard. Il était sûr d'une chose : les bruits amicaux et familiers de son ancien voisinage n'avaient pas leur équivalent ici. Il aurait du mal à se faire des amis. Il savait aussi pourquoi. Les rues parfaites du quartier parlaient d'elles-mêmes : les March détonnaient ; simple question de milieu social. Ils n'appartenaient pas à la bonne classe.

L'administration avait certainement commis une erreur. Billy ne connaissait pas grand-chose à la classe moyenne, mais il savait à quoi ressemblaient ses membres et comment ils se comportaient. Ils étaient fiers et confiants ; surtout confiants. Ils se caractérisaient par ce qu'ils s'abstenaient de faire ; ils ne laissaient pas la curiosité l'emporter sur leur quant-à-soi, ne rendaient pas visite à leurs voisins sous le prétexte fallacieux de souhaiter la bienvenue à leur famille. Les femmes ne bavardaient pas au milieu de la rue tout en espionnant furtivement les fenêtres des pavillons d'à côté, les hommes ne comparaient pas les performances respectives de leurs automobiles. Leurs enfants ne jouaient pas dehors. Chacun se dissimulait au regard des autres. Protégés par leur système d'alarme, ces gens-là amassaient des biens, vivaient entre eux, discutaient à voix basse, ne se mêlaient de rien, ne se sentaient concernés par rien.

Billy installa un tabouret devant la fenêtre, face à la rue silencieuse. Il remarqua, dans le lointain, au-delà de la ville, l'étendue verte des champs. Pour le reste, il ne vit que le rouge des toits, les taches claires du béton et le noir du macadam.

Leur présence au milieu de tout cela, il le savait, constituait un affront pour les autres résidents. Il ne pourrait en sortir que du mal. Il avait envie de rentrer chez lui, vraiment chez lui, loin de ce paradis pour aquarelliste où sa mère, en dépit des grands airs qu'elle ne manquerait pas de prendre, serait aussitôt démasquée, où son père, proposant aimablement aux jeunes cadres une virée au pub, se verrait opposer un refus dédaigneux. Quant à lui, il se retrouverait catalogué dès qu'il ouvrirait la bouche. Même s'il s'efforçait de parler correctement, il n'était jamais parvenu à se débarrasser de son accent des faubourgs, de cette intonation si « ordinaire » que ses parents faisaient mine de ne pas remarquer mais qui horrifiait sa grand-mère. Ne l'avait-elle pas traité de « gosse des rues » ? C'était sa faute ; il s'exprimait comme ses anciens camarades de classe. Sa voix était une critique implicite du voisinage, un rappel de racines qu'aucune éducation ultérieure n'effacerait jamais.

La famille de sa mère se targuait d'origines sociales plus reluisantes que celle de son père. En conséquence, ils ne s'adressaient que rarement la parole. Ne s'agissait-il pas d'un comportement typique de la classe ouvrière ? En bas, les autos rutilantes luisaient sous leurs auvents. Ses nouveaux voisins, pensa Billy, n'achetaient sûrement pas leurs cadeaux de Noël au supermarché. Son père affirmait que l'opinion des autres ne comptait pas, mais c'était faux. Il en concluait que les March n'avaient besoin de personne, mais c'était également faux. La preuve : Angela rêvait d'eux comme de personnages d'un feuilleton américain, propres en toutes circonstances et se souciant sans cesse des sentiments d'autrui.

Une voix dans l'escalier.

— Billy, prépare-toi. Nous allons en ville.

Croydon.

Ce simple nom fit courir un frisson le long de son échine. La dixième plus grande ville nouvelle de Grande-Bretagne, lien entre l'atmosphère populaire de Brixton et les banlieues huppées du Kent. Marchant entre les immeubles de bureaux aux façades de verre battues par le vent, Billy trouva la ville plus dénuée encore de caractère qu'Invicta Cross. La bourrasque soulevait les papiers gras aux carrefours marqués par d'autres buildings neufs. Rien ne semblait prévu pour assurer le confort d'êtres humains. Mais qu'importe le confort quand il y a de l'argent à gagner ? Il foula aux pieds un journal local dont la une reprenait une déclaration du chef de la police, Bernie Davis : « Les policiers de Croydon affrontent actuellement une criminalité aussi élevée que dans les bas-fonds de New York. »

Comparer Croydon et New York paraissait inconcevable. On pouvait au moins, ici, flâner dans une librairie convenable, dont on dut d'ailleurs extraire Billy au bout de vingt minutes.

Plus tard, il s'assit dans sa chambre pour lire *Body Snatchers (L'invasion continue)*, de Jack Finney, histoire d'êtres monstrueux volant, dans une base américaine, le corps des humains. Lorsque la pluie se remit à tomber, il regagna sa place devant la fenêtre, fixant les rues sombres et luisantes à la recherche de germes venus d'ailleurs. Ils étaient certainement quelque part, tapis au fond des serres, attendant de prendre possession des gens, de se développer au creux de leurs entrailles. Il devait y avoir une *explication* à un endroit comme celui-là.

5

La ligne de démarcation

« Les plaintes auprès des autorités locales à propos de querelles de voisinage augmentent de 20 % par an. »
The Big Issue

Au cours des jours suivants, les March achevèrent de s'installer, mais sans pouvoir se fixer. La mère de Billy parcourait la maison un chiffon à la main, à la recherche d'un objet à nettoyer ou à déplacer. Elle contemplait longuement une lampe ou une chaise, la transportait d'un bout à l'autre de la pièce. « Elle n'a pas encore vraiment trouvé sa place », disait-elle avec une moue dubitative. Ray et elle achetèrent quelques nouveaux meubles bons marché, optant pour un crédit de deux ans. La maison, peu à peu, prit son aspect définitif.

Pendant la journée, le voisinage demeurait toujours aussi désert, aussi silencieux. On n'y croisait pas un piéton, pas même, entre le départ, le matin, des troupes en bon ordre et leur retour nocturne, une voiture. Ray avait du mal à s'habituer à ce calme. Les siens avaient toujours vécu en bordure de voies de chemin de fer. Le vacarme et le choc des manœuvres d'aiguillage formaient le fond sonore de toutes leurs conversations. Au cours des interminables étés d'après-guerre, leurs voisins londoniens élevaient des poulets dans leur jardin et s'interpellaient, la plupart du temps, au beau milieu de la rue. À présent, à la tombée du jour, Ray rêvassait près de la porte de derrière, observait les corneilles, respirait, en ce mois d'octobre, la fumée des feux de jardin qui se frayait mollement un chemin, dans le lointain, à travers les haies, contemplait d'un œil morose les alentours à demi dissimulés. Cette quiétude le perturbait.

Angela, elle, ne cessait de s'activer. Elle se plongea dans d'anciens numéros de *Home and Garden*, cocha des articles qu'ils ne pourraient jamais s'offrir, aida son mari à repeindre leur chambre d'un rose affreux avant de la décorer avec des posters printaniers et des photographies bien rangées dans leur cadre. Dès le vendredi, la pièce ressemblait en tout point à celle de n'importe quel couple résidant dans la cité. Angela savait que, pour se couler dans un moule, il faut d'abord commencer par faire semblant.

Billy intégra son collège, arborant un air soupçonneux qui l'aida avec succès à éloigner de lui ses camarades de classe. Il se retrouvait au milieu d'étrangers qui avaient l'apparence d'êtres humains, parlaient comme des êtres humains, mais n'en étaient pas. La cour de récréation de son ancienne école, à Greenwich, formait un dangereux terrain vague rempli de hurlements que les enseignants, prudents, évitaient avec soin. Celle de Sherington Seniors était propre, paisible, civilisée, en partie, sans doute, à cause des jeux électroniques qui, grande marotte de l'année, produisaient sur les élèves un effet soporifique radical. Distants, indifférents, les professeurs se comportaient comme si leur incompétence les avait relégués dans un établissement de seconde zone dont l'avenir ne les intéressait en rien.

Personne ne parla à Billy. Il faut dire que les élèves s'adressaient rarement la parole. Lorsqu'il chercha à se mêler à leurs groupes, ils l'en chassèrent sans brutalité, mais fermement. S'il avait été noir, il aurait au moins pu les accuser de racisme. Mais il y avait peu de non-Caucasiens à Invicta Cross.

Nombre d'adolescents possédaient déjà leur propre carte de crédit. Ils discutaient des programmes de télévision, de vêtements, de sport, de musique, trouvaient ouvertement leurs parents assommants sans se rendre compte qu'ils les singeaient déjà, affectant leur maturité dénuée d'humour. Ils n'émettaient aucune opinion spontanée. Personne, parmi eux, n'aimait ou ne détestait vraiment Billy. Sympathie, antipathie, tout cela semblait ne pas les concerner. Peut-être, se dit-il, étaient-ils désorientés par le contraste entre la vulgarité de son accent et sa manie de se promener toujours avec un livre dans sa poche.

Il remarqua un autre garçon qui, comme lui, mangeait à l'écart et passait ses récréations à lire tandis que les autres, plus sportifs, improvisaient des parties de cricket et des pyramides humaines. Il s'appelait Oliver Price. Il y avait en lui quelque chose de miteux qui l'attira immédiatement. Lorsque Billy l'aborda pour la première fois, il venait juste de recevoir un coup de pied dans les reins et était incapable de parler. Son indifférence à propos de la raclée qu'il avait prise laissait supposer qu'il s'agissait d'une vieille habitude. Qu'un élève s'adresse à lui sans l'insulter le surprit tellement qu'il se retourna brutalement et se désigna d'un geste du doigt, comme s'il demandait : « Qui ? Moi ? » Billy l'aida à se relever et lui accorda, avant de poursuivre, le temps d'ôter la poussière de ses vêtements.

— Ils te traitent souvent comme ça ? l'interrogea-t-il ensuite.

— Ils ne m'aiment pas à cause de mon père, répondit Oliver en grimaçant. Il dirige une entreprise de pompes funèbres. Il a enterré le père de quelques-uns de ces salauds. Ça fout les jetons aux autres.

— Moi, ça ne me dérange pas, répliqua Billy dans un haussement d'épaules. Tu es d'où ?

— De Windsor Terrace. Oh là, tu dois être nouveau, toi !

— Merde alors, ça se voit tant que ça ?

Oliver désigna du doigt la cravate de collégien de Billy, la première qu'on l'eût jamais obligé à porter.

— Tu n'as pas été dégriffé. Si tu n'enlèves pas l'étiquette avant que les premières te chopent, ils te plongeront la tête dans les chiottes.

Il tendit la main, arracha le bout de tissu et le fourra dans sa poche.

Ce qui faisait d'Oliver la risée de tous les autres tenait à cet air d'épouvantail qui ne le quittait jamais. Il avait les ongles sales, les joues couleur de papier sulfurisé, les cheveux comme hérissés par de l'électricité statique et les vêtements maculés en permanence de restes de nourriture. Il parlait de son père avec fierté, cultivait un penchant jubilatoire pour la scatologie et prenait un immense plaisir à choquer son monde. Tout cela, sans compter son rire, plus saccadé que celui d'un automate de foire, cadrait mal avec l'atmosphère si policée d'Invicta Cross.

Les deux garçons ne pouvaient que devenir amis. Les parents de Billy se montrèrent ravis d'apprendre que leur fils avait trouvé un alterego, même si cette approbation se fit plus circonspecte après qu'Oliver leur eut raconté comment il avait aidé son père à embaumer le matou de la famille. Cela ne les empêcha pas, en fin de compte, de se montrer heureux de cette bonne nouvelle. Oliver, quant à lui, paraissait éprouver une gratitude sans bornes, comme s'il avait attendu toute sa vie, avec une impatience désespérée, l'irruption de ce nouvel ami, le seul, apparemment, qu'il eût jamais eu et qu'il considérait avec respect. Billy ne se montrait pas en reste, ravi de profiter des connaissances encyclopédiques de son camarade.

Tout naturellement, les deux compères, devenus inséparables au bout de quelques semaines et considérés comme les moutons noirs de la classe de seconde A, unirent leurs forces contre les éléments les plus violents de leur entourage. Officiellement, il n'y avait pas de bagarres au collège. Mr. Primerose, le professeur de sciences, déclara un jour d'une voix sans réplique qu'il ne tolérerait aucune forme de brimade. Alors qu'il disait cela, un des élèves de première tentait de maintenir la main d'Oliver au-dessus d'un bec Bunsen allumé.

Il devint bientôt évident qu'une hiérarchie sociale s'était établie allée Balmoral et que les parents de Billy se situaient tout au bas de l'échelle. Comme s'ils l'avaient conçue après coup, les architectes avaient coincé leur maison sur une étroite bande de terrain, entre deux habitations beaucoup plus imposantes. Les March avaient les pièces les plus réduites, l'allée la plus courte, le jardin le plus rétréci. Cela n'avait aucune importance aux yeux de Ray, enclin à ne voir que le bon côté des choses et désireux de faire apprécier à son fils les avantages merveilleux que pouvait offrir une ville nouvelle. Mais Invicta Cross, si elle en avait, gardait jalousement ses charmes. Quinze jours après leur installation, les March n'avaient encore parlé à personne.

Déterminée à briser la glace, Angela prit son courage à deux mains et alla sonner au numéro 12. C'était un dimanche matin ; la présence d'un laitier au visage lugubre descendant la rue au volant d'une camionnette électrique qui couinait de façon lamentable n'empêchait pas le quartier de ressembler à un cimetière. Depuis son poste d'observation favori, à la fenêtre de sa chambre, Billy tenta de lire sur les lèvres. Il faut croire qu'il n'y parvint pas puisqu'il dévala les marches avant de quitter discrètement la maison par la porte-fenêtre du salon, impatient d'assister à ce qu'il considérait comme un événement social important.

La porte du numéro 12 s'ouvrit, laissant apparaître Barbara Prent, à la fois ravissante et surprise. Ravissante parce qu'elle venait de passer une heure à expérimenter, avec une intensité proche de l'hypnose, un nouveau maquillage, surprise parce que, dans son milieu, on ne rendait pas visite à un voisin sans lui avoir téléphoné. Angela ignorait cette règle de savoir-vivre : à Greenwich, les gens sonnaient chez les uns et les autres sans se soucier de déranger. Barbara dévisagea la mère de Billy avec une expression angoissée, comme si elle s'attendait à entendre l'annonce d'un décès.

— En quoi puis-je vous aider ? lui demanda-t-elle d'une petite voix aiguë.

— Je passais juste dire bonjour, répondit Angela, subitement décontenancée. Nous sommes les nouveaux euh...

Elle désigna la petite maison.

— Nous venons d'emménager là-bas. Je m'appelle Angela.

Barbara se figea. Avec ses yeux agrandis par le maquillage et ses cheveux laqués qui formaient autour de sa tête une sorte de casque de cuivre, elle ressemblait à un mannequin dans une vitrine ou à un écureuil électrocuté. Fasciné, Billy contemplait sa coiffure plus parfaite qu'une perruque et sa robe d'un pourpre flamboyant recouvrant des leggins noirs, ce qui donnait l'impression qu'elle s'était habillée deux fois.

— Angela... dit-elle, insistant sur chaque syllabe tout en tendant la main. Je suis Mrs. Prent.

Elle prononçait « Prite », avec une affectation qui faisait penser à un vieil enregistrement de la BBC. Elle gratifia Angela d'un sourire forcé qui, d'abord dénué de toute expression, se mua en une grimace gênée, comme s'il n'existait aucun code de bonnes manière en de telles circonstances. En arrière-fond, Angela entendit Doris Day chanter : « Please, don't eat the daisies » (« Je t'en prie, ne broute pas les pâquerettes »). Elle se demanda si Mrs. Prent ne prenait pas des tranquillisants.

— Il y a une semaine que j'ai l'intention de venir vous saluer, mais vous savez ce que c'est : l'emménagement et tout le reste...

Elle se dandinait, de la buée s'échappant de sa bouche. Il faisait froid, sur ce porche. Barbara resta impassible.

— Mon fils, Billy, est là, poursuivit Angela, désignant de nouveau sa maison en un geste pathétique. Quant à mon mari, Ray, il...

L'attention de Barbara était ailleurs. Elle fixait les chaussures de sport de sa visiteuse. La mère de Billy suivit son regard et réalisa qu'elle avait marché en chemin sur de la merde de chien. La moitié d'une énorme crotte orange s'étalait sur le seuil si propre des Prent, l'autre dépassant de la semelle d'Angela.

Barbara ne pouvait détacher ses yeux de cet excrément, comme s'il traçait devant chez elle une ligne de démarcation, une frontière destinée à repousser des démons malfaisants. Elle leva la tête, totalement dans les vapes :

— Pardonnez-moi. Je ne suis... Je ne peux vraiment pas... J'ai quelque chose sur le...

Et elle ferma la porte.

— Je me sentais si embarrassée, confia Angela à Billy une fois rentrée chez elle. Quel comportement bizarre ! Elle a sans doute voulu dire qu'elle avait quelque chose sur le feu.

Elle ne se rendait pas compte que Barbara n'avait jamais eu l'intention de se lier avec ses nouveaux voisins, qu'elle s'était retrouvée malgré elle face à une situation totalement imprévue. Angela, d'un autre côté, n'avait pas la moindre idée de ce que les habitants de la rue pensaient des nouveaux venus, de leur apparence, de leur accent, de la menace qu'ils faisaient peser sur les prétentions sociales de cet univers pavillonnaire. Plus tard, Billy apprendrait la signification des coups d'œil jetés à la dérobée, des conversations brusquement interrompues à son approche. Mais nombre de signes lui resteraient cachés jusqu'à ce qu'il soit trop tard.

Il passait de plus en plus de temps en compagnie d'Oliver. Il ne se lassait pas des interminables tête-à-tête avec son ami qui, comme bon nombre d'adolescents solitaires, en savait plus que n'importe qui sur les sujets les plus divers, les plus inattendus et les moins ragoûtants. Au collège, à l'heure du déjeuner, ils discutaient de tout et de n'importe quoi, de la façon de momifier les corps avec de la tourbe, de la véritable signification de la signature de Vlad l'Empaleur, des raisons qui avaient abouti à l'assassinat de Jacques Ier et d'Henri III dans les toilettes, se demandaient gravement qui, de Batman ou de Persée, était le super-héros le plus cool, ou pourquoi le fait de toucher un cadavre vous empêchait d'en rêver la nuit. Ils accumulaient ainsi plus de connaissances sur le monde que leurs professeurs ne leur en donneraient jamais. Ils mirent au point un jargon qui leur permit de communiquer sans être compris de quiconque et finirent par consacrer leurs week-ends à la récupération d'abominables films d'horreur bradés par les boutiques vidéo en pleine expansion de Croydon.

La gratitude de Billy envers Oliver s'accentuait. Petit à petit, son ami l'aidait à supporter sa répugnance envers Invicta Cross.

6

Le froid de la tombe

« Un combat à mains nues entre deux vieillards de 84 et 96 ans partageant la même chambre s'est terminé par l'hospitalisation du plus âgé. Le policier chargé de l'affaire a déclaré : "Nous ignorons la raison de cette bagarre, mais, à cet âge-là, la plupart du temps, ils n'en savent rien eux-mêmes." »

Midweek

Bob Metcalf, depuis la fenêtre, observait son beau-fils d'un œil furieux. Le garçon, debout sous la pluie, se comportait comme un dégénéré. Bob espérait que les Garibaldi ne verraient rien. Adolfo Garibaldi était un gros ponte de la restauration. Il n'avait ni goût ni style mais du pognon à ne plus savoir qu'en faire, si l'on en croyait les vieilles lanternes d'attelage dorées et les dalles jaune citron qui ornaient l'entrée du garage où il bichonnait sa Ferrari. Bob ne voulait pas qu'Alphonso pense qu'il avait un fils abruti. Il tenait au respect des gens friqués, même s'il ne s'agissait que de vulgaires escrocs.

— Il nous fait quoi, là ? demanda-t-il.

Une rafale de bips électroniques lui répondit. Assise devant son ordinateur, Daphné, sa femme, imprimait quelque chose. Bob et Daphné ramenaient tellement de travail chez eux qu'ils possédaient deux ordinateurs, l'un réservé de façon exclusive à l'écriture et un autre que Bob partageait avec leurs deux enfants, qui ne s'en servaient que pour se lobotomiser devant des jeux vidéo.

— Si tu troubles encore ma concentration, déclara Daphné d'une voix tendue, je débranche cette machine et je la balance par la fenêtre avant de mettre le feu à la maison.

Bob savait qu'elle ne plaisantait qu'à moitié. Daphné considérait le temps qu'elle passait devant son clavier comme sacré. Elle ne tolérait aucune interruption, pas plus de son mari, de ses enfants ou de Jésus-Christ lui-même. Il arrivait à Bob d'en jouer. Lorsqu'elle l'exaspérait plus que d'habitude, il faisait exprès de la déranger, uniquement pour jouir de l'effet dévastateur de cette intrusion sur son système nerveux.

— Ce que tu ne comprends pas, criait-elle au bord de la crise de nerfs, c'est que j'essaie d'*écrire*. Je sais bien que les affres de la création ne signifient rien pour toi, mais elles ont une importance *capitale* – tu entends ? – pour mon public.

Depuis quatre ans, Daphné rédigeait une rubrique gentiment vacharde pour l'*East Grinstead Advertiser*, tout en écrivant des romans historiques à l'eau de rose dont les couvertures représentaient des héroïnes en chemises de nuit diaphanes courant sous de grandes lettres dorées. Elle avait fini par se persuader, après onze ans de mariage, qu'elle était l'équivalent féminin de Dostoïevski et ne cessait de sonder l'abîme qui séparait les créateurs des vulgaires pékins, étant entendu qu'elle rangeait Bob dans la seconde catégorie. Cela ne l'empêchait pas, pensait-il, de trouver très commode qu'il travaille soixante heures par semaine pour lui permettre de jouir du train de vie auquel elle était habituée.

Il la regarda en soupirant, avec ses raides cheveux noirs tombant sur sa figure tandis qu'elle tapait avec acharnement sur son clavier. Elle ne possédait aucune des caractéristiques aristocratiques qu'elle décrivait avec délectation dans sa prose. Où étaient la taille de guêpe de ses héroïnes, la pâleur de leur cou de cygne, leur poitrine frémissante ? Celle de Daphné était aussi vaste, plate et carrée qu'un poudrier géant.

Il se tourna de nouveau vers la fenêtre. Il vit très distinctement, cette fois, ce que Brad était en train de faire. Il gravait un phallus en pleine éjaculation sur la carrosserie de la Vauxhall des nouveaux voisins. Bob bondit hors de la pièce, dévala l'escalier et se précipita vers le porche.

— Viens ici tout de suite, petit con !

Il jeta un coup d'œil au numéro 13, mais il n'y avait personne aux fenêtres.

— Va te faire mettre ! répondit Brad en refermant son canif et en faisant nonchalamment le tour de la voiture.

— Je vais te balancer aux flics, espèce de...

— Si tu le fais, Daphné demandera le divorce. Je suis son fils, pas le tien.

Si seulement c'était vrai, pensa Bob. *Si vous pouviez tout bonnement disparaître, elle et toi.* Il savait bien que c'était impossible. Le père de Brad, avocat new-yorkais extrêmement déplaisant, avait gardé d'excellentes relations avec son ex-femme. Il s'arrangerait pour que Daphné le laisse sans un sou sur le carreau.

Brad tourna le dos à son beau-père et commença à descendre la rue, sortant de sa poche un paquet de cigarettes.

— Où est ta sœur ? lui cria Bob. Tu étais censé t'occuper d'elle.

— Va savoir. Probablement en train de se faire baiser quelque part.

— Bradley, Emma a dix ans !

Brad avait déjà tourné au coin de la rue. Bob sentit le sang lui monter aux joues. Il respira profondément, essaya de se calmer. Le médecin de son entreprise l'avait mis en garde contre le stress. Il n'était pas à proprement parler un mauvais père. Simplement, il n'avait jamais pu consacrer autant de temps à Brad qu'à Emma. Cela n'avait rien à voir avec le fait qu'Emma était sa véritable fille. Mais ses activités professionnelles l'accaparaient de plus en plus. L'entreprise se développait de jour en jour. Rien n'était plus précieux que le temps. Il fallait en user avec soin. Il tourna la tête vers le numéro 13 et fut mortifié de voir son nouvel occupant ouvrir sa porte d'entrée. Bob battit rapidement en retraite dans sa propre maison et se dissimula derrière le rideau du salon, priant pour que personne ne remarque l'acte de vandalisme de son fils.

Il eut de la chance. La légère bruine se transforma en averse, obligeant Ray March à s'engouffrer la tête la première dans sa voiture. Bob venait d'éviter une confrontation gênante. Rassuré par sa propre couardise, il quitta le salon et retrouva la quiétude relative de son bureau.

Billy March, bien sûr, avait remarqué les dommages causés à la carrosserie et n'avait aucun doute sur l'identité du coupable. Arrivé à cet âge intermédiaire où la patience et le sens de l'observation atteignent leur apogée, il remarquait bien plus de choses qu'il n'aurait dû. Peu soucieux d'affronter ses voisins, son père acheta une bombe de peinture et recouvrit avec soin, dans une couleur à peine différente de la couche initiale, le dessin sacrilège.

— Il y a eu tous ces coups venant du numéro 11, dit Angela. Je me demande ce qu'il fabrique, là-dedans. Une arche, si j'en crois le bruit.

Billy leva les yeux vers ses parents, puis déboucha son stylo. « Je suis prisonnier à Invicta Cross depuis maintenant douze jours, écrivit-il dans son journal, et ma mère continue à préparer nos repas comme si tout était normal. Chaque soir, nos conversations atteignent des profondeurs surréalistes. Je me sens aliéné, comme Franz Kafka. Ou Morrissey. »

— Nous devrions aller le lui demander, suggéra Ray. Voir s'il aura le culot de nous claquer la porte au nez, comme l'autre.

— Je ne crois pas que c'était sa faute, répliqua Angela, toujours prompte à se montrer généreuse. Les nouvelles têtes doivent l'intimider. Nous pourrions les inviter pour le thé.

Elle voulait dire le dîner. Billy le savait. Mais pour ses parents, le déjeuner était le dîner, et le dîner le thé.

— Et quelles nouvelles de l'autre côté ? demanda Ray. Tu as décelé un signe de vie ?

— J'ai vu hier quelqu'un étendre du linge dans le jardin. Une fille au pair, sans doute. (Elle étala de la sauce sur les côtelettes d'agneau de son mari.) Une étrangère, toute petite, chinoise ou quelque chose de ce genre.

— Au pair, hein ? Très chic.

Ray cligna de l'œil à l'intention de son fils et tourna sa fourchette dans sa purée. Après avoir joué avec le contenu de son assiette, Billy l'avala sans appétit, les observant tous les deux. Il n'arrivait pas à comprendre comment ils arrivaient à rester tranquillement assis alors que tout allait si mal. La nourriture ne l'intéressait que médiocrement, surtout celle que préparait sa mère. Elle cuisinait comme la grand-mère de Billy, qui habitait Sheffield. Le coup de téléphone traditionnel de Ray lui annonçant qu'ils s'apprêtaient à quitter la maison pour venir lui rendre visite était pour la vieille dame le signé du branle-bas. Elle mitonnait le genre de cuisine anglaise qui se solidifie lentement pendant qu'on la mange.

— Qu'est-ce qui te perturbe, mon chéri ? Tu as l'air tout chose.

Il eut envie de lui raconter. Mais il avait fait le vœu de ne pas les perturber, quoi qu'il arrive. À quatre heures, ce même après-midi, Brad Metcalf, le fils de leur voisin, l'avait bousculé dans la rue et menacé de le balafrer à coups de canif. Et pas plus tard que le matin, en classe, ce même Brad, au menton bleuté et aux sourcils se rejoignant au-dessus du nez, avait tenté de le forcer à lui céder sa place pour le laisser s'asseoir à côté de ses amis aux facultés mentales aussi peu développées que les siennes. Billy avait refusé. Brad avait alors déclaré que s'il ne changeait pas de place le lendemain, il lui ferait à la commissure des lèvres une entaille si profonde que la partie supérieure de sa tête tomberait au premier sourire.

Cette menace l'avait tout d'abord laissé froid. Du moins le pensait-il jusqu'à son retour chez lui. Il se sentit mal et alla vomir dans le lavabo. Ensuite, son courage revenant, il s'était lancé à la recherche de son persécuteur. Il n'avait arpenté, comme toujours, que des rues désertes.

Le repas se poursuivit dans un silence lourd. Derrière eux, le visage de Margaret Thatcher emplit l'écran de télévision, promettant, pour les années à venir, un avenir de rêve. Son image fut remplacée par la tête d'une mante religieuse, sigle d'une émission sur la vie sauvage. Apparut ensuite une photo de la Tamise, accompagnée d'une musique facile à retenir : un nouveau feuilleton, *East Enders,* commençait.

Ray n'avait pas pu trouver de travail, ni à Croydon ni à East Grinstead. D'un autre côté, il n'y avait rien pour lui à Invicta Cross. Les March ne faisaient pas partie des gens susceptibles d'acheter des actions ; ils ne profiteraient jamais de la manne des privatisations. Billy avait quelques idées personnelles sur les moyens de gagner de l'argent, mais s'abstenait d'en parler à son père. Le respect était tout ce qui restait à Ray.

On avait proposé à Angela deux emplois à temps partiel à Croydon, postes subalternes dotés de salaires de misère. Elle n'était qu'une ménagère entre deux âges, dure à la tâche, mais sans qualifications précises ; elle aurait du mal à obtenir une situation décente.

Ray détailla le morceau de safran au bout de sa fourchette d'un air hébété. Il y avait des années qu'il s'interrogeait sur les motivations culinaires de sa femme, mais il ne se plaignait jamais, même lorsqu'elle se lançait dans la préparation de choux-fleurs.

— Comment s'est passé le collège ? demanda-t-il à son fils.

— La même chierie que d'habitude, répliqua Billy en écrasant ses petits pois.

— Tu ne t'es pas fait de nouveaux amis, à part Oliver ?

— Personne d'autre ne m'adresse la parole.

— Je ne peux pas y croire, dit Angela. Tu as toujours eu du goût pour la conversation. Tu es capable d'aborder des tas de sujets. Il doit bien y avoir des garçons gentils. Les enfants des voisins, par exemple...

C'était une des caractéristiques exaspérantes que Billy aimait chez elle : elle était assez naïve pour croire que le sens du contact représentait un atout pour un adolescent. Il eut envie de raconter sa première rencontre avec Emma Metcalf, fille de Bob et de Daphné, demi-sœur de Brad le Neandertalien. « Bonjour, tu es un des nouveaux enfants de pauvres, non ? Pauvre, pauvre de toi. » Cela venant d'une gamine au nez retroussé, aux oreilles percées et aux cheveux teints en rouge, vêtue d'un survêtement rose hors de prix, une mijaurée de dix ans dont Billy espérait qu'elle n'atteindrait jamais sa onzième année.

Il se disait qu'il aurait sincèrement aimé découvrir quelque chose à apprécier dans cet endroit, pouvoir dire à ses parents qu'il s'adaptait progressivement à sa nouvelle existence, mais il n'avait pas le cœur de mentir ; mieux valait donc garder le silence. Ce silence, la ville en avait à revendre : le silence d'un cercueil refroidissant au fond d'un tombeau.

Oliver lui avait tout dit sur les morts. Comment la rigidité cadavérique disparaissait au bout de vingt-quatre heures, comment le sang affluait aux extrémités du corps, comment les muscles faciaux pouvaient se contracter une heure après le décès si on les stimulait avec une décharge électrique, comment les corps se boursouflaient dans la tombe, ce qui leur arrivait pendant la crémation...

— Puis-je quitter la table ? demanda-t-il soudain.

Il avait la nausée et souhaitait se retrouver seul.

— Bien sûr, dit Ray, devinant que quelque chose troublait profondément son fils.

Billy gardait ses émotions pour lui. Tout comme son vieux père.

Il regagna sa chambre, s'allongea en travers du lit et se plongea dans une édition en mauvais état de *Je suis une légende*, de Richard Matheson. Il avait réussi à dénicher une bibliothèque dans les environs, mal achalandée, mais où on lui avait promis de commander des livres à son intention. En ce qui concernait le cinéma, il n'y en avait pas à Invicta Cross. Il fallait, si on voulait voir un film, se rendre à Croydon, mais il était difficile de trouver un bus pour rentrer après la séance. Il y avait également une piscine qui puait la Javel, pleine de marmots et de règlements : interdiction de courir, de sauter, de plonger, de rigoler. Il y avait aussi un club de billard devant lequel erraient en roulant des joints des individus qui semblaient en liberté surveillée, mais il fallait avoir dix-huit ans pour y entrer. Il y avait un foyer communal où l'on donnait aux désespérés des cours de macramé ou de ping-pong tout en leur faisant boire de la tisane. Il y avait enfin le centre de documentation d'Invicta Cross, vaste bâtiment à la façade de verre, aux fenêtres toujours closes ornées de dépliants sur les femmes battues ou les seringues usagées.

Billy relut la même phrase pour la troisième fois. Laissant tomber son livre, il reprit sa posture favorite devant la fenêtre, mince silhouette plaquée contre un ciel éternellement gris. Il ne vit rien qui eût pu accrocher son regard : pas d'enseignes au néon, pas de murs lézardés, pas d'ivrognes fêlés, aucun passant, pas de voitures de police, pas de marchands de journaux, pas de sans-abri, pas de pauvreté, pas de rivière, pas de putes, pas de bazar, pas d'affiches annonçant un concert de rock, pas de danger, pas de bus dans lequel bondir, pas de tunnel de métro d'où les rames auraient jailli dans un bruit de tonnerre, pas d'ordures, pas de chaos. Il n'y avait rien du tout : ni rires, ni cris, ni bribes de voix. Rien qui aurait pu signaler une présence humaine.

Exactement comme si on était mort.

7

Les dangers des semelles de crêpe

« *John et Phyllis Holt ont poursuivi leurs voisins pour avoir taillé leurs haies dans des formes sexuelles suggestives. Les Holt ont exigé la disparition des arbustes évoquant des symboles phalliques.* »

San Diego Union

Billy décida de rester le plus possible hors de portée d'Emma Metcalf. Elle avait visiblement le béguin pour lui, mais considérant qu'il s'agissait de la demi-sœur du chimpanzé qui errait toute la journée autour de la maison, les mâchoires pendantes et à moitié endormi, comme s'il ne se souvenait plus de l'endroit où il habitait, mieux valait ne pas encourager cette situation. Brad Metcalf était un danger public. Billy était bien décidé à ne provoquer en rien son inimitié ou sa sympathie.

Oliver passait de plus en plus de temps au numéro 13 Balmoral Close, débitant son interminable série d'histoires et de théories salaces, ce qui, pour son plus grand plaisir, faisait rire Billy aux larmes.

Il existait une fille que Billy appréciait, sans savoir pourquoi. Il ne l'avait vue que de loin, alors qu'elle traversait la cour de l'école pour se rendre en cours de français, se retournant avant de disparaître, mais quelque chose en elle l'avait tout de suite intrigué. Elle avait les cheveux en désordre, crêpelés et noirs, les jambes fines prises dans des bas de même couleur, les pommettes hautes, de grands yeux tristes et sombres. Selon Oliver, tout le monde la détestait. Elle s'appelait April Barrow. Elle et sa mère vivaient à la périphérie de la ville et ne recevaient jamais personne.

— Pourquoi la déteste-t-on ? demanda Billy à son ami alors qu'ils assemblaient des morceaux de bois et de polystyrène dans sa chambre.

— Sa mère est une sorcière, répliqua Oliver.

— Une sorcière ? Dans quel genre ?

— À mi-chemin entre *La sorcière d'Oz* et *Carrie*.

— Ça me va, murmura Billy. J'aimerais bien la rencontrer.

— Un mouflet s'est jeté hier d'un immeuble d'East Grinstead. Du septième étage. Les os de ses jambes ont percé sa cage thoracique. Mon père m'a dit qu'on avait célébré son service funèbre devant son cercueil fermé.

— Je me demande bien pourquoi il a sauté.

— La drogue. Selon mon père, il avait dit à la police qu'il était capable de voler.

— Pourquoi ne s'est-il pas balancé du premier, pour en être sûr ?

— Chais pas, répondit Oliver. Peut-être qu'il en était sûr.

En rentrant un soir du collège, Billy dressa la liste de tout ce qu'il haïssait à Invicta Cross : les voisins qui, comme des puces de cirque, ne se rendaient visibles que grâce aux rideaux qu'ils écartaient ; les rues aussi désertes que Laredo avant un duel au pistolet ; Val-U-Rite, le supermarché dont les dédales aboutissaient à trente-six caisses et où la recherche d'un paquet de biscuits équivalait à la quête du Saint-Graal ; le silence irréel de la ville après huit heures du soir, dû probablement au fait que les gens grimpaient dans leur cercueil à la fin d'*East*

Enders ; et l'effet que tout cela produisait sur ses parents : Ray ne cessait de rêvasser en faisant tinter sa monnaie dans ses poches, tout en sifflant pour tenter, semblait-il, d'éloigner de mauvais esprits. Angela se tenait en permanence au milieu de la cuisine et s'étreignait elle-même, comme sous le coup de la douleur. Ni l'un ni l'autre ne réalisaient à quel point ils étaient en train de changer. Si cela avait été le cas, ils auraient regagné Londres de toute urgence, tels des asthmatiques visitant le bord de mer.

Quelques jours plus tard, on proposa à Ray, qui ne s'y attendait pas, de gérer la boutique self-service d'une station Esso située à l'autre bout d'Invicta Cross. Il accepta et s'installa dans une boîte de plastique rouge, sur une bretelle d'autoroute. C'était un travail ennuyeux et mal payé, mais aux horaires souples. Ray pensa qu'il s'en contenterait jusqu'à ce qu'on lui offre quelque chose de plus intéressant.

Angela prit prétexte de ce nouvel emploi pour annoncer qu'elle allait inviter les voisins à « grignoter ». Billy était persuadé qu'elle n'avait fait qu'une seule fois la cuisine pour quelqu'un en dehors de sa famille proche : le jour de la mort de l'épouse de l'oncle Ernie, qui s'était montré incapable d'allumer sa cuisinière pour réchauffer les friands servis lors de la veillée mortuaire.

Cette soirée projetée par Angela laissait présager des désastres certains, mais sa décision était prise. Son désir de devenir une héroïne de magazine et de se créer de nouveaux amis l'emporta sur le maigre état de ses finances et la tête renfrognée de Ray. Elle décida que l'événement aurait lieu le vendredi suivant.

— Nous sommes fauchés, se plaignit son mari. Nous n'avons rien à voir avec ces gens-là et que tu veuilles frayer avec eux ne me plaît pas. Voitures de fonction. Vacances à l'étranger. Filles au pair. De la frime. Ce n'est pas ce qui compte.

— J'essaie simplement de me montrer sociable, répondit Angela. Le petit a besoin de se faire des relations. Quant à moi... (elle s'interrompit)... Je ne veux pas que les gens pensent que nous ne sommes pas capables d'avoir une vie décente.

Ray lui prit la main, l'entraîna hors de la cuisine vers le salon chichement meublé, la serra contre lui.

— Ce que pensent les gens n'a aucune importance, dit-il doucement. Nous nous avons, nous. Et cela suffit.

Billy savait qu'il mentait, car il disait exactement le contraire lorsqu'ils habitaient Londres.

Trop timide pour appeler ses voisins au téléphone ou sonner chez eux, Angela se procura de petites cartes d'invitation, les couvrit de sa plus belle écriture et les glissa dans les boîtes aux lettres des Prent, au numéro 12, des Metcalf, au 14, et des Bovis, au numéro15.

N'ayant aucune expérience du rôle de maîtresse de maison, elle sollicita l'aide de sa sœur, une grosse blonde bonne pâte dont le mari passait le plus clair de son temps en garde à vue pour trafic de magnétoscopes volés. Carol-Lynn arriva chargée de légumes et de fleurs fraîchement coupées venant du marché de Caledonian Road. Elle inspecta rapidement la maison. Ayant noté le broyeur d'ordures, le coin petit déjeuner et les grands placards, elle poussa des gloussements d'approbation, mais il était clair qu'elle ne pensait pas grand bien de l'endroit. Cela ne l'empêcha pas de hacher, cuire au four et faire bouillir toute la journée, en donnant à Angela les dernières nouvelles de Londres. Grâce à Dieu, elle rentra chez elle à six heures du soir pour nourrir ses trois enfants, initiative excellente dans la mesure où elle ne s'entendait pas avec Ray, qui rentra au moment même où elle s'en allait.

Pour Billy, boire en compagnie des voisins était aussi palpitant que de regarder *Oklahoma !* à la télévision un soir de Noël. Il lança donc des allusions si lourdes que Ray finit par l'autoriser à se rendre chez Oliver pour la soirée. Mais à la dernière minute, le père de ce dernier changea d'avis et obligea son fils à finir des devoirs en retard. Billy se retrouva donc assis à côté de Ray sur le canapé, attendant les sourires et les bavardages convenus.

Ken et Barbara Prent arrivèrent à huit heures tapantes avec leur fils Simon. Tous trois portaient les mêmes vêtements : jeans bleu pâle, chaussures de tennis blanches et pulls crème assortis. On eut l'impression de voir, lorsqu'ils prirent place en rang d'oignon sur le divan, une image transmise par un téléviseur défectueux.

Simon étant trop jeune et trop turbulent pour dîner à la table du buffet, Angela lui installa un petit siège spécial sur le côté. Barbara examina lentement la pièce, la détaillant avec soin en écarquillant ses larges yeux, comme si elle jaugeait des objets destinés à une vente aux enchères. Tout en extirpant les friands du four, Angela s'adressa gauchement à elle à travers le passe-plat, avant d'abandonner faute de réponse. Ray emplissait à ras bord leurs plus beaux verres exhibés pour la circonstance, tentant d'avoir l'air à son aise, comme s'il passait ainsi toutes les soirées de son existence. Billy se sentait à l'étroit dans la chemise pourpre trop serrée que sa tante Carol-Lynn lui avait apportée, produit de série vendu au rabais et dont le col le démangeait. Il observait en silence les invités et leur manège.

Dès que Ken Prent révéla que le bricolage était sa passion secrète, il sut que la soirée se terminerait en catastrophe. Son père, à peine capable de planter un clou sans le tordre et peu intéressé par les soldes que proposaient les quincailliers, perdit le fil de la conversation avant même l'arrivée des plats chauds.

— Ce que le vernis a de merveilleux, dit Ken, faisant courir ses doigts sur le linteau du passe-plat, c'est qu'on ne trouvera jamais une telle finition à l'état naturel. Cela ne veut pas dire que Barbara s'intéresse le moins du monde à ce que je fabrique de mes mains. Elle préfère acheter des objets tout faits, conclut-il tristement.

Heureusement, on sonna à la porte.

Ray et son fils allèrent ouvrir. C'était Georgina Bovis et son mari. Poitrine sortie, estomac rentré, Georgina, pensa Billy, avait l'air de porter des vêtements appartenant à sa petite sœur et deux fois trop petits pour elle. Sa robe était si serrée qu'elle risquait à tout moment d'exploser au niveau du nombril. Elle avait frisé à la grecque ses cheveux d'un rouge torride encore inconnu dans le spectre des couleurs et barbouillé son visage d'un fond de teint orange qui, s'arrêtant à sa gorge, donnait l'impression qu'elle s'était greffé la tête de quelqu'un d'autre. Fidèle spectatrice de *Dynasty*, dont la télévision diffusait les derniers épisodes, elle imitait le look de Joan Collins, arborant des épaulettes qui lui faisaient un torse de joueur de base-ball.

Alan, son mari, déjà bien enveloppé et doté d'un double menton alors qu'il n'avait pas encore atteint la quarantaine, gêné aux entournures par son costume gris trop ajusté, sa cravate de Marks & Spencer et ses chaussures bordées de caoutchouc, vendait des espaces publicitaires pour *The News of the World*. Georgina, elle, ne semblait avoir été créée ni pour le travail ni même pour une quelconque rapidité de mouvement. À en croire la façon dont elle se glissa dans le salon, telle une actrice effectuant la dixième prise de vues d'une même scène, quelqu'un, de toute évidence, lui avait affirmé que les gens élégants se déplaçaient avec lenteur. La fille des Bovis, Sherry, âgée de onze ans, n'était pas là. Ce soir-là, elle jouait au football, au grand déplaisir de sa mère, furieuse de voir son garçon manqué pratiquer un sport si peu aristocratique.

Bob et Daphné Metcalf arrivèrent portant un chardonnay d'un prix abordable et un bouquet de fleurs bon marché. Grâce à Dieu, ils avaient laissé chez eux leurs deux rejetons délinquants.

— Bob est conseiller financier d'une grande compagnie internationale de boissons non alcoolisées, dit Angela à son mari, se comportant sans s'en rendre compte comme une hôtesse d'accueil.

Daphné Metcalf portait, signe distinctif de son activité, un stylo cousu sur son chemisier. Elle jeta un coup d'œil en direction d'Alan, qui en était déjà à son deuxième gin tonic. Alan Bovis n'avait jamais aimé la condescendance de sa voisine écrivain. Elle toussait comme un chat enrhumé dès qu'on allumait une cigarette à deux mètres d'elle et regardait distraitement par-dessus l'épaule des gens à qui elle s'adressait. En plus, ses livres n'étaient que des torchons pornographiques dont les scènes de sexe, si l'on se fiait au comportement apathique de son mari, ne se fondaient en rien sur une expérience vécue.

Debout devant la cheminée sans feu, Barbara Prent suivit des yeux Angela qui apportait une quiche lorraine sur un plateau. De temps en temps, elle accordait une vague attention à Simon, qui essayait d'enlever sa culotte, mais ne semblait éprouver aucun intérêt ni pour l'enfant ni pour quoi que ce soit d'autre. Elle resta donc devant l'âtre, figée dans l'accoutrement clonesque des Prent, observant distraitement ce qui se passait dans la pièce, comme une espionne sous-payée.

Angela avait opté pour un buffet debout, car la table de la salle à manger n'était pas assez vaste pour y installer tout le monde. Elle avait décidé de servir, après un pâté de Sainsbury joliment présenté, un bœuf Strogonov, plat qui lui paraissait idéal pour trois raisons : c'était bon marché, snob et bourratif. Or, elle avait du monde à nourrir.

Peu habitué à de telles réunions, Billy avait le sentiment d'être entouré de gens exotiques mais affreux comme des dionées. Il pouvait presque entendre les cigales dans cette jungle de névroses. Il avait hâte de se retrouver là-haut, à l'étage, plongé dans un livre, jouissant d'une solitude confortable et détendue. Il imagina les invités en personnages d'Agatha Christie, éliminés les uns après les autres avec des raffinements divers : un piton d'acier planté dans le cou de Georgina et la clouant au mur ; un lacet garrottant Ken et le soulevant tandis que ses pieds s'agiteraient frénétiquement au-dessus de la table ; un verre de Martini empoisonné glissant de la main d'Alan qui, d'un seul coup, cracherait son sang ; des lames de rasoir glissées entre les touches du clavier de l'ordinateur de Daphné...

— ... enfant imaginatif, d'une sensibilité extrême. Il n'apprécie pas vraiment les sports d'équipe, n'est-ce pas, Billy ? Le nez toujours fourré dans un bouquin. Et quand il ne lit pas, il s'invente des histoires.

Sa mère essayait de souligner ce qu'il avait de spécial, mais cela ne marchait pas. Tous le regardaient telle une pièce de musée sans valeur. De toute façon, il ne désirait aucunement focaliser l'attention sur lui.

Ray ne se mêlait pas à la conversation. Il se contentait de passer au milieu du groupe, servant à boire aux uns et aux autres. Suivant l'exemple de son fils, il se taisait.

Georgina baissa un peu plus son décolleté. À ce stade, seule une intervention divine aurait pu empêcher ses seins de jaillir comme des fruits confits libérés de leur enveloppe.

Alors qu'ils se perchaient dans différents coins de la pièce pour manger dans des assiettes en carton dangereusement fragiles (une idée de Carol-Lynn, qui avait dit : « Tout ira bien si tu ne les remplis pas avec quelque chose de mouillé »), Billy dévisageait les hôtes de ses parents avec une horreur qu'il dissimulait à peine. Ken Prent, qui devenait chauve, avait rabattu des mèches de cheveux sur son crâne dégarni, tout comme Desmond Morris. Trop nombreuses, semblait-il, pour sa bouche minuscule, ses dents le faisaient ressembler à une marionnette des Muppets et il avait tendance à zozoter. Il avait un énorme nez percé de narines gigantesques, comme si on avait agrandi des parties de son visage pour les examiner. Agent comptable d'une compagnie d'assurances de Croydon, il possédait un stock apparemment inépuisable d'histoires où, tenant toujours le premier rôle, il faisait économiser à sa compagnie des sommes colossales en trouvant des combines pour ne pas indemniser les assurés. Mais il avait au moins quelque chose à dire, contrairement à Barbara Prent, qui semblait incapable, depuis bien longtemps, de prononcer une parole. Elle était sous narcotiques ; Billy n'avait aucun doute là-dessus. Elle contemplait son fils comme si elle le haïssait.

— Je vous ai parlé un jour dans la galerie marchande, déclara Georgina Bovis, agitant un doigt à l'ongle rutilant en direction de Daphné Metcalf. Vous êtes écrivain. J'ai lu quelque chose de vous, mais quoi ?

— Comment pourrais-je savoir ce que vous avez lu ? répondit grossièrement Daphné.

Georgina ignora la remarque, choisissant de répondre à une question qu'on ne lui avait pas posée.

— Alan, mon mari, collabore à un journal.

— Je croyais que vous aviez dit qu'il travaillait pour *The News of the World.*

Pendant ce temps, Barbara découpait méticuleusement son pâté. Elle en examina un petit bout.

— N'avez-vous pas de mal à trouver le bon dosage ? demanda-t-elle. Moi, j'ajoute toujours trop d'ail.

— Euh...

Angela jeta un regard anxieux à Ray, l'appelant au secours.

— Allons-nous avoir encore de la viande ? demanda Daphné d'une voix polie de petite fille destinée à mettre son hôtesse mal à l'aise. Voyez-vous, je suis végétarienne.

Elle l'était depuis moins de trois mois, mais n'insista pas là-dessus.

— Je suis vraiment navrée, balbutia Angela. Je l'ignorais. Puis-je vous proposer de la salade ?

— Ne vous tourmentez pas. Cela n'a aucune importance. Quel est le plat principal ?

Tout le monde fixa le grand pot de terre cuite que la mère de Billy venait de poser au centre de la table. Un dessin de vache en ornait un des côtés.

— Il y a plein de légumes, murmura Angela d'un ton désespéré.

Daphné souleva le couvercle avec précaution et grimaça.

— Cela a mariné dans la sauce et probablement bouilli dans du sang de bœuf.

— Je n'en ai pas mangé depuis des siècles, dit Georgina, rejoignant Daphné près du pot. Du bœuf Strogonov, non ? Nous en ingurgitions des tonnes lorsque nous étions étudiants. Très économique ; idéal pour les petits budgets. Ça se conserve indéfiniment.

Les hommes se servirent et se mirent à mastiquer d'un air dubitatif. Puis ils mâchèrent, tout simplement. Leurs assiettes commencèrent à mollir et à couler.

Billy observait sa mère. Elle faisait semblant de s'intéresser aux histoires de Ken tout en étudiant attentivement les invités, pour s'assurer que sa famille se comportait selon les normes. Sa voix s'affina de plus en plus au cours de la soirée, comme si elle s'efforçait de supprimer les barrières sociales qui la séparaient des autres.

— Depuis combien de temps vivez-vous ici, Ken ? demanda-t-elle tout en montrant la bouteille de vin à son mari, lui rappelant ainsi de servir ses voisins.

— Un peu plus de deux ans, dit Ken. Nous avons été parmi les premiers à nous installer. Nous avons acheté à temps. Les prix vont bientôt flamber. La politique de Maggie commence vraiment à payer. C'est une banlieue de première classe, ici. Bien sûr, lorsque nous sommes arrivés, notre rue donnait encore sur des champs. Vous imaginez le cauchemar, avec le gosse.

Ray eut sans doute l'air de ne pas comprendre, car Barbara ajouta :

— Patauger dans la boue.

Retournant à son mutisme, elle se remit à jouer avec sa fourchette, groupant des bouts de viande autour de son assiette qui se flétrissait peu à peu. Plusieurs fois, lorsque la conversation languissait, elle regarda sa montre.

— Ray, est-ce que je ne vous ai pas vu à la station-service, ce matin ? se rappela soudain Georgina. C'est l'homme dans la petite boîte, chez Esso, non ? Vous êtes dans une drôle de cabine isolée derrière les pompes.

Au milieu d'une pièce remplie de cadres, cette remarque pesa très vite de tout son poids. Georgina ne le remarqua même pas. Elle jeta un coup d'œil furibond à son mari, qui vidait ostensiblement son verre.

— Arrête de siffler cette bouteille, ou je te fourre le bouchon dans la glotte.

— Avez-vous déjà fricoté avec ma femme ? demanda Alan en acceptant de Ray une nouvelle rasade, sans se soucier de la mine outrée de Georgina.

Sa voix pâteuse suggérait qu'il avait pris deux ou trois verres avant de venir. En fait, il avait fait la tournée des bars en compagnie de ses imprimeurs de Farrington et n'arrêtait pas de siroter depuis midi.

— La monogamie n'est pas sa tasse de thé, ajouta-t-il. Ne vous approchez pas trop d'elle. Sinon, vous craquerez. C'est une femme sublime, vraiment. Bob m'a dit que vous aviez été relogés ici par notre égérie du 10 Downing Street ?

— Je crois que nous gênions la marche du progrès, admit Ray. Nous avons eu un peu de mal au début. À présent, nous commençons à nous habituer.

— Cette maison doit constituer une charge financière pour vous, dit Ken.

— Ils sont subventionnés. (Barbara reposa l'assiette à laquelle elle n'avait pas touché.) N'est-ce pas ? On vous aide à payer le loyer pour vous permettre d'acheter par la suite. Je me trompe ? Encore une brillante idée des gauchistes cinglés des services sociaux. Maggie, visiblement, n'arrive pas à les virer de l'administration locale.

Depuis le début de la soirée, elle et son mari n'arrêtaient pas d'appeler le Premier ministre par son prénom, comme s'ils se référaient à une ancienne copine de classe. Ray la fixa d'un air furieux.

— On ne nous a pas laissé le choix, expliqua-t-il. Nous habitions la vieille maison de mon oncle, à Greenwich. Ils ont décidé de la faire traverser par une route. Nous n'avons rien pu faire.

— Pas de chance, déclara Ken. D'ordinaire, on peut prendre connaissance à la mairie des projets autoroutiers à long terme et lancer des pétitions contre leur réalisation. Ça marche souvent. Enfin, tout est bien qui finit bien, hein ? J'imagine que votre emménagement ici représente une promotion pour vous. On n'a pas tous les jours l'occasion de quitter la fumée et les miasmes pour s'installer en plein cœur du pays.

Billy tenta de capter l'expression de sa mère, occupée à proposer à ses invités un choix de desserts. Elle se montrait très fière de son pudding, mais les convives préférèrent la mousse au chocolat achetée toute faite. Ken Prent n'avait pas oublié de remonter son moulin à paroles. Il émaillait à présent son discours de considérations sur les traditionnelles valeurs familiales de son parti (« On ne verra plus d'autre scandale de call-girl au Parlement, pas avec Jeffrey Archer comme président adjoint »), évoquait pêle-mêle le problème de « nos frères de couleur », leur propension à l'émeute (« Regardez les Sud-Africains noirs aux infos, ils sont incapables de se tenir tranquilles une minute ») et les dangers des semelles de crêpe (« Ma chère et tendre ne se serait jamais foulé la cheville si elle avait porté des chaussures convenables »).

Billy s'aperçut que son père avait envie que tout le monde foute le camp vite fait. Bob continuait à lui poser des questions embarrassantes sur le montant du loyer de la maison ; Daphné, sans se soucier des sujets de conversation, ramenait tout à son écriture, Alan était saoul et paraissait subitement fatigué, comme si on l'avait débranché sans prévenir. Quant à Georgina, elle coulait vers Ray des œillades suggestives.

Il manquait aux parents de Billy l'aisance naturelle qui leur aurait permis d'assurer le succès de la soirée. Pourquoi s'étaient-ils prêtés à cette mascarade sociale ? S'ils n'étaient pas assez bien pour leurs voisins, l'inverse était sûrement vrai. Personne ne paraissait vraiment passer du bon temps. On aurait dit qu'ils s'étaient tous retrouvés dans une chaloupe de sauvetage, obligés de se supporter sans se connaître. Billy était certain que d'ici une minute, quelqu'un proposerait une chanson pour réchauffer l'atmosphère. Il ne comprenait pas pourquoi ces gens n'avaient pas tout bonnement refusé de venir.

Georgina commença à raconter une histoire drôle. Son mari l'arrêta net :

— Pour l'amour du ciel, pas celle-là ! Daphné, j'espère que vous n'êtes pas catholique. Cette histoire d'évêque séchant sur ses mots croisés ne vous plairait que modérément.

— Il est toujours intéressant de recueillir des échantillons d'humour oral, répliqua la romancière avec un sourire si chaleureux que la température de la pièce baissa d'un coup. Mes fictions historiques nécessitent une documentation faramineuse. Chaque détail est le fruit d'une recherche acharnée.

— Vous me surprenez. Je croyais qu'il ne s'agissait que d'une succession de scènes de cul en costumes d'époque. (Alan gloussa en plongeant le nez dans son verre.) Recherches, hein ? Vous devez être lessivée, après un gros livre.

— Celle-là, Alan me l'a déjà sortie, lança Georgina. À une soirée où nous nous sommes rendus le jour de la capitulation des Argentins à Port Stanley. Je m'en souviens très bien, parce que ce fut la dernière fois que nous avons fait l'amour.

Elle eut un rire graveleux, sarcastique.

— Ne faites pas attention, rétorqua Alan. Le clitoris de ma femme a toujours limé le parquet.

— Vous devenez très grossier, dit Daphné.

— Pourquoi les femmes prennent-elles toujours la mouche ?

— Nous nous froissons facilement.

— Comme de vieilles pommes, ricana Alan.

Aux yeux de Billy, les Metcalf, les Bovis et les Prent étaient bien moins intéressants que n'importe lequel des parents des March à Londres. Il n'avait en face de lui que des caricatures, des automates débitant des insultes et des allusions malveillantes. Il observa Simon Prent. Après avoir badigeonné de mousse au chocolat l'intérieur de sa culotte, l'enfant se curait le nez et enfonçait les crottes dans son dessert.

Georgina écrasa sa cigarette au creux de son assiette et demanda à Ray s'il pensait qu'elle avait besoin de se faire réduire la poitrine.

Daphné dit à Angela qu'il lui faudrait lire davantage si elle voulait s'améliorer.

Bob raconta la vie quotidienne d'une grande compagnie de boissons non alcoolisées à Billy qui, tout en feignant un intérêt poli, se demandait ce qu'il éprouverait à chevaucher dans les Carpates à la fin du XIXe siècle, comme le professeur Van Helsing, poursuivi par des loups.

Georgina affirma à Angela qu'elle était représentante free-lance en cosmétiques pour Estée Lauder et pourrait sans doute l'aider à corriger l'affaissement de ses muscles faciaux.

Bob demanda à Ray si Ken Prent avait déjà réussi à lui vendre une police d'assurance.

Angela proposa à ses hôtes un peu plus de café puis regagna la cuisine pour tremper les couverts et calmer ses nerfs.

Alan réclama un cognac. Ray fut obligé de reconnaître qu'il n'y avait pas de digestifs dans la maison.

Billy crut mourir d'ennui.

Heureusement, la soirée s'acheva de bonne heure. Lorsque Barbara Prent découvrit que son fils s'était badigeonné les testicules de chocolat, elle poussa un cri horrifié et l'entraîna hors de la pièce. Sur le pas de la porte, quelques minutes plus tard, Ken essaya de fourguer aux March un contrat d'assurance.

Ce fut, pour tous, le signal du départ.

Alan était tellement ivre qu'il glissa sur le perron, lâcha un pet de cheval et s'effondra la tête la première dans la haie. Georgina embrassa le père de Billy pour lui dire au revoir et s'arrangea pour que sa cuisse lui frotte l'aine. Bras croisés, les épaules voûtées, une expression lugubre sur son visage plat, Daphné attendait impatiemment son mari devant le portail. Bob ne se fit pas prier et lança à la ronde un rapide : « B'soir tout le monde. »

Ray et Angela saluèrent tous les invités, fermèrent leur porte avec soulagement et échangèrent leurs impressions. Ils aboutirent à la conclusion que la soirée n'avait pas été une réussite.

Billy monta se coucher avec deux livres, le tome I des *Mythes grecs*, de Robert Graves, et *The Stepford Wives*, d'Ira Levin.

— On peut dire que nous ne leur avons pas plu, entendit-il sa mère déclarer.

— Tant mieux, répliqua Ray. Ils ne m'ont pas fait bonne impression non plus.

— La question n'est pas là. Nous devrions au moins essayer de nous couler dans le moule.

— Et puis quoi ? Pour que Billy finisse comme leurs mômes ? Merde, non, merci.

L'affaire était entendue. Ils ne renouvelèrent jamais leur tentative. Et aucune des trois familles qu'ils avaient conviées chez eux au cours de leur premier mois à Invicta Cross ne leur rendit leur invitation.

8

La déesse du foyer

« Disposées et construites de façon anonyme, [les maisons de banlieue] expriment l'isolement, l'absence de relations et ne parviennent pas à créer les liens qui permettraient aux gens de se sentir intégrés au tissu reliant les hommes à leurs semblables. »

Christopher Alexander

Je m'attends à un événement horrible, écrivit Billy dans son journal. *Les catastrophes surgissent comme la marée montante. On ne se rend compte de ce qui se passe qu'une fois complètement submergé, alors qu'il est déjà trop tard.*

L'automne s'effaça devant un hiver précoce et rigoureux. Les cordes à linge gelèrent, les réverbères scintillèrent sous le givre et les promeneurs de chiens d'Invicta Cross abrégèrent leur trajet.

Un soir, la mère de Billy annonça, d'une voix qui en disait long sur son peu d'enthousiasme, qu'elle disposait enfin d'une source de revenus. On lui proposait une place de caissière au Val-U-Rite. Cela ferait l'affaire, ajouta-t-elle, en attendant l'emploi permanent qui se présenterait bien un jour. Billy savait que ce travail se révélerait humiliant pour elle ; il lui faudrait servir les dames du voisinage. Les résidentes d'Invicta Cross étaient avant tout des femmes au foyer. Certaines exerçaient des professions libérales ou se consacraient, à mi-temps, à des occupations d'une distinction discrète, souvent bénévoles, comme la collecte de fonds pour l'enfance nécessiteuse. Elles ne travaillaient que pour avoir quelque chose à faire.

Un mur imperceptible séparait désormais les March des autres habitants du quartier. Les plus anciens s'en montrèrent soulagés, comme si un ordre naturel venait d'être restauré. Ces coucous apparus brutalement au milieu des nids aux jolies plumes de Balmoral Close avaient, en acceptant des emplois subalternes, retrouvé un niveau conforme à leur statut social, à la grande satisfaction de ceux qui s'étaient crus obligés de frayer un instant, à contrecœur, avec une famille de la classe ouvrière.

À la sortie du collège, Billy allait parfois rendre visite à son père au garage, où une file interminable de Land Rover, de Volvo, de BMW et de Mercedes attendaient qu'on remplisse leur réservoir. Assis sur un haut tabouret dans sa cage de verre, à côté des pompes, Ray vendait des produits déodorants, du dégivrant, des enchiladas à réchauffer au micro-ondes, des cassettes, des fleurs artificielles aux couleurs étranges et des sacs de charbon de bois pour barbecues. La boutique sentait l'essence, les effluves de pin et la viande hachée plus ou moins cuite. Elle donnait sur une aire de béton où deux grands piliers blancs soutenaient un gigantesque toit plat illuminé en permanence. De l'autre côté de la route se dressait une station Texaco dotée elle aussi d'une boutique de verre, comme une image de sa rivale reflétée par un miroir déformant, de sorte que les deux gérants pouvaient s'observer à longueur de journée.

Lorsqu'il devint clair que la présence de son fils, témoin de son inaction, indisposait Ray, Billy se mit à rendre visite à sa mère, mais le responsable du supermarché, déclarant à juste titre qu'il troublait la concentration d'Angela, lui interdit l'accès du magasin aux heures de pointe. Plus âgée que les autres caissières, Mrs. March était entourée d'étudiantes étrangères de Crawley. Si quelques-unes se montraient amicales, la plupart gardaient leur quant-à-soi. De toute façon, les occasions de conversation étaient rares. Avec une précision mécanique, Angela faisait défiler les produits devant le nouveau lecteur de codes-barres informatisé. Le bas du visage éclairé par le rayon X rouge, elle luttait contre la torpeur qui l'envahissait en évoquant d'autres moments, d'autres lieux. Lorsqu'elle levait les yeux, elle apercevait ses collègues groupées en deux rangées légèrement courbes, quinze d'un côté, dix-sept de l'autre, accomplissant toutes les mêmes gestes saccadés. C'était comme se retrouver prisonnière entre deux miroirs sans fin.

Ses horaires ne coïncidant pas avec ceux de Ray, elle voyait moins son mari. Chaque fois qu'elle servait une des habitantes de Balmoral Close, elle hochait poliment la tête, sans rien dire. Convaincue depuis l'enfance de ne posséder aucune personnalité, elle avait toujours manqué de confiance en elle. Cette crainte perpétuelle distillée par ses parents s'épanouissait enfin sur un terrain favorable.

La nuit, le vent ployait avec bruit les ormes qui, endommagés par les tempêtes, s'alignaient à l'autre bout de Balmoral Close. La voie qui y conduisait perturbait Billy. Il avait découvert, au cours de sa première tournée à bicyclette, que Balmoral Close traversait Windsor Terrace et se poursuivait, après un large tournant, jusqu'à un champ nu. Normalement, on aurait dû y édifier d'autres pavillons, mais, pour une raison indéterminée, on n'avait pas achevé la route. Elle se terminait en cul-de-sac, le goudron et les pavés venant mourir dans des mares de boue et des touffes de mauvaises herbes. Billy montra ce terrain vague à Oliver. Il se sentait mal à l'aise, posté ainsi à l'extrémité de leur petit univers, sous la lumière des derniers réverbères dont le bourdonnement se mêlait au sifflement du vent dans les arbres. Cette route interrompue le troublait : tout en faisant partie d'un projet grandiose, elle ne menait nulle part. Là, la civilisation s'arrêtait pour se heurter aux ténèbres, comme si le tour de magie prométhéen censé créer un monde à partir de dents de serpent avait, sur cette terre désolée, échoué lamentablement. Là, Hestia, déesse du Foyer, avait bâti une ville, édifié des maisons protégées par un feu sacré que le manque de chaleur humaine avait refroidi et éteint. Ce feu, aucune flamme terrestre ne le ranimerait plus.

— C'est étrange, murmura-t-il. La ville n'est qu'à quelques pas du néant.

— Nous sommes toujours à quelques pas du néant, où que nous nous trouvions, répondit Oliver. Ils recouvrent les champs de bitume et de briques et nous disent que c'est la civilisation, mais les rues peuvent très bien disparaître à nouveau. Le passé est là, sous nos pieds.

Il appuya sa botte sur le béton craquelé et contempla la nuit.

— Une énorme tempête pourrait soulever cette ville et l'envoyer valdinguer dans les nuages.

— J'aimerais bien voir ça.

— Il est possible que tu n'aies pas à attendre trop longtemps, conclut sombrement Oliver.

Les deux adolescents se turent, attentifs au murmure, dans le lointain, des forêts sans pitié.

9

La tour de guet

« En 1980, les services de santé de New York ont recensé dans la ville un total de 1207 agressions humaines par morsures ayant nécessité un traitement médical d'urgence, soit une augmentation de 24 % par rapport à l'année précédente. »

United Press International

Bien plus haute qu'il ne l'avait cru tout d'abord, la vieille tour de brique était plus ancienne que les bâtisses, elles-mêmes en ruine, qui la cernaient. Jadis propriété de l'administration des eaux, cet ensemble avait, en des temps moins éloignés, fait office de centrale électrique. On distinguait encore, sur les portes de métal rouillé, des mises en garde en forme d'éclairs contre les risques d'électrocution et des bulbes d'acier jaillissaient çà et là comme les lampes d'une vieille radio. Son architecture tarabiscotée donnait à la tour un aspect suranné, renforcé par ses absurdes petites tourelles et ses balcons décoratifs de brique enchâssés entre ses consoles d'allure médiévale. Œuvre de ces architectes de l'ère victorienne qui s'efforçaient de rendre romantique le moindre édifice, même le plus modeste des châteaux d'eau, elle avait survécu à la nouvelle affectation des bâtiments. Seule structure intéressante à des kilomètres à la ronde, elle demeurait, pour l'heure, fermée au public. Mais cela ne durerait pas.

À califourchon sur son vélo, Billy nota la présence d'une échelle métallique courant contre la façade d'une des tourelles. Même si on avait bouché l'entrée de la cage d'escalier, il serait possible d'escalader les barreaux d'acier jusqu'au sommet du toit et de jouir, de là, d'une vue panoramique sur la ville. Malheureusement, la centrale paraissait inaccessible ; murs protégés par du fil de fer barbelé, portes cadenassées. Il semblait n'y avoir, néanmoins, aucun système d'alarme en état de marche.

En classe, le lundi suivant, Billy en parla à Oliver.

— Trop dangereux, répondit ce dernier en remontant d'un air lugubre ses lunettes sur son nez. Tu ne penses tout de même pas t'introduire là-dedans ? Il y a deux ans, un môme a essayé. Il a été électrocuté et réduit à sa plus simple expression. On a ramassé ses restes avec une pelle à poussière.

— Mais on a dû couper le courant, à présent.

— Va savoir. Ils l'ont peut-être laissé par erreur.

Billy dévisagea son ami. C'était le garçon le plus pâle de la classe ; parce qu'il aidait parfois son père pendant les week-ends (« Seulement à la boutique, s'empressait-il de préciser. Je n'ai pas le droit d'aller au fond, avec les cercueils ») et que Mr. Price estimait qu'un teint hâlé aurait pu choquer les familles en deuil.

— Sans bluffer, tu as vu combien de macchabées ? lui demanda Billy.

Ils étaient assis à la cafétéria, regardant leurs camarades de classe piétiner un terrain de football balayé par le vent d'hiver. Ils faisaient tous deux partie des quatre élèves obstinément allergiques aux sports d'équipe. Les deux autres étaient Raymond qui, doté d'une jambe plus courte que l'autre, portait une semelle orthopédique et Leslie, célèbre pour avoir affirmé un jour au professeur de gymnastique qu'il était une femme emprisonnée dans un corps masculin.

— Un paquet, répondit Oliver d'un air négligent. De toute façon, ils se ressemblent tous. La peau flasque et verdâtre. Je pourrai t'en montrer un, si tu veux.

— Ton père ne voudra jamais.

— Très juste. Il dit toujours que je ne respecte pas les morts. Il prétend aussi que je ferais un tueur en série idéal parce que je n'ai ni sens moral ni prédisposition pour le remords. Cool, non ?

— Ouais, nickel. J'ai l'impression de voir des cadavres partout, par ici.

— Peut-être que tous les habitants sont morts et que personne ne s'en est encore aperçu.

— Ou bien ton père a décidé d'économiser ses cercueils et d'entasser ses clients sous les abribus.

— Peut-être qu'ils sont tous maudits, comme le Hollandais volant, sauf qu'on les a condamnés à errer au Val-U-Rite en poussant leur caddie jusqu'à la fin des temps.

La blague les fit rire. Billy sentit qu'Oliver et lui étaient sur la même longueur d'onde. Oliver avait délaissé la révolution technologique pour dévorer de plus en plus de livres, ce qui lui permettait de suivre sans problème les élucubrations de son ami, alors que la plupart des autres adolescents du collège s'enfermaient chaque jour davantage dans le monde merveilleux de la vidéo.

— Je peux te demander quelque chose ? hasarda Oliver.

— Dis toujours.

Oliver mordit dans son sandwich au fromage et à la moutarde en observant, dans le lointain, les giclées de boue, signe d'une partie de foot acharnée.

— Pourquoi tu détestes tellement ce bled ?

— C'est l'endroit le plus ennuyeux que je connaisse, en dehors de la maison de mon cousin Ashley, qui passe ses week-ends à repasser sur son magnétoscope les vieux épisodes de *Star Trek,* débusquant les erreurs de scénario avant de les signaler par lettre à Gene Roddenberry.

— Je n'ai jamais vécu ailleurs qu'ici. Je n'ai aucun élément de comparaison. Nous nous sommes installés bien avant la construction de la ville nouvelle, à l'époque où il n'y avait que cinq maisons.

— Et c'était comment, dans ce temps-là ?

— On pouvait entendre une vache meugler à un kilomètre. On a failli s'en aller lorsque mon père a divorcé, mais, finalement, l'augmentation de la population de Crawley nous a décidés à rester. Il y a un max de vieillards, à Crawley. Mon vieux a eu tellement de boulot, avec la vague de froid de l'hiver dernier, qu'il a presque songé à agrandir sa boutique.

— Tu vas souvent à Londres ?

— On ne bouge jamais. Mon paternel a un problème de prostate. Il peut à peine rester assis le temps de lire les gros titres des journaux.

— Tu veux dire que tu n'y es jamais allé ? demanda Billy d'une voix incrédule. Pas même une fois ?

— Pas une seule. Pour mon père, Londres, c'est l'enfer. Ma mère s'est tirée là-bas pour être avec son jules, un vendeur de chaussures asthmatique nommé Dirk. Comme quoi on peut tomber bien bas.

Deux jours plus tard, Billy persuada Oliver de sécher les cours et d'aller passer la journée à Londres. Oliver, qui avait toujours de l'argent sur lui, proposa de payer le voyage. Billy, en échange, lui servirait de guide. Le fils du croque-mort n'avait jamais vu de ville plus grande que Crawley. La haine que vouait son père à la capitale était inextricablement liée à l'infidélité de sa femme. Pour échapper aux effluves de l'aldéhyde formique, il s'offrait de temps à autre une excursion dans les Downs du Sussex battus par les vents et s'emplissait les poumons de l'âcre puanteur de la bouse de vache.

Billy était persuadé que son escapade en compagnie de son ami aurait des conséquences mystiques, qu'il recevrait un signe lui indiquant que la déesse de la cité regrettait de l'avoir perdu.

Le matin prévu, les deux adolescents partirent tôt de chez eux, se retrouvèrent à la gare d'East Grinstead, fourrèrent dans leur poche leur cravate aux couleurs du collège et montèrent dans le premier train pour Charing Cross. Le nez collé contre la vitre du compartiment, ils virent défiler d'interminables rangées de maisons de banlieue semblables à des dents décolorées qui, lentement, cédèrent la place à de vastes étendues vides de goudron et de béton, puis aux murs couverts de suie des usines ou des entrepôts et enfin à des panneaux publicitaires agressifs et criards, seule trace d'humanité jusqu'au franchissement du fleuve brun foncé et à l'arrivée en gare de Charing Cross.

Ils sautèrent sur le quai avant l'arrêt du train.

En bas des marches conduisant de Villiers Street aux berges de la Tamise, ils s'arrêtèrent devant un sans-abri barbu prostré sur le trottoir qui, enveloppé dans une grande couverture blanche, appuyait sa tête contre un mur de béton orné d'une fresque. Un ami se pencha vers lui, lui prit les mains. Les deux clochards ressemblèrent un instant aux personnages d'une scène biblique.

En quelques heures, Billy et Oliver firent le tour de l'Obélisque de Cléopâtre, foulèrent les poèmes gravés sur les pavés usés en face du Parlement, passèrent devant les griffons gris gardant le viaduc de Holborn et les corbeaux clopinant de la Tour de Londres, de sinistre mémoire, burent un café près des bouquinistes aux échoppes installées sous le pont de Waterloo, se frayèrent un chemin au milieu des touristes se pressant, comme il fallait s'y attendre, autour d'Eros, parvinrent jusqu'aux façades éclairées des salles de spectacle de Shaftesbury Avenue, jouèrent à des jeux vidéo dans le passage d'Old Compton Street, lorgnèrent les filles aux yeux mornes guettant les clients derrière leurs fenêtres de Brewer Street. Ils bifurquèrent vers le nord en longeant les clôtures et les frontons tarte à la crème des maisons de Regents Park, admirant les grandes allées de gravier et les frises de style grec aux filets blancs semblables à des ornements de gâteaux de mariage.

Dans le courant de l'après-midi, ils regagnèrent le centre-ville et se retrouvèrent au milieu d'un Trafalgar Square presque désert. L'air, subitement, se figea. Un court instant, la circulation elle-même parut silencieuse. On n'entendit plus rien, hormis le vent léger qui, contournant la fontaine, cessa lui aussi. Billy regarda les sombres lions de Landseer. Tout d'un coup, sa vision fut troublée par des lignes blanches barrant le ciel en diagonale. Il jeta un coup d'œil en direction d'Oliver et éclata de rire. La neige ! En quelques minutes, les lions disparurent sous les flocons tourbillonnants. Les pigeons eux-mêmes s'immobilisèrent sur le sol, fascinés par le spectacle. Billy se mit à danser autour de son ami comme un fou échappé de l'asile, ravi de constater à quel point un phénomène aussi simple, aussi naturel, pouvait transformer une ville. Il regarda, au-delà de la place, Whitehall où, sans aucun doute, les flocons s'agglutinaient sur les bonnets à poils des gardes, et l'entrée du Mall au bout duquel, il en était sûr, la reine venait de se lever et, contournant son bureau, marchait jusqu'à sa fenêtre, perdue dans ses songes. La capacité de se métamorphoser avec une telle aisance pour retrouver aussi rapidement, une fois la chute de neige terminée, son état normal, était un des secrets de la cité. Elle en avait d'autres, beaucoup d'autres, mais Billy savait qu'ils resteraient cachés jusqu'à la prochaine fois.

Son ami et lui reprirent le chemin de la gare d'une démarche mal assurée, comme enivrés par tout ce qu'ils venaient de voir. Oliver dut jurer de garder le secret, en échange de la promesse de renouveler l'escapade le mois suivant.

Il faisait nuit lorsque le train s'arrêta à Invicta Cross. Les réverbères striaient la ville avec la régularité de balises d'atterrissage. Billy parvint à être chez lui à temps pour le thé. Il régnait dans la petite maison une atmosphère tendue et il eut l'impression que sa mère avait pleuré. Tous trois mangèrent sans conviction. Ensuite, alors qu'ils s'asseyaient d'ordinaire devant la télévision, ses parents restèrent dans la cuisine, pour parler.

Il perçut quelques bribes de la conversation, comprit que sa mère avait subi un affront au supermarché. Il tendit l'oreille. Il y avait eu des mots, des paroles insultantes, irrémédiables. Trop polie pour répliquer sur le même ton, Angela avait parlé de démission. Billy essaya de ne plus entendre les voix anxieuses de ses parents et se concentra sur l'écran de télévision. Une jeune starlette expliquait que sa vie avait changé du tout au tout depuis qu'elle avait réussi à se débarrasser de ses pellicules. Excédé, il se leva et gagna l'étage.

Il déverrouilla rapidement la porte de sa chambre, alluma la lumière et contempla son œuvre. Il regretta de ne pas avoir un frère pour l'aider. Peut-être demanderait-il à Oliver de lui donner un coup de main. Il aurait besoin de lui pour l'installation électrique. Il se saisit d'une cassette des Smiths (« Les bouffeurs de viande ne sont que des tueurs »), l'inséra dans son lecteur.

Il s'était lancé, avec du balsa, du carton et du plastique, dans la réalisation minutieuse d'un modèle réduit de la ville. Il en était au stade du dessin des rues. Il s'inspirait, pour les reproduire à la bonne échelle, d'une carte d'état-major. Quant aux bâtiments eux-mêmes, ils prenaient déjà trop de place par rapport à l'espace qui leur était assigné, ce qui l'obligerait, pour placer le collège et le supermarché, à agrandir le socle de la maquette. La carte lui permettait de leur donner des proportions plus ou moins exactes, mais ne lui était d'aucune utilité pour insuffler la vie à l'ensemble de sa construction. Il lui était impossible de représenter l'arrière des immeubles, les jardins, les recoins invisibles depuis les rues. Les seules photographies existantes d'Invicta Cross se trouvaient au foyer municipal et on ne pouvait les emprunter. Pour restituer l'essence de ce lieu, il lui faudrait trouver autre chose.

Il ne savait pas très bien pourquoi il avait commencé cette maquette. Il pensait simplement qu'elle lui serait indispensable s'il arrivait un jour à se trouver bien là où le hasard l'avait jeté. De toute façon, il s'agissait d'un passe-temps plus constructif que le démontage pièce par pièce de l'horloge de la cuisine auquel se livrait son grand-père – et, à présent, son père – les jours de désœuvrement.

Une demi-heure plus tard, ses parents reprirent leur tapage. Billy augmenta le son de la cassette des Smith et se détourna de la ville miniature pour se plonger dans un vieil exemplaire corné, déniché à la bibliothèque, de *L'Encyclopédie du meurtre*, d'Angus Wilson. Les motifs absurdes qui poussaient les humains à s'entre-tuer le frappèrent. L'infidélité y occupait, bien sûr, une place de choix, mais il y avait aussi l'ennui, l'intolérance, la bravade. Souvent, les assassins menaient depuis leur naissance une vie tout à fait normale jusqu'à cet unique déchaînement de violence et d'horreur qui, ensuite, hantait jusqu'à leur mort tous leurs moments de veille.

Alors que ses parents se disputaient toujours au rez-de-chaussée, il s'endormit, le livre niché au creux de son bras.

Le vendredi suivant, il partit tôt du collège, prit le chemin du château d'eau. La nuit tombait lorsqu'il y parvint. Il s'était muni d'une lampe de poche, d'un carnet de croquis, de crayons et d'outils divers chapardés dans l'atelier de fortune que son père avait installé chez lui, dans la remise. Les pinces de Ray étaient trop fragiles pour venir à bout des chaînes rouillées, mais Billy parvint à escalader le mur couvert de mauvaises herbes et, grâce à une corde à linge de nylon, à prendre pied de l'autre côté.

Fermée par une serrure à cylindre de conception récente, la porte de la tour présentait une difficulté d'un tout autre ordre. Heureusement, ses architectes, dans leurs prétentions préraphaélites, avaient posé contre le mur, de chaque côté, de fausses archières tellement endommagées par le temps que Billy put, en faisant crouler la brique rouge et friable, se faufiler à l'intérieur.

Il se retrouva dans une salle glaciale donnant sur un escalier étroit. Il l'escalada, dérangeant les pigeons endormis qui s'envolèrent à grand bruit et dont la fiente mêlée à l'urine imprégnait les marches d'une senteur acide, se hissa jusqu'au sommet où il déboucha, après avoir forcé une petite porte, au milieu d'une pièce voûtée qui dominait la ville.

Il se rendit compte immédiatement qu'il pourrait, de là, étudier le panorama pour doter sa maquette des formes et des couleurs qu'autrement, il n'aurait jamais utilisées. Il se fraya un chemin jusqu'au garde-fou qui, situé au nord, donnait sur les rues cernant la petite maison de Balmoral Close. Et il commença à dessiner.

10

La fille de la sorcière

« David Demers, de Clearwater, Floride, vient de recevoir de l'Amérique entière des menaces de mort pour avoir décidé de se débarrasser de son chien à trois pattes en l'abandonnant au milieu de l'autoroute, attaché à une boule de bowling. »

West Palm Beach Post

Ray se faisait du souci pour Angela. Désorienté par une situation qu'il avait du mal à comprendre, il ne savait comment l'aider. Les femmes, pour lui, avaient toujours été un mystère. À l'inverse des maris des talk-shows télévisés qui s'affirment totalement en phase avec leur compagne, il avait toujours vécu en marge du monde féminin, se contentant de le regarder de loin. Sa mère, acariâtre et dure à la tâche, avait mené son monde avec la rudesse d'un maton surveillant une bande de forçats chargés de casser des cailloux sur les routes. Elle n'avait jamais permis à un homme de connaître ses pensées. En ce temps-là, on considérait le fait de montrer ses sentiments comme un signe de faiblesse. Le père de Ray, totalement soumis à sa virago, s'était bien gardé de briser ce tabou. À présent, Ray essayait désespérément de comprendre sa propre épouse.

Angela était délibérément ignorée des autres femmes du supermarché ; non des caissières, mais des clientes. Lorsqu'elles ne la snobaient pas, Barbara Prent, Daphné Metcalf, Georgina Bovis et les autres modifiaient leurs achats alors qu'elle les avait déjà enregistrés, bloquaient l'allée centrale avec leurs chariots et se plaignaient à haute voix de la qualité du service.

Ray laissa entendre qu'être rabaissée plus bas que terre dans le supermarché du coin n'était pas le pire destin du monde et qu'il faisait quand même bon vivre à Invicta Cross. Il suggéra à sa femme de fréquenter le foyer municipal de Brunswick Parade et de s'inscrire à quelques associations locales.

Peu douée pour l'intégration sociale, Angela se rendait compte que les femmes, se regroupant par clans et par affinités, acceptaient difficilement de nouveaux visages, mais elle ne comprenait pas la véhémence de leur rejet. Pendant ses heures de travail ou lorsqu'elle faisait ses courses, elle ne manquait pas d'enregistrer les regards furtifs ou les propos ironiques, finissait par en voir là où il n'y en avait pas et, le soir, racontait tout à son mari avec une aigreur qui ne cessait de croître.

Elle poussa la porte du foyer municipal d'Invicta Cross et parla à une personne au visage sans grâce nommée Sandra Brickett, qu'elle avait parfois vue pénétrer dans une maison perdue à l'autre bout de Balmoral Close. Sandra lui apprit que, malheureusement, la plupart des clubs ouverts aux femmes – bowling, œuvres sociales, artisanat ou Rotary – avaient, pour l'heure, clos leurs inscriptions. Elle ajouta qu'il restait peut-être une place libre à la société féminine de golf, mais s'empressa de modérer les ardeurs d'Angela en mettant en avant le prix élevé de la cotisation.

La mère de Billy se rabattit donc sur le cercle de tricot. On lui présenta une dizaine de vieilles dames, dont pas une seule n'avait moins de soixante-dix ans. Elles faisaient en silence cliqueter leurs aiguilles ou, de temps à autre, posaient à leurs pieds leur pelote de laine informe pour se lancer dans de longs développements sur leur incontinence urinaire. Ce fut sa seule et unique visite.

Bien que disposant, à cause de son travail, de peu de loisirs, elle essaya le club de peinture, puis ceux de cyclisme et de lecture. Chaque fois, Sanda Brickett lui répondit d'un air suffisant que les inscriptions étaient closes. Ray finit par ne plus supporter ses récriminations. Elle se confia alors à son fils. Billy se mit dès lors à noter dans son cahier rouge toutes les humiliations qu'elle subissait, en jurant que pas une seule ne resterait impunie.

Ray devait affronter ses propres problèmes. Les March avaient sérieusement entamé leur capital, déjà réduit. S'ils ne parvenaient pas, d'une façon ou d'une autre, à gagner davantage d'argent, ils seraient obligés, en dépit de l'aide qu'on leur allouait, de quitter leur maison. Lorsque Ray se rendit à sa banque, à Croydon, il s'entendit dire, par l'employé subalterne qui le reçut, qu'il ne lui restait plus qu'à trouver un emploi mieux payé ou à vendre quelque chose lui appartenant.

Curieusement, le jour où cette occasion se présenta, il ne la saisit pas.

C'était un dimanche matin, tiède pour ce début de novembre. L'astiquage hebdomadaire des voitures venait de commencer. On aspergeait les carrosseries d'eau savonneuse avant de déboucher des bidons de produits lustrants et de bombarder les sièges de désodorisants aux senteurs de pin. À ce moment-là, quelqu'un vint sonner chez Ray March.

La main offerte appartenait à un homme grand et de belle apparence, âgé d'une trentaine d'années, aux boucles d'un blond immaculé et au sourire digne d'une publicité pour une pâte dentifrice. Il s'appelait Justin Brickett. Il déclara :

— Je crois bien que votre femme connaît la mienne.

Peu habitué à une telle amabilité, Ray recula d'un pas et, sans mot dire, fit entrer le visiteur. Émergeant de la cuisine, Angela eut le même air surpris que son mari. Elle aussi avait du mal à croire qu'un homme si élégant pût être l'époux d'une personne aussi ingrate et pompeuse que Sandra Brickett.

— Mrs. March, s'écria-t-il en lui tendant la main, quel plaisir ! J'ai tellement entendu parler de vous !

Angela accepta le compliment avec réticence. Elle se doutait bien de ce qu'on lui avait débité sur son compte. Justin portait un chandail de cachemire rouge, un pantalon bleu sans faux pli et d'impeccables mocassins marron. Il ressemblait à un champion de golf américain. Avec le naturel d'un animateur de jeu télévisé, il ajouta, découvrant le salon :

— J'espère que votre installation se passe bien.

— C'est-à-dire que... Nous n'avons pas tout à fait terminé...

— Ce qui compte, c'est de rencontrer des visages nouveaux, poursuivit-il en la regardant droit dans les yeux. N'est-ce pas le plus important ? La charité chrétienne ne commence-t-elle pas par la relation entre voisins, entre familles nouant des liens d'amitié ?

Ce qu'il veut, c'est du blé pour sa putain de paroisse, pensa aussitôt Ray. Merde.

— Ma femme vous a probablement parlé de ce que je fais au foyer, de mon action en faveur de la Fraternité chrétienne de l'église Saint-Pierre.

— Accepteriez-vous une tasse de thé ? demanda Angela, toujours sur la défensive.

— Volontiers, Angela. J'espère que vous me pardonnerez ma familiarité.

Justin sortit de sa poche une pipe qu'il alluma, ultime gadget destiné à compléter sa panoplie de mannequin pour magazine de mode. Il ne lui manquait plus qu'une Rollex au poignet. Ray le suivit jusqu'à la porte-fenêtre.

— Vous avez là un joli jardin, murmura Justin en tirant sur sa pipe avec un petit bruit de salive. Quand on pense qu'il ne s'agissait, il y a à peine deux ans, que d'un terrain vague ! Comme ils ne savaient pas quoi faire de l'espace séparant les deux maisons du bout de l'allée, ils ont construit celle-ci. Vous le saviez ? Personne ne voulait l'acheter. On l'a finalement bradée au gouvernement pour une bouchée de pain.

— Vous avez l'air d'en connaître un brin, sur ce quartier.

— Je m'en suis un peu mêlé, en effet. À titre de conseiller auprès des autorités locales, dit-il d'un air dégagé. Étant un des plus anciens résidents, j'ai mes informations, croyez-moi. Je me suis dit que vous pourriez avoir un problème, ici.

Il tapota la vitre avec le foyer de sa pipe.

— Quel genre de problème ? demanda Ray d'une voix méfiante.

— Un problème d'affaissement.

La fumée de la pipe forma un halo brumeux contre la vitre.

— Ce terrain, à l'arrière de chez vous, est marécageux et l'a toujours été. On va construire d'autres maisons aux alentours, ce qui risque de faire remonter le niveau de la nappe. Nous leur avons conseillé de ne plus rien bâtir dans les environs. Les marais ne disparaissent jamais. Vous pourriez très bien vous retrouver avec un jardin inondé qu'aucune compagnie d'assurances n'acceptera de prendre en charge. Sans parler des frais de drainage et d'assèchement. Une vraie fortune.

Angela jeta un coup d'œil anxieux à son mari. Quant à Justin, il retourna à sa contemplation de la pelouse, fixant d'un air cupide un point éloigné.

— Cela pourrait quand même vous permettre de vous mettre un paquet dans la poche.

— Ah ! Et comment ?

— Vous voyez votre allée, là, sur le côté ? Si vous la liquidez, ainsi que votre garage, ramenant votre clôture en deçà, cela laissera un carré parfait.

— Un carré parfait ? Pour quoi faire ?

— Pour le vendre, bien sûr. Un joli petit terrain.

— Mais vous m'avez dit qu'il serait inondé.

— Si vous le cédez à une entreprise commerciale, l'acheteur devra l'assécher lui-même. Vous serez dégagé de toute responsabilité.

En temps normal, Ray n'en aurait pas écouté davantage. Mais sa pile de factures impayées lui revint en mémoire.

— Il me faudra garer ma voiture dans la rue.

— Je ne vois pas le problème.

Justin avait, de toute évidence, remarqué la peinture mal assortie de l'auto des March.

— En plus, ajouta Ray, décontenancé, il ne nous resterait qu'un jardin minuscule. Nous n'avons jamais eu de jardin auparavant.

— Ce que je veux dire, précisa Justin en crachant dans un sourire un nuage de fumée, c'est que s'il vous manque quelques pennies, ce pourrait être un bon moyen de mettre du beurre dans vos épinards.

— Qui vous a dit que nous étions dans la dèche ? Tout va bien.

— Ne le prenez pas mal, mon vieux. Un petit oiseau indiscret m'a soufflé qu'un peu d'oseille ne vous ferait pas de mal, c'est tout.

— Qui vous a raconté ça ? Qui a prétendu que nous avions besoin de fric ?

— N'en parlons plus. C'était juste une supposition.

— Eh bien, dites à Mr. Mords-moi-le-nœud de se mêler de ses oignons et d'aller se faire cuir un œuf.

— Je ne voulais pas vous vexer, Ray. Juste vous aider. Je connais quelqu'un que ce terrain intéresserait et j'ai pensé que...

— Ce que vous pensez, je m'en bats l'œil ! aboya Ray sans dissimuler son indignation. Nous n'avons besoin ni de vous ni de vos amis !

— Comme vous voudrez, soupira Justin en levant les mains. Je cherche juste à me montrer bon voisin.

Angela apparut avec un plateau.

— Je ne prendrai pas le thé avec vous, Mrs. March. Merci quand même. Je dois m'en aller. Nous attendons des invités pour le brunch. J'espère que je vous verrai bientôt à un de nos petits déjeuners de la paroisse. Ne me raccompagnez pas.

Justin Brickett s'engouffra dans le hall, laissant derrière lui une bouffée d'Old Briar.

— As-tu parlé à sa femme de nos ennuis d'argent ?

Ray était au bord de l'apoplexie.

— Bien sûr que non, répondit Angela. Qu'as-tu bien pu lui dire pour le mettre dans cet état ?

Ils se disputaient encore à propos de cette visite lorsque Billy prit sa bicyclette dans le vestibule et leur annonça qu'il s'en allait voir un cadavre.

La volée de citrons qui gicla de derrière le mur de feuilles le prit à ce point par surprise que la roue arrière de son vélo fit un tour sur elle-même, le projetant la tête la première par-dessus le guidon, sur la pelouse mouillée.

D'un air penaud, elle émergea de la haie et l'aida à se remettre debout. Les citrons roulèrent le long du trottoir jusqu'au caniveau tandis qu'il s'essuyait les genoux.

— Le fond du sac était trempé, expliqua-t-elle. Il s'est déchiré. Vous n'avez rien ?

Billy redressa sa bicyclette et l'examina. Apparemment, il n'y avait pas de dégâts. Ahuri, il regarda autour de lui.

— Vous avez besoin d'autant de citrons ? Pour quoi faire ?

— Ils sont pour ma mère, répliqua-t-elle en se baissant pour les ramasser. Leur jus fait du bien à sa peau.

Il l'observa attentivement, notant ses cheveux frisés et auburn qui formaient, en se dénouant derrière sa tête, comme une carapace de tortue, son vieil imperméable de collégienne, les épais bas noirs couvrant ses jambes maigres.

— Je m'appelle April Barrow, dit-elle en fourrant les citrons dans son sac de gym. Et toi ?

— Billy March. Nous fréquentons le même collège.

— Je sais, répondit April. Je t'ai déjà vu. Tu n'as pas d'amis. Je me trompe ? Tu restes toujours assis dans ton coin.

Il y avait dans sa voix une sorte d'espoir.

— J'ai une flopée d'amis, dit-il d'un ton vexé. Tu ne m'as pas vu en leur compagnie, c'est tout.

— Arrête ton char. Moi non plus, je n'ai pas d'amis.

Elle se redressa, regarda le ciel. De lourds nuages sombres pesaient sur l'extrémité de Gaveston Crescent.

— Il va pleuvoir des cordes dans dix secondes. Je ferais mieux de m'en aller.

Il était impératif de ne pas la laisser partir. Il découvrit un citron sous la haie, le lui tendit.

— Tu ne devrais pas dire aux gens que tu n'as pas d'amis. Ils vont s'imaginer qu'il y a chez toi quelque chose qui cloche.

Elle accepta le citron, remonta la fermeture Éclair de son sac, s'apprêta à partir.

— Il y a quelque chose qui cloche chez moi.

— Jusque-là, je n'ai rien remarqué d'anormal.

— C'est parce que la plupart des gens se ressemblent vus de l'extérieur. On ne se rend pas compte de leur vraie nature. Ils sont comme des nids de guêpes : lisses au-dehors, agressifs et pleins de hargne à l'intérieur.

— Ça ne va pas, alors ?

Elle se tourna, lui fit face.

— Non, bien sûr, ça ne va pas.

— Pourquoi ?

— Tu t'en fiches. Tu débites ton baratin, juste pour me faire croire que je t'intéresse. Tu vas te prétendre mon ami et puis tu me barbouilleras de sang de cochon. J'ai vu *Carrie*. C'est comme ça qu'on m'appelle en classe.

— Tu as une fausse idée de moi.

Il appuya sa bicyclette contre un platane, s'entoura de ses bras. Elle était plus grande que lui, sensiblement du même âge. Bien que de la même pâleur qu'Oliver et sans maquillage, elle avait d'extraordinaires joues rouges, comme Shirley Temple enfant ou un bébé Cadum.

Elle arrondit les lèvres, réfléchit un moment.

— Mon père est mort lorsque j'avais sept ans. Ma mère est devenue folle et je suis allée vivre chez ma tante. Ensuite, le docteur a décrété que ma mère allait mieux, et nous nous sommes installées ici. En fait, elle ne va pas mieux. Elle a simplement appris à cacher son délire. Elle finira par me le transmettre et je n'y pourrai rien.

— La folie ne fonctionne pas comme ça.

— Si, Billy March. Elle est héréditaire. Je descends d'une longue lignée de cinglés. Nous mourons jeunes et ne devons nous en prendre qu'à nous. Tobias Smollet a dit un jour : « Une moitié de notre nation est fêlée et l'autre a des cloches dans la tête. » De nos jours, même les gens normaux se conduisent d'étrange façon. Il s'agit d'une réaction contre l'oppression. L'anormalité perturbe le *statu quo*. Et la nature liquide les marginaux. Bref, j'ai été ravie de faire ta connaissance.

— Attends ! On pourrait peut-être se revoir et avoir une conversation censée un de ces jours.

Il saisit sa bicyclette, la tira en emboîtant le pas à April. Les premières gouttes d'une pluie grasse souillèrent le trottoir.

— Tu ne peux pas me larguer comme ça. Tes mimiques de dingue marchent peut-être avec les autres, mais pas avec moi. Je vois à travers toi. Tu veux qu'on devienne amis.

La pluie se fit plus épaisse. April rabattit son capuchon, enfonçant ses yeux dans l'ombre.

— C'est vraiment ce que tu crois ?

— Euh... Oui.

— Et tu penses que je souhaite la même chose ?

— Sans aucun doute.

— Ma mère dit que j'ai des idées bizarres.

— Moi aussi. J'ai un tas d'idées bizarres.

— Cite-m'en une.

Billy serra ses freins.

— Je suis persuadé qu'Invicta Cross est, en fait, un

cimetière. Tout le monde est mort, mais personne n'accepte de rester dans sa tombe.

— Je ne vois pas ce qu'il y a de bizarre là-dedans, répondit-elle en s'éloignant lentement sous la pluie. Je trouve cet endroit parfait. Sauf en ce qui concerne les champs. Il y a trop de touffes d'herbe, trop d'arbres tordus. Ils sont tous disposés de façon incongrue et rien n'est plat comme on le voudrait.

Elle disparut pour de bon, noyée par l'averse, laissant Billy seul avec son vélo, se demandant si April Barrow était vraiment fondue ou ennuyée, tout simplement, et ce que pouvait bien signifier son ultime remarque.

11

La pince à billets d'argent

« En 1989, une série d'agressions provoquées par de la nourriture lancée d'automobiles roulant à tombeau ouvert terrifia la banlieue est de Londres. Un joggeur de 54 ans reçut un chou en pleine poitrine, un œuf endommagea définitivement l'œil d'une femme de 58ans et un autre homme mourut après avoir eu le poumon perforé par un navet. Vingt-trois incidents suivirent, entraînant des blessures plus ou moins graves causées par des melons, des pommes de terre, des choux et des œufs. La police redoute une généralisation de ces attaques. »

Daily Telegraph

Justin Brickett s'écarta du mur de verre qui le séparait des rues désertes et retrouva, au premier étage du foyer municipal d'Invicta Cross, le désordre de son bureau où l'attendaient des dizaines de dossiers cartonnés bleus et roses. Il se sentait incapable, ce matin-là, de s'y atteler. Sa conversation avec Ray March lui restait en travers de la gorge. Que sa communauté pût être souillée par des marginaux londoniens le révulsait. Des gens comme les March n'apportaient que des ennuis. Précoces et revendicateurs, leurs rejetons fraternisaient avec les cancres et semaient la pagaille dans les classes. Les élèves du collège de Sherington, où Justin donnait des cours d'éducation religieuse, se laissaient facilement séduire par la frénésie des villes. Alors qu'on les voyait préparer tranquillement leurs examens, ils se muaient, cinq minutes plus tard, en une bande de casseurs, mettaient leur casquette de base-ball à l'envers et se pavanaient en jacassant comme des blacks de banlieue.

Justin était décidé à tout faire pour que cela n'arrive pas ici. Il avait lu d'innombrables articles sur les communautés minées de l'intérieur, la contagion produite sur les individus sains par quelques fruits pourris. Il avait déjà eu un aperçu du caractère de Ray March, de son agressivité de chien de chiffonnier protégeant les hardes de son maître. Tout cela était bien dommage : il avait espéré pouvoir aboutir avec lui à un arrangement à l'amiable ; à présent, il ne se faisait plus aucune illusion.

Il passa en soupirant une main dans ses boucles lustrées. Que faire, que faire ? Ses doigts pianotèrent sur son bureau. Il extirpa le dossier « logement », le posa au sommet de la pile.

La maison de la famille March avait vraiment été un projet de dernière minute, l'ultime pavillon édifié dans l'allée. Soucieux de récupérer les moindres miettes de leur investissement, les services immobiliers d'Invicta avaient coincé le numéro 13 entre des habitations déjà existantes, sans se rendre compte que le terrain situé à l'arrière du pavillon deviendrait, du même coup, inaccessible. À l'époque, cela ne posait aucun problème, dans la mesure où ce grand terrain vague perdu au bout de Balmoral Close n'intéressait personne.

Et puis étaient apparus les jeunes cadres bon chic bon genre.

Le marché immobilier avait flambé, la ville avait bénéficié d'énormes subventions gouvernementales à mesure qu'elle absorbait le trop-plein de la population du grand Londres et chacun, tout d'un coup, se mit à rechercher du terrain bon marché.

Conscient des juteuses possibilités de spéculation liées à cette prospérité soudaine, Justin retrouva les propriétaires du terrain, deux frères, des agriculteurs à la retraite désormais trop faibles pour travailler la terre. Ce fut seulement le jour où l'un des deux tomba malade qu'ils réalisèrent la précarité de leur situation ; le frère valide se laissa alors tenter par l'offre généreuse que lui proposait le cabinet immobilier de Justin.

L'idée était simple : leurs relations au sein de la paroisse et leurs activités au foyer communal permirent aux Brickett de créer une association avec plusieurs de leurs voisins et de rassembler rapidement la somme nécessaire à l'acquisition de cet enclos envahi par la végétation. Ils omirent simplement de dire au vendeur qui espérait, dans sa naïveté, que son lopin garderait son aspect initial en devenant une aire de jeux, que le cabinet de Justin Brickett avait déjà dressé les plans pour transformer le site en terrain de golf. Le sol était parfait, le bassin hydrographique idéal. C'était exactement ce dont la ville avait besoin pour attirer des capitaux solides.

Il n'y avait qu'un léger hic.

Personne n'avait prévu que les services immobiliers d'Invicta Cross boucleraient leurs quotas en autorisant la construction d'une dernière maison au bout de Balmoral Close. La municipalité décréta que les promoteurs en avaient parfaitement le droit. Dès lors, le beau plan tomba à l'eau. Même si les agriculteurs finirent par vendre leur bien à l'association de copropriétaires fondée par Justin Brickett, le projet proposé à la société chargée d'édifier le golf fut reporté *sine die*, car, à présent, l'accès limité à ce terrain contrevenait aux règles imposées par la municipalité.

La famille March s'installa au numéro 13 tout neuf, sans savoir qu'elle obstruait une mine d'or.

Non que Justin et ses associés eussent besoin de la propriété tout entière. Un petit passage de cinq mètres de large permettant de tracer un chemin carrossable en direction du futur club-house et de la boutique d'articles de sport aurait amplement suffi. Ils avaient bien essayé de modifier les plans pour que le parcours commence au nord-est du terrain plutôt qu'au sud, mais c'était impossible ; le sol était trop fragile pour soutenir les fondations des bâtiments et, à cause du niveau hydrostatique problématique du lieu, il n'existait qu'un seul endroit possible pour creuser le lac, fleuron du projet.

Si seulement le gouvernement avait installé dans la maison une famille de la classe moyenne, pensa Justin, des gens désireux d'améliorer leur statut, sensibles aux valeurs de la propriété et de la solidarité de groupe, ils auraient certainement compris ses arguments et offert de vendre ou d'échanger. Mais non. Une seule visite aux March lui avait appris à quoi s'en tenir sur leur compte. Ils n'étaient que des descendants d'artisans, de paysans, d'ouvriers, de couturières et de charpentiers, de fourmis besogneuses qui courbaient la tête en permanence, se saoulaient à la moindre occasion, battaient leurs femmes, vivaient de la charité de l'État, élevaient des multitudes de bâtards et ne rêvaient de rien d'autre que de la dernière Ford ou du plus gros poste de télévision.

Il savait qu'il ne s'agissait que de l'écume de la vague ; d'autres suivraient bientôt. Ce que la communauté avait eu tant de mal à créer ici serait bientôt dilué et détruit. Les enfants de la ville apportaient la drogue dans leurs souliers, leurs parents distillaient une débilitante lassitude morale. Peut-être s'agissait-il d'une évolution naturelle, d'un symptôme des temps que les gens décents étaient impuissants à adoucir. Mais Justin Brickett ne se demandait en aucun cas s'il avait raison ou tort. En ce qui le concernait, jamais les humbles n'hériteraient de la terre.

Billy n'aurait jamais dû en parler à ses parents. Son père avait, vis-à-vis de la mort, une attitude victorienne.

Prompt à débusquer signes ou présages annonciateurs de décès subits, il refusait pourtant qu'on aborde sérieusement le sujet en sa présence. D'apprendre qu'on avait introduit son fils dans une chambre mortuaire pour lui montrer un cadavre l'avait profondément perturbé, comme si, en voyant un mort, Billy avait fait pénétrer dans la maison la camarde en personne, collée, telle de la boue, à ses semelles.

La peur de Ray datait du jour où il avait assisté à la toilette mortuaire d'une vieille tante, événement aussitôt suivi par la longue maladie de sa mère. D'un autre côté, tout au long de son enfance, oncles et cousins, aussi superstitieux les uns que les autres, n'avaient cessé de lui farcir joyeusement la tête de mises en garde colorées et grotesques : les perruches portaient malheur, les chats provoquaient la venue d'enfants mort-nés et il ne fallait jamais faire passer une chaise par-dessus la table, de crainte de déclencher une dispute. Ces croyances faisaient partie de la vie des vieux quartiers d'autrefois, dont les maisons se touchaient. Ici, à Invicta Cross, la froide lumière du bon sens nimbait les rues stériles et Ray s'y adaptait tant bien que mal.

Il ne pouvait interdire à Billy de fréquenter Oliver. Son fils n'avait pas d'autre ami. Il décida quand même de le retenir à la maison plus souvent. Depuis qu'il travaillait au garage, il s'en rendait bien compte, il le voyait de moins en moins. S'il avait su la tournure qu'allaient prendre les événements, il ne se serait pas trop inquiété : l'occasion de passer davantage de temps chez lui ne tarderait guère.

Un mardi humide de la deuxième semaine de novembre, un client paya un plein de sans-plomb avec du liquide provenant d'une pince à billets d'argent élimé comprimant des coupures de dix livres, qu'il fit tinter avec impatience sur le comptoir de la boutique. Le soir même, ce même client, un certain docteur Ernest McMann, revint au garage et affirma avoir oublié sa précieuse pince à billets sur le comptoir.

Le docteur exigea de voir le gérant de la station. Il s'ensuivit une querelle rendue plus virulente encore par l'indignation qu'éprouvait Ray à l'idée de se retrouver indirectement accusé de malhonnêteté. McMann était le médecin généraliste local, considéré par tous comme au-dessus de tout soupçon.

— Êtes-vous certain de ne pas l'avoir fourré par mégarde dans votre poche ? demanda le patron de Ray, un jeune homme aux cheveux roux nommé Dave et de seize ans plus jeune que lui.

Sachant que son tempérament colérique constituait son point faible, Ray essaya de se contrôler.

— Évidemment que j'en suis sûr, dit-il. Ce truc avait un blason d'argent avec une pierre bleue au milieu. Je m'en souviens très bien. Je ne l'aurais jamais pris sans m'en apercevoir.

— Alors j'ai bien peur d'être obligé de vous demander de vider vos poches.

Bien décidé à recevoir des excuses, Ray s'exécuta, empilant sur le comptoir, d'un air triomphant, son portefeuille, ses clés et une poignée de pièces de monnaie.

— Voilà. Satisfait ?

McMann lui jeta un regard dubitatif et insista pour faire venir la police. Tous trois s'assirent dans un silence embarrassant, jusqu'à l'arrivée d'un représentant de la force publique au visage impassible. Mais l'agent Morris Diller se montra incapable de résoudre le problème. McMann réitéra ses accusations. À bout de patience, Ray beugla :

— Cette histoire ne tient pas debout ! Je manipule de l'argent toute la journée. Ou on me fait assez confiance pour ne pas mettre ma parole en doute, ou je m'en vais travailler ailleurs !

— Peut-être devriez-vous, effectivement, aller travailler ailleurs, répliqua Dave, dont le frère cadet lorgnait la place depuis longtemps.

Ne se contenant plus, Ray insulta copieusement ses interlocuteurs, en des termes qui les choquèrent au plus haut point. Après le départ du docteur, toujours d'une humeur de chien, Dave et son employé décidèrent qu'une rupture de contrat constituerait la meilleure solution.

Ne se sentant pas le courage d'affronter les questions de sa famille, Ray alla, avec le peu de liquidité qui lui restait, se saouler à l'Hélicoptère.

Il y eut, cette nuit-là, une autre scène à la maison. Billy, une fois couché, se boucha les oreilles avec son traversin. Il essaya de psalmodier une incantation, un mantra qui forcerait ses parents à baisser la voix avant de se réconcilier en silence dans les bras l'un de l'autre, mais les pouvoirs magiques qu'il avait eu, jadis, la certitude de posséder s'étaient évanouis. Ils ne fonctionnaient plus comme à Westerdale Road. Rien ne marchait comme autrefois. Les facultés paranormales qu'il avait amenées avec lui en quittant Londres s'amenuisaient et seraient un jour perdues à jamais, laissant sa famille sans protection, exposée à toutes les blessures. « Quelque chose de terrible se produira bientôt », avait-il écrit dans son cahier de cuir rouge. Une part de lui-même appelait ce chaos de ses vœux.

12

La carte mentale

« *Les banlieues de Londres s'agglutinent les unes aux autres comme des rangs d'oignons. Avec leurs trois fenêtres en façade et leur petite porte verte sur un côté, leurs maisons uniformément laides vous fixent d'un air morne, comme si elles venaient d'être frappées par une attaque de paralysie.* »

J.F. Murray, 1843

Novembre passa en une bouffée de feuilles mortes et le ciel chargé devint d'un jaune hivernal. Seule lueur dans ce froid : l'apparition attendue d'April Barrow, qui, pour des raisons que nul ne semblait connaître, était restée quinze jours absente du collège. Même si son impopularité en classe ne le perturbait pas, Billy ressentait fortement le besoin de se confier à quelqu'un. Oliver était trop bizarre pour refléter autre chose que son propre désarroi et paraissait souvent le dévisager de façon déconcertante, comme s'il étudiait un spécimen de laboratoire. Or, Billy souhaitait avoir affaire à un être normal, quelqu'un à qui se confier. Il rêvait d'une amie. Et il ne connaissait qu'April.

April était... différente.

Ses rapports avec les adolescents de son âge dépassaient à peine le stade du malaise réciproque. Elle se suffisait donc à elle-même, évitant les filles qui se groupaient, la cigarette au bec, autour du centre communal. Lorsque ses camarades de classe se rendaient mutuellement visite pour discuter maquillage et chiffons ou papoter sur leurs flirts, elle se mêlait quand même à elles, sans mépris ni jalousie, écoutant attentivement leurs conversations comme si elle tentait de décrypter une langue étrangère.

Un soir, en vélo, Billy la suivit en secret pour savoir où elle habitait. Mais, au lieu de s'arrêter chez elle, elle traversa à pied toute la cité, jusqu'à sa lisière la plus éloignée, avant de s'asseoir seule sous un vieil abri de tôles qui faisait face aux champs en friche s'étendant au-delà d'Invicta Cross.

Elle contempla les pelleteuses jaunes qui barattaient la terre argileuse, projetant derrière elles de grands arcs bruns semblables à des sillages de navires.

— Elles s'approchent chaque jour un peu plus, dit-elle à haute voix.

Il sursauta, surpris de constater qu'elle avait deviné sa présence.

— Bientôt, la prochaine ville jouxtera celle-là et toute la verdure sera recouverte de goudron. Les champs et les arbres auront disparu, remplacés par des hectares de béton blanc et propre.

Billy émergea de derrière l'abri où il s'était dissimulé. Le parfum des fumées de jardin emplissait l'air.

— On dirait que c'est ce que tu souhaites, dit-il, posant sa bicyclette contre un pilier de l'abri.

— C'est vrai.

Il nota, dans sa voix, des intonations de Newcastle qu'il n'avait pas remarquées auparavant. Elle continua à fixer le paysage devant elle.

— Tout sera enfin clair et net. J'aime les arbres plantés de façon régulière. La nature crée trop de désordre. On ne parvient pas à dresser une carte précise de la côte, parce qu'elle change tout le temps. Mais une promenade de béton reste figée pour toujours et on peut en dessiner le tracé de façon parfaite.

— Alors, tu dois vraiment aimer vivre ici.

— Non, répondit-elle en le regardant pour la première fois. Ma mère et moi, nous ne connaissons personne.

— Mais pourquoi n'aimes-tu pas cet endroit ? L'autre jour, tu m'as affirmé qu'il était parfait.

— Je voulais dire qu'il est prêt à se transformer.

— En quoi ?

— L'avenir, bien sûr. Lorsque tout sera aplani : les trottoirs, les jardins, les boutiques, les gens, les songes. Seul le vol désordonné des oiseaux troublera cette harmonie.

Le cheminement de sa pensée était pour lui un mystère. Elle ne donnait que rarement des explications et même lorsqu'elle le faisait, il ne les comprenait pas bien.

— Pourquoi me suivais-tu ?

— Je voulais te connaître mieux.

— Il ne t'est pas venu à l'idée de le faire de façon normale. Enfin, maintenant que tu es là, qu'est-ce que tu veux savoir ?

— Où étais-tu ces deux dernières semaines ?

— Je ne me sentais pas bien.

— Qu'est-ce qui n'allait pas ?

Elle réfléchit une minute avant de répondre :

— J'ai une constitution désordonnée, décida-t-elle finalement.

— Tu as un accent.

— Nous sommes descendus vers le Sud pour que mon père puisse trouver du travail, mais il nous a quittées.

— Tu m'as raconté qu'il était mort.

— C'est ainsi que je préfère l'imaginer. Pour ma mère, il vaudrait mieux qu'il soit mort. Est-ce que tu as déjà été malade ? Vraiment malade ?

— Non.

— Moi, oui. Une pneumonie à quatre ans, une autre à neuf, une pleurésie à douze. La mort ne me fait pas peur, parce que j'ai déjà eu droit à une répétition générale. Mais j'ai peur de perdre la tête, car il se peut très bien que je ne m'en rende pas compte.

Billy s'assit à côté d'elle et regarda à son tour le champ profané.

— Tu n'as pas choisi le bon endroit pour vivre, murmura-t-il.

Bien sûr, elle voulut monter au sommet de la tour.

Il lui avait montré le modèle réduit dans sa chambre et elle lui avait immédiatement offert de l'aider à le compléter, tout en ne s'intéressant qu'à certains aspects de la tâche. Obsédée par la précision, elle n'avait que faire de la construction d'une ville imaginaire. Ce qu'elle voulait, c'était la reproduction de lots parfaits, chacun contenant son quota exact de béton et d'acier, de goudron et de briques.

Billy avait toujours l'impression qu'elle s'apprêtait à parler et à partager ses pensées avec lui. Elle écarquillait les yeux, renversait la tête, arrondissait la bouche comme si elle allait éternuer ou exprimer une idée extraordinaire, mais se ravisait toujours au dernier moment. Cette hésitation singulière la rendait plus mystérieuse, plus inaccessible encore.

Elle et Billy se mirent à passer la plupart de leur temps ensemble.

Oliver accepta cette rivalité dans son statut de meilleur ami de Billy avec une bonne grâce surprenante. Il toléra cette intrusion et s'adapta à l'étrange conversation elliptique d'April comme s'il s'agissait d'une forme habituelle de communication. Pendant une brève période, tous les trois devinrent inséparables.

« Je pensais être le seul à avoir une personnalité normale », écrivit Billy quelque temps plus tard dans son cahier rouge. « Les deux autres, à mes yeux, étaient bizarres et avaient besoin d'aide. Mais Oliver m'a affirmé que j'étais plus mal en point qu'eux, que j'avais encore plus besoin qu'on s'occupe de moi, car je suis une victimenée. Je ne voyais pas du tout les choses de cette façon. »

— Mon père m'a dit que les pouvoirs publics allaient rendre le lesbianisme obligatoire, déclara Oliver alors qu'ils travaillaient au modèle réduit de la tour. Y compris pour les hommes.

— Mensonge alarmiste et irresponsable de journaliste, rétorqua April en essayant de coller une cheminée sur le centre communal. Ken Livingstone élève des tritons, mais ce n'est pas une histoire intéressante en soi. Alors, la presse de droite débite un bobard réactionnaire destiné à réveiller l'instinct le plus primaire de l'homme, à savoir la peur de la différence. Qu'est-ce que tu en penses, Billy ?

— Je pense que tu as de la colle plein les manches.

Ensuite, les trois devinrent deux. Devinant qu'il ne pourrait pas toujours jouir de l'attention exclusive de son ami, Oliver permit à April de prendre sa place. Elle était davantage fascinée que lui par la maquette de Billy qui, d'un autre côté, avait besoin de quelqu'un pour l'aider à la réaliser avec précision. April était le collègue idéal.

Elle et lui ressemblaient à deux chercheurs partageant l'intimité forcée d'un laboratoire où l'expérience aurait eu pour objectif la découverte de la véritable nature d'Invicta Cross. Billy s'aperçut assez vite que sa partenaire réagissait plus volontiers s'il formulait ses questions et ses requêtes en termes quantifiables. April discutait avec joie de tous les problèmes impliquant des poids, des hauteurs et des distances. Elle donnait avec passion son opinion sur une multitude de sujets saugrenus, comme la fréquence des accidents d'avions de tourisme ou le degré d'inflammabilité des tissus synthétiques, mais se fermait dès qu'il abordait sa vie chez elle et refusait de parler de ce qui aurait pu révéler ses émotions véritables.

Tout en la trouvant bizarre, Angela et son mari étaient heureux que leur fils eût une nouvelle amie. Incapable de se souvenir de son nom, Ray ne l'appelait que « la cartographe ».

Angela demanda à April si des visites feraient plaisir à sa mère. Elle se heurta à un refus poli mais ferme. Ray, à la même époque, se présenta au centre communal d'Invicta Cross à la suite d'une annonce proposant un poste d'agent de sécurité, mais fut récusé par Justin Brickett, qui prétexta son manque de qualification alors que l'annonce précisait : « Aucune expérience exigée. » Les deux hommes se quittèrent avec un ressentiment et une suspicion réciproques.

Pendant que les femmes du voisinage se maquillaient, se poudraient ou faisaient la cuisine et le ménage pour leurs hommes, Angela s'épuisait en heures supplémentaires devant sa caisse.

Et Billy emmena April au sommet de la tour.

— C'est incroyable ! cria-t-elle tout excitée en se courbant sous le vent. On distingue les formes exactes de la ville, comme sur un plan d'architecte.

Elle avait raison. De là-haut, le plan d'ensemble était parfaitement visible. Les maisons cossues trônaient sur les terrains les plus élevés, tandis que dans la partie basse, où habitaient les March, les routes se perdaient dans les marais et les champs environnants.

— On dirait que l'argent a tout d'un coup fait défaut, observa Billy, montrant la ligne séparant l'herbe et le béton. Comme si les promoteurs s'étaient, un beau jour, brusquement arrêtés de construire.

— C'est exactement ce qui s'est produit, dit April. À peu près un mois avant ton emménagement, ils se sont retrouvés à court de bulldozers. Mais regarde là-bas.

Elle désigna, dans le lointain, une zone d'activité. Le bruit ténu de machines en pleine action parvint à leurs oreilles.

— Les supermarchés géants arrivent. Tout ce dont on aura besoin, tout sous le même toit. Alors, le monde sera fini.

Il était impossible de dire si April parlait de la fin du monde ou de son achèvement. Ses cheveux auburn et légèrement frisés étaient rabattus et noués par un ruban de caoutchouc. Son menton saillait dans le vent soufflant en tempête, ses fortes mains blanches agrippaient la brique froide du rebord de la tour. En cet instant, dans la lumière déclinante du soir, elle était aussi magnifique, aussi intemporelle qu'une divinité antique.

13

La bouteille à la mer

« Trois maisons du pittoresque quartier de Hall Wath, à Bassingham, ont été victimes d'attaques perpétrées par un agresseur inconnu qui a déversé de l'huile dans les bassins, empoisonné les chats, brisé les fenêtres, contaminé la nourriture, endommagé les automobiles et déversé des seaux d'excréments au milieu des jardins. « Notre paisible petit monde est devenu un enfer », a déclaré un résident. La police est sur les dents. »

Daily Mail

— Je connais les garçons dans ton genre, déclara Mrs. Davenport en plissant les paupières. Des fauteurs de troubles.

Billy fit de son mieux pour avoir l'air surpris.

— C'est toi qui laisses des billets dans les bouteilles de lait, n'est-ce pas ?

Billy écarquilla davantage les yeux. Il était vrai qu'il avait entrepris, ces derniers temps, de déposer des appels au secours dans les bouteilles vides du collège, mais il était sidéré d'apprendre qu'on savait qu'il s'agissait de lui. Il exprimait régulièrement ses frustrations en écrivant des messages et en les glissant dans les boîtes aux lettres, les bouteilles de lait et la boîte de dépôt de chèques de la National Westminster. C'était April qui lui avait suggéré cette idée, pensant que cela l'aiderait à se calmer.

La principale du collège, Mrs. Davenport, n'était pas femme à s'en laisser conter. Elle attendait de ses trois cents élèves un comportement irréprochable. Tel un adjudant, elle exigeait une soumission, sinon aveugle, du moins d'une extrême myopie, à la fois des professeurs et de leurs ouailles. Malheureusement, cette sévérité provoquait la chienlit dans sa classe. Derrière son dos se développait tout un trafic de cigarettes, de couteaux à cran d'arrêt, de drogues douces et de sujets d'interrogations écrites.

Elle avait convoqué Billy dans son bureau pour un crime qui n'en était pas un. S'il n'avait jamais éprouvé d'affection particulière pour sa vieille école londonienne, il détestait celle-là. Son changement d'établissement, intervenu au début de sa seconde, avait considérablement perturbé ses études. Même si les programmes des deux collèges correspondaient, les méthodes éducatives étaient, ici, moins efficaces, alourdies par les interminables modifications que réclamaient les associations de professeurs et de parents d'élèves d'Invicta Cross. Les parents faisaient avant tout campagne pour l'enseignement des valeurs traditionnelles. De bonnes bases en histoire anglaise, anglais, géographie, religion et sciences, voilà ce qui ferait réussir leurs enfants. Le matériel inflammable était banni. On exaltait la foi du charbonnier. On ne recherchait ni ne désirait d'opinions personnelles de la part des élèves. On décourageait la réflexion indépendante au profit de l'amour du sport et de l'esprit d'équipe. Les arts étaient à peine tolérés. Quant à la culture générale, on ne l'avait, semblait-il, pas encore inventée.

— J'ai là un de ces billets.

Mrs. Davenport ajusta ses lunettes et examina la feuille de papier qu'elle venait de déplier.

— « Au secours, je suis prisonnier dans le quartier de haute sécurité du pénitencier de Sherington. » Cela se poursuit par des accusations calomnieuses à l'encontre d'un membre du corps enseignant, et il y a un dessin déplaisant de ce qui apparaît comme quelqu'un ayant des relations charnelles avec une chèvre. Est-ce que cela est censé être drôle ?

— Ce n'est pas une chèvre. C'est Belzébuth, répondit Billy.

Il la dévisagea avec insolence. Dès le début, Mrs. Davenport lui avait accordé une attention particulière. Elle s'assurait de son exactitude (qualité qu'elle prisait par-dessus tout), surveillait son travail à la maison et l'espionnait pendant les récréations. Il était le premier adolescent à lui avoir été imposé par l'État, et elle était bien décidée à ne pas le laisser influencer les autres.

Ce qui indisposait le plus Mrs. Davenport, c'était le manque de discipline de Billy. En classe, il contestait tout, levait la main toutes les cinq minutes pour poser des questions saugrenues ou émettre une opinion abracadabrante. Pendant les intercours, il se mêlait à d'autres inadaptés sociaux : Assan, le seul élève asiatique du collège, Oliver, le fils de l'entrepreneur des pompes funèbres, et les jumeaux Madison, qu'on avait surpris à badigeonner la façade du McDonald's de graffiti fustigeant l'impérialisme américain. On les avait temporairement exclus, non parce que leurs graffiti étaient illégaux, mais parce qu'ils avaient accompli cet acte subversif revêtus de l'uniforme du collège.

Mrs. Davenport avait pensé qu'elle neutraliserait le petit March en le changeant de classe, ce qu'elle fit. Lorsqu'il apparut que ce changement n'avait aucun effet, elle lui donna du travail supplémentaire à la maison, officiellement pour lui permettre de rattraper son retard scolaire. Mais Billy obtint des résultats corrects et trouva quand même le temps de semer la zizanie. Sa composition d'instruction religieuse, intitulée : « Dieu est mort et maudit à Invicta Cross », mena Mr. Brickett au bord de l'apoplexie. Quant à sa demande de créer un ciné-club, elle fut rejetée après qu'il eut soumis une liste de films incluant *L'Exorciste*, *Orange mécanique* et *La Nuit des morts vivants*. Refusant cette réponse négative, le malheureux avait organisé un référendum dans sa classe, uniquement pour se retrouver, de façon humiliante, mis en minorité par ses camarades.

Non qu'il abandonnât facilement. Il semblait déterminé à pousser ceux qui l'entouraient à penser par eux-mêmes. Cela n'était pas indésirable dans certains secteurs de la vie privée, bien sûr, mais dangereux au sein d'une institution publique. Il avait des idées tellement « bizarres ».

Le destin, toutefois, était du côté de Mrs. Davenport. Deux jours après l'épisode des bouteilles de lait (la principale, incapable d'y voir une faute condamnable, s'était contentée d'un avertissement), la chance de Billy tourna.

Oliver était absent pour cause d'infection dentaire. Comme il n'y avait personne d'autre pour partager son déjeuner, Billy s'assit seul sous le toit de l'abri à vélos, regardant le léger crachin qui assombrissait les toits luisants et rouges des bâtiments. Il pensait à son père, licencié pour un vol que nul n'avait pu prouver. Il était furieux que Ray ne se soit pas mieux défendu et se demandait où le presse-billets d'argent avait vraiment disparu. Il ne doutait pas une seconde de la parole de son père. Mais il avait l'impression que l'affaire n'était pas terminée. Ray n'avait pas été blanchi, la vérité n'avait pas éclaté, exactement comme lorsqu'on suit dans les journaux un procès et qu'on manque le verdict final.

Il vit avec stupéfaction quelques-uns des gosses les plus riches du collège s'approcher de lui, et fut plus surpris encore lorsqu'ils lui demandèrent de se joindre à eux.

— Pourquoi ? demanda-t-il avec méfiance. Vous allez où ?

— À la boutique du coin, dit Gavin Diller, un des élèves de la classe au-dessus de la sienne.

On le rencontrait généralement traînant aux alentours de Balmoral Close en compagnie du dangereux Brad Metcalf. C'était un garçon baraqué aux cheveux blonds et ras, à la petite bouche dédaigneuse figée en un éternel demi-sourire. Il ajouta :

— Nous avons besoin de ton aide.

— Non, débrouillez-vous sans moi, répondit Billy.

Il savait que la bande avait projeté une « cigarettes-party », qui consistait à en voler le plus possible dès que le marchand de tabac local avait le dos tourné.

— Tu es le meilleur baratineur à la ronde, dit Gavin. Tout le monde sait ça. Tu pourras occuper le proprio. On ne fait vraiment rien de mal. C'est juste une tradition.

— Non, mais merci pour la proposition.

— Billy, tu es exactement le type qu'il nous faut.

C'était vrai ; personne, dans le groupe, n'était capable de construire une phrase incluant un verbe et un nom. D'un autre côté, quel respect pouvait-il attendre de ces marlous s'il n'accomplissait pas une action peu recommandable ? Cédant à leurs prières, il se retrouva marchant derrière quatre types tonitruants qui, en temps normal, n'auraient même pas daigné lui donner l'heure. Gavin avait raison, bien sûr ; le chapardage dans les magasins était une activité traditionnelle chez les adolescents du collège, mais cela n'empêcha pas Billy d'avoir du mal à réprimer sa nervosité. Tandis que les autres disparaissaient dans les rayons étroits et encombrés de la boutique, il marcha vers le comptoir et détourna l'attention du buraliste en lui posant des questions sur les livraisons de magazines de la semaine précédente. Au bout d'une minute ou deux, le groupe réapparut, l'entoura. Billy sentit qu'on écartait ses poches et qu'on les remplissait de cartouches volées.

Cette agitation subite attira l'attention du propriétaire du magasin, qui bondit en élevant la voix. Avant que Billy ait pu protester, le reste de la joyeuse bande s'était glissé dehors en hurlant de rire. Le propriétaire, furieux, appela son fils à la rescousse depuis l'arrière-boutique. Ils verrouillèrent les portes et saisirent avec peine Billy par le bras avant de téléphoner à la police.

Tout d'abord féroces, les agents comprirent rapidement ce qui se passait : Billy avait été utilisé comme comparse dans un vieux conflit concernant le magasin. Il ne s'agissait pas du tout de vol à l'étalage, mais de toute une série de brimades à l'encontre du fils du propriétaire turc menées par trois élèves du collège. Soucieuse d'éviter tout problème racial dans le secteur, la police reconnut que Billy avait été manipulé. Cela ne les empêcha pas de faire un exemple.

Billy fut renvoyé quinze jours du collège et subit, au commissariat, un second interrogatoire. Gavin Diller lui fit parvenir un message lui enjoignant de tenir sa langue. Avertissement inutile ; Billy avait décidé de ne pas moucharder ses condisciples, sachant que cela ne ferait qu'exacerber la situation.

Ses parents le crurent lorsqu'il leur jura qu'il était innocent. Après tout, Ray venait de vivre la même mésaventure. Le pire était qu'on avait jasé sur son compte. Survenu peu de temps après, l'incident impliquant Billy rendait plausibles les deux larcins. On se livra, à propos du père et du fils, à des plaisanteries désagréables. La famille venue de la ville était à présent considérée comme une famille de voleurs, les gitans du voisinage.

Petit et gras, l'agent chargé de rédiger le rapport sur le vol de cigarettes se nommait Morris Diller. Ce ne fut que lorsqu'il se retrouva dans la salle glaciale des interrogatoires que Billy réalisa que le fils du policier, Gavin, était partiellement responsable du méfait. Il ne savait pas que Diller était l'agent qui avait eu aussi affaire à son père.

À l'époque, les deux incidents parurent n'avoir aucun lien entre eux. Plus tard, un canevas commença à prendre corps dans l'esprit de Billy. Mais, à ce moment-là, la situation ne pouvait plus être résolue par un message déposé dans une bouteille.

14

La clôture défoncée

« Un individu a récemment dérobé quatre réverbères de béton dans un quartier de Barnsley. Un employé municipal a déclaré : « Il est difficile d'imaginer la force d'un homme capable de déraciner un réverbère. Quel que soit le responsable, il ne peut s'agir que d'un demeuré ou d'un fou furieux ». »

Daily Mirror

« Ce ne furent que de tout petits faits, écrivit Billy dans son journal, des événements minuscules survenus dans un garage, un grand magasin. Qui aurait pu penser qu'ils s'agenceraient aussi parfaitement ? Ensuite, il y eut l'affaire de la clôture, puis les lettres... »

C'était un Noël lugubre et froid, succession de brouillards givrants, de bise, de neige précoce. Billy n'avait jamais vu un temps pareil. À Londres, le gel était rare ; la chaleur combinée de tant de gens, de voitures, de tuyaux et de radiateurs empêchait la glace d'atteindre plus d'un millimètre d'épaisseur. Là-bas, la plupart des immeubles, serrés les uns contre les autres, se réchauffaient mutuellement. Ici, à Invicta Cross, c'était différent. Les vents sournois tourbillonnaient au-dessus des champs désolés, se faufilaient à travers les rues et venaient frapper aux portes d'entrée.

La petite maison commença à révéler ses défauts. Les murs se fissuraient, la tuyauterie sautait. Les tuiles s'envolaient du toit. Les courants d'air se faufilaient à travers les fissures comme des anguilles. Le vent mugissait sous la porte de la cuisine et passait entre les battants des fenêtres de la chambre, trop mal colmatées pour que l'humidité des carreaux ne se transforme pas en glace. Ray se plaignit sans succès auprès de l'agent administratif responsable du logement. Il dut se résoudre à réparer les dégâts lui-même, avec un acharnement à la mesure de sa maladresse.

Le rush de Noël obligea Angela à augmenter son rythme de travail. Le réassortiment des rayonnages entraîna pour elle une accumulation d'heures supplémentaires. Les voisins demeuraient invisibles, en dehors de Georgina Bovis, qui rôdait autour de la maison lorsque Angela était à son travail. Elle sonnait sous le prétexte le plus futile, comme si elle cherchait à ce qu'on l'interroge sur ses motivations. Ray la fit brièvement entrer une fois, puis garda ses distances, effrayé, semblait-il, par sa sexualité agressive. Si elle avait voulu s'en tenir à l'image caricaturale de la dragueuse de service, elle aurait fait le premier pas. Mais Billy constata, déçu, qu'elle s'abstenait de toute initiative marquée, attendant sans doute que Ray se jette à l'eau : cette danse de la séduction qu'elle accomplissait en tournant autour de lui constituait, en fait, la part du jeu qu'elle aimait le plus.

Pendant ses visites, Billy restait dans sa chambre, mettant à jour, dans son cahier de cuir rouge, ses notes sur le voisinage. Le docteur McMann, Justin et Sandra Brickett, l'agent Morris Diller et son fils Gavin, Mrs. Davenport, Adolpho Garibaldi, les Metcalf, les Bovis et les Prent avaient chacun droit à leur fiche numérotée.

L'idée de consigner les moindres détails sur les résidents d'Invicta Cross venait d'April. Elle pensait que les statistiques, ajoutées au modèle réduit de la ville et à sa propre reproduction de la zone, qu'elle avait l'intention de réaliser avec des photos Polaroïd prises depuis la tour, les aideraient d'une façon ou d'une autre à appréhender la véritable nature des environs et à avoir de la cité une vision sans défaut.

Ses préoccupations demeuraient un mystère pour Billy. Lorsqu'elle ne réduisait pas son univers en chiffres, elle dévorait de vieux magazines de cinéma, étudiant les toilettes des starlettes des années cinquante. À ses yeux, ces femmes au sourire sirupeux symbolisaient une époque où l'on maintenait en permanence les apparences et où la surface des choses restait parfaitement lisse. Les Américains des années cinquante étaient de vrais victoriens.

Le modèle réduit de la ville s'était agrandi au point d'envahir plus de la moitié de la chambre de Billy. On dut, tant qu'on pouvait encore le faire passer en deux parties par la porte, le déménager dans la chambre d'amis. Ray ne cacha pas son admiration pour cette cité en miniature. Mais lorsqu'il suggéra à son fils de l'exposer, une fois terminée, au centre communal, Billy refusa tout net.

À deux heures du matin, le premier dimanche de décembre, Alan Bovis, à bord de sa voiture, rentra ivre d'une soirée, donna un coup de volant pour éviter un obstacle imaginaire et projeta son Audi contre la clôture délimitant la propriété des March. Il réussit, sans que personne ne l'aperçût, à dissimuler le véhicule endommagé dans son garage.

Lorsque Billy et son père eurent, le matin suivant, ramassé les débris, Ray découvrit que l'extérieur de la maison et le terrain qui l'entourait n'étaient pas assurés contre les dommages accidentels. Un rapide calcul sur le coût du remplacement de la clôture lui démontra qu'il ne pourrait entamer les réparations qu'après Noël, et encore en achetant du bois de seconde main et en l'installant lui-même. En attendant, la clôture resterait en l'état.

Quelques jours plus tard, une lettre anonyme glissée sous la porte du 13 Balmoral Close exigea la réparation immédiate de cette barrière, qui dénaturait l'esthétique de la rue. Si aucune action n'était entreprise, les March seraient convoqués devant le comité de quartier. En un geste de défi qui ne lui ressemblait pas, Ray cloua la lettre sur la clôture endommagée, qu'il laissa telle quelle. Et il feignit de ne pas s'apercevoir de l'expression mortifiée d'Angela.

Cette humiliation n'échappa pas à Billy. Il y avait toujours eu chez sa mère une modestie surannée, une attitude presque insupportable de politesse et d'excuse qui caractérisait tant de femmes de sa génération. Elle n'avait jamais souhaité qu'une chose : se fondre dans la grisaille et disparaître. Au lieu de cela, elle et sa famille étaient montrées du doigt et injuriées. Elle essaya de prendre sur elle, de se dire que tout allait bien, que sa nouvelle existence ne pouvait que profiter à son fils, mais finit par en perdre le sommeil. Trop timide pour rendre visite au docteur McMann, elle demanda à sa sœur de lui apporter des somnifères, ce qui l'aida à passer des nuits plus paisibles. Elle se confia à Carol-Lynn. Elle lui raconta que Ray refusait l'idée même d'un déménagement, assimilable pour lui à un échec. Il leur était impossible, à présent, de regagner Londres : cela aurait équivalu à admettre que la famille avait été vaincue.

Même si elle lui témoigna toute la sympathie possible, Carol-Lynn, avec son mari toujours détenu selon le bon plaisir de Sa Majesté, avait ses propres problèmes et ne voyait pas très bien de quoi se plaignait sa sœur. Elle resta jusqu'à six heures du soir puis, en bonne mère, s'en alla nourrir ses enfants.

Le lendemain, une facture arriva. Elle avait été préparée par le comité de quartier, qui réclamait en acompte la somme nécessaire à la réparation de la clôture. Scandalisé, Ray se précipita au foyer municipal en brandissant la lettre.

— Laissez-moi vous expliquer quelque chose, insista Justin Brickett, qui accepta de le recevoir uniquement après que sa secrétaire l'eut empêché de débouler comme un forcené dans son bureau. Nous sommes au milieu d'une négociation délicate avec les promoteurs de Balmoral Close. Nous voulons qu'ils terminent la partie de la rue qui s'étend au-delà de Windsor Terrace. Nous désirons également qu'ils édifient des logements neufs sur les terrains constructibles restants. Nous ne pouvons pas nous permettre, à ce stade, de les décevoir. Ils doivent demeurer persuadés que nous pouvons attirer ici la bonne catégorie d'acheteurs. Que vont-ils dire quand ils verront ce foutoir devant chez vous ? Ils seront parfaitement en droit de penser que notre quartier est devenu un endroit bas de gamme, que les acheteurs potentiels et friqués ont déjà commencé à regarder ailleurs. Il n'en faudrait pas beaucoup pour faire pencher la balance en notre défaveur. Le gouvernement vient à peine de réaliser que les environs de Londres deviennent de plus en plus prisés. Pourquoi qui que ce soit prendrait-il la peine d'investir chez nous si nous ne sommes pas capables de jouer modestement notre rôle en maintenant notre environnement présentable ?

— Il y a des traces de pneus sur notre pelouse, rétorqua Ray d'une voix butée. Quelqu'un l'a fait exprès. Plutôt crever que de céder à votre chantage en vous balançant mon fric. Je réparerai ma clôture quand ça me chantera.

— Si c'est une question d'argent, Ray, je suis sûr que nous pourrons parvenir à un arrangement, proposa Justin.

— Avec des types dans votre genre, tout se règle sous la table, hein ?

Ray s'offrit enfin le luxe de perdre son sang-froid. Les veines de son cou se gonflèrent lorsqu'il hurla :

— Voilà pourquoi mon gamin se fait traiter comme un moins que rien en classe, pourquoi ma femme n'est même pas saluée dans la rue par vos pétasses au cul serré !

— Je ne crois pas que ce langage de corps de garde soit nécessaire, Mr. March, répondit froidement Justin.

— Pourquoi votre comité de merde ne m'envoie pas une note à ce sujet ?

— Nous espérions simplement que vous renonceriez à vos vieilles habitudes.

— Il se passe quelque chose, Brickett. Ne me prenez pas pour un con. Vous jouez un petit jeu avec nous. Tout ce que vous voulez, c'est nous pousser à bout. Une loi pour vous et une pour nous, c'est ça ? Ça ne se passera comme ça !

Il se précipita dehors sans un regard pour le conseiller municipal au sourire affecté, bouscula la secrétaire et claqua la porte de la salle du conseil.

Au lieu de rentrer chez lui, il alla à l'Hélicoptère et commanda un double whisky. Tout le monde autour de lui devenait de plus en plus riche, se plaignit-il au patron, alors que sa famille devenait de plus en plus pauvre. Ils s'acharnaient tous sur les siens, telle était la vérité. Le gouvernement les avait déplacés contre leur gré et se lavait les mains des conséquences de leur déracinement. Sans cesser de s'apitoyer sur lui-même, il resta là, à boire, jusqu'à la fermeture du bar, jusqu'à ce qu'il n'ait plus un sou sur lui et que le patron fût obligé de le jeter dehors.

Angela fondit en larmes en tentant d'installer son mari sur une des chaises de la cuisine. Billy s'assit, les jambes croisées, sur le palier de l'étage d'où, à travers les barreaux de la rampe d'escalier, il assista à la scène. Voir son père dans cet état l'effrayait. Tandis que Ray se saoulait à l'extérieur, quelqu'un avait jeté une pierre à travers la fenêtre du vestibule. Ce n'était qu'un caillou, mais il avait endommagé une paroi déjà fissurée qu'il faudrait à présent réparer. Billy s'était rué dans la rue, mais l'obscurité et le brouillard avaient permis au coupable de s'enfuir.

Il avait l'impression que tous les voisins s'étaient ligués pour humilier sa famille. Laissant sa mère en pleurs auprès de son père inconscient, il s'aventura jusqu'au garage des Metcalf. Son intuition lui soufflait que Brad Metcalf avait réussi, d'une façon ou d'une autre, à subtiliser les clés de la voiture de son père et avait lancé l'auto contre la clôture. Il n'avait aucune preuve, mis à part le fait qu'il n'avait pas vu la BMW de ses voisins depuis la nuit de l'accident. Il essaya de se faufiler à l'intérieur du garage. Il n'en eut pas le temps : Bob Metcalf braqua sur lui une lampe électrique qui l'aveugla.

— Qu'est-ce que tu fous là ?

Sans se démonter, Billy répondit :

— Je me demandais où était votre voiture.

— Je ne crois pas que ce soit à toi de poser des questions alors que tu viens de t'introduire frauduleusement chez moi.

— Vous avez bousillé notre clôture, réussit-il à articuler sans reprendre son souffle. Je pourrais appeler la police.

— Arrête ton cirque.

D'un geste impatient, Metcalf actionna du pouce l'ouverture du garage, dont la porte se souleva doucement, révélant la silhouette reluisante de l'automobile.

— Tu vois, il n'y a rien. Tu ne te sens pas un peu gêné d'avoir accusé un innocent ?

Billy se figea. Le sang lui monta aux joues. Tout cela, c'était la faute de son père qui, en refusant de réparer la clôture, l'avait forcé à agir de sa propre initiative. Tournant les talons, il longea l'allée des Metcalf, frustré et furieux, les larmes aux yeux. En passant devant la clôture dont les vestiges se dressaient comme des os fracassés, il donna de grands coups de botte dans une des planches jusqu'à ce qu'elle se brise en deux.

Georgina Bovis, plus indifférente que jamais à ses devoirs matrimoniaux et plus que jamais privée de ses droits extraconjugaux par Graham le météorologue, sonna ce soir-là au 13 Balmoral Close pour parler à Ray. Angela lui réserva un accueil glacial et la poussa dehors, affirmant que son mari, malade, était déjà couché.

Georgina tapota la tête de Billy, l'enveloppant, en passant, avec la fumée de sa cigarette et ne put s'empêcher d'affirmer que le fils serait un jour aussi séduisant que le père. Angela lui montra la porte, qu'elle claqua rageusement derrière elle en criant :

— Bon débarras, pouffiasse !

— Elle ressemble à Costilla De Ville. Simplement, ce n'est pas avec la peau des 101 Dalmatiens qu'elle veut se faire un manteau, mais avec celle de papa, dit Billy, en éparpillant d'un geste de la main les effluves de son parfum avant de retrouver, dans sa chambre, la maquette d'Invicta Cross.

Le lendemain matin, veille de Noël, alors que son père, toujours au lit, soignait sa gueule de bois, il descendit chercher le courrier. Il fut devancé par sa mère qui s'empara fébrilement d'une petite enveloppe marron. C'était la première d'une série de lettres que devaient recevoir les March ; mais Billy ne découvrit leur contenu que le jour où il fut trop tard pour agir.

Plus tard dans la journée, il accrocha des cheveux d'ange sur la clôture défoncée et, à la peinture rouge, vaporisa ces mots : « Joyeux Noël à tous nos fans. » À présent, se dit-il, n'était-ce pas le genre de conduite que tous attendaient de lui ?

Il contempla la rue, puis le ciel sombre, demandant aux flocons de neige de tomber doucement autour de lui et d'obscurcir sa vision, comme devant les lions de Trafalgar Square. Mais il savait que son souhait ne se réaliserait pas. En ce royaume stérile, la magie n'existait pas.

15

L'enveloppe sépia

« *Une certaine Bridget Cunningham a consacré quatre années de son existence à persécuter ses voisins, portant plainte contre eux au moins deux cents fois pour des motifs allant du stationnement abusif devant sa porte à l'imitation injurieuse de sa démarche. Mrs. Cunningham n'a pas hésité à orner d'une peau de cochon la vitrine de son magasin de confection avant de gratifier ses vis-à-vis juifs du salut nazi. Elle et son frère Robert prirent ensuite l'habitude de faire fonctionner à plein régime une tronçonneuse sous les fenêtres de ces mêmes voisins et d'asperger leurs enfants d'insecticide. Traînés pour la neuvième fois devant les tribunaux, le frère et la sœur se sont présentés à l'audience la tête dissimulée sous des couvre-théière percés de trous à la place des yeux, pour avoir l'air de terroristes.* »

Night and Day

— On ne peut pas appeler un chien Dracula, dit Ray. C'est un défi au bon sens.

— L'Égorgeur, alors ?

— Non.

— Jack l'Éventreur ?

— Pas question. Donne-lui un nom normal.

— Squeaky.

Ray ne cacha pas sa méfiance.

— Pourquoi ?

— À cause de Squeaky Frome, l'âme damnée de Charles Manson.

— Non plus.

Ils finirent par se mettre d'accord sur Victor, comme dans Frankenstein. La veille de Noël, Ray avait été chercher à la SPA de Croydon un petit bâtard tacheté. Non que les March eussent réellement besoin d'une bouche supplémentaire à nourrir ; mais il y avait des années que Billy leur réclamait un chien. Ray lui avait toujours refusé ce cadeau tant qu'ils habitaient en ville. Maintenant que la famille vivait presque à la campagne, il ne pouvait plus se dérober. Il fit promettre à son fils de s'occuper de la nourriture et des promenades de l'animal, insistant sur le fait qu'il ne s'agissait pas « d'un jouet pour Noël, mais d'un compagnon pour la vie ». Pourtant, il ne se faisait aucune illusion : ce serait lui, Ray, qui emmènerait le chien pisser le soir.

Le matin de Noël, à l'aube, en ouvrant les yeux, Billy aperçut au pied de son lit un fauteuil orné de guirlandes, geste que son père avait coutume de faire des années plus tôt et qui lui rappela les Noëls de son enfance, dans la petite maison de Greenwich. Ray, à l'époque, lui apportait une tasse de thé arrosée d'une rasade de scotch, tradition familiale qui, selon lui (même si sa femme poussait de hauts cris), remontait à des générations.

Le soir, plusieurs parents d'Angela arrivèrent sans crier gare en chantant : « Dans une tour de Londres, là-haut, là-haut. » Affolée, Angela les fit entrer et referma soigneusement la porte. Cela n'empêcha pas Stan, l'oncle de Billy, de souffler à perdre haleine dans sa trompette pendant que la sœur d'Angela, que rien ne paraissait atteindre, proposait à la ronde du madère agrémenté d'immangeables pâtisseries glacées.

Cette joyeuse sauterie se prolongea jusqu'à ce que Ken Prent vienne sonner à la porte pour se plaindre du vacarme. Ray lui proposa d'entrer, mais il refusa de trinquer en leur compagnie : les bras rageusement noués autour du buste, Barbara l'attendait devant chez lui, avec cet air revêche qui ne l'abandonnait jamais.

— Elle interdit à son Prent de prendre l'air, déclara Angela après son départ. Il ne peut même pas aller se soulager où il veut.

Propos surprenants de sa part. Mais elle était un peu pompette et, pour une fois, s'amusait sans réticence.

— J'aurais dû lui taper sur le ventre, ajouta Ray en pouffant.

Il s'affala par terre, secoué par un fou rire.

Serrant contre lui son petit chien bien au chaud sous son chandail, Billy se mêla à la gaieté ambiante, heureux de voir ses parents oublier leurs soucis. Hélas, plus tard dans la nuit, le téléphone sonna et sa mère, en un instant, perdit sa joie de vivre. Il venait, de toute évidence, de se passer quelque chose dont personne ne consentit à parler, en tout cas en présence d'un adolescent.

Il finit par neiger pour de bon, par touches très fines qui se transformaient en neige à demi fondue avant de geler à nouveau. Cela donna aux résidents d'Invicta Cross l'occasion de creuser et de sabler des allées impeccables pour leurs voitures, en prenant bien soin, surtout, de ne pas enlever la moindre parcelle de neige chez leurs voisins.

Au sommet du château d'eau, les rafales de vent faisaient descendre la température bien au-dessous de zéro. Billy gratta la croûte de neige qui s'était solidifiée sur la boîte métallique installée par lui sous le parapet. Mais le couvercle était gelé et il ne parvint pas à l'ouvrir. Il faisait trop froid, ce jour-là, pour dessiner. Il remit à plus tard le tracé de la partie nord-est de la ville, qu'il voulait reproduire en détail sur sa maquette. Dommage : les rues recouvertes par la première neige, vierges encore de toute trace de pneus, étaient d'une propreté clinique qui aurait enchanté April.

Elle avait travaillé au modèle réduit avec acharnement, proposant même de l'améliorer en y faisant figurer des rues et des constructions encore inachevées. Billy, avec une obstination qui l'étonna lui-même, s'y était opposé. Il se montrait intraitable sur la fidélité de leur reproduction. April, elle, pensait que quelque chose de magique se produirait un jour ou l'autre : le modèle réduit, s'il anticipait sur l'avenir, se substituerait à la ville réelle qui, du coup, deviendrait comme par miracle aussi parfaite que la maquette.

Pour l'heure, sa mère l'avait emmenée passer les vacances de Noël en Écosse. Quant à Oliver, il avait la grippe. Billy avait donc gagné la tour avec, pour toute compagnie, Victor pelotonné sous sa veste. L'extrémité de l'ancien château d'eau, cette pièce à l'air libre aux arches battues par le vent, était devenue le seul endroit où il pouvait penser de façon claire. Assis sur la pierre glacée, le chiot reniflant sous son écharpe, sentant tout contre sa poitrine, comme une douce chaleur, les battements d'un autre cœur, il essaya de comprendre.

Le matin même, quelqu'un avait déposé deux lettres dans la boîte. L'une, émanant de l'association des voisins, exigeait que Ray répare immédiatement sa clôture, sous peine d'être traîné devant les tribunaux pour avoir créé un danger dans la rue. Quant à la seconde, il s'agissait d'une mystérieuse enveloppe sépia adressée, au stylo à bille, « Aux résidents du numéro 13 ». La première avait été ouverte, contrairement à la seconde. Si les parents de Billy lui cachaient certains secrets, c'était uniquement pour ne pas le blesser. Lorsqu'il avait neuf ans, ils lui avaient dit que sa tante Vera, torturée par un cancer, était partie vivre dans un autre pays. Sa curiosité morbide les avait finalement obligés à lui révéler la véritable nature de cette contrée lointaine.

Billy s'était montré satisfait de leurs explications embarrassées et les avait solennellement remerciés de leur honnêteté. Dès lors, ils lui promirent de ne plus jamais lui mentir. Pourtant, c'était à l'évidence ce qu'ils étaient en train de faire.

Il regarda, en bas, les tourbillons de neige qui s'amoncelaient au-dessus des champs et se demanda comment agir pour restaurer le bonheur de sa famille.

Bien au-dessous de lui, à plus d'un kilomètre de distance, planté sur sa pelouse à l'herbe comme amidonnée par la neige, une feuille de papier froissée dans la main, Ray contemplait l'arrière des maisons de ses voisins en se posant la même question. Assise dans la cuisine, sa femme pleurait.

Billy n'avait qu'une certitude : il leur arrivait quelque chose de grave. Le vent s'était levé, le ciel avait changé, l'air lui-même s'était déplacé. Le malheur était arrivé comme un ancien amant indésirable ; et l'ombre de ses ailes cernait leur univers.

Tout là-haut, inaccessible dans son royaume de vieilles pierres, il frotta son nez d'où pendait une goutte gelée. Demain, ce serait le soir du nouvel an. Une occasion pour que tout recommence. Les yeux rivés sur les routes à moitié terminées et les champs ravagés, il se sentit envahi par une indicible terreur.

À Invicta Cross, on réveillonnait dans le calme. On entendit, à minuit, quelques sifflets, le bruit lointain d'un pub plein à craquer, le chahut de quelques gosses des HLM qui arpentaient la gare d'autobus, désœuvrés et fauchés. Ray et Angela restèrent chez eux, se contentant de porter un toast au douzième coup tandis que Billy assistait, devant la télévision, aux débordements de fêtards du monde entier. Juste après l'heure fatidique, le téléphone sonna. Ray décrocha. Au lieu de souhaiter une bonne année à son interlocuteur, il cracha dans le combiné un chapelet d'obscénités allant bien au-delà de la capacité d'invention linguistique de son fils, pourtant redoutable.

Billy n'avait jamais entendu son père jurer avec une telle violence. Peut-être était-il ivre ; il faut dire que, depuis Noël, il biberonnait sec. Pourquoi, autrement, aurait-il perdu la boule parce que quelqu'un téléphonait un peu tard ?

En reposant le combiné, Ray regarda autour de lui, gêné par sa diatribe. Puis il déclara à sa femme qu'il sortait.

Billy alla se coucher. Il resta éveillé, les yeux au plafond, guettant le grincement de la porte d'entrée. Il s'endormit avant le retour de son père.

Le lendemain matin, Ray découvrit, en s'apprêtant à monter dans sa Vauxhall, qu'on avait crevé ses quatre pneus avec un couteau à grande lame. La police, auprès de qui il porta plainte, ne trouva rien de mieux à lui suggérer que de changer la serrure du garage. Il calcula ce que lui coûteraient quatre pneus et, après une discussion longue et tendue avec Angela, partit pour Londres sans emmener personne.

Au retour, il parla posément à sa femme, qui téléphona à sa sœur. Ensuite, Billy et lui allèrent acheter de la peinture, des planches et quatre pneus d'occasion. L'après-midi, Billy l'aida à remettre la clôture plus ou moins en état et regarda ensuite son père déchirer l'injonction de l'association avant de laisser le vent en disperser les morceaux.

Ray ne révéla jamais comment il s'était procuré l'argent. Billy savait pourtant que c'était la première fois de sa vie que son père en empruntait. Conscient d'avoir trahi ses principes, Ray n'accepta jamais qu'on aborde le sujet.

Billy était déçu. C'était la première fois qu'il pénétrait dans un commissariat et rien ne ressemblait à ce qu'il avait imaginé.

Pas de policiers courant dans tous les sens, de prostituées gueulardes bouclées avant procès-verbal, de détectives au front soucieux s'interrogeant sur la psychologie d'un tueur en série tout en trempant leurs beignets dans des tasses de café en carton. Il y avait simplement une rangée de vieilles chaises flexibles en plastique orange, une petite cloison de séparation en verre, deux photos d'individus aux oreilles décollées recherchés sur l'ensemble du territoire et la sonnerie lointaine d'un téléphone. L'odeur de désinfectant qui l'enrobait accentuait l'aspect mélancolique et la pauvreté du lieu, qui rappelait à Billy le dépôt mortuaire du père d'Oliver, avec ses murs recouverts de faux bois de pin au vernis fauve. Une autre illusion qui volait en éclats.

Deux personnes étaient passées avant eux : un homme âgé se plaignant d'un problème de vignette et une fille qui n'arrêtait pas de sangloter. On avait ensuite appelé Ray dans un des bureaux de déposition. Il en ressortit au bout de trois quarts d'heure, une expression de frustration sur le visage.

— Amène-toi, mon poulet, on se tire d'ici.

Il remit l'enveloppe brune dans sa poche, ouvrit pour son fils la porte battante.

— Que s'est-il passé ? demanda Billy. Tu as fait quelque chose de mal ?

— Pas moi, mon lapin. Quelqu'un d'autre. Et je cherche à savoir qui c'est.

— Que t'a dit la police ?

— Elle va faire une enquête.

Il plongea la main dans sa poche à la recherche d'une cigarette, l'alluma et balança l'allumette dans le caniveau. Fumer restait un des rares plaisirs qu'il avait décidé de s'octroyer. En se dirigeant vers le bureau, il était tombé sur l'agent Morris Diller. Fâcheuse coïncidence. Miller lui avait jeté, en le croisant dans le couloir, un regard soupçonneux qui en disait long sur ce qu'il pensait de lui. À ses yeux, Ray n'était qu'un planteur d'embrouilles, récidiviste de surcroît.

Billy tenta d'interroger son père sur son entretien avec la police. Un simple coup d'œil l'en dissuada. Il suggéra alors une séance de cinéma.

— Maman travaille tard, dit-il d'un ton engageant. Nous serons rentrés avant elle. Nous pourrions rapporter des *fish and chips*.

Voyant son père blêmir, il ajouta :

— J'ai de l'argent.

Sans se douter une seconde des intentions de son fils, Ray se laissa donc entraîner, à pied, jusqu'au Granada de Croydon, où l'on jouait *Cocoon*. Trois heures plus tard, ils rentrèrent chez eux les bras chargés de morue, de frites chaudes et de petits légumes tout préparés marinés dans du vinaigre ; et ils dressèrent la table pour un vrai festin.

Ce fut à ce moment-là que l'hôpital appela.

16

L'huile imaginaire

« Les gens sont si différents, à présent. Ce qu'il faut, c'est se glisser dans sa boîte, la fermer et prier pour que personne ne vienne vous en déloger. »

J.J., sans-abri de 44 ans

Une autre chaise orange et flexible. Billy se renversa contre son dossier, essayant de savoir jusqu'où il s'étirerait sans casser. Ces sièges meublaient sans doute toutes les salles d'attente de l'hôpital, encombrées d'employés surmenés et distraits qui regardaient à travers ceux à qui ils s'adressaient. Billy et son père s'assirent dans le couloir surpeuplé, attendant des nouvelles. Mais personne ne vint. Les infirmières passaient devant eux, martelant d'un pas vif le linoléum gris en consultant leurs notes, de vieilles dames se plaignaient tandis qu'on les poussait vers des doubles portes qui se refermaient derrière elles. Des voix, en arrière-fond, s'interpellaient, se transmettaient à toute allure des messages incompréhensibles.

En dépit de l'heure tardive – vingt-trois heures quinze – l'hôpital était en pleine effervescence, ce qui surprit Billy. Il fronça le nez, poussa un énorme soupir. Il s'ennuyait. Il avait envie d'aller jeter un œil dans les chambres, au-delà des portes battantes. De là-bas lui parvenait une odeur d'eau de Javel mêlée à une senteur douceâtre, semblable à celle d'un magasin de sucres d'orge. Quelque chose entre *Le Parfum de la mort*, pensa-t-il, avec Peter Cushing et Christopher Lee, et *La puanteur de la corruption*, avec Veronica Carlson et Martine Beswick. Une question saugrenue lui traversa l'esprit. Si tous les films de vampires se passaient en Transylvanie, pourquoi diable Michael Ripper, qui interprétait toujours le rôle de l'aubergiste, s'exprimait-il avec un affreux accent du Somerset ? « Si j'tions vous, disait-il, j'm'a risquererions pas au chaînteau d'Dr'ocula. » Oui, pourquoi ?

Un vieillard en peignoir vint s'asseoir près d'eux. Avec sa peau parcheminée et jaune, il ne devait pas avoir loin de mille ans. *Le Retour de la momie*, produit par les films Tigon, 1972. Imhotep cherche à se venger de ceux qui l'ont emmuré vivant dans son tombeau en les obligeant à attendre jusqu'à la fin des temps dans les couloirs d'un hôpital. Le vieux type avait les dents noires et tenait à la main une tige d'acier au sommet de laquelle pendait, fixé à un crochet, un sac de plastique transparent. L'autre extrémité lui rentrait dans le bras, couvert de bleus à la suite de perfusions multiples. Billy raffolait des films d'horreur. Mais cette horreur-là était trop réelle. Écœuré, il détourna les yeux.

Il pensa à sa mère, couchée quelque part dans cet hôpital, et se demanda quand ils pourraient la voir. Était-elle encore inconsciente ? Les médecins lui faisaient-ils quelque chose de si effrayant qu'on leur interdirait de se rendre à son chevet, de peur de voir leurs cheveux se dresser sur leur tête et blanchir d'un seul coup ?

— Tout ce que je sais, Billy, c'est qu'elle a glissé dans une allée du supermarché, dit son père.

— Glissé sur quoi ?

Exaspéré, Ray farfouilla dans sa poche à la recherche de ses cigarettes.

— Comment veux-tu que je le sache ?

— Si le carrelage était ébréché ou si quelqu'un a répandu quelque chose qu'on n'a pas nettoyé, elle peut attaquer le magasin pour négligence.

— Ne nous montons pas la tête, mon lapin. Assurons-nous d'abord qu'elle va bien.

Ils restèrent assis une heure et quart encore, Ray dissimulant ses cigarettes successives dans le creux de sa paume, car ils se trouvaient dans une zone non-fumeurs. Finalement, une infirmière les aborda.

— J'ai bien peur que vous ne puissiez voir Mrs. March pour le moment, dit la jeune Asiatique épuisée en extirpant ses notes de sa blouse. On lui a donné un antidouleur et un somnifère puissant. Elle a les ligaments du genou droit déchirés.

Elle montra son propre genou.

— Heureusement, les muscles maintiennent la rotule en place. Rien de bien sérieux, donc, de ce côté-là. Mais elle a reçu un mauvais coup sur la tête et est restée inconsciente un long moment. Nous allons la garder pour la nuit. Nous vous la rendrons demain, une fois que les médecins l'auront examinée.

— Elle ne pourra pas marcher ?

— Non. Elle devra garder la jambe dans le plâtre un certain temps. Ensuite, elle pourra se déplacer en chaise roulante jusqu'à la date de l'opération. Après cela, elle aura besoin d'une canne, jusqu'à ce que ses muscles se consolident.

— Quand aura lieu l'opération ?

L'infirmière regardait par-dessus l'épaule de Ray, fixant le couloir, concentrée de toute évidence sur les problèmes du patient suivant.

— Le cas de votre femme n'est pas prioritaire. Elle devra patienter un peu. Mais on peut espérer que l'affaire sera réglée au printemps prochain.

— Vous voulez dire qu'elle sera obligée de rester tout ce temps dans une chaise roulante ?

— Nous n'y pouvons rien, dit-elle, pressée de s'en

aller. La circonscription de l'hôpital a doublé depuis la construction de la ville nouvelle.

Elle lui tapota le bras d'un geste rassurant.

— Bien sûr, elle peut très bien accélérer les choses en s'adressant au secteur privé. En tout cas, il serait inutile pour vous d'attendre plus longtemps ce soir. Votre femme sera bien soignée, je vous le promets. Revenez demain matin. Maintenant, veuillez m'excuser.

L'infirmière se faufila entre eux et s'avança vers une vieille femme qui, allongée non loin de là sur un chariot, la lorgnait d'un sale œil.

— Qu'est-ce qu'on fait, maintenant ? demanda Billy.

— Ce qu'on nous a dit de faire, répondit son père avec un haussement d'épaules.

Tel est le problème de la famille March, songea Billy. *Ses membres font toujours ce qu'on leur dit de faire. Des générations d'hommes et de femmes qui s'enorgueillissent de ne jamais prendre le temps de vivre, de ne jamais manquer un seul jour de travail, et que des gens mieux éduqués qui n'ont pas à se salir les mains poussent joyeusement à se tuer à la tâche.*

Il se demandait si une telle pensée faisait de lui un socialiste.

Il était assis au sommet de l'ancien château d'eau, son chien dormant sous sa veste. Il se leva, frappa du pied la brique gelée. Rentrée d'Écosse, April était venue partager sa veille solitaire. Un foulard écossais à dominante vermillon enveloppait son visage cireux. Elle ressemblait à une gravure victorienne représentant un homme souffrant d'une rage de dents.

— Où est Oliver ? demanda-t-elle.

— Chais pas. Son téléphone ne répond pas. Je pensais qu'il était peut-être monté jusqu'ici.

— Comment va ta mère aujourd'hui ?

— Elle déteste toujours autant son fauteuil roulant. Elle n'arrive pas à atteindre les placards de la cuisine.

Nous devons tout sortir pour elle. Elle refuse de nous laisser faire la cuisine.

— Elle a raison. La cuisine est un privilège de femme.

Elle s'exprimait sans la moindre trace d'ironie. Elle ajouta :

— La cuisine et le ménage, pour que tout soit bien propre. Ma mère m'a raconté ce qui était arrivé à la tienne.

Billy fut étonné mais intéressé. À la grande exaspération de Ray, Angela refusait qu'on parle de son accident.

— Qu'est-ce que tu as appris ? demanda-t-il.

— Elle s'est disputée avec une de ses collègues et a quitté sa caisse. C'est alors qu'elle est tombée. Mais les choses ne sont pas si simples, précisa-t-elle d'un air sombre.

— Que veux-tu dire ?

— Ta mère affirme qu'il y avait une flaque d'huile de friture sur le sol. Mais y en avait-il ?

Elle se rapprocha de lui, les yeux écarquillés.

— Le directeur du magasin jure que non.

— C'est idiot. Ma mère n'aurait jamais menti. Pourquoi aurait-elle inventé cette histoire ?

— Pour toucher une indemnité. Vous avez besoin d'argent.

Elle tourna vers lui sa face livide.

— Vous êtes les romanos du coin. On vous a surpris à voler. Tout le monde vous connaît. Vous n'avez pas que des amis.

Billy eut un geste brusque. Sous sa veste, le chiot endormi remua.

— Toi, je pensais que tu en étais une, April.

— Nous avons conclu une alliance, répondit-elle avec simplicité. Est-ce qu'il ne vaut pas mieux que tu saches ce qui se passe ? Après tout, un homme averti en vaut deux.

Elle regarda les champs en contrebas, reprit son souffle.

— Je veux travailler à la maquette aujourd'hui. Il nous reste encore beaucoup à faire.

— Tu es vraiment une fille étrange, dit Billy d'une voix triste.

— Tant mieux pour toi, répliqua-t-elle. La normalité est notre ennemi commun.

En dépit de la neige qui s'était remise à tomber et des bardanes plumeuses qui se posaient sur leurs cils, ils restèrent au sommet de la tour, dessinant jusqu'à ce que leurs doigts s'engourdissent et que la lumière eût disparu.

Au fil des jours, la température continua à baisser. La neige s'installa et durcit sur le bas-côté des routes, se transformant en une croûte semblable à du gingembre. Au numéro 13 de Balmoral Close, elle gela portes et fenêtres, contracta les conduits, boucha les tuyaux d'écoulement. Le monde extérieur se figea dans un silence à peine troublé, de temps à autre, par le bruit assourdi d'une voiture.

Angela Marsh n'était pas une bonne invalide. Elle haïssait l'idée d'être prisonnière du rez-de-chaussée, d'autant que son fauteuil, trop large, ne passait pas par la porte des toilettes et ne pouvait même pas franchir la petite marche séparant le salon de la cuisine. Elle appela la grande surface et parla au directeur. Il lui déclara que son attitude hargneuse vis-à-vis des circonstances pourtant limpides de son accident faisait d'elle une employée indésirable. Elle était licenciée. Quant au magasin, il ne se reconnaissait aucune responsabilité en ce qui concernait sa blessure.

Elle téléphona aussitôt à un avocat.

— Le problème, Mrs. March, est celui de la preuve, lui expliqua la juriste qui, à en juger par la largeur de sa veste aux épaules rembourrées et la complexité de ses tresses décolorées, était une téléspectatrice assidue de *Procès à Los Angeles*.

Angela étant toujours immobilisée, elle s'était déplacée à contrecœur jusque chez elle.

— Vous affirmez avoir glissé sur une flaque d'huile, ce que nie la direction du magasin.

— Votre devoir ne consiste-t-il pas à croire le plaignant ?

— Dans votre cas, ce que je crois importe peu. Ce qui compte, c'est ce que je serai en mesure de prouver. Nous ne pouvons pas nous contenter d'opposer votre parole à la leur.

— Pourquoi pas ?

— Parce que, ma chère petite madame, ils gagneront.

— Comment est-ce possible ? C'est quand même moi qui ai été blessée.

— La question n'est pas là. Ils déclineront toute responsabilité.

— Et ils vont s'en tirer comme ça ?

— Sans problème. Tous les témoignages vont dans leur sens.

— Quels témoignages ?

— Juste avant l'accident, vous avez eu une altercation avec une des caissières et on vous a vue quitter votre poste.

— Ils refusaient de m'accorder une pause. Je vous l'ai dit : les horaires de travail sont entrecoupés d'arrêts tout au long de la matinée ; pourtant, personne n'était venu me relever. J'ai simplement pris ce qui m'était dû.

— Vous avez agi sans autorisation. C'est un fait avéré. Vous n'avez pas respecté le règlement du magasin. Vous avez quitté votre caisse et vous vous êtes dirigée vers la salle de repos, à l'arrière de l'établissement.

— C'est exact. J'ai tourné rapidement dans l'allée et c'est là que j'ai glissé sur la flaque d'huile. Je vous l'ai déjà raconté.

— On n'a pas retrouvé d'huile sur vos vêtements.

— Non.

— Quel genre de chaussures portiez-vous ?

— Des souliers à talons plats.
— Vous les avez toujours ?
— Bien entendu.
— Votre jambe s'est dérobée sous vous. En avant ou en arrière ?
— En arrière, je crois.
— Vous devez être précise à ce sujet.
— En arrière. Ensuite, je suis tombée et ma tête a heurté le sol. J'ai perdu conscience un moment ; je ne sais pas combien de temps exactement.
— C'est le nœud du problème. Au tribunal, le magasin plaidera que, sans respecter le règlement, vous avez brusquement quitté votre poste, hors de vous.
— Je ne me mets jamais en colère et...
— S'il vous plaît, laissez-moi terminer... Que vous vous êtes levée brutalement après vous être disputée avec une de vos collègues et que vous avez glissé en vous précipitant vers la sortie du bâtiment. À présent, je dois vous révéler qu'une des clientes du magasin, celle qui vous a trouvée, affirme n'avoir remarqué aucune trace d'huile sur le sol. Quant au directeur, il a, lorsqu'on a appelé, confirmé ses dires.
— Qui m'a trouvée ?
On entendit un froissement de feuilles tandis que l'avocate consultait ses notes.
— Une certaine Mrs. Barbara Prent, répondit-elle.
Plus tard, après le départ de l'avocate, Angela poussa son fauteuil jusqu'à la dernière marche du perron et regarda le chien poursuivre des moineaux dans le jardin gelé. L'air glacé mordit sa jambe bandée. Toute à ses pensées, elle s'en aperçut à peine. Elle se demandait si, après tout, la cause de son accident n'était pas purement imaginaire.

17

La scie tronquée

« Un homme de Pontiac a sidéré les médecins en se tranchant délibérément le poignet gauche à la scie mécanique, et ce deux fois en un an. La première fois, on a greffé sa main grâce à la microchirurgie. Michael Downing, un chômeur londonien, s'est alors scié la jambe gauche au-dessous du genou, puis s'est amputé de plusieurs doigts "pour s'exercer". Un ambulancier a déclaré : "Il semble obsédé par le désir de découper son corps en morceaux". »

The Sun

— J'ai cru comprendre, dit Angela March en s'efforçant de maîtriser le tremblement de sa voix, que vous avez témoigné contre moi devant la direction du magasin.

Faisant fi de son caractère, elle avait rassemblé ses dernières réserves de courage et s'était rendue chez les Prent pour se plaindre. Bien que la date de son opération n'eût pas encore été fixée, elle trouvait que les béquilles d'aluminium que Billy était allé chercher à l'hôpital lui permettaient de se déplacer sans trop de peine, en dépit des bleus qu'elles imprimaient sous ses bras.

— Je ne dirais pas « témoigner », répliqua sa voisine d'une voix glaciale. Ils m'ont demandé ce que j'avais vu et j'ai répondu la vérité.

— Vous avez soutenu que j'avais été impliquée dans une dispute. Vous avez affirmé qu'il n'y avait pas d'huile sur le sol. Or, je ne vous ai même pas vue au magasin.

— Mais j'y étais, martela Barbara en croisant les bras comme pour se protéger. J'ai vu avec précision ce qui est arrivé. Vous avez eu des mots avec quelqu'un, vous avez hurlé en public avant de vous lever d'un bond. J'étais en train de faire quelques achats. J'ai vu le carrelage de l'allée où vous prétendez avoir glissé. Il était propre et tout à fait sec.

— Vous mentez, et vous le savez.

Barbara la dévisagea d'un œil clair et calme.

— Au nom du ciel, pourquoi mentirais-je, Mrs. March ? En quoi m'intéresserais-je à ce qui vous arrive ?

— C'est précisément ce que je me demande.

Rentrant d'une promenade en compagnie d'Oliver et de Victor, Billy avait aperçu sa mère boitillant dans la neige en direction de la maison des voisins. À présent, caché derrière un arbre, il écoutait. D'un naturel timide, manquant de confiance en elle, Angela se laissait rarement submerger par la colère. Il lui en avait fallu une bonne dose pour passer aux actes.

— Ce que je ne comprends pas, dit-elle, c'est ce que vous avez à gagner à tout cela. On me doit une compensation pour ma blessure, mais je n'ai aucune chance de l'obtenir si vous continuez à falsifier la vérité.

— Je ne peux que décrire ce à quoi j'ai assisté, lança Barbara d'un ton exaspéré, et je n'ai rien vu qui pourrait rendre le magasin responsable de votre accident. Que voulez-vous que je fasse ? Mentir pour vous ?

— Je ne sais pas ! cria Angela. Vous n'avez peut-être pas bien vu. Je suis sûre, quant à moi...

— Je n'ai rien d'autre à vous dire, Mrs. March. Je n'apprécie guère vos accusations.

Barbara voulut fermer sa porte d'entrée, mais Angela la coinça avec une de ses béquilles.

— Pourquoi faites-vous ça ? implora-t-elle. Vous savez que mon mari a perdu son emploi. Vous pouvez vous rendre compte de nos problèmes.

— Vous devriez plutôt considérer les motifs qui vous poussent à vous obstiner ! aboya Barbara. Pourquoi ne songez-vous pas plutôt à vous en aller ? Je suis sûre que vous vous sentiriez bien mieux dans un logement social de Londres.

Dégageant avec soin la béquille, elle claqua la porte.

Billy se précipita vers sa mère qui, reculant en claudiquant sur la dernière marche du perron, venait de perdre l'équilibre, glissa un bras autour du sien et la ramena doucement chez eux. Elle essaya désespérément de ne pas pleurer devant son fils, mais, au moment où ils atteignaient leur allée, elle fondit en larmes et se mit à sangloter de façon hystérique.

Invicta Cross était une toute petite ville. Les ragots s'y épanouissaient comme des perce-neige et naissaient généralement au supermarché. Le cas d'Angela fut très vite réglé. Aux yeux du voisinage, elle n'était qu'une menteuse, une simulatrice qui essayait de tirer avantage d'une blessure qu'elle s'était infligée à elle-même. Une combine aussi mesquine, c'était l'évidence même, dénotait un manque total de décence et de respect de soi. Jusqu'où cette famille accepterait-elle de s'humilier pour toucher quelques misérables billets de banque ?

Barbara agrippa Georgina Bovis au salon de coiffure de l'avenue Boadicée et lui dit qu'il fallait absolument agir ; les March étaient en train de déprécier la valeur immobilière du quartier. Georgina rencontra Sandra Brickett chez le marchand de journaux et la harcela pour que son époux trouve une solution : si on ne faisait pas un exemple, toutes sortes de familles viendraient s'installer à Invicta Cross. Alors, qu'adviendrait-il d'eux ?

Sandra Brickett en parla à son mari devant leur saumon en croûte de Marks & Spencer. Il la rassura : les choses, lui dit-il, ne traîneraient pas. Lorsqu'elle lui demanda des détails supplémentaires, il sourit d'un air sombre et continua à découper son poisson.

Emmenant Victor faire un tour, Billy en profita pour rendre visite à Oliver, à qui il annonça qu'il allait s'enfuir de chez lui.

— Et tes parents ? demanda son ami, qui mettait la dernière touche à un couple assorti de vampires en pâte à modeler. Tu ne peux pas les abandonner.

— Tu as raison. Je les emmènerai avec moi.

— Alors, ce ne sera pas vraiment une fugue, non ?

Oliver n'était pas dans son assiette. D'ordinaire, il démarrait au quart de tour chaque fois que Billy prononçait une parole. Ce jour-là, pourtant, il semblait davantage intéressé par ses figurines grotesques. Billy se demanda s'il n'était pas, lui aussi, passé dans le camp de l'ennemi. Son père lui avait peut-être conseillé d'éviter les mauvaises fréquentations.

— Est-ce que tu me trouves infréquentable ?

— Bien sûr que non. Tu es trop passif pour être dangereux. Tu laisses les gens te piétiner. Tu sais ce qui finit par arriver ?

— Non.

— On pète les plombs. Un jour, tout va bien, et le lendemain, on arpente la rue en gueulant, un fusil chargé dans chaque main.

— Arrête.

— Ça se produit tout le temps. Mon père a eu un client qui s'était tranché les poignets. Il ruminait sa rancœur depuis des années. Un matin, il a perdu la boule.

— Attends une minute, dit Billy. Comment a-t-il fait pour se couper l'autre main ?

Le lendemain, Billy se précipita chez Oliver, mais personne ne répondit aux trois coups de sonnette, leur signal habituel. Il resta dehors une minute, le nez en l'air, certain d'avoir vu les rideaux du premier étage remuer légèrement. Comme personne ne descendait, il remonta sur son vélo et prit le chemin du château d'eau, persuadé qu'Oliver avait reçu l'ordre de l'éviter.

Au sommet de la tour, il aperçut avec surprise une silhouette appuyée contre un des créneaux. C'était April. Il fut content de constater qu'elle avait trouvé le moyen d'entrer et de monter là-haut toute seule, mais cette intrusion dans son domaine l'agaça.

— J'ai pensé que tu n'y verrais pas d'inconvénient, lui dit-elle, lisant dans ses pensées et se tournant vers lui. Après tout, cet endroit nous appartient à tous. Tu crois en l'égalité, non ?

Avec son bonnet rouge, son écharpe écossaise et son long manteau de coupe militaire, elle ressemblait à une héroïne des bandes dessinées que lisait jadis sa mère.

— Bien sûr que je crois en l'égalité.

— Tout comme d'autres n'y croient pas, murmura-t-elle en se détournant.

— Que veux-tu dire ?

— Oh, rien... As-tu déjà remarqué l'absence de Noirs dans le voisinage ?

Elle extirpa de la poche de son manteau une énorme paire de jumelles, les régla et contempla la ville.

— Regarde. Pas un seul négro en vue.

— Tu ne devrais pas les appeler comme ça.

— C'est ainsi que ma mère les nomme dans ses accès de générosité, dit-elle d'un ton détaché. Imagine : elle s'est forgé ses opinions dans les années cinquante et elles se sont, depuis, encore rétrécies. Mais tu as dû le remarquer. On dirait qu'on a écrit partout : « Réservé aux Blancs. »

— Toute discrimination est illégale, dit Billy.

— Oh, il existe des façons subtiles de détourner la loi. C'est ce dont je voulais te parler. On trouve des tas de moyens de s'arranger quand on a un peu d'argent et un peu de pouvoir.

— Comment sais-tu tout ça ?

— Je regarde *Dynasty*. J'écoute les ragots. Seul le plus aveugle des imbéciles pourrait ne pas voir ce qui se passe ici.

Billy sentit le sang lui monter aux joues. Il était sûr que cette conversation déboucherait sur sa famille.

— Par exemple, poursuivit April, suppose que je veuille pousser tes parents à quitter Invicta Cross. Comment m'y prendrais-je ?

Il s'assit sur le mur, à côté d'elle, sentant son estomac se contracter.

— Je n'en sais rien, répondit-il sans élever la voix. Comment ?

— Je ferais du scandale derrière leur dos. Je ternirais leur réputation. Je leur rendrais la vie impossible. J'insisterais sur le fait qu'ils ne peuvent plus demeurer dans les environs.

Son regard tomba par hasard sur les chaussettes reprisées de Billy. Gêné, il tira sur le bas de son jean pour les couvrir.

— Je pourrais peut-être aller plus loin. Je mettrais en scène une petite comédie. Je ferais disparaître quelque chose et désignerais un faux coupable. Un objet de valeur : une pince à billets, par exemple. Cela ferait passer le père pour un voleur. Ensuite, je discréditerais la mère. Je provoquerais l'occasion de prouver qu'elle n'est qu'une menteuse. Disons que je raconterais un petit bobard à son sujet. J'affirmerais qu'elle a glissé par sa faute. Je nettoierais le carrelage avec une serpillière, je ferais disparaître la tache d'huile. Les propriétaires du magasin se montreraient reconnaissants. Ce petit tour de passe-passe leur éviterait un procès coûteux et leur permettrait d'économiser une fortune.

— Non, dit Billy en secouant la tête. Personne ne ferait ça. Personne ne serait assez vicieux.

April se rapprocha de lui.

— Mais pourquoi s'arrêter en si bon chemin ? insista-t-elle. Je m'attaquerais aussi au fils, ce fruit pourri. Avec des parents comme les siens, quelle chance aurait-il ? Je demanderais aux enfants de le snober, de le tenir à l'écart, je l'impliquerais peut-être dans une sale histoire, comme un vol de cigarettes.

— Tu ne peux pas être au courant de ça ! cria-t-il.

— Ah bon ? minauda-t-elle comme pour le taquiner. Alors pourquoi en sais-je bien plus que toi ? Quelqu'un a peut-être défoncé exprès la clôture de ton père, juste pour qu'on vous montre du doigt ?

Billy pensa à la lettre des voisins, à leur insistance pour exiger des réparations, à leur harassement constant, et comprit tout d'un coup pourquoi son père était allé au commissariat de police.

— Des lettres, s'entendit-il murmurer, des lettres et des coups de téléphone obscènes. Quelqu'un a téléphoné à ma mère et lui a envoyé des lettres salaces.

— De l'histoire ancienne, dit April avec insouciance. Réveille-toi, Billy, et raconte-moi quelque chose que je ne sache pas.

Soudain, il la prit à la gorge, la secoua violemment contre le parapet en criant, la bouche contre son visage inexpressif :

— Tu n'es qu'une sale menteuse !

Elle resta impassible jusqu'à ce qu'il se calme, puis le repoussa et essuya la neige qui maculait ses manches.

— Je pensais qu'un fils d'ouvrier comme toi serait moins naïf, plus cynique. À la télévision, ils le sont toujours. « Les rois de la rue ». C'est comme ça qu'on les appelle. Mais les vrais rois de la rue, ce sont les autres. Ils t'ont déjà envoyé dans les cordes.

— Tu as tout inventé, hein ? bredouilla-t-il, au bord des larmes.

Il détestait l'idée que sa vie ait l'air si simple, si vide.

— Non, répliqua-t-elle, c'est ce que raconte ma mère. Oh, ne t'en fais pas. Elle aussi, on la montre du doigt. Elle appelle la police pour lui dire que des inconnus rôdent la nuit dans son jardin, mais personne ne la croit ; pas même moi. Elle vole tout le temps dans les magasins. Nous sommes des parias, comme vous. Je pourrais le deviner sans même te parler. Les victimes se reconnaissent toujours.

Billy pensa à tout cela. Une conspiration aussi absurde n'avait pas de sens.

— Pourquoi les gens se donneraient-ils tout ce mal ? demanda-t-il.

April donna un coup de pied dans une motte de neige gelée.

— Parce qu'on ne veut pas de vous ici.

Il marcha vers l'extrémité du parapet et observa la ville. Pour April, tout devait être parfaitement en ordre et ce qu'elle venait de dire ressemblait à une théorie concoctée pour rendre rationnels des événements inexplicables. Pourtant, cela avait l'air vrai.

— Je parie qu'ils s'arrangeront pour interdire le club de golf aux Juifs, dit-elle.

— On n'a pas encore construit de golf, répondit-il en regardant le terrain vague désolé qui s'étendait en contrebas.

— Pas encore, admit-elle.

Et tout d'un coup, cela lui creva les yeux : cette portion en forme de bout de scie manquant, cette petite parcelle qui empêchait d'accéder au terrain. Jamais il ne l'aurait remarquée depuis le sol, mais de là-haut, le plan prévu était clair comme le jour.

— Tous les résidents sont actionnaires, dit-il. Ils ne pourront pas empocher un penny s'ils n'obtiennent pas le permis de construire. Il faut qu'ils nous virent avant le début des travaux.

— Et le pauvre petit Billy pensait qu'il n'y avait pas de complot, conclut-elle en souriant. Je crois que je mérite finalement un gros baiser mouillé.

18

La maison de la sorcière

« Stan Skelton, un retraité obsédé par les clôtures et surnommé “le voisin venu de l'enfer”, a reçu l'ordre de démanteler une barrière de six mètres de long grâce à laquelle il barrait chaque nuit l'allée qu'il partageait avec un couple de résidents. Il obligeait ce couple à prévoir à la minute près ses heures de départ et d'arrivée, refusant de lever la barrière dans le courant de la journée. Après sa condamnation, ses voisins ont donné une grande fête dans la rue ».

Daily Mail

Les poumons en feu, Billy remonta en courant la rue Gaveston et dépassa Windsor Terrace, hanté par le désir de révéler à quelqu'un ce qu'il venait d'apprendre. Personne n'avait été épargné. Sa mère avait déjà subi des dommages physiques. Il s'agissait d'une guerre, à petite échelle, peut-être, mais d'une guerre tout de même. Ray ne réagirait pas. Désormais, tout reposait sur lui. D'une façon ou d'une autre, il trouverait un moyen de sauver sa famille.

— Attends un peu. Tu vas où, comme ça ?

Une botte surgit, lui fit un croc-en jambe et l'envoya rouler sur le trottoir rendu glissant par la neige. Gavin

Diller leva le pied, puis appuya son talon sur la poitrine de Billy, le maintenant à terre.

— J'ai un petit conseil à te donner, dit-il en respirant bruyamment. Ne t'approche pas d'April Barrow.

— Et pourquoi ?

Billy repoussa la botte, se dressa sur un coude.

— Parce que c'est ma gonzesse, répondit le fils de l'agent de police.

— Alors, tu devrais la mettre au courant.

— Elle le saura en temps voulu. Et toi aussi, si tu ne te tiens pas à carreau.

— J'ai vraiment les jetons, lança Billy, essayant de se montrer bravache.

— Tu ferais mieux, mec, répliqua Gavin, dont la voix rappelait jusque dans les moindres intonations celle de son père. Parce que si je te vois encore tourner autour d'elle, tu te retrouveras le nez dans le caniveau en train de chercher ce qui restera de tes dents.

Billy accéléra encore son allure. Le ciel jaune projetait sur la ville une lueur étrange, terrifiante. À présent, plus rien ne paraissait normal. Les endroits les plus familiers semblaient chargés de menaces. Les barrières cachaient peut-être des assassins, comme Abel Magwitch dans *Les Grandes Espérances*, les arbres dressaient leurs branches nues tels des os de morts vivants, le vent dispersait des poignées de neige pour l'aveugler. Quant aux maisons, si bien alignées, dont les habitants se dissimulaient derrière l'épaisseur de leurs rideaux, elles ressemblaient à des pierres tombales.

Avachi sur le sofa, Ray regardait la télévision. Il avait bu et dormait à moitié. Angela était au lit au premier étage, buvant du lait chaud et ruminant son amertume. Quant à Victor, il ronflait tranquillement sous le radiateur.

Billy tenta de reprendre son souffle, réveilla son père et lui débita son histoire. Il la raconta avec une telle fébrilité qu'il la rendit absurde et incompréhensible.

Ray le repoussa avec un : « Pas maintenant, fiston », feignit de se passionner pour un jeu télévisé. Les cris aigus des participants résonnèrent dans le salon.

— Est-ce que tu ne comprends pas ce qui se passe ? cria Billy. Ils font tout ça exprès, pour nous obliger à partir !

— Exactement comme dans un film de John Wayne, gloussa son père. Billy, tu vas trop au cinéma. Ce film-là pourrait s'appeler, attends voir... (il se tourna vers lui, fit un effort pour se concentrer) : *Bill, tu t' fais de la bile à Beverley Hill.*

— Qu'est-ce que tu dis ?

— *Tu t' fais de la bile à Beverley Hill.* Je m'en fais moi aussi, fiston. Parce que nous ne sommes pas à notre place. Tu ne peux pas comprendre, car ce sont des problèmes d'adultes, mais tout le monde ne peut pas s'installer n'importe où. Nous envoyer ici a été une erreur. Pourtant, le gouvernement s'en fout. Il déplace les gens et puis c'est marre.

— Papa, tu ne m'écoutes pas !

— Billy, Billy boy, bafouilla Ray en ébouriffant rudement les cheveux de son fils. Quand tu seras plus âgé, tu verras. Tu as toujours eu beaucoup trop d'imagination. Trop de cinéma. Maintenant mets une sourdine. Ta mère essaie de dormir.

Billy appela April.

— Toi aussi, tu es en danger, dit-il en haletant. Gavin Diller m'a menacé de représailles si je continuais à te voir.

Cela ne sembla pas affecter April outre mesure.

— Oh, lui... Il veut avoir des rapports sexuels avec moi. Il te considère sans doute comme un rival.

— Tu le connais bien ?

— Pour être franche, j'ai même pensé le laisser essayer.

— April, comment as-tu pu ?

— Où est le problème ? J'aurai bientôt quinze ans et il faudra bien que quelqu'un le fasse bientôt. Je serai débarrassée une fois pour toutes de cette saleté. Je veux juste coucher une fois, par pure curiosité scientifique. À la télé, toutes les émissions tournent autour de la chose. Ça doit donc valoir le coup d'essayer. Je présume que tu as parlé du complot à ton père.

— Il ne me croit pas, April. Il trouve que j'ai une imagination délirante.

— C'est vrai. Mais tu peux changer. La science moderne ne manque pas de moyens. On pourrait t'implanter des électrodes pour neutraliser tes désirs. Dans l'avenir, plus personne n'aura de douloureuses crises de conscience. Car nous ferons tout ce qu'on nous dira de faire.

Elle parlait pour elle-même, sans vraiment lui prêter attention. Il raccrocha. Il ne restait plus qu'Oliver.

— Arrête de brailler, lui dit ce dernier, je ne comprends rien à ce que tu racontes.

Une nouvelle fois, Billy s'expliqua. Oliver réfléchit un instant avant de répondre :

— C'est possible. Pourtant, j'ai du mal à croire que les gens d'ici soient capables de concevoir une telle opération. Qu'est-ce que tu comptes faire ?

— Je ne sais pas. Ma mère n'a pas la moindre preuve, mon père non plus. Il faudra que j'en trouve par moi-même.

— Écoute. Je suis obligé de te laisser. Mon père attend un coup de téléphone professionnel. Quelqu'un vient de calencher. Je te parlerai plus tard.

Billy gagna sa chambre où, assis devant la maquette de la ville, il étudia la parcelle de terrain dessinée au feutre vert, essayant d'imaginer à quoi elle ressemblerait une fois le golf achevé. D'autres pièces du puzzle se mettaient en place dans son esprit. Voilà pourquoi on avait arrêté les travaux. Voilà pourquoi la route n'aboutissait nulle part. Si la municipalité ne pouvait garantir la présence des équipements de loisir promis, les promoteurs refuseraient d'investir. Plus il y pensait, plus le complot prenait corps.

Il détailla les minuscules modèles réduits des maisons du voisinage, marcha ensuite jusqu'à la fenêtre pour les comparer aux originaux ; malheureusement, une nouvelle chute de neige lui cachait la vue, comme si la nature elle-même cherchait à protéger les intérêts des résidents.

Il décida de rendre visite à April. Il sortit sans bruit son vélo du vestibule et s'enfonça dans la nuit froide, pédalant avec vigueur sur les traces de pneus que la neige, petit à petit, effaçait.

Il sonna à la porte. Le lieu semblait vide. Pas d'éclairage sous le porche, pas davantage de lumière en provenance des fenêtres. Il entendit alors un pas mal assuré venant de l'arrière de la maison. Puis, le silence. Enfin, une voix méfiante le fit sursauter.

— Qui est là ?

— Je suis un ami d'April.

Silence encore, comme si on pesait soigneusement chaque terme de la réponse. Ensuite, on déverrouilla la porte, qui s'ouvrit lentement. Inquiet, Billy recula d'un pas. La femme qui le dévisageait avait l'air complètement folle.

— Ma fille n'a que peu d'amis, dit Mrs. Barrow, en relevant une mèche de cheveux gris qui tombait sur son œil gauche.

Elle n'était pas maquillée et portait un informe sarrau de laine brune à l'ourlet effiloché. Elle avait les pieds nus, les ongles des orteils noirs de crasse. Son aspect évoquait celui d'une vieille hippie. Le vestibule sentait l'humidité, la pisse de chat, l'huile rance.

— Entrez, dit-elle. April fait ses devoirs.

Billy se faufila à l'intérieur.

La maison était faiblement éclairée et incroyablement mal tenue. Des piles de journaux moisis s'entassaient dans les coins ; les chats se coulaient derrière des fauteuils au revêtement déchiré, des napperons mal assortis s'enchevêtraient sur des tables nues. En plusieurs endroits, le papier peint se décollait, comme si la maison essayait de se dépouiller de sa peau. Si la famille March ne roulait pas sur l'or, Mrs. Barrow et sa fille semblaient avoir atteint le fond de la misère.

Billy fut conduit vers un salon lugubre, invité à prendre place entre les ressorts d'un canapé qui, couvert de poils de chat, s'affaissait. Dans un coin, un petit téléviseur portable diffusait un gros plan flou de la verrue cancéreuse ornant le nez du président Reagan. Mrs. Barrow se gratta frénétiquement le dos de la main, jusqu'à ce que Billy eût, à son tour, envie de se gratter.

— Peut-être aimeriez-vous un peu de thé à la camomille ? proposa-t-elle.

— Non, merci, vraiment.

— Mais il faut que vous preniez quelque chose. Il fait un froid de chien, dehors. April va descendre dans un moment.

Elle quitta la pièce. Billy regarda autour de lui. Sur l'antique télévision traînaient des assiettes sales. Un vase d'argile rempli de fleurs en papier et d'une dizaine de bâtons d'encens à demi consumés trônait dans l'âtre vide. Deux chats se nettoyaient mutuellement sur un tapis élimé par plaques. Un radiateur à l'aspect peu engageant ronronnait dans un coin. Comment s'étonner, devant un tel chaos, de l'obsession de la propreté d'April ? Que personne n'adresse la parole à sa mère n'était pas surprenant non plus.

Une pensée soudaine le fit tressaillir. Était-ce ainsi que les autres voyaient sa propre famille ? En fin de compte, leur ostracisme se justifiait-il ?

— Je ne vois pas ce que tu es venu faire ici, déclara April d'une voix courroucée.

Debout dans l'encadrement de la porte, vêtue d'un vieux chandail verdâtre, elle le fixait avec colère. De toute évidence, il avait commis un crime de lèse-majesté en pénétrant dans son territoire interdit pour la surprendre ainsi chez elle, comme un vampire que nul n'aurait convié. Un coup d'œil à son visage suffit à lui faire comprendre à quel point elle avait honte de ce qui l'entourait.

— Il fallait que je te voie, April. Je ne voulais pas...

— Je n'aime pas qu'on m'espionne.

— Je ne t'ai pas reproché de monter dans la tour sans moi. Nous sommes quittes.

L'argument parut la radoucir. Elle pénétra dans la pièce et s'assit en tailleur à côté des chats.

— Tu sais, ma mère n'est pas vraiment folle. Elle parle toute seule. Beaucoup de gens le font. Elle se cogne aux objets. Elle a un problème d'oreille interne. Elle croit que les gens l'épient quand elle sort. Les autres gosses appellent notre maison la maison de la sorcière, mais je suppose que tu es déjà au courant.

— Franchement, je n'en savais rien, mentit Billy, qui l'avait entendu dire plusieurs fois.

— Elle est très gentille, très affectueuse, poursuivit April en démêlant d'un air distrait les touffes de poils des chats.

L'un d'eux était venu se nicher sur ses cuisses. Elle le repoussa sans tenir compte de ses miaulements.

— Simplement, elle n'est plus la même depuis que mon père nous a quittées. Il n'a jamais divorcé officiellement : il ne voulait pas nous verser de pension alimentaire. Nous n'avons pas pu lui faire un procès parce que nous n'avons jamais réussi à découvrir où il habitait. Alors, nous avons été obligées de nous adresser à l'aide sociale.

Billy avait l'impression d'entendre des choses qui ne le regardaient pas, qu'il s'agissait de problèmes d'adultes pour lesquels il n'était pas encore prêt. Mais il écouta quand même.

Mrs. Barrow revint avec du thé agrémenté de scones durs et plats qui dégageaient une curieuse odeur de tisane. Elle resta là, parlant désespérément de la neige, parlant toujours alors que sa fille et son hôte avaient cessé depuis longtemps de l'écouter.

Billy et April se regardèrent paisiblement. Ils parvinrent au bout d'une heure, sans plus échanger un mot, à un accord tacite. Les yeux d'April, Billy en était sûr, disaient : « *Nous sommes tous les deux dans la même situation. Nous n'avons personne vers qui nous tourner, excepté nous deux.* » Même s'il n'en avait pas la certitude, il se demanda si, peut-être, il ne venait pas de tomber amoureux.

19

Le mot imprimé

« Un homme découvert à Oklahoma City affalé sur le volant d'une camionnette était en fait mort depuis trois jours et avait reçu douze contraventions pour stationnement illicite avant que quelqu'un fasse attention à lui. »

Ashbury Park Press

Tout d'abord, il pensa que, sur le plancher, avait poussé comme par enchantement un tapis de cristal.

Des diamants scintillaient dans une lumière d'arc-en-ciel, projetant sur les murs des couleurs chatoyantes. Il se rendit compte ensuite qu'il s'agissait de morceaux de verre brisé provenant d'une fenêtre située au fond de la pièce. Les éclats crissaient sous ses semelles.

On les avait cambriolés.

On avait forcé la serrure de la porte du fond, dont on apercevait le verrou fracassé au milieu d'échardes de bois. Ray avait emmené sa femme faire des courses. Billy était rentré plus tôt du collège, pour trouver la maison vide, et vidée. Tout ce qui avait un peu de valeur avait disparu : le magnétoscope, la chaîne stéréo, les bijoux de sa mère et une collection de médailles qui avait appartenu au grand-père de Ray. Mais le pire, c'était ce sentiment d'intrusion, de viol lié au passage de ces étrangers qui avaient, sans vergogne, pillé la maison.

Répondant à l'appel de Billy, l'omniprésent agent Morris Diller examina les dégâts et prit quelques notes. Une heure plus tard apparut un homme d'allure sinistre qui, l'air navré, saupoudra les meubles pour recueillir des empreintes. Le chien se terrait à l'étage, blotti et gémissant sous le lit de Billy, qui mit une demi-heure pour le convaincre, à force de paroles rassurantes, de sortir de sa cachette.

Une fois de retour, Angela fondit en larmes en contemplant le désastre. La broche de camée de sa mère, une babiole à laquelle elle accordait au moins dix fois sa valeur réelle, s'était envolée. Ray attendit le départ de la police pour nettoyer le plus gros du saccage, remplissant des sacs-poubelle avec des débris de porcelaine de Chine. L'agent Diller avait pris bien soin de ne leur laisser que peu d'espoir. Seuls onze pour cent des cambriolages du secteur étaient élucidés, les avertit-il avant de leur reprocher vertement de ne pas avoir installé de serrures plus solides.

Les jours passèrent. La détermination de Billy de faire quelque chose de positif s'évapora avec la neige qui couvrait encore les rues boueuses du quartier. Il ne savait par où commencer ; lancer des accusations contre les voisins n'aurait abouti qu'à créér des troubles supplémentaires. Les suspects se firent plus que discrets au cours de ces journées, fantômes furtifs apparaissant brièvement dans l'atmosphère frisquette alors qu'ils se dirigeaient vers leurs automobiles ou sonnaient chez les uns et les autres pour organiser des dîners ou des réunions de comité.

La maison fermant Balmoral Close semblait moins vivante encore. Refusant obstinément de croire son fils, Ray ne voyait toujours dans ses accusations que le produit d'une imagination délirante. Il répara, repeignit, remplaça les serrures et le châssis de la fenêtre, plaça des chaînes de sûreté sur la porte d'entrée et celle du fond. Il était hors de question d'installer un système d'alarme ; le montant des mensualités qu'il aurait fallu verser dépassait de loin les maigres possibilités financières de la famille.

Un soir, alors qu'il venait juste de se coucher, Billy aperçut son père debout dans l'encadrement de la porte de sa chambre, contemplant d'un air pensif la maquette de la ville. Ray pénétra dans la pièce, s'approcha du modèle réduit et laissa ses doigts courir légèrement sur les toits de balsa, comme un aveugle essayant de se remémorer leur topographie. Billy fit semblant de dormir ; et il se demanda si son père prenait enfin conscience des liens qui unissaient les événements de ces derniers mois.

Ray chercha un emploi, sans y mettre beaucoup d'ardeur. Il n'aimait pas rester éloigné de sa femme, qui se morfondait dans la maison en attendant le jour de son opération, prévue pour le début du mois de juin. Sa jambe gauche, toujours étroitement bandée, l'empêchait de conduire et les magasins étaient trop éloignés pour qu'elle puisse s'y rendre à pied.

Billy observait le changement qui s'opérait chez ses parents. Le cambriolage avait traumatisé sa mère bien plus qu'elle n'acceptait de l'admettre. Elle devenait de plus en plus dépendante des calmants que le docteur McMann lui avait prescrits avec un empressement qui, bien entendu, avait paru à Billy éminemment suspect. Son père commençait à boire chaque jour un peu plus tôt dans l'après-midi. L'argent se faisait de plus en plus rare et le destin semblait s'acharner sur eux.

La maison, tout comme le jardin, prit bientôt un air délabré. Billy faisait ce qu'il pouvait, mais cela ne suffisait pas. Les Prent et les Metcalf détournaient les yeux lorsqu'ils passaient devant le numéro 13 et éloignaient leurs enfants. Seule Georgina Bovis jetait parfois un regard en direction du pavillon, anxieuse de savoir ce qui était arrivé à Ray.

Plus tard, Billy devait se souvenir de cette période comme d'un temps de silence, de bouderies, de regards fuyants et réprobateurs. Il travaillait mal en classe, négligeant toutes les disciplines, sauf la chimie et la physique, et avait renoncé à tenter de se faire des amis. Assan avait été retiré de Sherington par ses parents, lassés d'entendre parler des violences que leur fils subissait tous les jours. Cela ne laissait qu'Oliver, sur qui on pouvait au moins compter pour raconter des histoires écœurantes à propos de l'entreprise de pompes funèbres de son père. Il s'asseyait joyeusement près de Billy pendant la pause du déjeuner, observant à la dérobée le langage corporel de son ami, comme s'il cherchait à le mémoriser au cas où il aurait un jour l'occasion d'imiter ses gestes. Au bout d'un certain temps, cette observation constante finissait par mettre Billy mal à l'aise. Il avait remarqué qu'en dépit de leur étroite camaraderie, Oliver le voyait moins souvent. Il ne venait plus que rarement à Balmoral Close, prenant prétexte de l'insistance que mettait son père à le forcer à faire ses devoirs.

Un soir glacial, Billy eut avec lui une dispute violente et stupide. Elle démarra sur une vétille et se termina en hurlements. Ils se trouvaient chez Oliver, dans la chambre du haut, mettant la dernière main au modèle réduit compliqué d'un avion de combat. Ce serait la dernière maquette qu'ils monteraient ensemble. Ils se trouvaient un peu âgés pour des jouets de ce genre.

— Ce n'est pas comme si mon père me battait ou si nous vivions dans un HLM aux couloirs remplis d'immondices, dit Billy pour essayer de mettre un terme à la dispute. Il y a des tas de gens bien plus mal lotis que nous.

— Voilà l'ennui avec les gens comme toi, rétorqua Oliver, exaspéré. Tu es une vraie loque. Il y a toujours des cas plus horribles. Mais souffrir en silence ne te rendra pas meilleur. Tu pisses dans ton froc, tes mains tremblent sans arrêt et tu sursautes au moindre bruit. Regarde-toi ! Est-ce que tu vas te secouer un jour ?

— Ce n'est pas ton problème, non ?

— Si, c'est mon problème. Je n'aime pas te voir dans cet état.

— Et pourquoi ? Qu'est-ce que ça peut te faire ?

— Je...

— Allez, dis-moi.

— Laisse tomber.

Oliver saisit l'avion de combat et le lança contre le mur. Dans sa chute, le modèle réduit perdit ses ailes fraîchement collées.

Ray était encore saoul. C'était un vendredi soir et Billy, assis par terre, terminait une réplique en pâte à modeler du château d'eau. Une fois cette reproduction terminée, la maquette de la ville serait enfin complète. Billy avait finalement été autorisé à préparer de temps en temps le repas du soir. Il aimait faire la cuisine ; cela lui rappelait les cours de chimie. Mais, ce soir-là, c'était le tour de sa mère.

— Billy, lança-t-elle depuis la cuisine, voudrais-tu venir une minute ?

Elle avait l'air plus petite et plus âgée que lors de leur arrivée, quatre mois et demi plus tôt. Il avait remarqué que son dos se voûtait de façon permanente depuis qu'elle était obligée, en marchant, de déplacer son corps de façon peu naturelle. Elle se prétendait à peu près heureuse. Pourtant, les cernes noirs sous ses yeux trahissaient l'angoisse de ses nuits remplies de cauchemars.

Elle essaya d'atteindre le paquet de riz ; mais l'étagère était trop haute et elle ne pouvait pas étirer les muscles de sa jambe.

— Voilà, laisse-moi descendre ça.

Il lui tendit le paquet.

— Tu es un bon garçon, mais tu devrais vraiment sortir un peu plus, lui dit-elle en le regardant tendrement. Il n'est pas bon pour toi de te morfondre à la maison avec nous. Tu devrais sortir et aller rendre visite à ta petite amie.

Il détestait cette façon d'appeler April.

— Sa maison a une odeur bizarre, dit-il en caressant d'un doigt le rebord du bol de pâte à tarte. Quant à sa mère, c'est une plaie.

— Et ton ami Oliver ?

— Son père ne veut plus voir personne. Oliver dit qu'il en a assez des questions que lui posent les gens sur les cadavres.

— Eh bien, soupira-t-elle, exaspérée. Pourquoi ne pas aller au cinéma avec un camarade de classe ?

— Est-ce que tu essaies de te débarrasser de moi ? demanda-t-il d'une voix soupçonneuse.

— Non, bien sûr que non. Je pense simplement qu'il n'est pas sain, pour un garçon de ton âge, de rester seul tout le temps.

— Je ne suis pas tout seul, dit-il. Je suis avec vous.

— Ce n'est pas la même chose, murmura-t-elle en fixant pensivement le bol. Tu as besoin de voir des gens de ton âge.

— Vous n'êtes pas vieux.

— Je ne sais pas. Je crois que nous vieillissons plus vite que nous ne le voudrions.

— C'est à cause de cet endroit.

— Billy, je t'en prie, ne recommence pas.

— Enfin, nom de Dieu...

— Billy, ne blasphème pas.

— Parfois, j'ai l'impression que nous sommes tous morts et que nous sommes en enfer. Milton a écrit qu'il valait mieux régner en enfer qu'être esclave au paradis. Qu'est-ce que cela veut dire ?

— Je n'en sais rien. Demande à ton père.

Cela n'aurait pas servi à grand-chose. Depuis la cuisine, Billy apercevait Ray avachi sur le canapé, presque ivre mort.

— Cela signifie sans doute qu'il vaut mieux contrôler notre propre destinée, hasarda Billy. April dit que nous aurions dû agir ainsi dès notre arrivée ici. Cela nous aurait évité de nous retrouver dans la dèche, comme maintenant. Elle affirme savoir qui t'a envoyé ces lettres...

Le bol de pâte à tarte glissa des mains d'Angela et se brisa par terre.

— Au nom du ciel ! cria-t-elle. Est-ce que tu ne pourrais pas aller t'asseoir *tranquillement* quelque part ? Vraiment, je ne peux plus en entendre davantage.

Billy fut blessé par son expression de colère. Angela ne criait jamais après lui. Jamais. Peut-être avait-il dépassé les bornes en mentionnant ces lettres. Ray lui avait dit qu'il n'était pas censé connaître leur existence, que cela ne ferait qu'inquiéter sa mère. Il se précipita dans le vestibule, saisit sa bicyclette et se lança dans une nouvelle course solitaire à travers les rues légèrement incurvées du quartier, pédalant avec acharnement et ne ralentissant l'allure qu'en atteignant le bout de la ville, là où les sombres terrains vagues absorbaient les lumières. « Bien, se dit-il. S'ils ne veulent rien faire, il est temps pour moi de prendre les choses en main. »

Le samedi matin, il se rendit dans les bureaux de l'*East Grinstead Advertiser* et s'assit dans un couloir désert jusqu'à ce qu'une secrétaire irritée trouve enfin quelqu'un qui veuille bien le recevoir. Tous les journalistes, précisa-t-elle, étaient indisponibles, mais un pigiste, qui s'occupait également des annonces classées, allait entendre son histoire.

Gary Mitchell était un plumitif débutant. Après avoir tenu une colonne mensuelle dans un magazine d'horreur qui avait fait faillite en le laissant à la rue, il rendait compte pour l'*Advertiser* des concours de pâtisserie, des inaugurations de piscines et des concours canins. Il rêvait depuis longtemps de se mettre quelque chose de plus substantiel sous la dent. Mais les vieux briscards du journal gardaient pour eux les meilleurs sujets, lui abandonnant généreusement la rédaction de l'horoscope, qui revenait traditionnellement à la dernière personne à quitter le canard le vendredi soir.

Mais Gary vivait d'espoir. Il s'assit à son bureau et écouta l'histoire de l'adolescent, lissant ses cheveux roux et rêches en ouvrant de grands yeux incrédules.

— Vous comprenez, expliqua Billy, il semble que toute l'affaire ait été montée par Mr. Brickett...

Gary essayait de prendre des notes aussi vite que possible.

— Attends une minute. Tu veux dire le conseiller municipal Brickett ?

— Sans doute, poursuivit Billy, parce qu'il est huppé et que nous ne le sommes pas, et qu'il veut garder la ville blanche.

— Qu'est-ce que tu veux dire par blanche ?

— Je ne vous ai pas raconté. Mon ami Assan, un copain de classe, a été obligé de partir parce qu'il est noir, enfin, indien, et ils essaient de nous faire partir aussi. C'est pour cette raison qu'ils ont cambriolé notre maison et crevé les pneus de la voiture de mon père.

— Qui a crevé vos pneus ?

— Les voisins. Parce que quand nous serons partis, ils détruiront notre allée.

Gary n'y comprenait plus rien.

— Pourquoi voudraient-ils faire ça ?

— Pour avoir accès au terrain de golf, bien sûr. L'accès doit avoir une certaine largeur. Sinon, ils n'obtiendront pas le permis de construire. Et ils ont tous des intérêts là-dedans. Ils sont tous de mèche.

— Dis donc, c'est une drôle de conspiration, et un peu tirée par les cheveux, tu ne crois pas ? demanda Gary. S'ils ont tellement besoin de votre parcelle de terrain, pourquoi n'ont-ils pas proposé de l'argent à ta famille pour s'en aller ?

— Parce que, de cette façon, cela ne leur coûte rien. D'abord ils font perdre son emploi à mon père en cachant ce presse-billets et en l'accusant de vol...

— Ils ont fait ça aussi ?

Le stylo de Gary courut à travers la page.

— Est-ce que ton père acceptera de me parler ?

— Probablement pas. Il ne va pas très bien. Ils l'ont rendu malade. Il est même possible qu'ils soient en train de l'empoisonner en versant quelque chose dans son alcool. Il boit pas mal de scotch.

— Et ta mère ? Est-ce que je peux l'interviewer ?

— Elle ne voudra pas vous parler.

— Pourquoi ?

— Ils ont déjà essayé une fois de la faire taire.

— La faire taire ? Tu veux dire que quelqu'un a tenté de la tuer ?

— Pas exactement, mais elle aurait pu mourir. Elle peut à peine marcher, à présent.

— Et elle ne me parlera pas.

— Je ne veux pas la mêler à ça. En plus, elle pense que j'invente tout.

— Alors, que me suggères-tu pour vérifier ton histoire ? demanda Gary avec un petit sourire.

— Allez voir les coupables, ou bien mon amie April. Elle connaît la vérité, parce que le fils de Morris Diller en pince pour elle, et c'est un policier, enfin son père, et ils sont tous dans le coup.

Gary avait entendu parler de paranoïa, mais il n'avait jamais vu un cas si flagrant chez quelqu'un d'aussi jeune.

— Ainsi, la police est impliquée elle aussi, dit-il en repoussant son carnet de notes.

— De toute évidence, dit Billy en se demandant si le journaliste l'écoutait encore. Je veux dire, Miller est le meilleur ami de Brickett. La voiture de patrouille est toujours garée devant chez lui. Ils sont sans doute tous les deux francs-maçons, satanistes ou quelque chose du même genre.

— Il faut que je réfléchisse à tout cela, dit Gary en se levant. Je reprendrai contact avec vous.

Il avait besoin d'une histoire, mais celle-là ne faisait

pas l'affaire. Pourtant, pensa-t-il en tapotant le bout de son stylo contre ses dents, elle lui avait donné l'idée d'un article autrement plus vendeur.

Angela fut mortifiée lorsqu'elle vit le résultat une semaine plus tard.

— Jamais plus nous ne pourrons sortir de chez nous ! s'écria-t-elle, effondrée. Billy, comment as-tu pu faire une chose pareille ?

On lisait, à la page 5 de l'*East Grinstead Advertiser* :

Misère des modernes déracinés d'East End

« Leur histoire rappelle étrangement ces scènes du temps de guerre, à l'époque où East End envoyait ses enfants à la campagne uniquement pour constater que ces gosses des rues n'arrivaient pas à s'adapter à la vie rurale. La famille ouvrière March est typique d'une nouvelle vague de pauvres sortie tout droit du cerveau fumeux de quelques technocrates de gauche rêvant, avec les meilleures intentions du monde, de reloger des citoyens nécessiteux dans des banlieues huppées. Les March sont arrivés à Invicta Cross en espérant une nouvelle existence. Au lieu de cela, la misère s'est abattue sur eux alors qu'ils se trouvaient confrontés à un coût de la vie auquel ils n'étaient pas préparés et à de multiples blessures d'amour-propre. L'hostilité du voisinage a développé chez eux une mentalité que l'on pourrait résumer par : "Il y a eux et puis nous." D'où cet isolement qui les mine. »

L'article se poursuivait ainsi sur plusieurs colonnes. Il y avait même une photographie de l'extérieur de la maison, avec un gros plan sur une fenêtre cassée que Ray n'avait pas encore réparée.

— Je ne sais pas ce que dira ton père quand il verra ça.

Angela replia le journal et le repoussa. Billy fut surpris de la voir aussi proche des larmes.

— Je voulais juste vous aider.

— Eh bien, ça n'a pas marché. Tu n'as fait qu'envenimer les choses.

— Je ne comprends pas, dit-il. Je lui ai expliqué la situation en détail et il tourne son article de manière à faire croire que tout est notre faute.

Il lui vint à l'esprit que Gary Mitchell avait été contacté. Peut-être faisait-il, lui aussi, partie de la conspiration. Regardant de nouveau sa mère, il décida sagement de se taire.

Ray rentra chez lui après s'être arrêté à l'Hélicoptère sur le chemin du bureau de placement. Il éructait. Quelqu'un lui avait montré l'article.

— Où est ce petit salaud ? Putain, je vais le tuer !

— Ce n'est pas sa faute, dit Angela. Il ne savait pas ce qu'il faisait.

— Il le saura quand j'en aurai fini avec lui !

Mais avant que son père n'ait atteint la chambre, Billy et sa bicyclette avaient filé par la porte de derrière.

20

Le buisson de houx

« *Le traumatisme consécutif à un viol pousse certaines victimes à écarter de leur esprit des détails de leur calvaire, ce qui affecte parfois leur capacité à reconnaître leur agresseur lorsqu'on le leur présente au commissariat de police, mêlé à d'autres personnes alignées devant elles.* »

Philip Paul

— Je ne savais pas que tu conduisais, dit April en regardant la Nissan d'un air contrarié.

Cela signifiait qu'elle ne pourrait pas s'échapper aussi facilement que prévu.

— Je pensais que nous prendrions le train.

— Je ne vais pas me geler les couilles sur un quai de gare, répliqua Gavin Diller. Mon vieux m'a acheté cette bagnole. Cadeau pour mes dix-sept ans. Allez, grimpe.

Lui laissant à peine le temps de refermer la portière du passager, il démarra en trombe. La gelée blanche avait déjà commencé à se cristalliser sur les trottoirs scintillants et leur respiration embuait le pare-brise. Gavin monta le chauffage et chassa la buée avec le dos de son gant. C'était un garçon dégingandé et disgracieux, qui semblait vouloir pousser dans tous les sens.

Ses cheveux en brosse se dressaient avec vigueur sur son crâne, mais cette impression de vivacité cessait au niveau de ses yeux qui, pour l'heure, alors qu'il conduisait, dévisageaient April d'un air endormi.

April était incapable de comprendre pourquoi elle avait accepté l'idée de ce rendez-vous avec lui, alors que le simple bon sens lui avait, dès le début, affirmé qu'il s'agissait d'une mauvaise idée. Cette contradiction la perturbait. Comment le monde pourrait-il un jour atteindre un état de perfection absolue si elle, la personne la plus organisée qu'elle connaissait, ne parvenait pas à contrôler ses propres émotions ? Elle reconnaisait son besoin désespéré d'échapper au désordre chaotique de la maison de la sorcière et à l'insipide bavardage de sa mère, mais était-ce la bonne solution ? Gavin avait été la première personne à lui demander de sortir avec lui ; même Billy March n'avait pas osé. Billy comptait beaucoup pour elle ; mais il était encore trop jeune, trop mal défini. Et il avait une quantité incroyable de problèmes à affronter.

Gavin, lui, possédait quelque chose de robuste, de sensé. Son père était policier. Il y avait un ordre dans sa vie. Tout était carré, simple ; blanc ou noir, oui ou non. Elle aimait cela. Il lui avait proposé de l'accompagner au cinéma voir un navet américain bien bruyant et bien bête, avec Arnold Schwarzenegger. Elle avait accepté. Elle ne s'attendait à aucune conversation intelligente, à aucune surprise. Elle voulait simplement savoir à quoi ressemblait une soirée passée en compagnie d'un garçon ordinaire. Et elle devait admettre qu'elle trouvait Gavin attirant, du moins dans la forme hormonale la plus élémentaire. Elle s'était coulée rapidement hors de chez elle, en disant à sa mère qu'elle allait aider Billy à faire ses devoirs, sachant que Rose la croirait assez pour ne rien vérifier.

— Pourquoi tu te fringues comme ça ? demanda Gavin en détournant les yeux de la route.

— Comme quoi ? répondit-elle, lissant d'un geste défensif le chemisier plissé de sa mère.

— Comme une vieille mémé. Ma grand-mère a exactement la même jupe que toi.

— Je l'ai tricotée d'après un patron que j'ai trouvé dans un magazine de 1939, extrêmement populaire en son temps. Cette mode est le produit de la dernière période civilisée de l'histoire de Grande-Bretagne, le symbole de la supériorité morale de cette décennie.

— Décéquoi ?

— Le monde était au bord de l'abîme. La fin de l'ordre social.

— Je ne te suis plus, dit Gavin en coupant la route d'une Austin Metro à qui il lança des appels de phares.

— Ça ne fait rien, répondit April en soupirant. Ta voiture est très propre.

— Je l'emmène au lavage tous les samedis matin, dit Gavin, ravi de voir la conversation revenir sur un terrain solide. Tu veux boire un verre avant le film ?

— Avec plaisir.

Ils se garèrent dans la cour d'un pub nommé Le Roi Édouard. April ne fut pas très encouragée par le fait que l'enseigne au-dessus de la porte d'entrée semblait représenter Édouard VI, jeune monarque souffreteux emporté par une phtisie. Tout en observant Gavin qui s'escrimait à brancher l'alarme de sa voiture, elle décida de ne pas en faire un sujet de conversation. Le seul roi Édouard dont il avait entendu parler était sans doute une marque de purée mousseline.

Le pub était bondé, rempli de fumée, bourré de machines aveuglantes et sonores. Tout le monde avait l'air de connaître Gavin. Plusieurs filles lui firent des signes de la main.

— Mon vieux vient picoler ici avec ses potes, dit-il. C'est un pub de flics, qui ne ferme donc jamais. Je t'ai commandé un gin tonic.

April eut un sourire contrit lorsqu'il s'adressa en criant à l'une des greluches debout près du bar. Peut-être n'avait-elle pas eu une bonne idée, après tout. Elle n'avait aucune envie de se mettre à boire de l'alcool et ne partageait en rien les joies bruyantes de la jeunesse moderne. Elle eut envie que Billy apparaisse et vienne à son secours mais, vu son jeune âge, il n'aurait même pas franchi la porte du pub. Alors que Gavin éclatait de rire, elle accepta le gin, qu'elle but d'un trait.

Billy était assis entre ses parents sur le canapé, regardant un jeu télévisé dont les concurrents étaient interrogés sur leurs achats. La seule lumière de la pièce venait du téléviseur, unique instrument électrique à avoir été épargné par les cambrioleurs. Angela, qui venait de prendre ses tranquillisants d'après dîner, était à peine consciente. Quant à Ray, plongé dans une torpeur alcoolique, il dormait, la bouche ouverte.

Billy se leva sans bruit, se dirigea vers la porte de derrière, qu'il ouvrit. Vingt minutes plus tôt, il avait laissé Victor dans le jardin. En temps normal, le chien aurait déjà dû gratter à la porte. Billy scruta les ténèbres.

— Victor ? appela-t-il doucement. Viens ici.

Aucun son ne lui répondit. Il alluma la lumière du porche et traversa la pelouse aux herbes hautes. Le portail du fond était grand ouvert. Or, il était toujours fermé de l'intérieur. Quelqu'un avait donc défait le verrou. Billy sortit dans la rue, rabattit le portail et regarda autour de lui. Victor était étendu sur le flanc au milieu de la rue. Un mince filet de sang coulait de ses narines jusque dans le caniveau. Bien que son thorax écrasé fût devenu presque plat, il respirait faiblement. Ses yeux suivirent son maître, qui s'agenouilla près de lui, exprimèrent une sorte d'excuse muette. La chaleur de son corps se dissipa sur le goudron gelé tandis que Billy, sa patte dans la main, pleurait.

April reposa un peu trop fort son deuxième verre vide. Elle commençait à aimer le goût du gin tonic.

— Nous devrions y aller, dit-elle. Nous allons manquer le film.

— Mon pote Derek vient juste d'arriver, rétorqua Gavin. Il faut que je lui paie un verre. Je lui en dois un.

— D'accord. Mais tu ferais mieux de faire vite.

La musique tonitruante du juke-box rendait impossible toute forme de conversation sérieuse. Gavin revint du bar en portant des verres pleins, suivi par un grand dadais aux traits rugueux vêtu d'une veste de cuir noir. Derek glissa un tabouret entre ses jambes et s'y jucha comme un insecte qui prend ses aises. Gavin tendit un verre à sa cavalière.

— Je ne pouvais pas t'exclure de la tournée, hein ?

— Mais nous avons tout juste le temps de...

— Nous n'irons nulle part tant que tu n'auras pas bu ça, dit Gavin avec un sourire mauvais.

La tête de Derek était si longue et si mince qu'April lui demanda si on avait utilisé des forceps pour le faire venir au monde. Il eut un rire sans joie, se trémoussa sur son tabouret. April évita une bouffée de fumée et changea de position d'un air mal assuré, sentant pour la première fois qu'elle contrôlait bien moins la situation qu'elle ne l'avait supposé.

Lorsque Billy ramena Victor dans le jardin, le chien était mort. Billy sentait ses os brisés sous son poil qui se refroidissait. Sa douleur fit rapidement place à la colère. Pour lui, il ne faisait aucun doute que cet acte avait été perpétré de façon délibérée. Inutile de désigner un coupable ; cela pouvait être n'importe lequel d'entre eux. La haine cernait la maison, déferlait par vagues jusqu'au perron. Billy la sentait. Elle était là, tangible, palpable, sans repos.

Il alla chercher une pelle dans la remise, creusa la terre noire et dure au fond du jardin et ensevelit le corps de l'animal. Les larmes brûlantes qui coulaient sur ses joues tombèrent sur le poil de Victor pendant qu'il rebouchait la fosse.

De l'intérieur de la maison lui parvenait une lumière temblotante d'un bleu écœurant. Ses parents étaient avachis là-bas, placides, anesthésiés. Ils ne pouvaient plus l'aider, à présent. Mieux valait ne plus se faire d'illusions. Les dieux mauvais avaient envahi l'atmosphère. Leurs bataillons maudits se pressaient dans le ciel nocturne. Ils avaient déployé les étendards de la guerre, qui resteraient brandis jusqu'à la défaite totale de l'ennemi.

— Nous prenons le mauvais chemin, dit April, essuyant la buée sur la vitre de la portière et regardant au-dehors.

— Le film est commencé depuis longtemps, expliqua Gavin.

Apparemment, ils raccompagnaient Derek. Il était assis derrière eux, riant de façon inepte tandis que la voiture fonçait sur des routes secondaires. April en conclut qu'il s'agissait d'un tic nerveux destiné à masquer son ineptie sociale. Alors qu'ils traversaient un carrefour, elle appuya instinctivement son pied contre le plancher.

— Nous ferions mieux de faire demi-tour, dit-elle.

— Nous avons tout le temps.

La voiture glissa légèrement sur la route gelée. April serra la poignée de la portière.

— Tu ne crois pas que tu pourrais ralentir ?

— Pourquoi ? Au cas où un des copains de mon père nous arrêterait ?

Gavin ricana dans le noir. Derek renifla comme un mongolien et se pencha entre eux pour mettre la musique en marche.

— Où allons-nous ?

April, à présent, se sentait paniquée par la vitesse de la voiture, la respiration brûlante de Derek contre son oreille, la douleur que provoquait dans son estomac vide l'alcool qu'elle avait ingurgité.

— Dans un endroit que je connais.

Gavin braqua, engagea la Nissan dans un chemin

étroit et escarpé. À travers la vitre, April ne distinguait rien.

— Je crois que je ferais mieux de rentrer, dit-elle d'une voix qu'elle s'efforça de rendre neutre.

Derrière elle, Derek renifla une nouvelle fois.

— Tu devrais essayer de te moucher.

La main de Gavin se tendit et pinça fortement sa joue.

— On ne parle pas comme ça à mon meilleur copain, April. Excuse-toi.

— Va te faire voir.

Elle saisit la poignée de la portière mais, plus rapide qu'elle, il verrouilla la voiture depuis la commande du tableau de bord. L'auto fit une embardée et heurta lourdement l'herbe du bas-côté. Sans réfléchir, April assena un coup au premier visage à sa portée. Gavin hurla de douleur et lâcha un juron.

Freins bloqués, la Nissan décrivit un arc de cercle en patinant sur la route verglacée avant de s'immobiliser enfin, à demi enfouie dans un épais buisson de houx. April leva le verrou de sécurité, ouvrit la portière au moment même où Gavin bondissait vers elle.

Elle se retrouva cernée par la végétation qui la piquait et la griffait. Il lui empoigna la jambe. Elle parvint à s'agripper à une grosse branche, se propulsa en avant et, d'un violent coup de pied, repoussa la portière sur la main de Gavin qui, sous le coup de la douleur, hurla. Il lâcha prise, cherchant à tâtons le moyen de s'extraire de son côté. Quant à Derek, il restait toujours coincé à l'arrière du véhicule à deux portes.

April tenta de se dégager, mais la voiture la maintenait prisonnière du buisson. Elle plongea plus profondément dans l'enchevêtrement épineux qui lui meurtrissait les chairs et la retenait par ses vêtements, espérant trouver une issue de l'autre côté de la broussaille. Peine perdue. Lorsque Gavin et son ami la rattrapèrent, elle ne pouvait pas plus bouger qu'un insecte épinglé sur une planche. Un bras puissant lui enserra la taille, la tira en arrière. Les piquants des feuilles de houx lui infligèrent encore des dizaines d'égratignures, jusqu'à ce qu'elle se retrouve traînée dans la lumière des phares.

Billy acheva de damer la terre scintillante de gel et s'assit sur le sol en s'essuyant les yeux. Il n'avait pas son blouson sur lui ; pourtant, il était en nage. Il jeta la pelle sur le côté, considéra le monticule irrégulier. Il se sentait submergé par une envie de courir dans les rues obscures, de briser toutes les fenêtres avec des briques, de foutre le feu à l'ensemble du quartier. Il se domina, comme toujours : son père lui avait appris à garder son sang-froid. La belle affaire. Ray l'avait-il gardé, lui ? Ne lui avait-il pas raconté des dizaines de fois cet épisode de sa propre jeunesse où il s'était battu avec une brute épaisse de son équipe de travail, combat homérique qui s'était terminé dans la Tamise ?

Il regarda la maison silencieuse, sachant que ce qui allait arriver se produirait de toute façon. Que ses parents trouvent du travail, qu'ils réussissent à s'en sortir ne changerait rien ; ils ne s'intégreraient jamais, seraient toujours exclus, méprisés. Il n'y pouvait rien. Invicta Cross, et elle seule, avait les cartes en main.

Il gagna le couloir, décrocha son blouson. Il avait besoin d'aller faire un tour à bicyclette. Ray et Angela ne remarqueraient même pas son absence. À son retour, avec un peu de chance, il ne les réveillerait pas. C'était ce qu'il souhaitait. Il n'avait pas envie de leur parler. Il se sentait trop fatigué, trop démoralisé pour raconter ce qui était arrivé à Victor. Il enfourcha son vélo et roula en direction du centre de l'agglomération.

Chemin faisant, il franchit la limite d'une autre route inachevée. Ici, plus de lampadaires, plus de bornes ni d'asphalte bien lisse. Les arbres remuaient dans le vent de la nuit. Ici commençait le monde véritable : le désert. Une maison à moitié construite et couverte de neige, plus un panneau déglingué sur lequel les promoteurs avaient inscrit : INVICTA CROSS. UN ENDROIT POUR TOUS.

C'est ça, songea amèrement Billy, *et chacun à sa place.*

Les fenêtres de la Nissan étaient complètement embuées. Le véhicule remuait violemment de droite à gauche, comme dans un mauvais film. Des cris assourdis s'échappaient de l'intérieur. De temps à autre, une paume claquait contre une vitre. Enfin, une chaussure féminine heurta la lunette arrière, la racla avec un crissement aigu. Il y eut un hurlement de douleur, tout de suite étouffé.

Après qu'elle lui eut mordu les doigts pour la deuxième fois, Gavin se dit que le meilleur moyen de calmer sa gonzesse consistait à lui donner un bon coup de poing sur le côté de la tête. On verrait moins de traces. À l'arrière, Derek protestait en gémissant :

— Je n'ai rien à voir avec tout ça.

Trop tard. Il était dans le bain jusqu'au cou. Il ne lui restait plus qu'à regarder. Gavin pénétra April pour la seconde fois avant de se retirer au moment ultime, souillant le siège de son sperme.

— Maintenant, annonça-t-il en reprenant son souffle, je vais enlever ma main. Et si tu cries encore, je te casse le nez. OK ?

April fit oui de la tête.

Il la relâcha, remonta la fermeture Éclair de son jean et boucla sa ceinture. April se redressa, se colla contre la portière. Lui avait mal à la bouche : sa lèvre inférieure commençait à enfler là où elle l'avait mordu.

— Alors, lança-t-il, c'était plus marrant que d'aller au cinéma, hein ? Faudra remettre ça un jour.

— Nom de Dieu de merde, dit Derek. Nom de Dieu de...

Personne ne souffla mot pendant que Gavin allumait le moteur et faisait marche arrière pour sortir la voiture du buisson. Il n'y avait rien à dire. Tout en soupesant les différentes options qui s'offraient à elle, April se sentait outrageusement calme. Au bout de quelques minutes, les champs disparurent pour faire place à de sombres bâtiments. Ils avaient atteint East Grinstead.

Au moment de s'arrêter, la Nissan frotta vivement la bordure du trottoir, qui endommagea l'un des enjoliveurs. Gavin s'extirpa de l'auto, laissa sortir Derek.

— À vendredi prochain, Gavin, dit le benêt. Pour l'anniversaire de ma sœur.

April en croyait à peine ses oreilles. Elle s'était imaginé allant à la police en sa compagnie et portant plainte, sûre d'elle-même, confortée par les déclarations de ce témoin scandalisé par ce qu'il avait vu. Tu parles... Libéré de sa panique initiale, Derek agissait comme si rien ne s'était passé. Les mains dans les poches, il s'éloigna rapidement de la voiture, aussi effrayé qu'elle, et aussi con.

— Je te ramène chez toi, déclara Gavin d'un ton détaché. Qu'est-ce que tu es allée foutre dans les broussailles, ma jolie ? Tu t'es tellement égratignée que je ne te reconnais plus.

Elle ne répondit rien. Elle était trop fatiguée. Elle s'était éraflé le genou contre la portière, mais elle n'avait pas mal. Ni là ni, bizarrement, entre les jambes. Non, elle ne ressentait rien, hormis ce mépris pour elle-même, ce dédain pour sa propre stupidité. Elle respira son odeur, le relent de sa sueur, de sa frayeur, de son dégoût. Elle ne désirait qu'une chose : prendre un bain très chaud pour se débarrasser à jamais de cette crasse, de cette violence, de la saloperie de ce type.

En arrêtant sa voiture au bout de la rue où elle habitait, Gavin faillit accrocher l'arrière d'une bicyclette qui passait. April actionna maladroitement la poignée de la portière, sortit en titubant sur le trottoir. C'était Billy. Il laissa choir son vélo, contourna la voiture en se précipitant vers elle.

— April ! Qu'est-ce que tu t'es fait à la figure ?

Ses mains se tendirent mais elle les repoussa d'un coup.

— Tombée dans un buisson, essaya-t-elle d'articuler.

Sa langue gonflée lui faisait mal. Elle eut un petit rire, misérable.

— Toi, connard, tu te casses, lança Gavin en poussant Billy d'une bourrade.

— Salaud ! Qu'est-ce que tu lui as fait ?

April avait l'air sonnée. De fines blessures zébraient son visage, comme autant de signes témoins d'une douleur sans nom.

— Elle vient de te le dire : elle est tombée dans un buisson. Alors, tu t'écrases et tu rentres chez toi.

— C'est toi qui l'as griffée ! hurla Billy.

Il balança son poing, mais Gavin lui attrapa le bras et, d'un revers en pleine mâchoire, l'envoya bouler sur le sol. Le fils du flic contempla sa main avant de la secouer, dévisagea April et ricana :

— J'espère que tu te sentiras mieux demain. Je t'appelle bientôt, d'accord ?

Il remonta dans sa voiture et s'en alla sans un regard pour eux.

— Il faut que je rentre maintenant, dit April.

Elle s'exprimait avec difficulté, comme si elle était ivre. En fait, c'était vrai, elle puait l'alcool. Et elle ne portait plus qu'une chaussure. Comment diable avait-elle pu aller se saouler avec cet enfoiré ? Et pourquoi avait-elle enlevé sa chaussure ?

— Je n'arrive pas à croire que tu es sortie avec lui. Je pensais que tu le détestais.

— Il faut que j'y aille, répéta-t-elle en faisant semblant de chercher son soulier. Ma mère m'attend.

— April ?

Elle le regarda comme s'il était transparent.

— Quoi ?

— Quelqu'un a écrasé Victor. Il est mort.

— Victor...

Elle fit un effort de mémoire. Ce nom ne lui évoquait rien.

— Mon chien. Quelqu'un a tué mon chien.

Elle s'était déjà tournée vers sa maison qu'elle regagna en titubant, telle une somnambule harcelée par un horrible cauchemar.

21

Le prince du Danemark

« Entre février et juin 1992, cinq des principales statues de la ville de Stockholm, parmi lesquelles un centaure et une représentation de Bacchus, ont été dynamitées en pleine nuit. Les policiers ne possèdent aucune piste. »

The Guardian

Pendant près d'une semaine, elle se terra chez elle, refusant de quitter la maison ou de répondre au téléphone. À sa mère, elle raconta une partie de la vérité : elle était tombée dans un buisson de houx. L'histoire s'arrêtait là.

Rose Barrow la crut ; non par conviction, mais par commodité ; dès qu'il s'agissait d'éviter quelque chose de désagréable, on pouvait lui faire confiance. Elle avait survécu à l'échec de son mariage en continuant d'agir comme si rien ne s'était passé, niant de façon systématique la dépression nerveuse qu'elle avait subie après coup, imaginant que son mari était mort, faisant croire que sa fille ne grandissait ni dans le chagrin ni dans l'isolement.

April conçut peu à peu une fascination profondément morbide pour ce que Gavin Diller lui avait fait subir.

Elle ne cessait de caresser du bout des doigts les zébrures qui la défiguraient, cherchant, semblait-il, un sens caché au-delà de ces cicatrices qui, peu à peu, disparurent.

Comme on pouvait le prévoir, seules les blessures physiques guérirent. April écartait a priori toute idée de porter plainte au commissariat : elle avait la certitude que Morris Diller prendrait le parti de son fils. Quant à Derek, ami jusqu'au bout, il dirait ce qu'on lui demanderait de dire. Que faire, donc, sinon reprendre le chemin du collège, la semaine suivante, comme si de rien n'était ?

Sans s'en rendre compte, elle finit par se comporter ainsi que sa mère l'avait fait des années plus tôt. Elle se persuada que tout était normal, que la vengeance était vaine, qu'un scandale public n'avantagerait personne. Les voisins avaient déjà une drôle d'opinion d'elle et de sa mère ; une accusation portée contre le fils d'un policier respecté ne ferait que conforter leurs préjugés.

Mais les cauchemars, eux, refusaient de s'estomper. Au fil des jours, ils redoublèrent d'intensité, au point qu'April pensa un instant avouer toute l'histoire à Billy. Elle finit par y renoncer. Elle raconta quand même à sa mère qu'elle avait eu un « problème » avec un garçon du quartier. Elle le regretta presque aussitôt : à sa grande surprise, Rose se précipita au commissariat, où elle eut un entretien privé avec l'agent Diller, lequel promit d'aborder le sujet avec son fils.

Le lendemain, il rendit visite à Rose et lui expliqua gentiment qu'il avait parlé avec son fiston de cette affaire délicate. Gavin avait reconnu devant son père avoir passé la soirée avec April. Mais jamais il ne l'avait menacée ou agressée. Bien au contraire, lui avait-il affirmé, April s'était montrée enjôleuse, allant jusqu'à lui demander de lui faire l'amour. Naturellement, Gavin avait refusé. « Parole d'honneur », pourrait déclarer Derek, témoin capital trop heureux de confirmer les faits.

Rose ne fut dupe de rien. Mais seule une accusation formulée par April aurait pu faire avancer les choses. Or, elle s'y refusait. Rose y vit un signe supplémentaire, à supposer qu'il en fallût un, leur enjoignant de quitter le secteur. Elle se lança dès lors dans d'extravagants projets de départ.

Un mois jour pour jour après le viol d'April, Billy persuada son père d'aller jeter un œil sur les plans d'urbanisation du quartier, histoire de se persuader une bonne fois pour toutes que les théories de celui qu'il appelait le « mouflet hystérique » ne reposaient sur rien. Ayant vaguement pris connaissance du projet d'aménagement d'un golf, Ray se rendit ensuite à la réunion mensuelle du comité de quartier, qui se tenait dans la maison des Brickett. Arrivé au beau milieu de la séance, il fut salué avec froideur par les Prent et les Metcalf. Il garda le silence tout au long des discussions concernant les poubelles, les pelles à crottes, les ralentisseurs, les antennes paraboliques et les travaux de voirie. Vers la fin de la réunion, lorsque Georgina Bovis demanda s'il n'y avait pas d'autres questions à traiter, il se leva.

Quinze personnes étaient assises en rond dans le vaste salon couleur pastel des Brickett. Tous les regards convergèrent vers lui. Ray se racla la gorge.

— Je me demandais simplement, commença-t-il, comment je pourrais expliquer les choses à mon fils.

— Que voulez-vous dire ? demanda Barbara Prent avec sollicitude.

— Il a l'air de penser qu'un certain nombre d'entre vous ont intérêt à nous voir partir.

Une vague de murmures désapprobateurs parcourut la pièce.

— Je sais que vous nous prenez pour des fauteurs de troubles. Il est vrai que nous avons eu quelques ennuis depuis notre arrivée. Mon fils pense que c'est parce que vous avez besoin de rafler notre propriété.

— N'importe quoi ! Il radote ! entendit-on fuser.

Justin Brickett fit taire le groupe, se tourna vers Ray.

— Je crois comprendre où vous voulez en venir, Mr. March, déclara-t-il en levant les mains pour imposer le silence. Il est de notoriété publique que certaines personnes ont jadis envisagé la construction d'un terrain de golf sur la parcelle située juste derrière votre maison. Mais il s'agit là d'une aire reliée à la plupart des propriétés de la rue. Je crois que vous montez cela en épingle afin de trouver une explication commode à vos désagréments – pour lesquels, je dois ajouter, vous ne devez vous en prendre qu'à vous-même.

Une salve de : « Bien dit ! » et : « Il a raison ! » salua son intervention. Même Georgina Bovis, pourtant favorable à Ray, se rallia à l'opinion de la majorité.

— Je ne peux m'empêcher de trouver bizarre, reprit ce dernier d'un air entendu, qu'il nous soit arrivé tant d'embrouilles.

— Tout le monde a ses problèmes, March, répliqua Ken Prent. Cessez donc de vous monter la tête.

— Mon fils affirme que...

Daphné Metcalf bondit hors de son siège.

— Votre fils ! Votre fils ne sait rien ! Au nom du ciel, ce n'est qu'un enfant !

Elle se détourna, chuchota quelques mots qui firent rire Barbara Prent.

— Qu'est-ce que vous lui avez dit ? cria Ray, furieux.

Daphné lui lança un sourire de défi.

— Je dis que c'est un détraqué qui jette contre les fenêtres des bouteilles de lait remplies de messages grotesques, traîne dans les rues la nuit au lieu d'être au lit et colle son nez aux fenêtres pour espionner les gens.

— C'est faux ! Il n'espionne personne !

— Vous êtes sans doute aveugle, Mr. March. Sinon, vous sauriez que votre fils n'est un petit voyeur. Nous l'avons tous surpris en train de nous mater.

— Il a beaucoup d'imagination, voilà tout, répliqua Ray, sur la défensive.

— Beaucoup trop, corrigea Ken Prent. Et vous, vous gobez ses élucubrations. Personne n'essaie de vous faire partir, March. Personne ne vous hait. Au fond, nous n'avons aucune opinion sur vous.

— En tout cas, cette conversation m'aura permis de m'en faire une sur votre compte, lâcha Ray, plein de fureur.

— Et je les ai tous envoyés se faire foutre, raconta-t-il à sa femme lorsqu'il rentra chez lui quelques minutes plus tard.

— Oh, tu n'as pas fait ça, gémit Angela.

— Si, justement.

Il y avait une pointe de bravade dans la voix de Ray.

— Tous des enfoirés. Je me fous de savoir si Billy a raison ou tort. Je ne permettrai pas qu'on doute de ma parole en public. J'ai ma fierté. « L'honneur, rien que l'honneur ! » disait mon père

— À quoi est-ce que cela t'avance ? Le mien disait : « Arrange-toi avec tes semblables. C'est le seul moyen de survivre. » Il ajoutait : « Se faire aimer : telle est la clé de la réussite. »

— Tu rigoles. Tu crois que les gens aiment les politiciens ? Et les patrons ? Ce n'est pas en se faisant aimer qu'ils y arrivent, *eux*.

— Alors, il faut croire que nous n'avons pas réussi. Car, selon ta théorie, tout le monde devrait nous adorer.

Ray se servit un scotch et alla se coucher tôt, après avoir conclu qu'il était impossible à un homme de discuter de façon sensée avec celle qu'il avait choisie pour épouse.

Oliver avait cessé de répondre au téléphone. Toutes les fois que Billy l'appelait, Mr. Price décrochait et s'empressait de se débarrasser de lui sous n'importe quel prétexte. *Tu quoque, Brutus,* pensa Billy. Tant pis, se dit-il. Adieu donc, Oliver. S'il ne pouvait plus compter sur son ami pour briser son isolement, il s'en passerait.

Et puis, un après-midi, April le rejoignit au sommet du château d'eau.

— Je suis venue te dire adieu, dit-elle. Je regrette qu'on n'ait pas réussi à terminer la maquette.

Dans la semi-pénombre de cette fin de journée, son visage était aussi pâle que la lune. Elle avait maigri ; le manteau noir qu'elle avait boutonné jusqu'au col accentuait la fragilité de sa silhouette. Elle portait d'épais collants bruns. Ses cheveux étaient tirés sous sa grosse casquette écossaise. Il lui restait une petite cicatrice à la lèvre supérieure – vestige de son rendez-vous avec un homme ordinaire.

— Ça ne fait rien, dit Billy. De toute façon, je m'en débarrasserai bientôt. Je vais la brûler, ou la faire sauter dans mon jardin. On a un cours de chimie sur les explosifs. Où est-ce que tu vas habiter ?

— Oh, une toute petite ville, dans l'Essex. J'ai une tante là-bas. On va passer quelque temps chez elle, jusqu'à ce qu'on trouve un appartement.

— Tant mieux pour toi. Au moins, tu ne restes pas ici.

— L'idée d'aller vivre chez ma tante me répugne d'avance. C'est une maison pleine de bonnes femmes bordéliques et névrotiques ; le cauchemar, quoi.

— Tu peux me laisser ton adresse, si tu veux.

— Je pourrais, mais je ne le ferai pas.

— Pourquoi ?

Il fronça les sourcils, blessé.

— Parce qu'on s'écrira pendant un temps, puis de moins en moins, puis plus du tout, et notre amitié sera morte. Je préfère m'en aller comme ça, tant que notre amitié est bien vivante.

Il réfléchit un moment.

— Je sais ce qui est arrivé l'autre nuit, April.

— Je m'en doute. Raison de plus pour ne pas rester ensemble.

— Je ne comprends pas.

— À nous deux nous avons accumulé assez de rancœur pour ne rêver que de vengeance. Séparés, nous avons une chance de ne pas céder à notre désir.

— Tu le penses vraiment ?

— Oh oui ! Je suis certaine que nous formerions une paire très dangereuse, toi et moi.

— T'as peut-être raison. Seul, je ne risque rien. Je tiens de mon père. Pas le genre à se venger, j'en ai bien peur. Plutôt du type à tout remettre au lendemain.

— Eh bien, prince du Danemark, je dois m'en aller.

Elle s'avança vers lui, le prit dans ses bras.

— Adieu, Billy March. Tu es un garçon vraiment spécial. Tu vas me manquer, murmura-t-elle, approchant son visage du sien et glissant sa langue chaude et rose dans sa bouche.

Il regarda sa mince silhouette descendre de la plateforme. Il se sentait heureux.

Il venait d'avoir une vraie érection. Enfin.

22

L'effet Icare

« À Miranshah, sur la frontière nord-ouest du Pakistan, des voisins qui se disputaient pour savoir à qui appartenait un poulet égaré ont résolu leur querelle à coups de fusils d'assaut, de grenades et de lance-roquettes, faisant quatre morts et sept blessés. »

The Observer

— Tu comprends pourquoi tu as été convoqué ici, je suppose ? demanda Mrs. Davenport.

— Oui, m'dame, parce que je me suis bagarré dans le couloir.

Billy cessa d'étudier les motifs du tapis et redressa la tête. Un vent vif de printemps tambourinait sur les vitres du bureau. Là-bas, dans les derniers rayons du soleil, le terrain de jeux scintillait sous le givre. On apercevait quelques équipes de garçons aux genoux bleus qui s'interpellaient à grands cris autour des ballons.

— Tu appelles cela une bagarre ? Je dirais qu'il s'agit de quelque chose d'un peu plus grave. Gavin Diller a eu le nez cassé et deux côtes brisées. Je sais que cela ne signifie rien pour toi, mais il va falloir le retirer de la première équipe de sport pour le reste de la saison.

La principale concentra son attention sur le malheureux adolescent figé devant elle. Il avait l'air tellement maigre, avec ses cernes noirs sous les yeux... Son cou et son menton étaient couverts de taches. Ce garçon devait passer son temps devant la télévision, se dit-elle, et ne se nourrir que de friandises. On ne pouvait pas compter sur ces familles pour élever convenablement leurs rejetons. Après tout, quelle importance ? Dans deux ans, Sherington deviendrait un établissement privé. Il ne resterait plus aux enfants de pauvres qu'à aller pleurer dans le giron de la collectivité avant le changement de statut.

— Combien de fois Mr. Batley a-t-il dû intervenir pour faire cesser les bagarres dans lesquelles tu étais impliqué ? On ne doit pas être loin des nombres à deux chiffres, à présent. Quelle était la raison du désordre, cette fois ?

— Ils ont insulté mes parents, m'dame. C'est eux qui ont commencé à cogner.

Quelle voix insupportable !... À moins qu'il ne prenne des leçons d'élocution, cette façon terrible qu'il avait de hacher ses phrases l'empêcherait toujours de progresser. Elle avait presque de la peine pour lui. Pourtant, elle ne pouvait rien faire. Billy ne s'améliorerait jamais. Six mois qu'il était là... Et il se comportait de façon de plus en plus bizarre. D'excellentes, ses notes étaient devenues désastreuses. En classe, il suivait à peine. On lisait pourtant dans ses yeux bleus, si tristes, une intelligence aiguë. Mais comment libérer cette vivacité ? La principale fut tentée de faire preuve de clémence. Impossible... Si elle ne sévissait pas contre les éléments querelleurs et perturbateurs, les autres parents d'élèves provoqueraient un scandale, comme de coutume.

Toutes les conditions étaient réunies pour expulser ce garçon. De fait, sur l'ensemble des professeurs, deux d'entre eux la pressaient de le faire. Mais quelque chose la retenait. On avait prouvé que le nez cassé de Diller était le résultat d'un accident. Mais si March était innocent, pourquoi ne s'expliquait-il pas ? Pourquoi ne cherchait-il jamais à accuser quiconque ? Pourquoi acceptait-il systématiquement de jouer le rôle de bouc émissaire, encourageant les brutes comme Diller à s'en prendre à lui ? Sa passivité, son refus de lui donner les moyens de l'aider mettaient la principale en fureur. Billy March se tenait là, debout, couvert des coupures et des contusions ramassées au cours d'une douzaine de rixes et elle avait envie, presque autant que ses condisciples, de le battre.

— On m'a rapporté ce que tu as dit à ton professeur principal. Tu as affirmé être malheureux dans cet établissement. Est-ce vrai ?

— Je hais ce collège.

— Haïr est un mot très fort, March. Donne-moi un exemple. Que détestes-tu vraiment ici ? Les enseignants ?

— Non, m'dame.

— Les cours, alors ?

— Non, m'dame.

Autre petit hochement de tête solennel.

— Alors, quoi ?

— Les autres.

— Les élèves ?

— Oui, m'dame.

— Ah, là, malheureusement, tu as trouvé la seule partie de l'équation sur laquelle il m'est très difficile d'agir. Est-ce qu'ils te persécutent ?

— Oui.

— Pourquoi, à ton avis ?

— Trop d'hormones et pas assez de cellules cérébrales.

Il avait tapé dans le mille. March était trop doué pour être aimé dans une ville comme celle-ci. L'intelligence effraie le troupeau.

— Il se pourrait que ce soit toi qui aies raison.

Elle regarda sa montre. Le temps pressait. La réunion qu'elle devait présider commençait dans dix minutes et elle crevait d'envie de fumer.

— Je t'ai déjà menacé d'expulsion, n'est-ce pas ?

— Oui, m'dame.

— Je ne veux pas connaître les raisons du dernier pugilat. Ce que je souhaite obtenir de vous cette fois, Mr. March, c'est la promesse que cela ne se produira plus jamais.

Il y eut un bref silence. Le garçon eut un regard plein de défi. Pour la première fois, il lui faisait peur.

— Ça, ch' peux pas l' promettre, m'dame.

Malgré sa résolution de ne pas perdre son calme, elle sentit l'exaspération la submerger.

— Et pourquoi pas ?

— Parce qu'ils me traitent comme un inférieur.

— Que t'importe ce qu'ils pensent de toi ?

— Ça vous plairait, à vous ?

Cette réponse la troubla. Elle se souvint avec effroi du réfectoire de l'établissement catholique d'Aylesbury où elle avait été élevée. Surtout n'en rien laisser paraître. D'une voix tranchante, elle mit fin à l'entretien.

— Retourne dans ta classe. Tu seras en retenue pendant deux semaines.

Il ne l'avait pas quittée des yeux, n'avait ni cillé ni manifesté la plus légère émotion.

— Et si jamais quoi que ce soit de semblable recommence, conclut-elle en maîtrisant le tremblement de sa voix, tu seras renvoyé pour de bon. Compris ?

Billy avait compris depuis longtemps. Dans la solitude de sa chambre à coucher, au-dessus de la maquette de la ville, il avait installé une grande feuille de papier millimétré sur laquelle il consignait tout nouvel affront. Un système complexe de symboles colorés indiquait la nature et l'auteur de l'offense. Il était clair que, tels les gredins de chez Dickens, ses ennemis ne s'arrêteraient pas avant d'avoir réussi à faire sombrer sa famille dans la misère et la folie.

Dernier exemple : la Vauxhall était tombée en panne et Barbara Prent avait refusé de conduire Angela à l'hôpital pour une radio. Ulcéré, Billy avait d'abord voulu jeter une brique dans les vitres de la maison d'à côté. Il n'avait pas osé. Ravalant son ressentiment, il s'était contenté d'aider sa mère qui, la bouche déformée par la douleur, s'appuyait sur lui, à marcher jusqu'à l'arrêt du bus tandis que Barbara, au volant de sa voiture, partait faire la tournée des magasins.

Angela n'avait plus son bandage. Pourtant, ses ligaments ne se ressoudaient pas bien. Elle souffrait toujours, mais ne se plaignait pas : il ne restait plus qu'un mois avant l'opération et elle ne voulait pas être un fardeau.

Elle et son mari ne cessaient de s'enliser, au rez-de-chaussée, dans leurs discussions interminables. Pendant ce temps-là, assis sur son lit, Billy complétait son cahier rouge. Il s'était mis à chercher dans le quartier des signes, des présages néfastes qu'il reportait sur son diagramme mural. Il ne manquait plus qu'un petit carré de couleur pour que, pensait-il, son père baisse définitivement les bras.

Ce petit carré fut finalement posé le lundi suivant, lorsque Ray, l'air égaré, entra dans la chambre de son fils et balbutia :

— Je n'arrive pas à réveiller maman.

— Qu'est-ce que tu veux dire ? demanda sombrement Billy en quittant la pièce en compagnie de son père.

— D'habitude, elle se réveille avant moi ; mais aujourd'hui, elle ne bouge pas.

Ils traversèrent le palier jusqu'à la chambre des parents. Sur le seuil, Ray hésita. Billy dut pousser la porte pour entrer le premier. La pièce était inhabituellement silencieuse. Il y régnait une senteur de lavande et de rose. Le soleil, importun, essayait de se faufiler à travers les rideaux tirés. Angela était recroquevillée en position fœtale, la tête tassée au bas de l'oreiller, trop immobile pour être endormie. Billy voulut s'enfuir, mais son père bloquait le passage.

— Comment pourrait-elle être morte ? dit-il doucement. Tout allait bien hier soir.

Sur la table, Billy remarqua un verre vide et le flacon de somnifères que prenait Angela. Il eut envie de tirer la couette, de toucher sa mère. Il n'avait pas besoin de cela pour savoir qu'elle était morte. La scène qu'il avait sous les yeux était aussi inanimée qu'une composition de mannequins de cire. Il essaya de penser à tout ce que cela signifiait mais son esprit se brouilla sous l'effet de la panique. Derrière lui, Ray ne cessait de ratiociner sur le « sommeil lourd » de sa femme. Billy regarda de nouveau Angela, tendit la main, frôla le bras qui dépassait du drap. Ses doigts reculèrent aussitôt. La peau qu'il venait d'effleurer était aussi lisse, aussi froide que du vinyle. Les espoirs de cette femme allongée n'avaient plus de raison d'être. Ses rêves s'en étaient allés très loin, là où les vivants, jamais, ne pourraient les briser. Quelque part, seule dans les ténèbres, elle voguait.

Laissant son père à ses lamentations, Billy se précipita hors de la chambre et descendit téléphoner. La tête vide, les mouvements ralentis, il se sentait flotter, commc projeté hors de son corps. Il retira posément l'annuaire de dessous le téléphone et chercha le numéro du docteur McMann. Ensuite, tout s'enchaîna.

Le docteur arriva vingt minutes plus tard et suggéra qu'en l'absence d'une cause de mort immédiatement décelable, on ordonnerait une enquête. Il était désolé d'avoir ainsi à ajouter à leur détresse mais s'offrit pour représenter la famille, ce à quoi Ray, trop accablé, ne s'opposa pas.

Les heures suivantes passèrent dans une sorte de torpeur. Père et fils n'échangeaient que de rares paroles. Ray se chargea de prévenir sa belle-famille, s'arrangeant chaque fois pour laisser entendre qu'au fond il s'excusait d'avoir épousé Angela.

Les résultats de l'enquête n'apportèrent pas de réelle surprise. Les choses paraissaient simples. Pour aider Angela à s'endormir, son mari avait pris dernièrement l'habitude de lui préparer un grog de lait chaud avec du whisky. Elle avait d'abord eu recours aux analgésiques et aux somnifères ; ensuite, lorsque leur effet s'estompa, le whisky chaud les avait avantageusement remplacés. Mais ce remède avait aussi affecté sa mémoire : Angela avait eu tendance à perdre le compte des comprimés qu'elle absorbait. Elle avait sombré dans un sommeil plus profond cette nuit-là, et les battements de son cœur s'étaient affaiblis à l'extrême jusqu'à l'arrêt complet.

Oui, tout paraissait simple. Pourtant, l'enquêteur judiciaire refusa de conclure à un accident. En effet, le docteur McMann fit valoir de façon convaincante que les médicaments prescrits par lui étaient « lisiblement étiquetés », c'est-à-dire que le contenu des flacons était sans ambiguïté. Au grand dam de Ray, on retint donc la thèse du suicide.

Ray ne laissa aucun des voisins assister aux obsèques qui se tinrent avec simplicité dans un modeste lieu de culte du nord de la ville. L'enterrement terminé, il passa le reste de la journée à pleurer bruyamment sur l'épaule de sa belle-sœur. Carol-Lynn avait tout organisé avec une efficacité suspecte, comme si elle en était déjà passée par là de nombreuses fois. Billy resta tout le temps près d'elle, préférant la quiétude de sa compagnie aux radotages larmoyants de son père.

La suite des événements ne donna lieu à aucune discussion. La semaine suivante, ils empaquetèrent le contenu de la petite maison et louèrent une camionnette pour rapatrier leurs affaires à Londres. Justin Brickett, toujours prêt à se rendre utile, leur rappela qu'il était habilité à agir en tant qu'agent immobilier et plaça une annonce au foyer municipal pour le reliquat du bail. Billy se demanda à quoi cela servirait. D'ailleurs, il s'en foutait.

Le dernier jour, Ray se retrouva assis devant la table, un verre de whisky à la main, épuisé, contemplant la cuisine vide. En deux semaines, il semblait avoir pris dix ans. Il sursauta en entendant la porte claquer, surpris de voir son fils.

— Je croyais que tu étais allé dire au revoir à tes amis.

— Je n'ai pas d'amis.

— Ne dis pas de bêtises. Et ce garçon... ?

Il essaya de se souvenir mais ne put retrouver son nom.

Cela faisait plusieurs semaines que Billy n'avait pas vu Oliver.

— Quand est-ce qu'on part ?

— La camionnette doit revenir dans une demi-heure. Il n'y a vraiment personne à qui tu veuilles dire au revoir ?

— Non.

— Moi non plus. Simplement, je n'ai pas envie de laisser ta mère, murmura Ray en reniflant avec amertume. Elle n'aimerait pas du tout rester en rade ici.

Billy décida de sortir de la maison avant que la conversation ne devienne franchement déprimante.

— Tu as pris mon vélo ?

— Pas encore.

Il fit le tour de la maison pour aller chercher sa bicyclette dans la remise. La maquette brisée de la ville gisait à l'envers au milieu du jardin, où elle avait atterri après qu'il l'eut rageusement jetée par la fenêtre de sa chambre avec son cahier rouge.

Il laissa son père et traversa la ville à bicyclette jusqu'au château d'eau. Y grimper en plein jour représentait un danger certain, mais, désormais, il s'en moquait.

Au moment où il atteignait le sommet, le soleil déchira les nuages et inonda les rues. De là-haut, l'endroit avait un air plutôt avenant. Cette ville ne tarderait pas à devenir réellement prospère ; vers l'est, des échafaudages et des piquets d'acier annonçaient un lotissement futur. Vers l'ouest, on construisait une bretelle d'accès à l'autoroute. Nul doute qu'avec le temps le terrain de golf se ferait, fournissant à Invicta Cross les luxueux aménagements nécessaires au maintien de son statut de petit paradis. Billy et son père n'avaient plus rien à faire ici.

Il éprouva un soulagement intense à l'idée de ne plus jamais revoir cette ville ou ses habitants. Greenwich étant devenu entre-temps un quartier à la mode envahi par de jeunes loups de l'audiovisuel ou de l'informatique, trop chic et trop cher pour qu'ils y retournent, Billy et son père avaient décidé de s'installer dans le vieil appartement de son oncle Reg à Tufnell Park, l'un des derniers secteurs du centre de Londres réfractaires à l'embourgeoisement. Reg était parti en Espagne. Il leur abandonnait volontiers son logement, qu'il trouvait inhabitable.

On lui trouverait un nouveau collège ; Ray dégoterait peut-être même un nouvel emploi. Oh, ils s'en tireraient toujours, se dit-il. Là, au milieu des pigeons roucoulants, les mains sur le parapet de briques friables de ce château d'eau qui, tout en faisant intrinsèquement partie de la ville, en était entièrement séparé, il ressentit de nouveau l'étrange légèreté qui, juste après la mort de sa mère, s'était emparée de son corps. Il lui sembla qu'il serait capable de voler pour peu qu'il parvînt à se placer dans le bon courant ascensionnel. Il était tentant d'essayer. Peut-être que Ray, à l'instar de Dédale, pourrait fabriquer l'appareil dont son fils avait besoin pour devenir plus léger que l'air. Peut-être allait-il simplement lui pousser de pâles ailes dorées et s'envolerait-il, Icare moderne, vers le soleil...

Il commença à se hisser sur le parapet mais un coup de vent dans son dos le fit presque basculer dans le vide et il revint à lui. Non, ce n'était pas la bonne chose à faire. Ce n'est pas ce que sa mère aurait fait. Si seulement elle n'avait pas commis une erreur aussi stupide, elle aurait paisiblement considéré les choses.

Le cœur lourd, il redescendit l'escalier en colimaçon et escalada le mur en sens inverse pour sortir, conscient qu'il n'y avait rien là pour lui, se demandant même s'il y avait jamais eu quoi que ce soit. Il revit April avec son long manteau militaire et son écharpe, sévère comme un soldat, et sa mère, plus nerveuse qu'une souris, se mordant les poings à la fenêtre, ses propres parents se tenant la main comme des enfants, souriants et désespérément égarés dans la confusion des routes nouvellement construites. Il sut alors qu'April avait dit vrai : ceux qui n'étaient pas à leur place ou les laissés-pour-compte, il fallait les considérer comme morts. Il enfourcha sa bicyclette, tournant le dos à Invicta Cross et à tout ce que le lieu représentait.

23

Le destin s'acharne

« *Un conflit long de deux ans et demi entre des voisins respectables du Nord-Devon s'est terminé par un procès à cinquante mille livres sterling qui a ébranlé la foi d'un juge dans la nature humaine. Les Fox insultaient en permanence les Swainston au sujet d'ordures sur leur chemin privé commun, les harcelaient à propos de crottes de chien, de radio trop forte, de portes claquées, de refuges à oiseaux, de barils destinés à recueillir l'eau de pluie, de leurs clôtures et de l'emplacement de leur caravane. Mr. Fox (décrit par sa propre famille comme un "psychopathe") a couvert de graffiti offensants la maison de ses vis-à-vis ; Mrs. Swainston l'a frappé avec un balai. Les Fox ont eu leur voiture attaquée au décapant. Mr. Swainston a consigné au moins mille doléances dans son journal. Chaque partie faisait des rondes de nuit. Le juge déclara, consterné, qu'il s'agissait du litige le plus mesquin et le plus pitoyable qu'il eût jamais vu. Il y avait de quoi, selon lui, rendre n'importe qui misanthrope.* »

Daily Telegraph

Leur retour à Londres fut tout sauf triomphant.

Ils avaient été absents pendant moins d'un an mais il y avait eu durant ce laps de temps presque autant de changements dans la topographie de la ville que dans leur propre existence. L'obsession du futur balayait tout. On démolissait les taudis et les entrepôts de la zone des docks pour laisser la place à des agences de publicité et à des sociétés de relations publiques, vastes cathédrales de verre qui semblaient inspirées des dessins d'Albert Speer. Entre ces impressionnants palais de la finance, se nichaient de curieux petits immeubles de bureaux aux frontons et aux pignons peints de couleurs vives. Là où des terrains dégagés permettaient auparavant d'admirer la rivière, des ensembles d'appartements aux arêtes d'acier et des restaurants huppés abrités derrière leurs stores bouchaient l'horizon. Au travers des baies de verre dépoli, Billy et son père apercevaient de mélancoliques gardiens et ne reconnaissaient pas les rues où avaient vécu leurs familles.

Ils furent plus choqués encore en arrivant au bas de Westcombe Hill, sur les lieux où se dressait jadis leur maison de Greenwich, à présent remplacée par une autoroute déserte à six voies reliant Blackwell Tunnel Road au début de la M3. De part et d'autre de cette saignée de béton, l'ancien quartier était intact, mais mort. Les commerçants de la partie haute de la rue avaient vendu et étaient partis. Purbrick, le débit de tabac, était devenu une boutique de vidéo sans devanture, Lynch, l'épicier, une compagnie de location de voitures et la boulangerie Lyons disparaissait derrière une palissade de planches. De chaque côté, barrant le passage au flux de piétons et de voitures qui faisaient l'animation du quartier, se dressaient de hauts murs de béton couverts de graffiti.

Le plus surprenant était cet étrange silence qui s'était abattu sur le secteur. Les anciennes familles avaient cédé la place à des résidents bien décidés à imprégner leur marque à cette ville divisée. Les buissons de roses plantés par les occupants d'avant-guerre fleurissaient toujours dans l'air vicié de la section restante de Westerdale Road mais plus personne ne les entretenait et aucun enfant ne jouait dans les rues. C'était comme si quelque génie protecteur s'en était allé, laissant les habitants survivants se débrouiller seuls.

Dans la rue d'à côté, le poste de police victorien et le réfectoire de l'école du dimanche étaient encore debout, le premier avec ses massifs de fleurs parfaitement intacts, le second transformé en un comptoir de vente de meubles. La bibliothèque, elle, résistait avec obstination, coincée sous l'auvent de pierre d'un viaduc. Mais si l'architecture de la ville existait encore, il n'en allait pas de même pour sa population. Comme des milliers d'autres à travers le pays, les rues avaient été détruites aussi efficacement que si elles avaient subi un bombardement.

L'appartement de Billy et de son père, à Tufnell Park, était resserré et sombre, coupé de la lumière du jour par l'arche du pont de chemin de fer enjambant la route. L'oncle de Ray avait laissé aux murs l'ancien papier brun qui ajoutait encore au caractère oppressant du logis.

Depuis sa mort, Angela les obsédait. Elle obscurcissait leurs pensées, hantait leurs conversations. Ils ne cessaient d'analyser le passé, jusqu'à ce que cela devînt une litanie dépourvue de signification. L'appartement avait sérieusement besoin d'être rénové, mais Ray paraissait incapable de se ressaisir. Billy s'inscrivit dans un collège local et assista distraitement aux cours. Ici, à Londres, les classes étaient assez surchargées pour qu'on puisse s'y fondre sans peine.

Billy s'inquiétait de plus en plus pour son père, qui se plaignait amèrement à la plus légère provocation et restait cloîtré dans l'appartement, apeuré par le monde extérieur. Ses propos se réduisaient à ce qu'il en percevait depuis une fenêtre crasseuse du premier étage. Bien qu'habitant loin, sa belle-sœur commença à leur rendre régulièrement visite pour savoir s'ils n'avaient besoin de rien.

En dépit de l'inconfort de ses conditions d'existence, Billy se mit à étudier plus sérieusement et se découvrit une sorte d'aptitude dans le domaine en expansion de l'informatique et de la communication. Mais chacun de ses succès était atténué par la présence du passé. Tous les soirs, il se retrouvait confronté à sa misère morale. Assis dans son fauteuil, Ray s'abrutissait devant des feuilletons et des jeux télévisés, un demi-verre de whisky près de lui. Il s'arrangeait toujours pour que son fils ne le voie pas se resservir, de sorte qu'il était impossible à Billy de savoir quelle quantité il buvait.

L'année suivante, Ray fut officiellement diagnostiqué agoraphobe. On lui alloua une aide ménagère régulière. À quarante-cinq ans, il se comportait de plus en plus en vieillard. Il ne se coiffait plus à la Elvis. Ses cheveux grisonnaient et il les perdait. Son énergie s'était dissipée dans l'air froid d'Invicta Cross et rien, semblait-il, ne pourrait la régénérer.

En 1987, pour les seize ans de Billy, père et fils, exceptionnellement, passèrent ensemble une soirée en ville. Ils virent un film, *Les Intouchables*, avant de dîner au restaurant chinois. Chaque fois qu'il s'aventurait hors de chez lui, Ray jurait que, désormais, il sortirait davantage. Sa promesse s'évanouissait dès qu'il réintégrait le ventre sombre de l'appartement. Il avait promis de faire soigner sa dépression et de s'occuper de la tache d'humidité dans la chambre de Billy. Il s'était contenté de ce vœu pieux, comme toujours.

Après le repas, tous deux s'assirent sur un banc, au bord des eaux basses de la Tamise. Ray demanda à son fils ce qu'il voulait faire plus tard. C'était la première fois qu'il abordait le sujet depuis la mort d'Angela.

— Je ne sais pas exactement, répondit prudemment Billy. Je suis doué pour les chiffres. J'aime l'électronique. Je pense qu'il doit y avoir des débouchés dans l'informatique.

— Ça m'a l'air d'une bonne idée, pourvu que ça te rende heureux, murmura son père en regardant l'un des nouveaux bacs traverser le fleuve. J'ai toujours su que je serais fier de toi.

— Et toi, est-ce que tu vas me rendre fier de toi ? Tu le pourrais si tu cessais de boire et si tu trouvais quelque chose à faire de ta vie.

Ray parut ne pas l'avoir entendu.

— On n'aurait jamais dû aller dans ce putain d'endroit, gémit-il.

— Ne revenons pas là-dessus, Ce n'était pas la ville, c'était nous. Tu ne peux pas laisser le passé te torturer éternellement. Allez, dit Billy en se levant et en reboutonnant sa veste, je ne veux pas que tu prennes froid.

— Je l'ai tuée, tu sais.

— Je t'en prie, papa, ne recommence pas avec ça.

— J'aurais dû tenir le compte de ce qu'elle prenait. J'aurais dû être capable de la prévenir. Elle n'a pas mis fin à ses jours, Billy.

— Je sais bien, papa.

— Elle n'aurait jamais fait une chose pareille.

— Viens, rentrons chez nous.

— Je n'ai pas de chez-moi. Pas de vrai chez-moi.

Billy regarda son père se redresser avec peine. Il avait besoin de se faire couper les cheveux. Il ressemblait à un de ces tristes rockers vieillis rêvant toujours de créer un groupe qui n'existerait jamais. Billy le ramena à la maison et le mit au lit sans prêter attention à ses jérémiades. Il se rendait compte, à présent, que Ray n'avait plus la moindre chance de remonter la pente. Il ne rencontrerait pas de femme pour remplacer son épouse. Personne ne l'embaucherait. Il ne reprendrait plus contact avec la réalité. D'une manière curieuse, il s'était finalement trouvé un but ; il était devenu le deuil incarné, un homme du passé.

Cette nuit-là, pour la dernière fois de sa vie, Billy, lui, trouva une raison de pleurer. Il savait qu'après avoir perdu sa mère, il venait de perdre son père, à tout jamais.

Il quitta le collège quelques mois plus tard, avec l'intention de travailler dans l'une des sociétés d'informatique qui se multipliaient à travers la ville. Il reçut des réponses modérément encourageantes à ses demandes et, tournant le dos aux événements de son enfance, s'attacha à s'assurer un emploi stable.

La société de Old Street où il avait été embauché ne le payait pas des fortunes mais le travail était régulier et les perspectives satisfaisantes. Ses collègues le trouvaient d'un abord difficile et finirent par ne plus essayer de lui parler, ce qui faisait parfaitement son affaire. S'efforçant de chasser le passé, il révisa ses rêves à la baisse et, à sa manière, trouva la paix.

Quatre ans à peine après son retour à Londres, survint une ultime et inévitable tragédie. Billy fut appelé hors de son bureau par une femme policier à la voix navrée qui le fit asseoir dans un couloir et, pleine de sollicitude, lui apprit que son père était mort.

Après avoir mis son repas en route, Ray s'était endormi dans son fauteuil, non sans avoir bu son habituel demi-litre de whisky. Le contenu de la poêle à frire s'était consumé, remplissant l'appartement de fumées denses et grasses. Ray s'était étouffé dans son propre vomi. Billy écouta la jeune femme. Il ne ressentait rien. C'était comme si quelque chose qu'il avait longtemps attendu venait enfin de se produire. Si quelqu'un en était arrivé à une si complète renonciation, peut-être valait-il mieux, tout simplement, le laisser partir.

La sœur d'Angela, sur qui on pouvait toujours compter, insista pour arranger les funérailles, puis offrit à Billy de venir habiter dans sa famille. Elle avait à peine assez de place pour sa propre progéniture, mais se réjouissait de l'accueillir chez elle. Billy la remercia et expliqua qu'il était assez âgé pour se débrouiller seul.

Il réalisa un petit bénéfice sur la vente de l'appartement et loua un deux-pièces au premier étage à Camden Town.

Il avait mûri. Il mesurait un peu plus d'un mètre quatre-vingts. Ses cheveux avaient poussé et il s'était étoffé. Physiquement il était devenu quelqu'un de différent. Pourtant, il se sentait toujours habité par les rancunes d'un garçon de quatorze ans. Au bout de dix-huit mois, sa société cessa ses activités brusquement, laissant ses employés abasourdis sur le pavé. Billy reprit le chemin de l'agence pour l'emploi. Il était devenu plus difficile de trouver du travail. Chaque offre suscitait des dizaines de postulants, pour la plupart mieux éduqués et plus qualifiés que lui. Il s'inscrivit à des cours du soir, prit un job de barman pour gagner sa vie. Il parvint à une sorte de contentement morose. Et la dépression s'abattit sur lui sans crier gare.

Il ne s'était même pas rendu compte que *c'était* une dépression. Il se souvint d'être devenu confus et irascible à propos de détails mineurs de sa vie : loyers en retard, conflit avec la compagnie d'électricité. Il y avait eu cette prise de bec au compostage automatique de la station de métro de Camden, qui avait nécessité l'intervention de la police ; une autre bagarre, plus sérieuse cette fois, dans un pub d'Islington ; une consultation dans une clinique, où une doctoresse lui avait fait rédiger d'interminables listes, un séjour de huit semaines dans une espèce de maison de repos, une bâtisse sinistre qui puait le désinfectant et le chou bouilli, peuplée de pauvres hères trimballant leurs affaires serrées dans des sacs en plastique.

Au fond de lui, en dépit de ses résolutions, il ne pardonnait pas, n'avait rien oublié. Incapable de bannir le passé ou de le changer, il continuait à vivre dans une semi-obscurité, réagissant passivement à un monde en pleine mutation. Les années se succédaient, à peine remarquées par un homme qui n'avait plus le sentiment d'appartenir à cette planète.

Une nuit, dans une autre chambre bon marché de Camden, alors qu'il regardait sur son téléviseur portatif un film d'actualités décrivant les changements de la campagne anglaise, il eut la surprise de découvrir qu'Invicta Cross venait en première place, dans un sondage national, pour la qualité de la vie. Il eut envie d'appeler de la cabine téléphonique nauséabonde sur le palier pour donner sa propre opinion sur la qualité de la vie dans ce merveilleux endroit. Reconnaissant là une réaction que n'aurait pas reniée son père, il s'abstint.

Il continua à regarder le film.

Là, devant ses yeux, s'étendait la ville, à peine reconnaissable en dehors de l'ancien château d'eau, devenu l'élément central du plus récent et du plus vaste centre commercial à l'américaine de tout le Royaume-Uni. Des chalands décervelés vêtus de couleurs pastel passaient devant la caméra comme des bagnards enchaînés. Des ballons offerts par un clown monstrueux faisaient vaguement sourire les gosses pleurnichards.

N'en pouvant plus, il éteignit la télé. Le lendemain, parut dans le *Daily Mail* un article sur le résultat de ce sondage. Étalé sur une double page, on pouvait lire en gros titre : « Ne serait-ce pas merveilleux si un jour, toutes les villes ressemblaient à Invicta Cross » ?

Après cela, il se mit avec plus d'acharnement que jamais en quête d'un emploi satisfaisant. Il obtint une place de programmateur débutant dans une firme de Holborn et se plongea dans le travail. Il y consacrait ses soirées et la plupart des week-ends. Le reste du temps, il regardait la télévision. Un soir, il vit une émission politique encourageant le public à se projeter dans le futur. « Saisissons notre chance de construire un monde nouveau pour nos enfants ! clamait le présentateur. Tout le monde a le droit de bien commencer dans la vie. »

Assis devant l'image floue de son téléviseur, Billy considéra le mur humide au-dessus de son lit étroit, prêta l'oreille au couple ivre en train de s'assassiner dans la chambre d'à côté. Était-ce là l'avenir radieux qu'évoquait le Premier ministre ? Dans les bruits de verre brisé qui se mêlaient aux rugissements des camions roulant vers King's Cross, il rabattit le mince couvre-lit de coton sur ses oreilles et s'enfouit plus profondément au fond de son lit.

Seconde partie

1995

« La démocratie, c'est l'art de dire :
"Gentil toutou",
jusqu'à ce qu'on tombe sur un os. »

Will Rogers

24

Haddock

« Voici la suite que vous attendiez tous, pauvres lecteurs désespérés. Après vous être frayé un chemin à travers cet effarant catalogue de malheurs, vous exigez maintenant des comportements décidés, des actions positives. Vous voulez voir le jeune héros Billy extirper le remords de la gorge de ses persécuteurs. Vous souhaitez en arriver là où les vérités sont dites et où le bien triomphe, là où les coupables sont châtiés. Tout cela va arriver, je vous le promets. La roue de la fortune commence à tourner. »

Le Cahier rouge, *repris en 1995, après dix ans*

Tout commença, des années plus tard, par une rencontre des plus banales, un dimanche matin mouillé d'avril 1995, au Marks & Spencer de Camden Town. Il la reconnut dès la première seconde, ce qui était surprenant, compte tenu de la façon dont elle était habillée. Elle était sortie faire ses courses vêtue d'une jupe bouffante en gros coton jaune. Avec sa veste boléro violette brodée de sequins et ses talons aiguilles à pois assortis, elle avait l'air d'une caricature de Doris Day. Elle se disputait, semblait-il, avec le chef de rayon.

— April ? April Barrow ?

Elle portait une paire de lunettes roses en ailes de papillon et le dévisagea de ses yeux de myope par-dessus l'épaule de l'employé. Elle s'exclama :

— Henry !

— Billy, corrigea-t-il, vexé. Billy March. Invicta Cross. Tu te souviens ?

— Voilà mon mari. Coucou, chéri, dit April, poussant l'homme de côté et montrant Billy du doigt. Il va tout vous expliquer.

— Eh bien ?

Le chef de rayon se tourna vers lui, les bras croisés, attendant son explication.

Dans son dos, April faisait de grands gestes. Dans une de ses mains gantées de résille, elle brandissait un paquet de haddock « prêt à cuire ». S'efforçant de déchiffrer les mouvements de sa bouche, Billy finit par comprendre où elle voulait en venir.

— C'est ça, dit-il en essayant de rassembler les pièces du puzzle. J'avais laissé mon épouse une minute pour aller chercher mon...

Elle faisait le geste d'ouvrir et de fermer, puis d'extraire quelque chose.

— Mon portefeuille, reprit-il, soulagé, et ma femme...

April fit semblant de laisser tomber le haddock dans son sac à main.

— Malencontreusement...

Elle secoua vivement la tête.

— Ou plutôt non, elle a pensé que j'avais déjà réglé les articles d'épicerie.

Le chef de rayon prit un air pour le moins sceptique.

— Et en fait, je ne les avais pas encore payés, ajouta-t-il sans conviction.

— Et moi, je pensais qu'il les avait pa...yés, modula-t-elle d'une horrible voix de petite fille.

— Donc, vous voyez, cette erreur s'explique parfaitement, conclut-il, et je me ferai un plaisir de payer le... haddock.

April secouait toujours la tête et feignit d'ouvrir une fermeture Éclair.

— Ou les bananes, dit-il.

L'employé s'apprêtait à faire un énorme scandale, mais une vive discussion en provenance d'un groupe de jeunes, la casquette de base-ball à l'envers sur la tête, près du rayon des laitages, détourna son attention et il les laissa partir.

— Toi, t'es vraiment un super-pote de m'avoir tirée de là, dit April en lui collant sur la joue une grosse trace de rouge à lèvres. Jamais je t'aurais reconnu... Le culot de ce mec, m'accuser de voler ! Dis-moi, est-ce qu'il regarde encore par ici ? Ne dis rien, ne bouge pas. Il nous regarde ?

Billy jeta un coup d'œil par-dessus son épaule.

— Euh, pas vraiment.

— Sortons d'ici. Tu as le temps pour un café ? Tes courses peuvent attendre ou tu as un besoin urgent d'acheter des légumes ?

— Oui, je crois que...

Elle l'avait déjà attrapé par le bras et l'entraînait hors du magasin. Se faufilant dans la foule des mères fatiguées et des enfants qui criaient, ils se retrouvèrent dans la rue et marchèrent jusqu'à une cafétéria dernier cri qui semblait avoir été entièrement construite avec des éléments de fer coupants comme des lames de rasoir. Reconnaissant April, le barman se mit immédiatement en devoir de faire chauffer du lait pour un cappuccino. Billy commanda la même chose. Ils s'assirent à une table de métal branlante et artificiellement rouillée.

— Laisse-moi bien te regarder, dit April en rangeant ses lunettes dans son sac.

— Tu n'en as donc pas besoin ? demanda Billy.

— Bien sûr que non, elles font simplement partie du déguisement. Attends un instant.

Elle déplia un sac à provisions en plastique, ouvrit ses jambes et tira une paire de steaks emballés sous vide de dessous sa jupe.

— Tiens, je te donne un bon truc, dit-elle en faisant une drôle de grimace : ne jamais piquer des surgelés. J'ai une tante qui est morte après avoir barboté un gros poulet surgelé. Elle l'a caché sous son cardigan et naturellement ça a ralenti son rythme cardiaque. Ou bien est-ce que j'ai lu ça quelque part. Réalité, fiction, fiction, réalité ; on s'y perd si facilement aujourd'hui.

Elle continua de remplir son sac avec un assortiment de légumes et de desserts.

— Tu veux dire que tu as volé tout ça ? demanda Billy étonné en la regardant fourrer le sac plein sous sa chaise.

— Ben, c'est tellement hors de prix, tu trouves pas ? répondit-elle,. ne l'imaginant pas une seule seconde capable de faire ce genre de choses. Le Premier ministre, lui, peut très bien continuer à nous mettre sur le marché de plus en plus de produits différents, mais le problème, c'est qu'il faut avoir les moyens de se les acheter. Tu as l'air si différent, je n'arrive pas à le croire. C'est vraiment toi ?

— Oui, c'est moi, Billy. Je suis beaucoup plus vieux, maintenant. J'ai presque vingt-cinq ans. Ça fait dix ans qu'on a quitté Invicta Cross.

— Et tu n'as jamais regardé en arrière, hein ?

Elle le dévisageait, radieuse. Elle était extraordinairement transformée. Elle était devenue magnifique, quoique d'une manière très particulière. Ses cheveux d'un brun sans éclat étaient désormais décolorés, blonds comme les blés ; elle les portait assez courts, dans le style des années cinquante, retenus par un bandeau de plastique scintillant. Ses lèvres se figeaient en un arc parfait de rouge sauvage et brillant. Son cou d'ivoire s'ornait d'un double rang de fausses perles. Le bleu saphir de ses yeux ressortait encore davantage sous l'effet du mascara d'un bleu plus prononcé. Un soutien-gorge Playtex démodé lui faisait une poitrine pigeonnante. Mais il y avait chez elle quelque chose de rebutant, d'à la fois sensuel et anormal. Elle faisait penser à un travesti sexy au point de passer réellement pour une femme.

— Oh, n'est-ce pas fantastique ! dit-elle. Il faut que tu me racontes ce que tu as fait pendant tout ce temps.

Elle parlait un peu trop fort, avec un peu trop d'enthousiasme. Sa voix, elle aussi, avait changé. Son accent de Newcastle avait laissé place à des intonations aiguës, comme on en entend dans les pensions pour jeunes filles de bonne famille et qui rappelaient les émissions de télévision des années cinquante. Doris Day pour le visuel, Celia Johnson pour le son. Les gens, à la table d'à côté, la regardaient.

Il survola les années écoulées, sans entrer dans les détails, mais elle semblait à peine l'écouter. Elle eut tout de même un air de sympathie quand il lui apprit la mort de son père.

— Je n'arrive pas à croire que c'est toi, Billy, fit-elle dans un soupir. Si grand, si beau ! Tous ces muscles ! Jamais je ne t'aurais reconnu.

— Toi aussi, tu as beaucoup changé.

— C'est à la portée de n'importe qui. Il suffit de rester tranquille et d'avoir l'air stupide ; c'est Hedy Lamart qui l'a dit. Ma mère est morte peu après notre déménagement. Il y a eu une période où je n'allais pas très bien.

Elle fit le geste de tourner une clé.

— On a dû m'enfermer quelque temps.

— Pourquoi ? demanda-t-il, surpris.

— Oh, je n'arrêtais pas de mettre le feu à plein de choses, murmura-t-elle d'un ton léger, et je l'ai mis à quelque chose où il y avait quelqu'un. Ça a fait un certain ramdam. L'hôpital m'a aidée à remettre de l'ordre dans ma vie. À voir clair dans mon complexe d'infériorité, à me débarrasser de ma culpabilité. Je leur ai fait croire tout ce que je voulais. Mais j'ai une sœur.

— Je ne savais pas que tu avais une sœur.

— Pas une vraie : une sœur d'hôpital que je dois voir le soir. Tous les soirs. C'est d'un ennui mortel, je sais, mais ça m'aide à garder ma tranquillité d'esprit.

Elle était en train d'essayer de lui expliquer qu'elle était une malade mentale internée à mi-temps. Il l'observa, tout à coup inquiet. Elle lui faisait un peu peur.

— Es-tu déjà retournée à Invicta Cross ? demanda-t-il en se versant une cuillerée de sucre dans son café.

— Tu plaisantes ou quoi ? Ces gens ont contribué à démolir ma vie.

— Ainsi que la mienne, renchérit-il.

— Mais regarde-toi, tu as l'air d'avoir le vent en poupe !

Elle se saisit du revers de sa veste et ajouta :

— Un vrai gentleman.

— Je me suis bien débrouillé, admit-il. C'est sympa d'avoir enfin un peu d'argent. Dommage que mon père n'ait pas vécu assez longtemps pour en profiter avec moi.

Ils continuèrent à parler plus d'une heure, bien qu'il se demandât si la seule chose qu'ils avaient en commun n'était pas leur passé démoralisant. April, de toute évidence, n'avait pas cherché à liquider le sien. Après tout, lui non plus. Elle voulut savoir pourquoi il ne s'était pas marié et n'avait pas fondé une famille. Il évita d'évoquer son inaptitude à nouer toute relation durable et il lui apparut bientôt qu'elle agissait de même.

— Bon, dit-elle à la fin en se levant et en sortant le sac à provisions. Merci encore de m'avoir tirée de ce mauvais pas.

Elle examina l'huilier posé sur la table, le glissa dans sa poche.

— N'oublie pas ton haddock.

Il lui tendit le paquet en plastique qui était tombé de dessous sa veste.

— Billy, écoute-moi une minute, dit-elle en enlevant un flocon de nylon collé sur le paquet de poisson. Est-ce que tu penses que le passé se termine et que l'avenir peut commencer au moment où tu veux qu'il commence ? Qu'on peut tout oublier et repartir de zéro ?

— Non.

— Non, c'est bien ce que je pensais. Écoute, j'ai pas grand-chose à faire en ce moment. On pourrait peut-être se revoir ? Pour parler de l'ancien temps. On pourrait toujours prendre une journée pour aller à Invicta Cross et casser toutes leurs vitres.

Il l'entendait à peine. Avoir revu April avait fait resurgir tout le passé.

— Ce qui est triste, déclara-t-il d'une voix plus dure, c'est que les gens ne se vengent pas de leur vivant. Les artistes crèvent dans la misère, les hommes d'affaires font faillite après une vie passée à travailler honnêtement, les ouvriers meurent dans l'ignorance et d'arrogants petits fonctionnaires mènent des expérimentations sociales sur nous tous. Les gens souffrent sans même savoir pourquoi, April, et ils ne font rien pour que ça change.

— Juste pour se revoir, Billy, dit-elle en s'efforçant de détendre l'atmosphère.

À la table d'à côté, on ne perdait pas un mot de leur conversation.

— Tu sais, on prendrait quelque chose ensemble.

Il chassa les nuages d'orage qui s'amoncelaient dans sa tête.

— Bien sûr, on pourrait aller dîner si tu me promets de ne pas emporter l'argenterie.

— Dans les endroits où je mange, on vous donne une cuillère en plastique, pas d'argenterie.

Ce soir-là ils allèrent dîner chez Quaglino à Mayfair.

Le lendemain, ils dînèrent au Belgo Central, à Covent Garden.

Le soir suivant, ils allèrent à la brasserie Langan et il la surprit en train d'essayer de voler le plateau d'argent qui trônait dans le hall du Mint Imperials.

April ne lui parla jamais de son traitement. Elle avalait ses comprimés quand il regardait ailleurs : contre la dépression, les crises, la paranoïa. Elle lui cacha que son instabilité avait atteint un tel stade qu'on lui déconseillait formellement d'avoir des liaisons avec des hommes. Les médecins lui avaient demandé de les consulter avant toute tentative. Mais, à l'hôpital, on ne la revit jamais plus. Ils n'eurent même pas l'occasion de la prévenir du danger qu'elle courait sans médicaments.

Parce que trois semaines après avoir retrouvé son ami d'enfance, April Barrow l'épousa.

25

L'empire des lumières

« Bien sûr, je savais que je n'aurais jamais dû épouser April. À l'évidence, elle n'était pas tout à fait présente. Je la regardais, au restaurant, avaler des comprimés tout en continuant à bavarder gaiement, attrapant au vol le premier sujet de conversation et s'y accrochant. J'aimais sa vulnérabilité. Cela me donnait envie de la protéger mais en même temps, je me sentais coupable ; parce que ce que je prévoyais d'entreprendre allait peut-être la faire basculer de l'autre côté pour de bon. Je résolus alors de ne mener le plan à bien que si elle était entièrement d'accord. »

Le Cahier rouge

Lorsque le père de Darryl Merrick abandonna son domicile pour disparaître avec une autre femme, sa mère s'empressa de prendre un amant, un tôlier alcoolique du nom de Dave. Il ne fallut pas longtemps, après son installation dans leur étroit appartement HLM de Sheffield, pour que le nouveau venu commence à rentrer ivre et à faire des avances à la sœur cadette de Darryl. Quand ce dernier commit l'erreur de tenir tête à l'homme que sa mère l'encourageait désespérément à appeler « papa », Dave le frappa au cou et aux épaules avec le démonte-pneu qu'il gardait dans sa besace de chantier. Il continua à le corriger, simplement parce qu'il trouvait ce garçon « trop mou ». Couvert de bleus, Darryl s'enfuit de Sheffield à l'âge de seize ans et se dirigea vers l'endroit où il pensait trouver de l'argent : le Sud. Dix-huit mois plus tard, il avait dégoté un job de vendeur au journal *Big Issue*, vivait dans la rue et tâchait d'amasser assez de liquidités pour se louer un petit logis.

Bien sûr, Barbara Prent ne savait rien de l'histoire du garçon. Tout ce qu'elle vit, ce fut un jeune rustaud d'aspect inquiétant, avec un anneau à l'arcade sourcilière, qui mendiait en plein jour dans le centre-ville.

Naturellement, elle fit ce que tout citoyen raisonnable aurait fait à sa place ; elle appela la police pour le faire ramasser. Afin de s'assurer que le gardien de la paix faisait du bon boulot, elle alla se commander un cappuccino décaféiné au bar pseudo-brésilien du centre commercial d'en face et s'assit devant la fenêtre pour assister à l'arrestation.

Immédiatement après que le gaillard eut été emporté malgré ses protestations, une BMW décapotable flambant neuve s'arrêta le long du trottoir où il avait été accroupi et un homme de grande taille au visage bronzé en descendit. Barbara ne pouvait distinguer ses traits (il portait des lunettes de soleil italiennes), mais elle voyait qu'il était beau gosse. Elle détailla, le cœur battant, ses épaules carrées, sa mâchoire puissante, ses cheveux bruns ondulés, son costume Armani gris phoque, l'or discret de ses boutons de manchettes. Voilà un homme qui avait du style. Et il s'était arrêté ici pour regarder la vitrine de l'agence immobilière Brickett & Co. Peut-être avait-il l'intention d'acheter une propriété à Invicta Cross ?

Cela y ressemblait fort, pensa Barbara en sirotant avec affectation son café tiède. Tout à fait le genre d'homme qu'on cherchait à attirer dans le secteur. Elle replaça une mèche de ses cheveux et se regarda dans le miroir. Horrifiée à l'idée de grisonner, elle s'était mise depuis peu à se teindre. Nombre de femmes qui fréquentaient l'église avec elle lui disaient que l'emploi des cosmétiques trahissait une vanité excessive, mais, après tout, si elle en usait avec modération, qui s'en apercevrait ?

Elle chercha des yeux le bel étranger et, ne le voyant plus, comprit qu'il était entré dans l'agence immobilière.

Georgina Bovis laissa retomber le coin du voilage. Elle espérait qu'il ne l'avait pas aperçue à la fenêtre. S'il y avait une chose dont elle avait horreur, c'était bien d'être prise sur le fait. On aurait pu croire qu'elle n'avait jamais vu un homme de sa vie. Mais celui-là... Quel morceau ! À moins qu'elle ne se trompât du tout au tout, il y avait des muscles solides sous les larges manches de son costume gris. Ses cheveux avaient la couleur des châtaignes en automne, comme on disait dans les romans que Daphné Metcalf moulinait en série. Son sourire révéla une denture superbe au moment où il tenait la porte pour laisser passer Tracy Evans, la plus allumeuse des employées de Brickett & Co.

Voiture splendide, toute noire, même le cuir des sièges. Il avait sagement pris le parti de ne pas monter dans la Datsun cabossée de Tracy. Elle était en train de fouiller dans son sac, ne cessant de bavarder, essayant, de toute évidence, de le séduire. Comment s'y prenait-elle pour avoir des cheveux aussi secs ? Elle extirpa enfin ses clés d'un geste triomphant et le précéda dans l'allée envahie d'herbes du 19 Balmoral Close.

Ô mon Dieu ! Il visitait la maison d'à côté ! Il ne pouvait être qu'un acheteur potentiel. Il avait l'air trop prospère pour un contremaître et trop élégant pour un promoteur.

S'adossant au mur, Georgina fit une prière silencieuse pour que le quartier plaise au bel homme à la

BMW noire, qu'il achète la maison et fasse connaissance avec sa voisine.

Bob Metcalf était épuisé. Il avait mal aux pieds, à la tête, mal partout. Il n'arrivait plus à retrouver la forme. Le secteur des logiciels d'ordinateurs était vraiment en expansion et Astrodine, la société pour laquelle il travaillait, se développait rapidement. Pourtant, cette nouvelle prospérité ne l'avait pas rendu riche ; juste fatigué. Alors que le mouvement s'accélérait et qu'Astrodine s'engageait dans les voies rapides de la super-autoroute de l'information, Bob pataugeait dans le courrier électronique et les conférences à distance, travaillant toujours plus dur pour ne pas se laisser rattraper par l'inflation et entretenir sa grosse vache capricieuse de femme dans le luxe auquel elle s'était habituée.

Il remit le tuyau de la pompe à essence sans plomb sur son support, revissa le bouchon de son réservoir. Il regrettait le temps où les pompistes faisaient le plein pour vous et vous proposaient de nettoyer votre pare-brise. Il remarqua la voiture dès qu'elle entra dans la station Esso, d'abord parce que c'était une Mazda sport dernier cri, deuxièmement parce que le rose opalescent de sa carrosserie ne pouvait avoir été peint que sur commande, enfin parce que la femme au volant était sensationnelle.

Elle avait des cheveux blonds et courts coupés à la poupée Barbie, portait un rouge à lèvres humide et brillant assorti à la couleur de ses lunettes de soleil Lolita. Ses jambes interminables étaient parfaites. Elle était vêtue d'une étroite jupe noire et d'un haut rouge vaporeux largement échancré aux épaules. Bob eut envie de l'aborder. Il n'eut pas à attendre longtemps : elle s'avança vers lui, martelant le sol de ses vertigineux talons aiguilles.

— Vous semblez connaître le coin.

Elle se tenait tout près de lui et lui parlait d'une voix douce de petite fille.

— Pourriez-vous m'indiquer le chemin d'Invicta Cross ?

— Mais vous y êtes, répondit-il avec un geste du bras. C'est ici que la ville commence.

— Fantastique, susurra Barbie. L'air et le paysage sont si charmants. Quelle pureté, quel ordre ! Adieu laideur, adieu puanteur. Je crois vraiment que je vais adorer vivre ici.

Le pouls de Bob s'emballa.

— Moi aussi, j'habite là, fit-il remarquer.

Barbie baissa les yeux. Il se demanda si c'était par timidité ou si elle étudiait sa braguette.

— J'espère que nous aurons l'occasion de faire plus ample connaissance, dit-elle avec un sourire coquin.

En 1987, Barbara avait rencontré Dieu. En 1988, son mari avait découvert le golf. En 1995, leurs obsessions respectives étaient toujours le Sauveur et le Club. Le samedi matin, ils faisaient un double avec Sandra et Justin Brickett sur le nouveau terrain privé récemment aménagé derrière Balmoral Close et, le dimanche matin, Barbara jouait contre le diable, à la tête du chœur béat des fidèles de Saint-Peter, construction qui, récemment rajoutée au bâtiment d'origine, faisait plus penser à un stand d'une chaîne de hamburgers qu'à un lieu de culte.

Barbara fut surprise lorsqu'elle vit s'arrêter le long du trottoir d'en face la petite voiture de sport rose avec l'autocollant : « Klaxonnez si vous aimez Jésus. » Elle se demanda si ce n'était pas l'un des jeunes membres de sa congrégation qui lui rendait visite. Mais non, la jeune femme épanouie qui en descendit se dirigea tout droit vers la maison voisine de celle des Bovis. Vide depuis presque sept mois, le pavillon, selon Justin, était invendable à cause d'un problème récurrent d'humidité. Pourtant, c'était bien là qu'elle allait, un trousseau de clés étiquetées à la main.

Elle resta à l'intérieur quelque vingt minutes durant lesquelles on put l'apercevoir passer devant les fenêtres du premier étage, prenant des notes. Puis elle ressortit en parlant avec vivacité dans son portable. Elle repartit dans la petite voiture rose. Une heure plus tard, elle revint à bord d'une superbe BMW, en compagnie d'un très bel homme. Tous deux s'engouffrèrent de nouveau dans la maison où ils s'attardèrent près d'une heure. Quand ils réapparurent, ils arrachèrent la pancarte À VENDRE fichée dans la pelouse de devant, la jetèrent sur le siège arrière de leur véhicule et démarrèrent.

Le docteur McMann venait de fermer son cabinet lorsqu'il vit son épouse Ruth en conversation avec un couple élégant devant l'agence Brickett & Co. Il aurait dû s'arrêter pour la prendre dans sa voiture, mais il savait que, s'il le faisait, elle insisterait pout le présenter à ses amis. Or, connaissant l'arrivisme invétéré de sa femme, la dernière chose dont il avait envie était précisément de perdre son temps pendant une demi-heure avec de parfaits inconnus.

S'agissait-il vraiment d'inconnus ? Quelque chose chez eux lui était vaguement familier. Arrêté au feu rouge, il étudia plus attentivement le couple. Les vêtements de l'homme venaient d'un bon faiseur ; la femme, elle, avait l'air de s'apprêter à jouer dans une comédie musicale de Broadway. Elle était trop voyante, trop brillante. Même bizarrement assortis, ils se complétaient. Il les regarda encore une fois. Il n'arrivait pas bien à identifier son trouble. Ils lui faisaient simplement une impression étrange, liée à la manière qu'avait l'homme de se tenir, à la façon de parler de la femme. Le feu passa au vert et il s'éloigna, son intérêt diminuant à mesure que les silhouettes disparaissaient dans son rétroviseur.

La ville avait changé. Invicta Cross s'était considérablement étendue et était devenue à peine reconnaissable. On avait rasé l'ancien supermarché pour édifier un grand DIY qui semblait fait de tôles ondulées bleues. Un substitut de place recouvert de pavés et réservé aux piétons avait été créé près de l'ancien centre d'activités, lui-même transformé en fast-food autour du thème des années cinquante, flanqué de piliers fantaisie en béton pastel. L'endroit puait la prospérité. Les champs avaient disparu, Invicta Cross touchant désormais les derniers faubourgs d'East Grinstead.

Toute enfance a son jardin secret. Mais celui de Billy March lui était désormais inaccessible. L'ancien château d'eau d'où April et lui avaient dessiné la ville arborait maintenant une enseigne lumineuse à son sommet et formait le cœur d'un gigantesque centre commercial, un temple de verre et de tubes d'acier accablé de lumière autour de l'ancienne structure de brique rouge. Des ficus en pot au feuillage d'un brillant artificiel remplissaient l'atrium voûté, des néons roses soulignaient les ascenseurs chromés. Une fontaine d'acier étincelant pissait une eau bleuâtre dans une immense vasque de brique autour de laquelle traînaient des chômeurs paumés et des chalands hébétés. Tintement d'une musique anesthésiante s'écoulant des haut-parleurs : *We've only just begun*, par les Carpenters, réarrangé pour xylophone et cordes et rappelant pourtant la sonnerie de la porte des Prent. Dans les allées trop éclairées, toutes les boutiques habituelles : Body Shop, Mothercare, Dixon's, Our Price, Boots, Top Shop, jusqu'au niveau restauration empestant le graillon. Il y avait même des couples d'un certain âge assis sous les figuiers, tels des enfants perdus attendant qu'on vienne les chercher.

En parvenant aux six portes coulissantes de l'entrée ouest, Billy eut un choc. Là, dans une vitrine de plexiglas, se trouvait une maquette de la ville. SA maquette, celle qu'il avait lancée par la fenêtre de sa chambre dans un accès de désespoir. La colle avait changé de couleur, la peinture était plus pâle, mais la reproduction était intacte. Sur une plaque de plastique, on pouvait lire : INVICTA CROSS, 1985. Elle ressemblait à un vieux diorama, du genre de ceux qu'on trouve dans les petits musées de province et qui commémorent des batailles oubliées. Par la suite, il découvrit qu'il en existait une autre à la porte est, montrant le nouveau plan de la ville. Celle-là portait en légende : VILLE NOUVELLE DE L'ANNÉE, MÉDAILLE D'OR 1995, BRITISH HERITAGE.

Il se promit de ne pas quitter Invicta Cross sans avoir détruit les cubes de balsa si bien léchés. April l'attendait près de la voiture, les bras chargés de courses. Le nouveau centre commercial lui plaisait. Symétrique et impeccable, c'était un environnement cohérent, à la fois perturbant et désorientant par son schéma répétitif et disciplinaire, ainsi que par l'omniprésence des incitations à la consommation.

— Pense donc au plaisir que nous aurons à acheter des articles de luxe ici ! s'écria-t-elle, attendant qu'il lui ouvre la portière. J'ai déjà commencé. Gel douche à l'extrait de fruit sans parfum, crème régénérante pour peau très sensible avec mousse fortifiante pour les racines. Succédané de flocons d'avoine. Glace Death-by-Chocolate aux pépites de caramel. Vingt-quatre titres des Hard Jungle en deux CD. Stick anti-herpès. Chewing-Gum Power Rangers. Le *Peter Pan* de Walt Disney. Détartreur superactif Spray'n'Shine. Un ours en peluche rempli de chocolats belges en forme de cœur. Oh, et ça...

Elle lui colla sur la veste une grosse banane lumineuse en tissu.

— Banane Lint, parfum fruit, enlève les peluches sans effort. Nous serons des consommateurs modèles, Billy. Plus de bobos qui se voient, plus de W.-C. dégueulasses. Nous sentirons le propre et nous sourirons avec éclat, jusque dans les affres de la mort.

Il pensa que ce n'était peut-être pas tout à fait le moment de lui dévoiler le plan. Mieux valait attendre leur installation. Au lieu de rentrer directement à Balmoral Close, il fit un détour.

— Où est-ce qu'on va ? demanda-t-elle.

— Comme au bon vieux temps. Tu verras.

Après avoir pris un virage, il découvrit qu'une partie de la route qu'il cherchait avait disparu pour laisser place à une surface de vente à prix réduits de canapés.

— Attends-moi ici, j'en ai pour une minute.

Il laissa tourner le moteur.

Le débit de tabac se trouvait encore au coin, mais les propriétaires avaient changé et ne connaissaient personne. Il sonna à l'une des maisons, puis à une autre. Un homme âgé ouvrit la porte et écouta sa question. Il se souvenait que le fils de l'entrepreneur de pompes funèbres était parti habiter à Londres. Quelqu'un lui avait dit qu'il allait se marier. Déçu, Billy retourna à la voiture.

— Personne ne sait plus où est Oliver Price, dit-il. On aurait pu croire que quelqu'un dans le voisinage aurait une idée là-dessus.

— Ne t'en fais pas. On cherchera quelqu'un d'autre qu'on connaissait.

— Je n'ai pas envie de chercher quelqu'un d'autre.

April, morose, regardait par la vitre. Encore du béton. Encore des voitures. Moins d'arbres. Moins d'herbe. Le reste de ce trajet déprimant se passa en silence. Vingt minutes plus tard, ils furent de retour à la maison, où ils entrèrent avec la clé de l'agence.

— Alors, qu'en penses-tu ? demanda Billy.

— Je ne sais pas encore, je n'ai pas tout vu.

— Je veux dire, est-ce que tu la veux encore ?

Elle tendit la main, lui frôla le visage. Sa peau était aussi fraîche et douce que du daim. Elle adorait le dessin de sa mâchoire. Elle était différente quand il avait quatorze ans. Il avait tellement changé. Il s'était épanoui comme un papillon, s'était métamorphosé en ange.

— Il ne s'agit pas de ce que je veux. Il ne me reste plus rien, à présent.

C'était le moment de lui dire. Billy alla à la fenêtre et regarda au-dehors. Derrière les arbres, le soleil se couchait avec des teintes vulgaires. Il restait encore quelques nuages couleur héliotrope dans le ciel mais les maisons s'enfonçaient déjà dans l'ombre. Le jour finissant dans la rue lui rappelait un étrange tableau de Magritte qu'il avait vu un jour, *L'Empire des lumières.*

— Je ferai mon offre demain. Je suis sûr qu'elle sera acceptée sans problème.

Il scruta son visage.

— Il y a quelque chose que je veux te dire, April.

— Tu peux me dire tout ce que tu veux, Billy. Nous sommes mariés, maintenant.

— Tu as compris que nous sommes venus ici pour une raison précise.

— Bien sûr, nigaud. Nous allons leur rendre la monnaie de leur pièce, c'est ça que tu as dit.

— Je ne t'ai pas dit comment.

— Alors dis-le-moi.

Tandis qu'il parlait, l'obscurité envahissait la pièce.

— Je ne veux pas que tu aies peur. Tu ne risqueras rien, je te le promets. J'en prendrai toute la responsabilité. Une fois que nous aurons emménagé ici, nous ne pourrons plus revenir en arrière.

— Je sais. Je n'ai pas peur.

— Pas encore. Mais plus tard, oui.

— Pas de problème. J'ai passé assez d'années à avoir peur. Tu ne me connais pas, Billy. Tu ne sais pas ce que j'ai subi. Les nuits qui n'en finissaient pas. Les terreurs dans le noir qui rendaient la mort si attirante. Je suis comme la fiancée de Frankenstein, Billy, j'appartiens aux morts. C'est ce que ma mère m'a dit un jour. Elle a failli mourir à ma naissance, tu sais. J'ai manqué d'oxygène. « Dieu a fait une erreur, disait-elle, tu n'aurais jamais dû vivre. Tu ne seras jamais normale. » Elle avait raison. Mais maintenant, quand ça ne va pas, mon esprit... va tout simplement ailleurs. Je ne peux plus avoir peur. Et depuis que nous nous sommes retrouvés, j'ai cessé de faire de mauvais rêves.

Du menton, Billy désigna la fenêtre.

— Ils sont déjà en train de nous observer, tu as remarqué ?

Elle haussa un sourcil.

— Oh oui, j'ai surpris un léger mouvement de tergal en descendant de la voiture. Je ne pense pas que Georgina ait remplacé les rideaux depuis la dernière fois. Elle a mal vieilli.

La pièce était définitivement plongée dans l'ombre.

— L'électricité n'est pas branchée, dit-il. Viens, allons au bout de la rue.

Ils fermèrent la maison à clé. À la place de l'allée qui menait jadis au numéro 13, il y avait une grille tape-à-l'œil portant un panneau vert anglais avec, en lettres dorées et en relief : CLUB DE GOLF D'INVICTA CROSS. FONDÉ EN 1986.

De la maison qui s'élevait entre les numéros 12 et 14, rien ne subsistait. La route privée conduisant au club-house l'avait remplacée.

— Comme si elle n'avait jamais existé, dit Billy, stupéfait. Les March ont perdu leur maison pour la deuxième fois.

April lui serra affectueusement le bras.

— Ne t'en fais pas, chéri, nous veillerons à ce que cela n'arrive plus jamais. Nous allons faire imprimer des cartes de changement d'adresse. *Jack et Polly Prentiss.*

Pas question, avait-il décidé, de conserver leurs anciens patronymes. Même si les voisins ne se souvenaient plus d'eux, quelqu'un pourrait très bien retrouver la mémoire une fois le plan mis en route. April trouvait que leur nouvelle identité faisait très « vieille comédie musicale hollywoodienne ». Elle avait laissé Billy s'occuper des détails. Le plus difficile avait été de faire transférer leur crédit personnel. En conséquence, seules les voitures avaient été achetées sous leurs noms précédents. Tout le reste appartiendrait dorénavant à Mr. et Mrs. Prentiss.

Le soleil disparaissait derrière les arbres. Les résidents de Balmoral Close coulaient leurs regards autour de leurs rideaux pour étudier les deux jeunes gens, debout côte à côte devant l'allée de gravier du club de golf. Et ils s'émerveillaient de voir qu'ils formaient un couple si parfait.

26

Invitations à une mascarade

« *J'ai établi la liste suivante : la famille Prent – Ken, Barbara et Simon ; la famille Bovis – Alan, Georgina et Sherry ; la famille Metcalf – Bob, Daphné, Brad et Emma ; la famille Brickett – Justin et Sandra ; le docteur McMann et sa femme ; Morris Diller et son fils, Gavin ; Mrs. Davenport, la principale de Sherington. Et toute personne qui se trouvera en travers du chemin, bien sûr.* »

Le Cahier rouge

— Les anchois présentent bien, mais je trouve leur odeur gênante ; elle me rappelle un sexe malpropre. Personnellement, je préférerais des tomates séchées, bien que les magazines prétendent que les amuse-gueules italiens ne sont plus à la mode.

Oubliant de prendre note, la vendeuse dévisagea April qui tendit la main jusqu'au bloc qu'elle tenait entre ses doits et le tapota du bout de son ongle peint de rose corail.

— Supprimez les anchois, mon petit chou.

Elle roula les yeux vers le plafond, adoptant une attitude pensive, l'index le long de sa joue.

— Les rouleaux de printemps, c'est pas mal pour

picorer, n'est-ce pas ? Des rouleaux végétariens recouverts de graines de sésame ? Plus un punch, ça serait sympa, fruits du verger avec une note exotique – de la mangue, par exemple, mais rien qui puisse donner mal au ventre ou tacher les dents.

La vendeuse nota sans conviction, ne quittant pas des yeux sa cliente. Mrs. Prentiss, avec sa robe-tablier de gros coton bleu, ressemblait à June Allyson dans *Good News*. C'est-à-dire jusqu'à ce que le regard arrive au-dessous de la ceinture, là où la robe s'ouvrait pour révéler une paire de caleçons violets trop étroits qui lui moulaient l'entre-jambe de façon outrancière. Elle contempla les talons pointus des bottes pour fétichiste qui serraient les mollets de Mrs. Prentiss, s'efforçant d'imaginer quelle sorte de soirée sa cliente s'apprêtait à organiser.

Daphné Metcalf examina sous toutes ses coutures l'enveloppe de vélin bleu, se demandant de quoi il retournait. Elle étudia une nouvelle fois l'invitation mais n'en tira rien de plus. Depuis peu, elle accompagnait rarement son mari quand il sortait chez les voisins ; d'ailleurs, elle ne l'accompagnait plus nulle part. Depuis le succès de son dernier roman, *Adultères à Hollywood*, elle sentait qu'il était temps d'améliorer le cercle de ses relations. Cela signifiait frayer moins avec les résidents de Balmoral Close, pas assez intellectuels à ses yeux. Socialement parlant, il était temps de monter. Son livre était arrivé en troisième position sur la liste des best-sellers du *Sunday Times* et un article sur sa maison flanquée de sa spectaculaire nouvelle aile allait bientôt paraître dans *Hello !* Elle essayait de passer plus de temps possible à Londres, mais Bob lui cherchait querelle sous n'importe quel prétexte et elle s'était juré qu'elle ne lui en fournirait pas. C'était bien assez qu'ils aient été forcés d'avoir recours à un conseiller psychologique depuis les démêlés de son fils avec la justice ; un divorce compliqué juste au moment où elle commençait à percer était la dernière chose dont sa carrière avait besoin.

Elle s'étonnait que son mari arrivât à cohabiter avec elle. Chose curieuse, à mesure que leur mariage s'était détérioré, leur équipement électronique avait proliféré. Les Metcalf avaient fax, modem, e-mail, internet, appel en attente, tous ces systèmes de communication, et plus rien à se dire. Ils restaient là, cependant, enfermés dans un équilibre négatif, incapables de se tolérer l'un l'autre comme de se quitter. Elle avait l'impression d'être Salman Rushdie.

Elle se pencha à nouveau sur l'invitation. Celle-ci avait quelque chose de différent, un cran au-dessus des sempiternels barbecues accompagnés d'eau de source. Du siège où elle était juchée, dans son jardin d'hiver, vêtue d'un large caftan jaune canari, elle pouvait voir l'arrière de la maison des nouveaux venus. Le mari était de toute évidence prospère ; sa voiture et ses vêtements avaient été choisis avec discernement. Elle avait seulement entr'aperçu la femme, mais avait remarqué chez elle quelque chose d'un peu bizarre, d'un peu trop parfait, comme si elle sortait d'une pub rétro pour produits d'entretien.

Posant la carte, Daphné essaya de se concentrer sur le chapitre qu'elle venait de commencer ; mais les mots ne lui venaient pas. Elle regarda de nouveau par la fenêtre. À travers les nappes de brume qui s'attardaient en cette tiède matinée de mai au-dessus de la terre humide des jardins, elle pouvait distinguer une silhouette sombre. L'homme était seul. Elle entendait le choc étouffé de sa pelle qui s'enfonçait et se levait avec régularité. D'après ce qu'elle savait des problèmes d'humidité de la maison, elle se serait imaginé que le jardinage était la dernière tâche à laquelle son nouveau voisin se fût attelé. À présent, il avait déposé son outil et attaquait à la pioche le trou qu'il venait de creuser. Son visage était tordu comme par la colère tandis qu'il brandissait l'instrument à la manière d'une arme au-dessus de sa tête et le rabattait avec un grand bruit. Elle se força à se concentrer sur le plan de son nouveau livre et son attention se reporta sur le texte qui remplissait l'écran.

Vous êtes cordialement invités à pendre la crémaillère
dans la nouvelle maison de
Jack et Polly Prentiss
19 Balmoral Close, Invicta Cross, Surrey,
samedi à huit heures
RSVP

Georgina Bovis déchiffra avec peine lire l'écriture fantaisiste. Censée porter des lunettes, elle ne pouvait s'y résoudre, par peur de ne plus paraître désirable. Elle vérifia la suscription de l'enveloppe adressée à Georgina, Alan et Sherry Bovis. Jack et Polly Prentiss. C'était drôle. Ils connaissaient les prénoms de toute la famille alors qu'ils n'avaient pas encore été présentés.

Elle revint à l'invitation, remarqua la bonne qualité de son papier, la posa debout sur la cheminée derrière la carte de parking d'Alan, là où il ne manquerait pas de la voir. La simple idée d'une réception la mettait dans tous ses états. Ces derniers temps, elle n'arrêtait pas de penser au sexe. Elle commençait à regretter la fin de sa liaison avec Graham Birdsmith. Une étreinte extraconjugale avec un vigoureux employé de la météo valait quand même mieux que d'avoir, trois minutes tous les quinze jours, un Alan soufflant et haletant grimpé sur elle.

Elle entendit une clé tourner dans la serrure. Alan restait tard au bureau. Ce ne pouvait être que Sherry qui venait dîner. Âgée à présent de vingt et un ans, la fille de Georgina partageait un appartement avec une copine, vendeuse comme elle de produits de beauté dans un grand magasin de Croydon. Si elle tombait sur l'invitation, elle insisterait pour venir. Or, elle était encore célibataire. Georgina poussa la carte un peu plus en arrière ; elle n'avait nul besoin de cette concurrence.

Tout le monde disait que Sherry lui ressemblait beaucoup. Tout en se levant pour aller se resservir un verre, elle pria le ciel pour que ce ne soit pas vrai.

Le docteur Ernest McMann tendit la carte à sa femme. Ruth la scruta par-dessus ses lunettes et émit un grognement.

— Je l'ai trouvée plutôt vulgaire dans cette horrible petite voiture. Trop habillée ou pas assez, enfin il y a quelque chose. Bien trop jeune. D'habitude, on n'a pas d'argent à cet âge-là. Elle s'entendra sans doute à merveille avec les Bovis mère et fille.

— Quand est-ce que tu les as vus ?

Le docteur retournait à son fauteuil, une chope de thé à la main, ne sachant que trop qu'à la moindre goutte qui tomberait sur le tapis, il en prendrait plein la poire.

— Je vois tout, dit-elle, répondant à côté. J'ai assisté à leur installation. Des fauteuils écossais à fond beige et un canapé insensé. Mieux vaut ne pas répondre, je pense.

Elle allait déchirer l'invitation mais son mari la lui ôta des mains.

— Je vais quand même me pointer là-bas une petite demi-heure. Les Brickett y vont et du sang neuf ne ferait pas de mal au comité du club.

Le club n'avait jamais atteint le degré de respectabilité qu'ils visaient. Il y avait beaucoup d'argent à Invicta Cross mais fort peu de distinction.

— Je suppose que si les Brickett se montrent pour la forme, il faudra que nous fassions de même, dit Ruth d'un ton méprisant. Mais si tu veux mon avis, le quartier est de plus en plus mal famé.

La dégradation de la qualité du voisinage était devenue chez Ruth une véritable obsession. Elle ne jugeait un homme que d'après l'état de ses chaussures et de celles de sa femme. Les sujets épineux que sont la classe et la moralité formaient la trame quotidienne de ses conversations depuis que les McMann avaient quitté les Indes, près de trente ans plus tôt.

— Ma mère disait toujours que tous les problèmes ont commencé dans ce pays dès qu'on a autorisé l'immigration.

Le docteur regarda sa femme, l'expression méchante de sa bouche, ses yeux rétrécis et se demanda si elle se rendait compte à quel point elle ressemblait à une caricature. Ses opinions étaient proches de celles de la brigade de White House, obsolètes depuis des dizaines d'années, sa conversation saupoudrée de souvenirs déformés sur le thème de : « comme tout était mieux autrefois. » Devant les commentaires oiseux et désapprobateurs que les journaux lui inspiraient, il se dit qu'elle semblait présenter les signes avant-coureurs de la démence précoce. Il espérait pourtant se tromper ; car il se surprenait souvent à être d'accord avec elle.

— Ce qui est merveilleux avec la version filmée de Ken Russel, c'est que ça n'a pas pris une ride.

April poussait un balai Bissell rouge dans un sens puis dans l'autre sur le nouveau tapis bleu. Avec son corsage de nylon froncé à manches ballon et son caleçon assorti en velours lurex, elle ressemblait à une ménagère de télé sortie d'un appareil dont on aurait forcé la couleur.

— Les costumes ont été dessinés par sa femme Shirley et reproduisaient exactement ceux de cette période, ce qui conférait une qualité pure et intemporelle à chaque scène. Celle de la « Chambre à Bloomsbury » reste inégalée.

April était encore en train de parler de *The Boyfriend*. C'était son film préféré. Billy n'écoutait qu'à moitié ; il déroulait les pages de journaux qui enveloppaient des tasses qu'il rangeait sur l'étagère, derrière sa tête. April était arrivée avec tout son attirail, vaisselle, batterie de cuisine et linge. Il avait parfois le sentiment de l'avoir sortie d'une boîte étiquetée « Épouse Modèle de Luxe ». Physiquement elle était parfaite. Mentalement...

Il ne l'aimait pas encore mais il était sûr que cela arriverait un jour, d'une façon ou d'une autre. Pour le moment, c'était un mariage de convenance ; plus tard, ils auraient le temps de se connaître. Ils avaient quelque chose de particulier en commun. Ils étaient tous deux blessés, en colère et prêts à se venger : base suffisante pour commencer n'importe quelle relation.

— C'était le meilleur rôle de Barbara Windsor. Elle était particulièrement séduisante dans son costume de soubrette française en satin froufroutant. Combien de réponses jusqu'ici ?

— C'est encore tôt, dit Billy. Ils attendent d'en avoir discuté ensemble. Si l'un d'entre eux saute le pas, les autres le feront.

L'invitation de Mrs. Davenport, envoyée au collège, était revenue avec une note courtoise. La principale était morte d'un cancer en 1993.

— La vendeuse, chez le traiteur, était très aimable.

April maniait le balai avec un bonheur visible, ne nettoyant pas vraiment mais s'imaginant poser pour une photo de magazine.

— Je n'espère qu'une chose, c'est que la maison sera prête à temps. Je veux que tout le monde nous aime.

— Ils nous aimeront, dit Billy en reposant avec précaution la dernière tasse. J'y veillerai.

Chose étonnante, personne ne l'avait reconnu. Bien sûr, la dernière fois que les résidents d'Invicta Cross l'avaient vu, il n'était qu'un garçon gauche de quatorze ans, caché derrière la frange de ses cheveux et dont la voix ne dépassait pas le murmure. À présent, il était grand et musclé. Des lentilles de contact bleues avaient remplacé ses lunettes, la chirurgie avait corrigé son nez, la gymnastique redressé son maintien, la vie citadine formé son goût. April était à peine plus reconnaissable. Elle n'avait plus rien à voir avec la collégienne cloîtrée par une mère neurasthénique. Son besoin obsessionnel de propreté compensait sa vie familiale jadis étouffante. Elle s'était épanouie, luxuriante plante tropicale, étrange et exotique. Elle était plus fragile que lui et, plus que lui, avait besoin de se sentir protégée. Son honnêteté, s'ajoutant au fonctionnement erratique de son esprit, pouvait fort bien fausser le jeu. Or, il était essentiel qu'on les jugeât normaux.

— Oh, la place d'une femme est à la maison, c'est sûr. Un mari n'a aucune idée de la façon dont on enlève les moutons de dessous le lit. Et comment faire comprendre à un homme la nécessité du dégivrage, ou lui dire quelle quantité de lessive il faut pour laver du linge très sale dans une eau calcaire ? Je veux des Tupperware, des tas. Ces boîtes de couleurs pastel assorties entre elles qui servent à conserver les aliments donnent une vision vertigineuse de la vie de toutes ces femmes solitaires qui ne jettent jamais les restes, ne pensez-vous pas ?

L'air dubitatif, Daphné Metcalf écoutait les explications d'April, incapable de décider si son hôtesse plaisantait ou si elle était folle. Polly Prentiss était vêtue à la perfection d'une robe bustier de satin bleu nuit drapée autour de son corps sculptural, à la manière d'une installation d'art contemporain. À côté d'elle, les autres femmes de la soirée paraissaient fanées et maladives. L'impertinence de ses seins bien fermes aurait fait pâlir d'envie Jane Mansfield.

— Ma mère avait l'habitude de boire de la vodka avec du lait chaud dans un gobelet Tupperware, continua April. La mère de Billy – elle se reprit précipitamment –, la mère de *Jack* préférait prendre du lait chaud et du scotch le soir et puis elle a fini par gober trop de nitrazépam. J'avais l'intention de préparer un punch pour la soirée, quelque chose de violet et de létal dans un énorme bol de cristal taillé où on aurait pu noyer facilement des chatons. Mais *Jack* a dit non : rien de trop exotique.

— Je pense qu'il faudrait resservir Mrs. Metcalf, ma chérie.

Billy s'interposa entre les deux femmes et s'empara prestement du verre de Daphné.

— Pourquoi n'irais-tu pas voir comment le personnel se débrouille ?

Cette soirée était très différente de celle d'Angela March, qui avait eu lieu dans la même rue dix ans auparavant. La pièce bourdonnait du respect qui exsudait de tous ces nantis ; Billy le sentait de façon très tangible. Dix-sept personnes avaient été invitées, une était morte, les seize autres avaient accepté. Cela paraissait un bon score. Ce qui le choquait le plus, c'était de voir qu'à part les enfants, rien n'avait changé. Tous avaient dix ans de plus, naturellement, et l'âge moyen de la rue tournait autour de la quarantaine, mais il ne semblait pas qu'il y ait eu de nouveaux venus. Balmoral Close se préservait jalousement de l'extérieur.

Leurs voisins avaient tous l'air bronzés, sveltes et au mieux de leur forme, sauf Daphné Metcalf, grosse et aussi blanche qu'un cachet d'aspirine. Sherry Bovis était une fille attirante, mince, un peu garçon manqué, pas du tout comme sa mère. Le policier et son fils n'avaient pas été conviés. Il y avait des limites. À leur place, on remarquait Adolfo Garibaldi et sa femme qui, dans un coin, échangeaient à voix basse des platitudes avec les autres invités, tel un couple de prêtres souhaitant la bienvenue à des pécheurs repentants. Il avait été primordial d'inventer un passé crédible pour April et pour lui-même. Au cas où la question serait posée, il aurait des biens en ville et pourrait éventuellement investir à Invicta Cross, tandis que sa femme serait une aristocrate d'ascendance française (c'était ce qu'il avait trouvé de mieux pour rendre compte de sa conversation bizarre). Il voulait éviter toute explication trop compliquée, sachant qu'April ne serait jamais capable de se remémorer ce qu'il lui aurait dit.

Elle glanait des informations tout en circulant à travers la pièce. Vers la fin des années quatre-vingt, le mari de Georgina Metcalf l'avait surprise au lit avec l'employé de la météo. Il avait consenti à la garder sur sa promesse de lui rester désormais fidèle. Justin et Sandra Brickett avaient à présent un fils de six ans, Dexter. Justin faisait partie du comité de direction du club de golf ainsi que Ken Prent, dont l'épouse se consacrait de plus en plus au mouvement évangélique américain. Le fils délinquant des Metcalf avait quitté leur maison pour vivre à Londres avec une petite amie enceinte, à la suite d'une affaire de coups et blessures qu'on avait étouffée. April rapportait ces ragots à son mari chaque fois qu'elle le croisait dans la cuisine.

— Vous semblez connaître beaucoup de choses sur le coin, Mr. Prentiss, déclara Justin Brickett, toujours aussi curieux.

Il n'avait pas changé, à part ses tempes qui commençaient à grisonner.

— Vous avez de la famille dans les parages, peut-être ?

— Mes parents, jadis, ont eu l'intention d'acheter près d'ici, expliqua Billy. J'ai fait des recherches pour eux.

Du coin de l'œil, il vit Georgina Bovis se diriger vers le bar et remplir son verre, pour la cinquième fois en moins d'une heure. Il le nota dans un coin de sa mémoire.

— Depuis combien de temps habitez-vous Invicta Cross ? reprit-il.

— Cela fera quatorze ans cette année, répondit Justin avec fierté.

— La rue a-t-elle beaucoup changé ?

— Oh, il y a eu des constructions, des gens qui n'avaient pas suffisamment de classe et qui ont déménagé, mais la plupart d'entre nous – il fit un geste montrant le salon – sont ensemble depuis des années.

Il décida de passer sous silence le fait qu'ils étaient

tous obligés de rester là à cause de la chute dramatique du marché de l'immobilier.

— Vous n'avez donc eu aucun problème dans le coin ?

Justin sembla réfléchir quelques instants.

— Non, pas vraiment.

— Même de la part des copropriétaires ? suggéra-t-il.

— Ah, ce genre de choses, oui, nous avons eu une fois, au bout de la rue, des marginaux, une famille à problèmes, des voleurs, très mal élevés, mais nous avons fait en sorte qu'ils ne restent pas. Depuis qu'ils sont partis, tout est calme.

Justin se révélait être une mine d'informations. Des voleurs, rien que ça ! Il décida de le faire parler davantage.

— Ça s'est beaucoup construit dernièrement, on dirait.

— Certes, l'avenir est en marche. Ceinture résidentielle proche de la capitale, colonne vertébrale de l'Angleterre au cœur du pays tory, pas étonnant que les gens veuillent venir ici.

Il leva son verre et l'examina.

— J'ai bien envie d'aller me resservir à boire.

Il posa une main amicale sur l'épaule de Billy.

— Pensez à ce que je vous ai dit. Si vous vous décidez à pratiquer une activité sportive, c'est très volontiers que je vous introduirai au club. Il y aura de la place le samedi matin pour votre charmante femme. Vous formez un très joli couple, ajouta Justin, un peu envieux. On s'arrangera pour que vous fassiez partie du comité.

— C'est très aimable à vous, vraiment très aimable.

— Vos vêtements ne sont pas ordinaires, fit Daphné, incrédule. Où donc les avez-vous achetés ?

— Chez Frederick, dit April, comme si c'était une évidence. Je me procure tous mes vêtements là-bas.

— Frederick. Je ne connais pas cette boutique. Est-ce à Croydon ?

— Non, à Hollywood.

Elle s'abstint de préciser qu'elle commandait les accessoires les plus fétichistes à une société connue qui les lui faisait parvenir sous pli discret.

— J'achète mes sous-vêtements ici, bien sûr. La plupart viennent d'une boutique de Bayswater qui s'appelle Dominatrix.

Un sourire complice fronça son nez.

— Pour ces soirées... spéciales, quand on ne peut résister à l'odeur du cuir mouillé.

Le docteur et sa femme restaient à l'écart. Ruth détaillait l'ameublement, les lèvres pincées, se disant que tout cela avait l'air d'avoir été loué. Elle avait raison mais ne le savait pas.

La soirée se termina peu après onze heures. Tandis que la porte se refermait sur le dernier invité, le regard d'April rencontra celui de son mari et elle lui décocha un sourire froidement triomphant. C'était le regard d'une femme qui avait mesuré l'ennemi et reconnu sa propre supériorité.

Billy, lui non plus, n'était pas mécontent. Tout s'était passé comme il l'avait espéré. Leurs invités, trop préoccupés par leurs petites histoires personnelles, n'avaient pas remarqué qu'un jeune homme qui avait précédemment vécu ici, même dans des circonstances très différentes, était revenu parmi eux. Tout en allant d'un groupe à l'autre et en écoutant leurs mondanités inoffensives, il s'était rendu compte qu'ils avaient tout oublié du jeune garçon dont ils avaient saccagé la vie. Lui n'oubliait pas si facilement. Il conservait de chacun d'eux un souvenir précis. Avec délectation, il les avait vus l'entourer, le cajoler, le flatter, charmeurs et souriants comme une meute de putes. Jadis, Billy March n'avait pas été assez bien pour ces gens. Il leur avait été aisé de paraître supérieurs avec leur argent facile, leur aplomb naturel et cette morgue de seigneur que donne une éducation décente. Mais dix ans plus tard, ils ne paraissaient pas plus que ce qu'ils étaient. Il soupira, retourna au salon où s'éteignaient les derniers accords d'un concerto de Mozart.

Cette nuit-là, il monta au grenier et rapporta le dernier carton qui restait à ouvrir. Il en extirpa le vieux carnet de cuir rouge où était consignée la liste complète des infamies commises à l'encontre de la famille March, avec photographies et échantillons des signatures de tous les voisins. Pendant que sa femme chantonnait et s'ébattait avec insouciance dans la salle de bains, il se mit en devoir de placer des repères à plusieurs pages du carnet, commençant à chercher des solutions aux tâches impossibles qu'il s'était fixées pour les jours à venir.

27

Plaisanteries saumâtres

« *Le plus difficile a été de commencer, je crois, à trouver la bonne façon de canaliser tant de colère. Je ne pouvais compter sur April pour m'aider. Je m'efforçais de ne pas l'impliquer du tout. Je savais que les gens, un jour, voudraient savoir pourquoi. Pourquoi l'a-t-il fait ? La seule réponse possible serait que personne d'autre à part moi ne l'aurait fait. Pourquoi ne se vengerait-on pas des torts subis ?* »

Le Cahier rouge

— Ne fais donc pas tant de mystère et montre-moi ce que c'est, dit Barbara Prent d'un ton persuasif, en tendant la main.

Ken hésita, se leva de la table du petit déjeuner, s'apprêtant à emporter l'enveloppe avec lui.

— Ce n'est rien, fit-il en grattant pensivement la drôle de petite moustache qu'il avait commencé à se laisser pousser quatre ans plus tôt, lorsque ses cheveux s'étaient mis à tomber. Juste les prospectus habituels.

— Alors tu peux me montrer, coupa sa femme.

Depuis qu'elle avait rencontré Dieu, elle avait cessé de se raser les aisselles. De petites touffes de poils dépassaient des deux côtés de sa chemise de nuit.

— Ça n'a aucun intérêt, je peux te l'assurer.

— C'est à moi d'en juger. Tu n'as aucune idée du nombre de choses auxquelles je m'intéresse.

C'était la troisième fois en trois jours qu'il recevait ce genre de grande enveloppe en papier craft, libellée « Confidentiel ». Scandalisé, il avait dissimulé les deux autres dans le placard à vêtements.

— Allez papa, dis la vérité, ne te laisse pas tenter par le diable, fit Simon Prent, sarcastique.

Il n'avait que treize ans mais en savait déjà long sur les voies insondables du Seigneur. Il tourna les yeux vers l'énorme crucifix en bois de pin que Barbara avait collé à l'araldite sur le mur au-dessus de la table de la salle à manger et fit une prière silencieuse pour que le Seigneur vînt et détruisît Invicta Cross en suscitant une invasion de scorpions.

— Là, je vais vraiment être en retard si vous n'arrêtez pas avec vos bêtises, se plaignit Ken. Je t'appellerai avant le déjeuner pour...

Saisissant l'occasion d'élargir le fossé entre ses parents, Simon s'empara de l'enveloppe au moment où son père la fourrait dans son attaché-case, puis la remit solennellement à sa mère.

Barbara l'ouvrit avec un coupe-papier qui avait plutôt l'air d'un poignard (cadeau du peuple de Zambie reconnaissant à l'Église unifiée de l'Utah pour sa contribution à son bien-être, en l'occurrence une salle de catéchisme et des groupes bruyants d'étudiants américains pleins de zèle et de morgue), en retira délicatement le contenu.

Ses yeux tombèrent d'abord sur une femme entre deux âges en plein coït avec un chien-loup surexcité. Elle n'alla pas plus loin que la page six, sur laquelle s'étalait l'image d'une autre femme s'introduisant, l'air blasé, une anguille dans le fondement et jeta violemment le magazine en direction de son mari.

Malencontreusement, elle le manqua et atteignit Simon au-dessus de l'oreille gauche. La revue retomba ouverte sur une photo en double page qui montrait deux écolières en train de faire quelque chose d'incroyable avec une chèvre docile, à la grande joie de Simon et à l'horreur de ses parents.

— Ceci t'est adressé, déclara Alan Bovis en soupesant la boîte.

Ces dernières années, la vie n'avait pas été facile pour lui. Sa chevelure blonde, déjà rare, avait totalement disparu. La couperose des grands buveurs marquait sa peau distendue. Le travail était sa seule maîtresse, et celle-ci le traitait fort mal. Autrefois, Georgina brûlait d'envie de savoir ce qui faisait de son mari un employé modèle. Elle le respectait alors assez pour s'en soucier. Elle savait à présent que s'il travaillait si dur, c'était parce que son foyer, c'était son bureau. Et son travail consistait à partager son lit avec sa femme.

Elle considéra le paquet d'un air dubitatif.

— Es-tu sûr que c'est pour moi ? Je n'ai rien commandé.

— Ton nom est écrit sur le couvercle.

Il était difficile d'enlever le papier collant avec des faux ongles mais elle parvint finalement à soulever l'un des rabats. Quand elle vit ce qui se trouvait à l'intérieur sous le papier de soie rose, ses yeux s'agrandirent et elle referma, l'air de rien, le couvercle.

— Alors, qu'est-ce que c'est ?

— C'est une erreur, s'empressa-t-elle de répondre. Ce n'est pas pour moi.

Avant qu'elle pût l'en empêcher, Alan s'était saisi de la boîte. Il arracha le couvercle et sortit l'objet. Tout enrubanné, un immense phallus en caoutchouc noir strié de veines, qui devait plus à l'imagination enfiévrée de celui qui l'avait fabriqué qu'à la stricte exactitude anatomique, se balançait.

— Oh, mais c'est pour toi, ma chérie, dit-il, plongeant la main, furieux, au fond de la boîte et en retirant une carte où était écrit : « Pense à moi quand je serai loin. Avec tout mon amour. Graham. »

— Tu le vois encore, hein, fit-il d'une voix lasse. Je m'en doutais, salope.

La liaison de sa femme avec ce dragueur était en principe terminée, combien de fois ne le lui avait-elle pas dit. Il lui était souvent venu à l'esprit qu'elle continuait à fréquenter son ex-amant. Cela confirmait ses soupçons.

— Ne sois donc pas si bête. Tu connais Graham. Il ne casserait pas trois pattes à un canard. Il est incapable de faire une chose pareille, il n'a aucun sens de l'humour.

— Il faut qu'il en ait eu pour avoir couché avec toi. Je vais aller chez lui foutre ça dans sa boîte. Pour une fois, dis-moi la vérité.

— Je ne le vois plus, je te le jure, répéta-t-elle. C'est juste quelqu'un qui nous fait une mauvaise farce.

Son mari vérifia le cachet de la poste sans mot dire et nota que le paquet avait été envoyé d'Invicta Cross. Tu parles d'une plaisanterie ! Si ce n'était pas Graham, cela voulait dire que quelqu'un d'autre dans le voisinage savait qu'il avait été fait cocu.

— Je suppose que c'est ce que tu appelles une bonne blague ! s'écria Daphné Metcalf.

Penchée en avant, elle examinait quelque chose sur le perron. Bob ne put s'empêcher de remarquer que son postérieur était aussi large que l'embrasure de la porte.

— Mais qu'est-ce que tu racontes ? répondit-il, retroussant ses manches car il s'apprêtait à repasser (à la suite de son adhésion à un collectif d'écrivains féministes vers la fin des années quatre-vingt, Daphné l'avait forcé à repasser lui-même ses chemises).

— Ce... truc... dégoûtant.

Elle se redressa, tenant du bout des doigts un objet volumineux de couleur beige.

— Je suppose que tu as encore parlé de moi à tes copains de boulot.

Il y avait des intonations hystériques dans sa voix.

Intrigué, Bob laissa sa planche à repasser et s'approcha.

Elle était à moitié dans l'ombre et il était difficile de voir ce qu'elle tenait à la main. C'était de la taille d'une boule de bowling, mais de forme irrégulière. Une fois plus près, il put en sentir l'odeur, une puanteur âcre, aigrelette, de chair faisandée et de sang. Les yeux du porc s'étaient retournés dans leurs orbites comme ceux d'un zombi. De la bouche ouverte piquetée de soies raides pendait une grosse langue pâle.

Daphné tenait la tête par l'oreille droite. Il en dégouttait une substance noire et visqueuse.

— Tu leur as dit que j'étais végétarienne, hein, siffla-t-elle.

— Jamais de la vie.

Il lui était difficile d'imaginer que quiconque puisse se rappeler ou même se préoccuper des habitudes alimentaires de sa femme. Daphné était très sourcilleuse là-dessus et cela faisait longtemps qu'elle lui avait fait promettre de n'en parler à personne. Elle tenait à éviter ces conversations ennuyeuses avec la faction des mangeurs de viande. Quelqu'un avait donc levé le lièvre, ou plutôt le cochon.

Mais qui pouvait bien être l'auteur d'une plaisanterie de si mauvais goût ?

Sandra Brickett regarda par la fenêtre et demanda à son mari s'il attendait une livraison.

Justin était en train de pédaler ferme sur son vélo d'appartement, en pure perte. C'était Sandra qui avait insisté pour qu'il fît de l'exercice tous les matins afin de réduire ses poignées d'amour ; cela semblait n'avoir aucun effet.

— Non, je n'ai rien commandé.

— Viens voir.

Essoufflé, il mit pied à terre, s'épongea le front et courut à la fenêtre. Au beau milieu de l'allée du jardin se dressait une espèce de montagne orange, une tonne et demie de sable.

— Nom de Dieu !

Il descendit quatre à quatre l'escalier et se précipita dehors. Près du tas de sable, il y avait, sous une brique, un bon de livraison. La marchandise avait été acceptée par Bob Metcalf.

— Alors, Bob, tu affirmes que tu n'es pas au courant ?

— Mais absolument pas, répondit-il, l'air hésitant.

Justin Brickett, qui avait une tête de plus que lui, était debout devant sa porte et agitait furieusement le bon de livraison sous son nez.

— Et tu l'as trouvé où ? continua Bob, incrédule.

— Au pied de cet énorme... Everest, hurla Brickett, pointant du doigt le tumulus qui bouchait l'entrée de son garage. Est-ce que tu veux dire que ce n'est pas toi qui as signé ?

— Bien sûr que ce n'est pas moi, répliqua l'autre, indigné. Pourquoi aurais-je fait une telle chose, je ne suis pas idiot.

— Tiens donc !...

Brickett fit claquer le papier.

— Et cette signature, elle est de qui, selon toi ?

Merde alors. Il avait raison. C'était bien sa propre signature que Bob Metcalf avait sous les yeux.

— Est-ce qu'il s'agit, oui ou non, de ta signature ?

Bob prit le papier que tenait Brickett.

— Cela y ressemble, en effet.

— Alors tu reconnais...

— J'ai seulement dit que ça ressemblait à ma signature. Mais ce n'est pas de moi, je n'ai rien signé.

C'était quand même étrange. C'était bien sa calligraphie. Et on avait utilisé un stylo du même type que le sien. Brickett recommençait à lui aboyer aux oreilles. Quel abruti, faire plus confiance à un morceau de papier qu'à la parole d'un homme !...

— Es-tu sûr que tu te souviens bien de tout ce que tu fais ?

— Tu sais que tu as un problème, rétorqua Bob. Tu n'es qu'un gros plein de soupe. Pourquoi les calotins de ton espèce croient-ils toujours qu'ils ont raison ?

Il tourna les talons et claqua la porte.

Une fois rentré, il regretta son attitude, se souvenant qu'il avait rendez-vous avec Brickett le lendemain. Justin était membre du comité du club de golf et Bob avait besoin de lui pour renouveler sa carte.

Les fléaux continuèrent à s'abattre pendant tout le mois.

Une machine à laver que personne n'avait commandée arriva chez le docteur McMann, qui dut payer de sa poche pour la retourner. La voiture déjà propre des Metcalf se vit infliger un nettoyage complet qui délesta Bob de quatre-vingt-cinq livres. Deux douzaines de pizzas aux anchois et à la mozzarella furent livrées au club de golf et durent être payées. Deux recouvreurs de créance se présentèrent pour reprendre possession de la pelouse qu'ils défoncèrent à moitié avant que le malentendu ne fût éclairci. Une série de faux appels alertèrent successivement pompiers, Alcooliques Anonymes et ambulanciers.

Mais ce n'était pas cela le pire.

Les demandes avaient toutes un air d'authenticité. Les Bovis avaient envoyé la machine à laver, les Prent avaient commandé les pizzas, les Metcalf avaient téléphoné aux pompiers, les Brickett avaient revendiqué la pelouse mais naturellement personne ne l'admettait.

Jack et Polly Prentiss compatissaient. Ils prirent soin de s'inclure parmi les victimes de certains de leurs canulars. Ils eurent, en même temps que d'autres propriétaires de Balmoral Close, leur photographie dans l'*East Grinstead Advertiser*, où on les citait comme ayant déclaré qu'il était honteux d'empêcher ainsi les gens honnêtes de vivre en paix. Leurs voisins finirent par s'habituer. Bientôt, tout cela appartint au passé.

Cependant, telles les mauvaises herbes le long de la clôture du club de golf, le soupçon s'insinuait entre amis et voisins. Une vague d'hostilité recouvrit le quartier comme un voile vénéneux.

— Hé, essaie d'en garder un peu dans la tasse ! cria le sergent Morris Diller à l'adresse de l'agent Midlock qui, en posant du thé et des bicuits devant lui, avait mouillé une partie de ses notes.

Il secoua la feuille au-dessus de la poubelle avant de se remettre à étudier le document taché. Quelqu'un, à Invicta Cross, était en train de semer le merdier, faisait livrer des pizzas qui n'avaient pas été commandées, alertait les pompiers pour rien. Il y avait bien des dizaines de plaintes réclamant toutes des interventions, mais qu'y pouvait-il ? Aucun lien entre ces incidents, bien que tous aient eu lieu dans un périmètre restreint et principalement dans Balmoral Close. Il passa à la feuille suivante, vérifiant les dates et les heures. Un détail retint son attention. Un certain nombre des plaignants semblaient s'accuser les uns les autres. D'habitude, les querelles de voisinage impliquaient deux parties s'estimant lésées et non six ou sept familles. Les différends portaient en général sur le bruit et les limites de propriété ; mais là, en consultant les procès-verbaux, il s'apercevait qu'aucun des griefs ordinaires n'y figurait. Il relégua le dossier humide sur le radiateur, se sentant incapable de trouver une solution. Il s'agissait probablement de gosses désœuvrés qui imitaient la signature de leurs pères et téléphonaient en contrefaisant des voix d'adultes. Ils finiraient bien par commettre une erreur. Son propre fils avait fait des blagues du même genre. Les jeunes, par ici, avaient trop de temps et trop d'argent à leur disposition. Avec la belle saison, ils cesseraient d'essayer de faire de l'esbroufe et trouveraient d'autres occupations, par exemple s'attaquer aux voitures et aux bâtiments publics. Ce genre de délits, il connaissait. Entre-temps, il s'arrangerait pour que l'agent Midlock et ses collègues passent par le collège de Sherington à l'heure de la sortie et fassent entrer la crainte de Dieu dans la tête de quelques-uns des élèves.

Il avala une gorgée de thé en se félicitant d'avoir encore résolu l'un des problèmes sociaux urgents d'Invicta Cross.

28

L'indispensable scène de sexe

« *Et puis, bien sûr, il y avait la question du sexe.* »
Le Cahier rouge

— Tu n'aimes pas beaucoup faire l'amour, n'est-ce pas ? murmura April, promenant son ongle rose sur la toison bouclée qui recouvrait la poitrine de son mari.

Il était deux heures du matin. La seule lumière visible dans Balmoral Close était celle de leur chambre.

— Je veux dire faire l'amour normalement.

Il ne répondit pas. À vrai dire, tout ce qui concernait les questions intimes l'ennuyait. Il avait décidé de baser leur relation sur le compagnonnage, non sur la copulation. Rien ne devait le distraire de son dessein.

— Je me demande ce qu'ils peuvent bien faire tous dans leurs chambres à coucher, poursuivit-elle, rêveuse. Je les imagine en train de forniquer, pleins de haine. Je ne les vois pas se prêter leurs femmes. Mais ne soyons pas sexistes. Pourquoi les maris ne s'échangeraient-ils pas, eux aussi ?

Elle baissa les yeux sur le corps allongé près d'elle.

— On peut essayer autre chose, si tu préfères.

Il eut un vague mouvement de tête.

— Oui, ça serait peut-être mieux. OK, Billy, tu peux te lever.

Elle lui arracha le bâillon de la bouche et glissa sa main sous la couette pour détacher les menottes de caoutchouc qui retenaient se poignets aux montants du lit. Les sangles et les cordes emprisonnant ses chevilles furent difficiles à ôter. De même que tous les accessoires de métal et de caoutchouc qu'elle avait fixés sur diverses parties de son anatomie. Le bâillon avait laissé une légère marque rouge en travers de son visage, comme une empreinte de botte. Il essaya de remuer la mâchoire mais n'arriva pas à parler. Ses bouts de seins lui faisaient horriblement mal.

— J'aurai peut-être ce qu'il faut, continua-t-elle en laissant choir sur le sol un tas d'accessoires érotiques.

Elle s'appuya contre l'oreiller, déesse rose et jaune, version agrandie, parfumée, peinte, de l'adolescente du château d'eau. Ses seins, dont on déplorait l'aspect de préservatifs gonflés d'air, étaient poudrés, aussi rouges qu'une enseigne lumineuse de Las Vegas.

— Je veux dire qu'on devrait continuer à essayer, vu qu'on est mariés. Bien que, je l'avoue, le fait que ce soit légalisé diminue le plaisir. Je ne suis pas très douée pour l'érotisme classique. Ma première expérience sexuelle n'eut rien d'agréable. Ce ne fut qu'une intrusion violente. J'avais rêvé d'une étreinte, d'un moment où deux corps se touchent et s'enflamment comme des pôles électriques. Au lieu de cela, un gros ours de foire puant la bière m'a enfoncé son gourdin là où je pense. Depuis, je n'ai eu que des expériences à la sauvette, comme des frottements frénétiques une fois les lumières éteintes à l'hôpital. Elles ont laissé des traces, tu peux me croire. Y a-t-il quelque chose que tu voudrais essayer en particulier ?

Les yeux de Billy passèrent de la perfection en technicolor de ses seins à sa culotte noire transparente qui effleurait sa motte rasée. Des perles cramoisies y étaient brodées en forme de notes de musique. Tandis qu'il palpait entre ses doigts la texture du crêpe de soie, il commença à débander.

— Ah, murmura April, en touchant ses tétons poudrés, j'ai toujours pensé que mon élément se trouvait plutôt du côté des vastes étendues de la perversion. Je me réjouis de saluer un compagnon de route. La tenue adéquate décuple la jouissance. Quel est ton tour de taille ? Je suis sûre qu'on peut improviser quelque chose.

Elle s'assit délicatement sur son bas-ventre, les genoux de part et d'autre de sa poitrine.

— Mais n'allons pas trop loin pour commencer.

29

La folie de l'enfermement

« Je voulais être le Sweeny Todd de Mrs. Lovett, un Hamlet tout-puissant devant Ophélie sombrant dans la folie. Je ne laissai rien au hasard. Je vérifiai la liste une nouvelle fois. Seize noms. Seize occasions de réhabiliter une vie qui avait été impitoyablement rejetée dans les limbes. »

Le Cahier rouge

Les rues d'Invicta Cross sentaient l'herbe fraîchement coupée. On avait taillé les pelouses et les haies en tranches vertes régulières, damier standard des quartiers résidentiels. Les portes des garages nouvellement revêtues des couleurs choisies par le Comité arboraient toutes les nuances de bleu, de gris et de vert (les rouges et les jaunes n'étaient pas autorisés), de sorte que la rue ressemblait à un échantillon de teintes pastel.

Au centre commercial, les couleurs primaires régnaient, criardes, ne véhiculant qu'un seul slogan : venez et achetez.

— N'oublie pas que tu es dans un lieu sacré. Alors, sois respectueux.

April tendit la main et lui enleva sa casquette de baseball.

— Nous entrons dans le saint des saints. Tâche de marcher plus pieusement.

Elle noua ses doigts dans les siens lorsqu'ils atteignirent l'endroit où convergeaient toutes les allées. Ils s'arrêtèrent devant la vitrine qui contenait la maquette de Billy March. April contempla le vaste atrium scintillant dont chaque niveau débordait de feuilles de lierre vernissées ; elle fut saisie d'admiration à la vue des nacelles argentées qui montaient et descendaient silencieusement le long des murs, régurgitant leurs passagers.

— Ils viennent se sanctifier à l'Église du Crédit illimité. Pour s'assurer que la paix de l'esprit s'échange contre espèces sonnantes et trébuchantes. Le shopping est la seule véritable expérience religieuse. Le centre commercial a la forme d'un crucifix – là, la nef, là les bras de la croix, ici le transept et en son centre, l'autel de Dieu : ta maquette trône comme un avant-projet pour une vie meilleure.

Il n'essayait jamais de la comprendre quand elle parlait ainsi. Son excitation était palpable. Une petite flamme s'était allumée dans ses yeux, sa peau rosissait ; il la toucha, elle était chaude. Son enthousiasme avait quelque chose d'érotique qui lui semblait à la fois inquiétant et merveilleux. Elle aurait probablement adhéré au Renouveau chrétien si son gnosticisme n'avait pas été détourné vers des voies plus étranges.

Ils s'arrêtèrent devant une grande fontaine d'acier, là où se trouvaient les cafétérias, s'installèrent à une toute petite table de marbre ronde. Une sculpture émettait une faible miction glougloutante au son d'une musiquette qui tintinnabulait tout autour d'eux, sourdant d'invisibles haut-parleurs. April lissa les plis de sa jupe, puis se mit à vérifier consciencieusement ses achats.

— C'est sa simplicité qui fait la beauté de cet endroit, commença-t-elle. On n'y vend rien de nécessaire. Gommage facial à l'abricot, chocolat belge, tensiomètre bioénergétique, Slendertone, presse-ail, casier à bouteilles ergonomique, minuteur à cristaux liquides pour œufs à la coque, photodétecteur de présence, sous-vêtements griffés, rien de tout cela n'est indispensable, mais sert à nous procurer la paix intérieure. Qu'est-ce que la réalité, sinon travailler dur ? Voilà pourquoi tous nos fantasmes ont été d'avance élaborés pour nous. Tout s'achète prêt à l'emploi, même les rêves. Notre imagination doit être entièrement cadastrée avant que nous puissions goûter la pleine liberté. Parce qu'une fois qu'il n'y a plus rien à imaginer, on peut enfin se détendre. On a besoin de détente. Notre désir de meurtre provient de l'enfermement qui rend fou.

Cela faisait deux jours qu'elle n'avait plus de médicaments. La nervosité contractait son visage. Billy comprit qu'il était temps d'agir.

— Écoute, dit-il, les Brickett et les Metcalf se sont sérieusement empoignés au sujet du sable. Ça va mal aussi entre les Bovis et les Metcalf, parce que Georgina soupçonne Bob de raconter partout que sa fille est lesbienne.

April avait entendu dire que Sherry entretenait une relation saphique avec sa copine, information que Billy s'était empressé de mettre à profit.

— Et naturellement, tout le monde déteste les Prent, poursuivit-il.

— Alors, tout se déroule comme prévu. C'est bien, répondit-elle en jetant un vague regard circulaire comme si le centre était plein de brouillard. Qu'est-ce qu'on va encore se payer comme luxe inutile ?

Il était en train de tomber amoureux d'elle un peu plus chaque jour.

Tout d'un coup, elle se leva, faisant signe à quelqu'un.

— Coucou, Georgina, on est ici !

Georgina Bovis portait deux sacs Body Shop, un cabas de chez Gap et arborait le regard plein de défi d'une femme qui savait qu'on jasait sur elle.

— Polly, comment allez-vous ? Ces courses m'ont épuisée.

— Pour une surprise, c'en est une, s'exclama April, radieuse, comme si elles se rencontraient à l'autre bout du monde. Asseyez-vous et prenez quelque chose avec nous.

Le salon de thé Shangri-La offrait dix-sept variétés de thés en sachets avec des cordons qui pendaient comme des Tampax.

Billy resta silencieux, l'air sombre, devant sa tasse tandis que Georgina papotait avec sa nouvelle amie.

— Mais c'est horrible, vous ne trouvez pas ? dit-elle, cherchant où déposer le sachet trempé qu'elle venait de sortir de sa tasse. En vérité, nous n'avons jamais été très proches, mais nous pouvions toujours compter les uns sur les autres. Et voilà que maintenant je ne sais plus à qui me fier. Tout le monde sait que j'ai eu des mots avec Bob Metcalf.

— Mais je le croyais votre ami, Georgina.

— Il semble qu'il débite à qui veut l'entendre des choses innommables sur ma fille.

— C'est terrible, répondit April, réprimant un sourire. Et que dit-il de si monstrueux ?

— Il raconte à tout le monde qu'elle est lesbienne.

— C'est ridicule, s'indigna April. Ce n'est pas parce qu'on partage un appartement avec une lesbienne qu'on en est une.

— Qu'est-ce que vous voulez dire ?

— Vous n'avez jamais vu son amie, cette fille un peu hommasse au crâne rasé ? Elle conduit une camionnette de la poste.

— Je pensais qu'elle était vendeuse dans le même magasin que Sherry.

— Je crois qu'on l'a licenciée il y a quelques semaines.

Georgina avait l'air terrassée.

— Je ne le savais pas.

— Ah bon... J'ai appris que quelqu'un, hier, a envoyé chez les Prent le service d'hygiène : ils avaient allumé un feu non autorisé dans leur jardin.

— Il y avait bien un feu, dit Georgina, oubliant son sujet, mais Ken ne sait absolument pas qui l'a allumé. Il était au bureau et Barbara faisait les courses. La mairie m'a téléphoné parce que quelqu'un leur avait dit que je tenais un commerce chez moi –non, mais vraiment ! Daphné Metcalf a été appelée au sujet de nuisances sonores. Encore une plainte anonyme. La police ne veut rien faire. Ces flics ne servent vraiment à rien. J'ai parlé à Morris Diller, le responsable du commissariat local. Il pense que ce sont des enfants. À mon avis, il s'agit plutôt de quelqu'un de l'entreprise de construction, qui aurait des raisons de nous en vouloir. Qui d'autre, je me le demande.

April lui sourit, l'air absent.

— Oui, qui ? fit-elle.

— Vous n'en avez pas subi autant parce que vous êtes nouveaux, mais qu'est-ce que vous devez penser de nous ?

— Oh, je suis sûre que ce n'est qu'un plaisantin.

April reprit une gorgée de thé, sourit de nouveau.

— Il sera bientôt pris, conclut-elle en jetant un regard à Billy. Ils finissent toujours par en faire trop. Tu n'es pas d'accord, chéri ?

— Jack, vous êtes un garçon raisonnable. À votre avis, que devrais-je faire ?

Justin se pencha en avant, son menton carré appuyé sur son poing, le visage grave. Il avait perdu son aplomb coutumier et se raccrochait à son voisin de façon pathétique. Personne ne soupçonnait les nouveaux venus. La confiance et le respect qu'inspirait Mr. Prentiss incitaient des gens qui le connaissaient à peine à se livrer à lui. Sa femme était certes un peu bizarre – ce à quoi on pouvait s'attendre étant donné ses origines.

Billy fit semblant de réfléchir.

— À mon avis, si Ken Prent est persuadé que vous lui avez envoyé des revues pornos, il doit avoir de très bonnes raisons.

— Il affirme qu'il y a ma signature quelque part.

— Comment pouvez-vous être sûr qu'il dit la vérité ? demanda Billy. Il n'ignore pas la gravité de ses accusations. Pourquoi voudrait-il vous faire du tort délibérément ?

— Je n'en sais rien, je n'en sais rien.

Justin laissa errer son regard au-dessus de la verdure des jardins. Les beaux jours étaient enfin arrivés, mais la température restait basse pour la saison. De la maison leur parvenait un vieux succès de Doris Day. C'était la voix d'April. Elle chantait désagréablement faux dans les aigus.

— Sandra dit que je donne trop d'importance à ce problème, reprit Justin, légèrement perturbé par le bruit. Mais je suis à bout. Nous vivions pourtant dans une rue heureuse. Maintenant, on dirait que chacun rêve de sauter à la gorge de son voisin.

C'était la vérité. La semaine précédente, Justin et Bob avaient mis fin à la querelle qui les avait opposés à la suite de la livraison de sable. Dans un geste de réconciliation, Bob avait prêté sa tondeuse électrique à Justin. Lorsque ce dernier la lui avait rendue, l'engin de malheur avait explosé au visage de Bob, manquant le laisser infirme à vie. Selon le docteur McMann, il avait eu de la chance de n'avoir pas perdu un œil.

La guerre avait repris.

Billy, plein de sollicitude, demanda si la tondeuse pouvait être réparée. Justin lui expliqua que son voisin s'était débarrassé de la machine meurtrière. Billy se sentit soulagé. Il ne voulait pas que quelqu'un tombe sur le détonateur au fulminate de mercure qu'il avait collé près du bouton d'allumage. N'avoir pas pu rendre Bob Metcalf aveugle l'ennuyait ; mais il y aurait d'autres occasions.

Devenu la voix de la raison à Balmoral Close, il dispensait volontiers ses conseils. Ses voisins, qui le considéraient comme un homme qui a réussi, l'admiraient. Lui prenait soin de se montrer rassurant. Cela l'aidait à les dresser les uns contre les autres. Tout ce dont un homme a besoin, c'est d'un sourire sympathique, de sang-froid et du sens de l'autorité ; cela suffit pour lui garantir l'impunité.

— Si j'étais toi, je n'y toucherais pas, dit Bob Metcalf en examinant avec dégoût l'énorme gâteau au chocolat posé sur la table de la cuisine. Tu es déjà aussi grosse que la Belgique tout entière.

— Je ferai ce que je veux, rétorqua Daphné en cherchant un couteau. Je n'ai pas besoin de ta permission.

La note dactylographiée jointe à la pâtisserie précisait qu'il s'agissait d'un cadeau des Prent, confectionné avec amour par les évangélistes pour célébrer la réconciliation des deux familles.

Daphné se coupa une grosse tranche, ajouta de la crème et enfonça sa cuillère dans la masse de calories onctueuse.

— Il a été préparé par des fanatiques religieux, fit-elle, sarcastique. Ils risquent de nous flanquer une croix de feu sur la pelouse si nous ne le mangeons pas.

— Je n'ai jamais rien vu d'aussi répugnant. Pas étonnant que tu n'arrives pas à dormir la nuit.

Daphné enfourna une cuillerée, rien que pour faire la nique à son mari. Bob s'approcha du gâteau en plissant le nez.

— Qu'est-ce que c'est que cette odeur terrible ?

Daphné fit un sort à la première bouchée et en engloutit une seconde. Elle savait qu'il était en train de la mettre en boîte. Bob reniflait le gâteau comme un chien de chasse. Soudain, il se saisit du couteau et le plongea dans le cœur de la pâtisserie, l'ouvrant en deux. Là, niché à l'intérieur, surmonté de tortillons de glaçage au chocolat, il y avait un immense tas d'excrément humain. Il manquait à l'étron une extrémité déjà ingurgitée par sa trop impatiente épouse. Un regard suffit à Daphné, qui eut un haut-le-cœur.

— Ô, mon Dieu !

Elle rendit bruyamment le contenu de son estomac. Une énorme gerbe de couleur jaune inonda la table et se répandit dans l'attaché-case ouvert de Bob.

Plus tard, ce matin-là, Bob Metcalf et Ken Prent en vinrent aux mains sur la pelouse, devant la maison de Ken. De l'autre côté de la rue, depuis sa fenêtre, Billy contemplait la scène.

— L'amour de Dieu s'étend à l'univers entier, énonça Barbara tout en vidant son panier à provisions sur le buffet.

Simon venait de se faire plaquer par sa première petite amie. Barbara y voyait un signe du Seigneur et une bénédiction déguisée : elle pensait qu'il n'avait pas l'âge de sortir avec des jeunes filles. Simon était resté tout le week-end à traîner en robe de chambre à la maison.

— Il est bien plus gratifiant d'être aimé par Lui que par un simple mortel. Tu m'écoutes ?

— Je m'en tape, grommela Simon, fatigué de l'entendre déblatérer sur les bienfaits de Dieu.

Il le haïssait pour lui avoir volé sa mère et l'avoir rendue cinglée.

— S'Il était si bien que ça, Il ne tolérerait ni les guerres, ni la maladie, ni la famine.

— C'est Sa manière à Lui de mettre notre foi à l'épreuve.

— C'est plutôt sa manière de prouver qu'il n'existe pas, sauf pour les infirmes de l'affect.

— Tu ne parlerais pas ainsi si ton père était là.

Elle fouilla au fond d'un sac en papier et en sortit un flacon de comprimés.

— De toute façon, il n'est pas là.

— Non, il joue au golf.

Barbara savait qu'il n'en était rien. Son mari était parti au commissariat pour dénoncer une lettre envoyée à la famille Bovis et l'accusant d'entretenir une relation incestueuse avec son propre fils. Les Bovis l'avaient obligeamment informé de cette rumeur ; mais Barbara avait senti qu'à leurs yeux, il n'y avait pas de fumée sans feu. Ce matin-là, les deux familles s'étaient séparées assez froidement. Elle alla se verser un verre d'eau à l'évier avant de déboucher son flacon. Le docteur l'avait mise sous Prozac. Jusque-là, cela n'avait eu aucun effet sur sa dépression chronique. Comme rien ne sortait de son flacon lorsqu'elle le secoua, elle y plongea les doigts.

Alors, elle cria.

Au milieu des comprimés, il y avait des morceaux de lames de rasoir. Les fragments d'acier tranchant entaillèrent profondément sa chair, des éclats de métal se logèrent sous ses ongles tandis qu'elle essayait désespérément de dégager sa main. Elle hurla de douleur, maculant la cuisine de sang. Plus tard, quand on retrouva le flacon ensanglanté sous l'évier, on découvrit une ordonnance portant la signature du docteur McMann en personne.

Alan Bovis se sentait mal.

Son visage s'engourdissait, il respirait avec peine. Il n'arriva pas à finir son bol de Muesli. Il se sentait l'estomac chahuté. Il se précipita vers la salle de bains mais, avant d'y parvenir, vomit tout son petit déjeuner sur le palier. Georgina, paniquée, appela le docteur McMann ; on lui répondit qu'il était en tournée. Essuyant son menton, elle fit asseoir Alan qui, tout tremblant, pleurait. Il transpirait. Pourtant, sa peau était glacée.

— C'est peut-être lié à quelque chose que tu as mangé, suggéra-t-elle.

— Juste un bol de céréales, répondit Alan qui recommença à vomir.

— Qu'est-ce que tu as pris hier soir ? insista-t-elle, plaçant une cuvette en plastique entre les jambes de son mari. Tu as bu... Mais as-tu mangé quelque chose ?

Dis-moi ce que tu ressens, ne cessait-elle de répéter, agenouillée, impuissante, près de lui.

— Des coups de couteau, parvint-il à lâcher dans un spasme.

Si Georgina était descendue à la cuisine pour examiner la bouteille de lait de son petit déjeuner, elle aurait remarqué un minuscule trou d'épingle dans la capsule d'aluminium. C'était par là que leur charmant nouveau voisin avait injecté une solution de fluoroacétate de sodium, un poison utilisé ordinairement pour traiter les graines. Ingéré, il bloquait le métabolisme cellulaire. La dose était insuffisante pour tuer Alan Bovis.

Pas cette fois-ci.

30

Le principe de douleur

« *La vengeance exige de la concentration. Je n'avais nulle intention de me laisser détourner de mon chemin. Mais il y avait April. Je ne voulais pas de relations physiques entre nous. Elle prit alors le problème en main à sa manière, comme s'il se fût agi d'une tâche aussi prosaïque que de faire la vaisselle.* »

Le Cahier rouge

Un château suisse.

Une paillote sur la plage à Bali.

Un hôtel Art déco à Miami.

Tout cela sous un ciel bleu, bleu.

Dans le salon, April feuilletait nonchalamment des dépliants touristiques.

— Où irons-nous quand tu auras fini ton travail ici ?

Elle s'adressait à Billy, qui installait une horloge suisse au mur de la cuisine. Il lui avait promis des vacances une fois que tout serait terminé, mais était resté plutôt évasif sur ce que ce « tout » signifiait. Il ne lui avait pas non plus avoué qu'ils ne pourraient jamais revenir.

— Oh, ça m'est égal, répondit-il. Pourquoi pas une île grecque ?

— Leur gastronomie laisse beaucoup à désirer. On dirait qu'ils ne savent pas ce que c'est qu'une sauce. Les hommes sont incapables de se raser correctement. Les femmes, elles, sont toutes uniformément vêtues de lin noir. Et l'Italie, qu'est-ce que tu en penses ? Trop de catholiques, certes, mais quel peuple séduisant ! Les hommes sont merveilleusement ténébreux et en général non circoncis. Et les pâtes, bien qu'elles fassent grossir, constituent une nourriture très sensuelle.

Elle découpa soigneusement les yeux d'une photographie du pape, puis lui trancha le haut de la tête d'un coup de ciseaux.

— Et si on essayait l'Allemagne ? L'alimentation y est des plus consistantes. Les mâles sont cultivés, attentionnés et impitoyables au lit. Nous pourrions visiter Ebensee où a été filmé *Where Eagles dare.*

Posant l'horloge, son mari la rejoignit au salon. À peine vingt minutes plus tôt, une ambulance était venue transporter Barbara aux urgences. Il lança un coup d'œil appréciateur vers sa femme.

— Qu'est-ce que tu portes là ?

Elle baissa les yeux avec satisfaction sur sa combinaison-pantalon argentée.

— Un modèle d'intérieur fait dans une rayonne qui épouse les formes et colle à la peau. Le genre de truc excitant qu'on peut voir dans l'émission de Virginia Graham.

Assise dans le fauteuil écossais, elle croisa et décroisa les jambes : effectivement, à travers le tissu synthétique, on voyait très distinctement le bout de ses seins et la forme de sa chatte.

— Quant à mes chaussures, minauda-t-elle, ce sont des mules super luxe à talons de huit centimètres ; tout en plexiglas, le bout en croco doré avec incrustations d'agneau noir, pour ne rien te cacher. Mes bottines d'intérieur à la russe, avec leur doublure de vison rose, sont trop chaudes pour le printemps.

Elle le taquinait. Elle savait depuis le début qu'elle n'avait aucune chance d'avoir avec lui une vie sexuelle normale. En fait, depuis leur mariage, ils n'avaient même pas essayé. Ils n'étaient pas venus pour cela. April ne supportait pas qu'un homme la touche. Longtemps, elle s'était demandé si le viol n'avait pas laissé en elle une trace indélébile. À présent, elle pensait plutôt qu'aucun homme ne pourrait lui procurer le plaisir qu'elle se donnait à elle-même. Elle ne comprenait que trop ce que ressentait ce pauvre Billy. Depuis qu'elle avait découvert son penchant pour certain type de tissu, elle se sentait capable de lui offrir des expériences sexuelles plus exaltantes. Adolescente, elle n'avait vécu que pour la liberté et l'indépendance. À présent, comble d'ironie, elle n'aspirait qu'à devenir une simple femme au foyer, de celles dont rêvent tous les Gavin Diller : docile, obéissante, fidèle, en adoration. Ces femmes-là n'étaient pas compliquées. La complication menait à la confusion ; April ne pouvait se le permettre. Lorsque la confusion s'emparait de son esprit, elle se mettait à voler, à tout brûler, devenait autodestructrice.

Billy était déterminé à ne pas céder à la libido. Il avait des projets à organiser, des impondérables à prendre en compte, des résultats à assumer. Le sang affluait à son membre turgescent. Il n'avait pas le temps pour ce genre de choses. Il fit un effort de volonté, visualisa des images débandantes : Mère Teresa, l'attentat d'Oklahoma City, Andrew Lloyd Webber, Auschwitz, Oprah Winfrey – mais ça ne marchait pas.

Dans la chambre à coucher, régnait une lumière tamisée ; April avait jeté son caleçon de dentelle de nylon sur l'abat-jour. Debout au pied du lit, elle se déhanchait et soulevait sa chevelure à la manière d'une « playmate » démodée. Sa chemise de nuit baby-doll en acétate bordée de plumes de marabout et de nœuds de satin rayonne rouge foncé collait à ses seins grâce à l'électricité statique. Elle agitait frénétiquement les pompons noirs et roses du string qui lui rentrait dans la fente et pesait de tout son poids sur son pied droit.

Elle connaissait l'importance des chaussures : des bottes de conquistador en similicuir lacées jusqu'au-dessous du genou, avec des talons de douze centimètres très pointus. Sous la photo du catalogue figurait la légende : « Il vous faudra un fouet pour en faire bon usage. » Par bonheur, le fouet, elle l'avait déjà. Pour accroître le plaisir, elle possédait aussi des pinces à tétons extensibles en acier, des menottes en caoutchouc, un bâillon, plus un harnachement complet de cuir, des chaînes pour les chevilles et une paire de poids chromés pour les testicules.

Elle soupçonnait depuis longtemps Billy d'aimer qu'on lui fasse mal. Mais cela ne lui était apparu clairement qu'après des confidences échangées un matin au centre commercial avec Georgina Bovis.

— Ils se désintéressent totalement de la chose une fois qu'ils ont joui, avait affirmé, flattée d'être traitée en experte, sa voisine si expérimentée. Aussi est-ce à nous de veiller à ce qu'ils ne jouissent pas avant que nous soyons prêtes.

Georgina ne pouvait pas savoir que chacune avait en tête une conception totalement différente de la chose en question.

— Et eux ? Comment savoir s'ils sont prêts ?

April avait ouvert de grands yeux innocents.

— Ils font une grimace, avait expliqué Georgina. Comme s'ils soulevaient quelque chose de lourd.

— Comme s'ils avaient mal ?

— Exactement. L'amour ressemble à la chasse au renard. Tout le plaisir réside dans la traque ; la mise à mort déçoit toujours. Les hommes préfèrent qu'on les fasse mourir lentement.

Ses doigts s'enfonçaient plus profond, plus chaud, plus mouillé. Elle appuya encore une fois son talon sur la poitrine nue de Billy et perça sa chair. Une grosse goutte de sang perla sur sa peau bronzée, roula jusqu'à son nombril ; il grogna de douleur. Les yeux fermés, la tête farcie d'images suggestives, il se masturbait à travers le slip de nylon trop serré qu'elle le forçait à porter, sa punition devenant son plaisir à elle.

Imitant Madonna, qu'elle avait vue agir ainsi dans un film, elle s'empara d'une boîte d'allumettes et d'une bougie, qu'elle alluma. Sous elle, son mari se tordit avec des cris sourds, les yeux fixés sur la flamme.

Elle sourit en voyant la cire chaude couler goutte à goutte. Elle et lui, chacun de son côté, parvinrent très progressivement à l'orgasme. Personne ne pourrait dire à April qu'elle ne savait pas donner du plaisir à son homme.

31

Trente-sept secondes

« *On était vendredi soir. Je me donnais trois jours pour tout boucler et quitter la ville. J'avais décidé de commencer par les Brickett. Or, ce soir-là, ils partirent pour Londres voir* Sunset Boulevard. *On ne devrait jamais modifier le plan qu'on s'est fixé, à moins d'avoir envisagé toutes les éventualités. Car lorsqu'on se trouve dans l'obligation d'improviser, tout peut arriver.* »

Le Cahier rouge

La police pataugeait. Echec sur toute la ligne. Un comble. Un désastre.

Bouillante d'indignation, assise à sa place habituelle, dans la serre, Daphné Metcalf pianotait furieusement sur son ordinateur une lettre excédée qu'elle destinait à... à qui ? Elle l'ignorait encore. Que font les autorités ? tapait-elle. La police locale se ridiculise ! Lettres de haine, appels obscènes, tortures, où cela s'arrêterait-il ? Quelqu'un avait appelé Georgina Bovis pour lui dire que sa fille était lesbienne. Secret de polichinelle : Sherry vivait avec une copine depuis un an. Tout le monde le savait, sauf sa mère ; mais n'existait-il pas une façon moins cruelle de le lui annoncer ? D'autant que, pour couronner le tout, le mari de Georgina venait de tomber malade et que le médecin n'avait pas la moindre idée de ce qui le clouait au lit. Même si Daphné ne portait pas cette femme dans son cœur, elle ne pouvait s'empêcher de la plaindre. La pauvre, quelle malchance !

Peut-être était-il temps que les résidents d'Invicta Cross s'adressent à une société de protection privée. À qui – excepté au nouveau couple – pouvait-on faire confiance dans Balmoral Close ? On se trouvait manifestement en présence d'une sorte de vendetta, un conflit secret, une vengeance longtemps ruminée, quelque chose qui remontait à des années et plongeait ses racines au cœur de la communauté. Ou ne s'agissait-il que d'un symptôme supplémentaire révélateur de l'effondrement de la société contemporaine ? *Si l'image idéalisée d'une banlieue constitue une évolution positive*, écrivit-elle, *le prix à payer reste lourd.* Invicta Cross s'enorgueillissait effectivement de former une communauté, mais combien abstraite et vague se révélait cette notion ! En quoi se justifiait-elle si on se mettait à crier comme un cochon qu'on égorge dès qu'un voisin montait le volume de sa radio ?

Daphné relut son texte en se disant qu'elle pourrait sans doute le fourguer à son ancien patron de l'*East Grinstead Advertiser.* Un peu opportuniste, pensa-t-elle. Mais pourquoi pas, après tout ? L'occasion était trop belle. Cela faisait des années qu'il ne s'était rien passé d'aussi intéressant dans le quartier.

Il y eut un grand bruit au bout du couloir.

— Vas-y, casse la porte pendant que tu y es, maugréa-t-elle entre ses dents.

C'était Brad qui sortait de la maison.

Brad, incarnation de la faillite de l'habitat pavillonnaire ; son propre fils, que son éducation dans le luxe relatif d'une ville nouvelle n'avait pas empêché de devenir un petit voyou jetant un verre cassé à la figure d'un inconnu avant de se lancer dans des opérations immobilières douteuses, sans compter de sordides affaires dans les banlieues minables de la ville.

Elle éteignit son ordinateur et rabattit l'écran. Quelques minutes plus tôt, Jack Prentiss l'avait appelée pour l'inviter à partager une bouteille de vin blanc. Elle avait accepté. Comme d'habitude, Bob rentrerait tard, prisonnier de ses responsabilités vis-à-vis de sa société dont l'avenir, prétendait-il, reposait sur ses seules épaules. Quant à Emma, sa fille, nul ne savait où elle se cachait depuis plusieurs jours. Elle semblait déployer, à vingt ans, une activité sexuelle plus intense qu'un équipage de la British Airways à chaque escale...

Alors, basta ! Passerait-elle des heures à attendre son mari à seule fin d'exposer ses théories sur la pathologie sociale à un petit-bourgeois aussi subtil qu'un bigorneau ? Ou choisirait-elle, au contraire, de se montrer avenante et d'entamer une conversation intelligente avec un bel homme, fût-il un semi-étranger ? Pas la moindre hésitation. D'ailleurs, on était vendredi et elle avait justement l'habitude de prendre quelques verres de vin le vendredi soir. Elle se leva et se mit en quête d'une tenue appropriée.

Ravie de recevoir à nouveau, April, ravissante dans son gilet de dentelle, disposait délicatement des rouleaux de jambon agrémentés de mozzarella sur une assiette ovale lorsque retentit la sonnerie de la porte.

Daphné entra, tellement serrée dans son jean Armani que les yeux lui sortaient des orbites, sans parler de sa vulve dont la fermeture Éclair creusait les moindres contours. Le coup de peigne qu'elle s'était donné n'empêchait pas la racine de ses cheveux de former une ligne noire bien visible. Elle souriait d'un air gourmand, comme un enfant quémandant un bonbon.

Elle laissa dans son sillage, jusqu'au salon, un parfum suffocant. Tandis que Billy lui offrait un verre, April renifla son odeur avec un frisson d'horreur à peine dissimulé avant de la faire asseoir sur le sofa.

— Vous n'imaginez pas à quel point votre invitation m'a touchée, dit Daphné. Je dois avouer que je me sens parfois un peu seule avec mon ordinateur pour unique compagnie.

— Votre mari n'est pas là ?

— Il est absent, en effet, comme d'habitude. Il a toujours des affaires qui l'occupent quelque part...

— Vous écrivez un nouveau livre, m'a-t-on dit ?

— C'est exact, Polly, j'ai presque terminé.

— Racontez-nous donc. J'entendrai tout de la cuisine.

Là au moins, je n'aurai pas son parfum sous le nez, pensa April en se réfugiant du côté des petits-fours.

— Eh bien, il s'agit d'une histoire d'amour qui se passe dans la Grèce antique. Décor classique : mais j'espère que mes lecteurs trouveront le sujet intemporel.

— Non ! Comme *La Gonzesse de Jupiter* ?

April retira le plastique d'un plateau d'amuse-gueules tout préparés qui avaient l'air périmés. Elle vérifia la date limite de consommation : dépassée depuis plus d'un mois. Elle fourra le plateau dans le micro-ondes, certaine qu'une fois ces gâteries pour apéritif réchauffées et recouvertes d'une couche de crème, Daphné ne remarquerait pas la différence.

— Ça ne me dit rien.

— C'est un film d'Esther Williams, une comédie musicale : un classique.

Silence. Puis :

— Je me souviens, maintenant : l'histoire d'une jeune esclave qui tombe amoureuse d'un riche armateur.

— Exact. Comment appelle-t-on ces films dans vos milieux littéraires ? Péplums pornos ou quelque chose de ce genre, non ?

Contre toute attente, il n'y eut pas de réponse agressive. April coupa la croûte moisie d'une tranche de pain et la laissa choir dans le toaster. Daphné se taisait. La jeune femme eut tout à coup de la peine pour son invitée qui, négligée par son mari perpétuellement absent, ne pouvait se rassurer qu'en évoquant ses livres. Billy considérait les gens d'ici comme des monstres à cause de la façon dont ils l'avaient traité. Il se trompait. Ils étaient aussi coincés que lui l'avait été jadis, voilà tout.

Dans le salon, Billy avait mis une cassette de Chris Isaak. April commença à fredonner la chanson en attendant la sonnerie du four à micro-ondes.

— *Il suffit de deux cœurs...*

L'air absent, elle regardait le plateau tourner sur lui-même derrière la vitre teintée.

— *Deux cœurs pour un amour...*

Il y eut un cri aigu, suivi d'une bousculade en provenance du salon, puis plus rien. Un pied de chaise racla durement le sol. April consulta le minuteur du micro-ondes. Il restait trente-sept secondes. Dans la pièce à côté, tout était devenu très calme. Elle franchit le couloir et passa la tête dans l'embrasure de la porte.

À califourchon sur le dos de Daphné, Billy la tenait par le haut des bras. Elle avait les jambes plaquées au sol, le dos arqué, la tête coincée sur le rebord du sofa, les membres agités de furieuses convulsions. Brandissant un grand couteau de cuisine, Billy lui avait transpercé le cou de part en part. Il la traîna par les cheveux jusqu'au petit aquarium, fit sauter le couvercle de plastique bleu et lui plongea la tête sous la surface. Daphné tenta de crier, mais sa bouche et sa gorge étaient déjà remplies d'eau. Le manche du couteau saillant à la base de son crâne la faisait ressembler à une marionnette grossie par un miroir déformant. Elle paraissait ne pas saigner. April comprit pourquoi : le sang s'écoulait de la pointe de l'arme, qui dépassait de cinq centimètres de son cou.

— Ne reste pas plantée là, chérie, viens m'aider.

Il dégagea une main pour faire signe à sa femme de s'approcher, tout en continuant de l'autre à maintenir la tête de Daphné dans l'aquarium.

April ne saisissait pas très bien ce qu'il lui demandait de faire. La zone de son cerveau censée matérialiser ce qu'elle voyait était déconnectée. Elle fit un pas en avant, s'arrêta.

— S'il te plaît, insista Billy. Elle est trop lourde pour que je m'en occupe tout seul.

Daphné se débattait comme une bête sauvage, lui frappant les jambes de son poing droit. Il lui sortit la tête de la cage de verre, la cogna contre le côté ; mais la vitre était trop épaisse pour se briser. Une grosse vague déferla par-dessus le rebord et s'étala sur la moquette, entraînant deux poissons dorés qui, en quelques sauts étincelants, disparurent sous le buffet.

— Billy, tu inondes tout !

— Je nettoierai tout à l'heure, je te le promets. Étale le plastique en dessous.

Il opina du menton en direction d'un grand rouleau transparent, à côté du sofa. D'où venait cet objet ? Avait-il vraiment tout prévu ? Au moment où April se saisissait de la feuille de plastique, elle vit Billy retirer le couteau. Il le dressa, le planta plusieurs fois dans le dos de Daphné.

— C'est pas croyable, grogna-t-il, contrarié.

Daphné gigotait toujours, martelant le sol de ses baskets.

— Là, derrière toi, passe-moi ça, jeta-t-il en désignant la cuisine.

April se retourna, vit le fer à repasser. Elle le prit, le lui tendit.

— Attention, prévint-elle, il est encore brûlant. C'est un Morphy Richards, qui garde bien la chaleur.

De la pointe, il en frappa Daphné quatre ou cinq fois au sommet du crâne, jusqu'à ouvrir un triangle béant qui se remplit de sang. Le dernier coup s'abattit avec un bruit de coquille d'œuf se brisant sous une cuillère à soupe. Daphné cessa de bouger à l'instant même où se faisait entendre le tintement du four à micro-ondes.

Trente-sept secondes pour mourir.

Curieusement, peu de sang maculait le couteau. La plus grande partie avait été absorbée par le gros chandail en laine de la morte. Billy enroula le cadavre dans la feuille de plastique qu'il noua solidement aux deux extrémités et scella sur toute sa longueur avec une bande adhésive. Le sang commençait à se répandre à l'intérieur du linceul hermétique.

— Je mets de l'eau à chauffer ? demanda April, un peu nerveuse, hésitant sur le rôle qu'elle devait tenir.

— Pour quoi faire ? s'enquit Billy en levant les yeux vers elle.

— Une tasse de thé.

Il se rendit compte qu'elle était au bord des larmes.

— On va commencer par se débarrasser du corps, hein ?

Il traîna le cadavre jusqu'à l'entrée.

— Billy ?

Un grognement. Le long paquet renflé se retourna mollement. Autre grognement.

— Oui ?

— Pourquoi as-tu fait ça à Daphné ? Elle était notre invitée. Elle venait prendre un verre. Rien de plus.

Il prit le temps de réfléchir. S'il donnait la mauvaise réponse, tout était fichu ; il ne pourrait plus se permettre de mettre en œuvre le reste du plan. Il posa les yeux sur le corps.

— Elle était l'une des personnes du passé, April, et l'une des mauvaises personnes.

— Elle n'avait pas l'air si horrible que ça.

Il eut envie de la prendre dans ses bras ; mais ses mains étaient pleines de sang.

— Écoute, April, il faut que tu me croies quand il s'agit de savoir qui est mauvais et qui ne l'est pas. Tu n'as pas vu ce que j'ai vu. Tu me fais confiance ?

Elle fit une moue en direction du paquet de plastique. Puis, résolue :

— Je pense que je n'ai pas le choix. Tu es mon mari. Le chef, c'est toi. Moi, je ne suis que la petite épouse. La chaîne et le boulet. Le problème et le conflit. Je suis Twiggy et toi Christopher Gable.

Si elle le prenait comme ça, après tout, pourquoi pas ? Pourtant, le léger tremblement dans sa voix lui suggéra qu'il devait de toute urgence changer de sujet.

— Voilà ce qu'on va faire. Toi, tu vas nettoyer ici. Quant à moi, je m'occupe de cette vieille charogne. D'accord ?

— Oh, oui, s'il te plaît, Billy.

Elle enjamba l'encombrant cadavre et gagna la cuisine où l'attendaient gratounettes, éponges et poudre à récurer, tandis que son mari tirait dans le jardin la dépouille de Daphné Metcalf qui, lentement, se refroidissait.

32

Désobéissance au commandement

« Bien sûr, la presse à sensation parlera de moi comme d'un tueur sans remords. Nul ne pensera un instant que mes victimes ne méritaient pas de vivre, que leur existence vide, empoisonnée, les poussait à agir au hasard, sans conscience, c'est-à-dire avec cruauté. Chaque coup du couteau planté par moi dans le cou de Daphné le fut au nom de la liberté, scellant à mes yeux la libération de toutes les victimes qui, en silence et de toute éternité, se font piétiner de la naissance à la mort. À fin de 1984, *de George Orwell, les bourreaux de Winston Smith lui demandent d'imaginer une botte pesant éternellement sur un visage humain. En tuant Daphné, j'ai allégé, pour un moment, le fardeau douloureux de cette botte. »*

Le Cahier rouge

Twiggy portait un pantalon de mousseline blanche. Son visage innocent avait la pâleur de la lune. Elle mimait une chanson que jouait l'électrophone lorsque l'aiguille sauta sur le disque rayé. Les mêmes paroles se répétèrent. Captive de la rengaine, Twiggy continua de mimer le couplet, tout d'un coup gênée devant son public.

— C'est le passage que je préfère. Regarde. DeThrill imagine ce qui se passerait s'il transformait tout le spectacle en une production hollywoodienne. L'orchestre joue plus fort. Commence alors la scène de féerie et Christopher Gable arrive en tournant sur lui-même, costumé en groom.

Le menton appuyé sur ses poings, April regardait intensément l'écran. Le danseur surgit du fond de la scène en habit argenté et se mit à virevolter autour d'un énorme tourne-disque, tandis que montait le volume de la bande-son.

— Bien sûr, il s'agit d'un hommage à Busby Berkeley, mais ce n'est pas moi qui m'en plaindrai. Il y a chez les vedettes de ce spectacle toute la sveltesse et l'élégance du style art déco. Leur charme a cette sorte de pureté naturelle qui semble venir de l'intérieur.

Elle revoyait cette séquence pour la cinquième fois. Elle n'arrêtait pas de remuer sur son siège, son regard passant d'un personnage à l'autre. Elle serrait et desserrait nerveusement ses mains, se calmant peu à peu sous l'effet des images.

Comportement instable, dans le meilleur des cas. Mais comment prévoir de quelle manière l'affecteraient les prochaines quarante-huit heures ? Or, le moment que Billy avait si longtemps attendu était arrivé. Il allait enfin atteindre son unique objectif, qui excluait tout être humain de son cœur. Pourtant il y avait April, pauvre April si égarée, qu'il ne supportait pas de voir souffrir.

Elle s'était très vite recroquevillée dans le monde de celluloïd de ses rêves, son trouble s'accentuant au cours des heures qui avaient suivi la mise à mort de Daphné. Un froncement soucieux assombrissait périodiquement son visage, comme si elle essayait de se souvenir de quelque chose d'important, qui n'avait rien à voir avec ce qui venait de se passer.

— Veux-tu une autre tasse de thé, ma chérie ?

Les yeux d'April ne quittaient pas l'écran.

— Oui, si tu en fais. Avec un biscuit au chocolat.

J'aime bien cette séquence, quand la caméra plonge entre les jambes des filles. Billy ?

— Oui ?

— Tu crois que tu iras en enfer pour ce que tu as fait ?

De la cuisine, il répondit :

— Je ne suis pas croyant, April. Quoi qu'il en soit, je n'imagine pas que je puisse être damné pour avoir tenté de rétablir un équilibre naturel.

— Je pense qu'il est permis de désobéir à certains commandements dans des circonstances particulières.

Plus vite elle lui pardonnerait, plus vite elle pourrait oublier l'épisode Daphné. Elle se concentra de nouveau sur le film.

— Billy ? Qu'as-tu fait de son corps ?

— Ce n'est pas ton problème. Ne t'inquiète pas.

— Je me demandais, c'est tout.

Il soupira et, ayant trouvé un torchon, se mit en devoir d'essuyer une paire de tasses à thé à rayures bleues et blanches.

— Elle est en route pour la mer.

— Comment ça ?

— Chérie, tu n'as pas besoin de connaître tous les détails. Tu te sentirais mal.

— S'il te plaît.

— Bon, d'accord. Après avoir enveloppé hermétiquement Daphné dans la feuille de plastique, j'ai laissé un trou par lequel j'ai versé une solution d'éthylchlorocarbonate et d'acide hydrochlorique. Ensuite, je l'ai descendue dans le tunnel de l'égout, à l'extrémité du patio. La canalisation principale passe sous le jardin. Je n'ai eu qu'à élargir notre puits de drainage, casser à la pioche le tuyau en céramique et replacer la trappe une fois le travail terminé.

— Comment savais-tu que la canalisation se trouvait là ?

— J'ai toujours un exemplaire de la carte d'état-major du secteur au revers de mon cahier rouge. Et j'ai pu me procurer les plans du sous-sol dans le bureau de Justin Brickett.

— Tu connais tout de cette ville, dit-elle, admirative.

— N'exagérons rien. On construit tellement, par ici, qu'on a du mal à suivre le rythme. Écoute cette pluie (April prêta l'oreille). C'est ça que j'attendais. À l'heure qu'il est, Daphné devrait déjà avoir été entraînée au loin. Et une grosse tempête nous aiderait. La météo en annonce une depuis plusieurs jours.

— Tu as raison. Tu es le fils du tonnerre, l'enfant de l'orage qui te pousse à agir. Tu es un homme inspiré, Billy March, et tu as un but. Je ne me mettrai pas en travers de ton chemin.

Une fois de plus, elle avait une drôle de voix. Billy savait qu'il allait devoir la tenir à l'écart des voisins jusqu'à ce qu'elle puisse, pour de bon, simuler un comportement normal.

— Regarde la fin de ton film. Je t'apporte une bonne tasse de thé. Et tout à l'heure, je te parlerai d'un petit travail que je t'ai réservé.

— C'est pas quelque chose comme...

— Non, bien sûr. Je te l'ai dit, April, le sale boulot, je m'en occupe. Au pis, tu auras juste un peu de boue sur tes talons et je veillerai à ce que tu portes tes bottes de caoutchouc.

— Tu es si bon pour moi, chéri. Nous serons si heureux quand nous serons enfin chez nous, toi et moi.

Elle s'enfonça dans sa chaise, étudia l'écran scintillant. Sous ses chaussons, la moquette était encore humide. Le fer était à sa place habituelle, derrière le bar, soigneusement débarrassé de toute particule compromettante de cheveux ou de peau. À part la tache d'humidité, deux poissons rouges agonisant derrière le buffet et une unique goutte de sang de la taille d'une petite pièce de monnaie sous la télévision, rien ne révélait qu'un meurtre brutal venait d'être perpétré dans ce lieu.

Tout au long de ce terrible samedi, Georgina Bovis offrit du lait chaud à son mari, pensant que cela soulagerait son estomac, ne se rendant pas compte que le contenu de cette deuxième bouteille avait été encore plus généreusement additionné de fluoroacétate de sodium que la première. Avant que le très demandé docteur McMann ait pu rentrer d'une autre visite, Alan Bovis commença à avoir des convulsions dues à la violente fibrillation de ses muscles cardiaques fatigués. Il se mit à pleurer sans cesse et se plaignit de couteaux lui déchirant l'intérieur du corps. Puis, à la suite d'un bref et effrayant répit qui le laissa rêveur, il souffrit d'une thrombose massive et trépassa dans des douleurs extrêmes, à la suite d'une insuffisance respiratoire provoquée – le docteur l'expliqua plus tard à Georgina – par un œdème pulmonaire foudroyant.

En langage ordinaire, cela signifiait que son visage était devenu bleu, que ses yeux se révulsaient avec un bruit épouvantable et qu'il se tordait sur son lit, faisant craquer ses ligaments comme Linda Blair dans *l'Exorciste*, devant sa femme qui hurlait, horrifiée, impuissante.

À six heures et demie de l'après-midi, ce samedi, on emporta discrètement son corps désarticulé dans un grand sac de plastique blanc recouvert d'une couverture. Georgina Bovis fut placée sous sédatifs. Une certaine confusion régnait quant à la cause de la mort : les symptômes paraissant très contradictoires, McMann n'excluait pas de demander une autopsie. Une fois hors de la maison, il décida d'attendre un moment plus approprié pour évoquer cette question. Plusieurs rideaux se soulevèrent au passage de l'ambulance ; mais nul ne se hasarda dans la rue pour offrir de l'aide, un témoignage de sympathie ou, tout simplement, pour demander ce qui se passait. Invicta Cross, impavide, gardait son quant-à-soi.

Sommée de s'occuper de sa mère, Sherry Bovis, après avoir chargé sa compagne de prendre soin de leurs chats, arriva avec un sac contenant ses affaires pour la nuit. Trouvant Georgina en pleurs, quoique à peine consciente suite à la forte dose de nitrazépam qu'on lui avait administrée, elle l'enveloppa dans une couette et l'installa sur le divan. Se rendant ensuite dans la cuisine pour se faire un sandwich, elle tomba sur la lettre qu'un inconnu avait envoyée à son père pour le mettre au courant de ses tendances homosexuelles. Mortifiée, elle se précipita vers la maison de Bob Metcalf, prête à se battre. Mais elle ne trouva personne.

À cette minute précise, pour la seconde fois en vingt-quatre heures, Bob Metcalf sortait, furieux, du poste de police d'Invicta Cross en compagnie de sa fille.

Le sergent Morris Diller ne l'avait pas autorisé à remplir le formulaire des personnes portées disparues. Cela ne faisait que quatre heures et demie que sa femme ne s'était pas manifestée ; or, il fallait qu'elle eût été absente un jour entier et une nuit avant que ces enfoirés ne commencent à se remuer le cul.

Pendant tout le trajet, Emma avait jeté des regards accusateurs à son père, comme si elle s'attendait qu'il craque et reconnaisse que oui, c'était sa faute : il avait foutu sa femme à la porte. Au poste de police, elle ne cessa de faire à voix basse des remarques sarcastiques à son sujet et souffla au sergent que son père avait probablement commis un meurtre.

— Je ne vois pas pourquoi tu prétends vouloir savoir où elle est partie, lui dit-elle en remontant avec lui dans la voiture. Si elle a le moindre bon sens, elle ne reviendra plus jamais.

Il ne reconnaissait plus sa fille. Il n'aimait pas la jeune femme taciturne et arrogante qu'elle était devenue. Il ne comprenait pas ce qui l'avait rendue si égoïste, si méfiante. Elle avait eu une enfance sans problème ; elle avait toujours été la gentille petite fille à son papa. En fait, c'était à cause d'elle que Brad l'avait constamment accusé de favoritisme.

Bob imagina un instant que Daphné était allée passer du bon temps à Londres chez un écrivaillon de son espèce. Il avait son carnet d'adresses, rempli de noms d'hommes. Mais comment reconnaître, parmi ces inconnus, celui à qui elle avait téléphoné et chez qui elle logeait ? Une pensée plus sombre l'assaillit : menant enfin à exécution sa menace si souvent répétée, sa femme l'avait quitté pour de bon. Son manteau et son sac avaient disparu, ce qui corroborait cette hypothèse. Autre angoisse : si elle avait emporté sa carte de crédit, elle se retrouvait libre d'aller se balader n'importe où.

Sur ce point, Bob ne se trompait pas. À cette heure précise, Daphné Metcalf voguait vers le Sud, entamant son voyage à travers les cloaques qui menaient à Brighton et, de là, à la haute mer.

33

Dieu et le golf

« *Une fois la botte de l'oppression levée, il fut facile de continuer. Et cela devint de jour en jour plus aisé.* »
Le Cahier rouge

Balmoral Close, en ce dimanche matin, était très calme. Cela ne changeait pas de l'ordinaire ; ce jour-là, un voile de silence recouvrait les tristes maisons de brique rouge. Les rideaux étaient tirés, les lumières éteintes. Depuis que les commerçants du coin ne livraient plus à domicile, les parents ne faisaient plus la grasse matinée. La masse plombée des nuages formait un couvercle lugubre, un ciel plein de promesses non tenues où le soleil n'était guère qu'un souvenir.

Barbara Prent se leva sur la pointe des pieds afin de déranger le moins possible son mari. Précaution inutile : il serait sur le terrain de golf un peu moins d'une heure plus tard. Elle fit sa toilette, s'habilla, endossa un imperméable et descendit chercher sa voiture. C'était son habitude, le dimanche matin, d'aller à l'église le plus tôt possible, avant l'afflux des jeunes mères qui venaient, flanquées de leurs enfants, assister à la cérémonie de onze heures où l'on chantait en chœur au son des tambourins et des guitares électriques. Après avoir garé sa Renault derrière le bâtiment de brique, elle entra dans l'église, décidée à se recueillir une heure.

Il était huit heures quarante-cinq.

Même si sa famille tournait sa conversion en dérision, la prière lui procurait force et paix intérieure. Son assiduité aux services religieux avait aussi pour avantage de lui fournir une occupation. La vie à Invicta Cross l'ennuyait. Son mari passait tous ses loisirs au golf, trouvant dans l'amélioration de son handicap une occasion de sublimer ses frustrations. Quant à son fils, il la haïssait au-delà de toute mesure, sans raison apparente. Dieu, au moins, était toujours là pour elle. Engourdie par le bruit de la pluie sur le toit, elle passa de la position agenouillée (elle préférait la manière ancienne de prier qui exigeait un effort supplémentaire) à la station debout, déposa son obole habituelle alors que le lieu était désert et que nul ne se serait formalisé si elle n'avait rien laissé, avant de sortir de l'église, son imperméable serré sur elle. La pluie cinglait l'aire de stationnement, obscurcissant le cimetière proche. Des roulements de tonnerre résonnaient dans le lointain comme la rumeur d'une mer invisible.

N'ayant pas pris de parapluie, elle courut à la voiture dont la sirène d'alarme s'était déclenchée, fit cesser celle-ci d'un coup de télécommande, se glissa à la place du conducteur et fut secouée d'un frisson au moment où elle insérait la clé de contact.

Elle venait à peine de commencer à fredonner le premier verset de « Mes yeux ont vu la gloire de la venue du Seigneur » lorsque la déflagration qui souffla le tableau de bord et la rôtit vivante fit si rapidement monter la température à l'intérieur du véhicule que toutes les fenêtres se boursouflèrent et volèrent en éclats. Il n'y eut qu'un bruit étouffé. Mrs. Prent et sa Renault furent projetées dans différentes directions. Ce fut une fin étrangement peu spectaculaire, comme si l'explosion s'était auto-atténuée par délicatesse envers la victime. À part quelques petits sifflements et crépitements sporadiques, le feu rugissait comme en sourdine, son épaisse fumée noire rabattue par la pluie torrentielle. Le gros postérieur de Barbara Prent cuisait dans son jus et des os carbonisés pointaient çà et là.

Trois quarts d'heure s'écoulèrent avant qu'on découvrît l'épave. Au moment où un badaud curieux s'en s'approcha, elle était entièrement noircie et refroidie. De Barbara Prent, presque rien ne subsistait. Elle avait littéralement fondu dans le siège ; seules dépassaient de l'appui-tête calciné les couronnes en céramique de ses dents, comme si elle avait été prise d'un grand éclat de rire à l'instant où l'étincelle du démarrage avait mis à feu le paquet de nitrocoton si expertement fixé derrière la colonne de direction.

La ceinture enflammée de l'imperméable de Barbara Prent avait volé en l'air et était retombée sur un crucifix en marbre. Peut-être était-elle directement montée au ciel, laissant sa signature.

Vêtu de son pantalon préféré et d'un lourd imperméable, Ken Prent arriva au club de golf peu avant dix heures. Il trouva le terrain encore vide. De toute façon, les joueurs ne se bousculaient jamais au portillon. Il était temps que lui et les autres membres du club se rendent à l'évidence : l'endroit n'avait pas eu le succès escompté. Le parcours était sans intérêt, mal dessiné, et les problèmes liés à la présence d'une nappe aquifère avaient créé des zones de marécages permanents.

Ken avait battu Justin Brickett la semaine précédente. Il avait bien l'intention de réitérer l'exploit aujourd'hui. L'agent immobilier avait provoqué un certain émoi quelques jours auparavant en refusant de renouveler la carte de membre de Bob Metcalf, l'évinçant ainsi du club. Alors que ce dont ils avaient le plus besoin, c'était d'en rameuter de nouveaux. Ce type était un vrai taré et, pensa-t-il avec un sourire d'autosatisfaction, un yuppie raté. Invicta Cross était loin d'avoir répondu aux attentes de chacun. Paradis perdu avant d'avoir jamais existé.

Il tira son étui à clubs jusqu'au premier trou. Le ciel devenait menaçant. Un peu de pluie ne le dérangeait pas, mais celle-là avait l'air de vouloir s'installer pour la journée. Le vent, déjà, agitait les arbres. Privé de partenaire, Ken décida toutefois de jouer sa balle du tertre de départ et de faire un peu d'entraînement. Il réussit un drive honnête, puis se remit en position, non sans avoir essuyé la boue qui venait de tacher ses mocassins de cuir blanc. Ce qu'il vit alors le laissa bouche bée. Quelqu'un avait creusé des dizaines de trous dans le gazon. D'affreux tas de terre parsemaient le terrain et il y avait des creux partout ! Cette herbe que lui et les autres membres du club avaient fait soigner jusqu'à l'amener à la régularité d'un tapis de billard avait été sauvagement saccagée à la pelle.

C'était le bouquet ! Lâchant sa crosse, il s'avança à grandes enjambées pour constater de plus près le désastre. De loin, sous l'ombre d'un arbre, quelqu'un l'observait. Trop grand pour être le vieux Brickett. Qui diable était-ce ?

— Hé ho, vous, là-bas !

Il piqua un sprint en slalomant entre les monticules. Arrivé sous le couvert des cèdres, il commença à mieux distinguer la silhouette. L'homme avait en main une lourde crosse de golf à poignée en bois de type ancien et semblait s'exercer en la balançant d'avant en arrière comme s'il s'apprêtait à jouer.

— Prentiss ? C'est vous, Jack ?

— Salut ! s'exclama l'intrus en venant à sa rencontre. Je me suis dit que ça serait sympa de faire une petite partie avant le brunch. Sait-on jamais, je pourrais y prendre goût.

Ken essayait de reprendre son souffle.

— Vous avez vu le gazon ? Un enfoiré l'a dévasté à coups de pelle !

— Ce n'était pas un enfoiré. C'était ma femme, fit l'autre sans cesser d'agiter sa crosse d'avant en arrière tout en se déhanchant. Elle raffole du jardinage. Je lui ai donc suggéré de venir ici s'amuser à creuser quelques petits trous.

— Vous êtes maboule ? bredouilla Ken. Que faites-vous des lois protégeant la propriété privée des contribuables ? Elles couvrent les biens naturels comme le green.

Baratin typique de Prent, conneries de base.

— Ma femme a effectivement couvert le green, dit Billy. Je l'ai envoyée foutre en l'air quelques-uns des passages les plus vicieux du terrain et gâcher ta matinée. Mais on dirait que là, elle est devenue raide dingue. Elle a dû se laisser emporter par son enthousiasme. Ça lui arrive parfois quand elle s'amuse bien.

— Eh bien, ça la mènera tout droit en prison.

— Toute sa vie, elle a été en prison, Prent, celle que toi et tes semblables avez construite pour elle. Dis-moi, est-ce que les noms de Billy March et d'April Barrow te rappellent quelque chose ?

Son voisin s'apprêtait à répondre. Il n'en eut pas le temps. Billy fit tournoyer la lourde crosse à toute volée et le cueillit d'un coup sonore sous le menton. Le choc des mâchoires lui trancha net un morceau de langue et brisa en deux son dentier. Curieusement, il parvint à rester debout. Mais ses bras se tendirent en avant et il cracha les morceaux de plastique rose de son dentier dans un torrent de sang et de salive.

Son visage avait gardé son expression hébétée quand Billy fit encore tourner en l'air la crosse. Cette fois, le heurt du métal contre le crâne eut un effet foudroyant. L'homme d'affaires fut projeté de côté et tomba sur le dos dans l'herbe mouillée où il reçut un nouveau coup en plein sur l'autre oreille. Quelque chose céda avec un bref craquement. La figure de Ken Prent fut instantanément inondée de sang. Son œil droit ressemblait à un œuf poché dans un lit de sauce tomate bouillante. Billy appuya sa botte sur la gorge de l'homme pour l'empêcher de crier.

— Tu ne te souviens certainement pas des petites gens, hein ?

Il se retourna, regarda au loin.

— D'après toi, on est à quelle distance du green ? Ça doit faire trois coups. Je n'ai pu trouver que cette vieille crosse et elle ne fait sans doute pas l'affaire. Elle appartenait à mon pauvre papa. Rien à voir, bien sûr, avec ces trucs modernes hyper-légers mais ça peut frapper fort.

Il se baissa, appuya doucement du bout de sa botte sur le menton de Ken pour ouvrir sa bouche puis introduisit une balle de golf entre les lèvres tremblantes.

— Bon, je vais y mettre toute l'énergie dont je suis capable. La force me paraît préférable à la précision.

Il leva la crosse aussi haut qu'il put mais manqua de peu la balle. Ken criait et se tordait sous son pied.

— Je vais essayer encore. Cette fois, tâche de te tenir tranquille.

La semelle de sa botte pesa encore plus fort sur la gorge de Prent, la crosse décrivit un arc au-dessus de sa tête et s'abattit. Le coup balaya ce qui restait des dents de Ken et fit de son nez une bouillie de chair sanglante.

La balle roula sur quelques mètres avant de s'immobiliser dans l'herbe.

— Oh, là là ! je crois que j'ai encore besoin d'entraînement.

Il frappa de toutes ses forces à la tête, savourant la puissance de ses muscles, sentant la boîte crânienne de sa victime éclater sous le coup de la crosse qui s'enfonçait dans une masse visqueuse. Alors, abandonnant son arme à côté du corps, il s'éloigna tranquillement en sifflotant sous les cèdres.

Il quitta le terrain de golf par une entrée secondaire, retira ses gants et les caoutchoucs qu'il avait empruntés à April, s'en débarrassa dans le fossé plein d'eau d'une rue en chantier.

Il alla ensuite s'acheter le journal du dimanche avant de retourner chez lui où, encore vêtue d'un déshabillé de satin, sa jolie femme l'attendait devant les œufs, le bacon, les toasts et la marmelade du petit déjeuner. L'enfer allait enfin se déchaîner.

34

Le bonheur de la vengeance

« J'ai vérifié de nouveau la liste et j'ai commencé à marquer ma progression par une série de croix dans des cases, comme suit :

x	*Barbara Prent*
x	*Ken Prent*
	Simon Prent
x	*Alan Bovis*
	Georgina Bovis
	Sherry Bovis
	Bob Metcalf
	Brad Metcalf
x	*Daphné Metcalf*
	Emma Metcalf
	Justin Brickett
	Sandra Brickett
	Dr McMann
	Mrs. McMann
	PC Morris Diller
	Gavin Diller

« J'ai décidé d'inclure la femme du docteur parce qu'elle a contribué, j'en suis certain, à tenir les March à l'écart de la société d'Invicta Cross. Son mari était

un homme influent, mais on affirmait que c'est elle qui portait la culotte. J'ai décidé par ailleurs de ne faire aucun mal à Sherry Bovis ou à Simon Prent, bien que ce dernier, enfant, m'ait tapé sur le système. Voilà qui laisse quatorze victimes potentielles (j'ai des projets pour le reste d'Invicta Cross). Quatre ont déjà eu leur compte. Il en reste donc dix en attente, dont trois (Gavin Diller, Justin Brickett et Brad Metcalf) devront faire l'objet d'une mise à mort particulièrement cruelle. »

Le Cahier rouge

Dans le lointain, les vagues de pluie balayaient le toit de verre bleuté du centre commercial d'Invicta Cross. Le sergent Morris Diller se replongea dans l'étude du document qu'il avait sous les yeux. Il était furieux. Déjà deux heures et demie de l'après-midi ; il allait manquer le déjeuner dominical, le jour, justement, où sa femme avait préparé un gigot d'agneau, son plat préféré.

Les affaires d'homicide ne faisaient pas partie de son domaine de responsabilités. De toute façon, même s'il avait été en son pouvoir d'entamer une quelconque enquête, on ne l'en aurait pas chargé, puisqu'il connaissait personnellement les victimes. Invicta Cross dépendant de la juridiction du district sud de la capitale pour les cas graves et son propre supérieur étant malade, il lui faudrait attendre jusqu'au lendemain matin l'arrivée des gars d'East Grinstead, en compagnie des agents de police Midlock et Bimsley. Le premier, simple stagiaire, n'avait pas le droit à la moindre initiative. Quant au second, il s'agissait de l'individu le plus empoté qu'il eût jamais vu : un danger public.

Pendant ce temps-là, la pluie diluvienne faisait disparaître toute chance de trouver des preuves sur les deux sites. Pour l'heure, Morris était le policier de plus haut rang dans le poste (l'inspecteur principal bénéficiait d'un congé de longue durée à la suite d'une dépression nerveuse et le seul autre inspecteur du lieu gardait lui-même le lit, terrassé par une sale angine). Pour l'instant, tout, donc, reposait sur lui. Mais que pouvait-il faire, à part tendre un cordon autour du corps méconnaissable de Ken Prent et de la carcasse noircie de la voiture de son épouse ? Pour le reste, il n'était pas habilité à agir sans un ordre de sa hiérarchie. De plus, il n'y avait aucun officier de police disponible pour commencer les entretiens porte à porte. Le merdier, quoi. Mais il fallait bien reconnaître aussi que jamais rien de tel ne s'était produit dans le coin.

Il se força à réfléchir. Si quelqu'un, dans le voisinage, savait quelque chose, la police en aurait déjà été informée. Si l'incendie de la voiture de Prent était d'origine criminelle et qu'il y avait eu un double homicide, il s'agissait plutôt de l'œuvre de gens de l'extérieur alléchés par la prospérité de cette cité cossue. Jusqu'à présent, on n'avait constaté aucune trace de vol ; mais, il n'en doutait pas, on finirait par en trouver. Et si on avait affaire à une bande de malfaiteurs enragés des cités HLM voisines ? Le véhicule blindé le plus proche était basé à Croydon. Permettrait-on à Morris de l'utiliser ?

Et puis il y avait la disparition de Daphné Metcalf. Aucun lien, bien sûr, avec les deux autres crimes. Mais imaginez qu'elle ait été enlevée... Qu'est-ce qu'on était censé faire ? Se tourner les pouces en attendant une demande de rançon ? Rien, dans l'expérience de Morris Diller, ne l'avait préparé à cela. Son ordinaire se limitait le plus souvent aux cambriolages, vols de voitures, menaces de la part de voisins bruyants, vols de portefeuilles et animaux domestiques perdus. On était à Invicta Cross, pas à New York ou à Croydon. Il passa sa main sur son crâne dégarni et soupira. Tout ça le dépassait ; il n'avait pas la moindre idée de ce qu'il fallait faire. Alors, jusqu'à ce que quelqu'un vienne avec des ordres spécifiques, il prit la décision de ne rien faire du tout.

Ce dimanche-là, April, avec son tablier où s'inscrivait : « *Je suis la patronne* », offrait l'image même de la parfaite maîtresse de maison. Elle apporta le rôti fumant dans ses mains gantées. C'était une scène digne des pages cuisine de *Elle* : Billy à table, sa serviette dans le col de son chandail, elle tendant à son mari l'impeccable repas du dimanche, rôti de bœuf, pommes au four, Yorkshire pudding, petits pois, haricots, le tout agrémenté d'une sauce odorante. April ignorait à peu près tout de l'art culinaire. Elle s'était contentée de passer au micro-ondes les ingrédients précuits achetés au supermarché. Le plus difficile avait été de préparer la sauce mais elle avait fini par éliminer les grumeaux en se servant d'un foulard en guise de passoire. Incapable de faire marcher son fouet électrique, elle avait mélangé le pudding dans un Tupperware à l'aide de son vibromasseur. Le plus important était que ça ait l'air bien. L'apparence avant tout. Si vous commencez à regarder en dessous, Dieu sait ce que vous pourrez trouver.

Depuis la mort de Daphné Metcalf, un changement s'était produit en elle. Elle voyait le monde comme à travers un voile, baigné d'une douce lumière boréale qui lui rappelait les films en technicolor de Doris Day et de Rock Hudson. C'était une sensation des plus étranges, un peu comme si elle n'arrivait plus à toucher la dureté du réel et flottait à quelques centimètres au-dessus du sol. Elle se demandait si elle n'était pas en train de devenir une héroïne de cinéma. Le monde en trois dimensions n'allait-il pas, petit à petit, se désagréger autour d'elle et se réduire à une surface entièrement lisse ? La vie n'en deviendrait que plus facile, se dit-elle.

Billy lui souriait amoureusement en versant la sauce bouillante sur des bouts de viande à moitié carbonisés bien qu'encore gelés. Il n'oubliait pas qu'il devait lui parler avec d'infinies précautions.

— Qu'est-ce que tu aimerais faire cet après-midi, chéri ?

Elle retira un petit glaçon des haricots et le lança sur la moquette.

— Je crois que je vais me conduire en bon voisin et faire un saut chez les Bovidés.

Il ne pouvait pas aller chez les Prent. Ils étaient morts. On venait de confier leur enfant, hurlant et gigotant, à un oncle qui avait tout du pédophile.

— Quelle bonne idée ! répondit-elle en souriant. Finis de manger. Chaussons aux pommes pour le dessert.

Derrière elle, sur le tourne-disque, Tom Jones chantait : *Je n'y suis pour rien.*

Dans un premier temps, personne ne répondit lorsque Billy sonna chez les Bovis. Enfin, Sherry Bovis ouvrit lentement la porte. Elle semblait contrariée d'être dérangée.

— Vous êtes Sherry, je présume. J'ai pensé venir bavarder un peu avec votre maman.

Après un instant d'hésitation, elle s'effaça pour le laisser entrer. Georgina, la tête dans ses mains, était assise dans le salon aux stores baissés. Une forte odeur de whisky imprégnait la pièce. La jeune femme en jean et casquette de base-ball noire qui se tenait près d'elle devait être une policière en civil ou une infirmière à domicile. Sherry resta là, ne sachant trop quoi faire, tapotant du pied le tapis.

— Qu'est-ce que vous voulez ?

La voix de Georgina était à peine audible.

— Simplement savoir si vous allez bien.

— Cela dépend du sens que vous donnez à ce mot. Mon mari a été emmené à la morgue la nuit dernière après avoir vomi toutes ses tripes. Je vais bien dans la mesure où c'est moi qui suis vivante, pas lui. Ils pensent qu'il s'agissait d'une sorte de poison. On m'a interdit de toucher à quoi que ce soit dans la cuisine avant qu'on n'emporte tout au laboratoire d'analyses.

Elle se mit à pleurer en silence.

— Comme c'est affreux ! dit-il, mettant toute la solennité dont il était capable dans le ton de sa voix. Y a-t-il quelque chose que je puisse faire pour vous aider ?

— Vous pourriez essayer de trouver ce qui se trame par ici, répliqua-t-elle en frottant nerveusement ses yeux mouillés. Daphné Metcalf est portée disparue et je suppose que vous êtes au courant pour les Prent.

— Les Prent ? Non. Quelque chose leur est arrivé ?

— Oui, en quelque sorte. Barbara a été brûlée vive dans l'explosion de sa voiture, par quelque chose, comment dire, une bombe, je suppose, et le golf grouille de policiers après la découverte du corps de son mari au milieu d'un green dévasté. Il a été frappé à mort. C'est Tracy, l'employée de Brickett, qui l'a trouvé quand elle et son petit ami sont allés jouer ce matin.

— Peut-être qu'ils avaient tous fait un serment, suggéra-t-il. Peut-être s'agit-il d'un suicide collectif, genre secte mystique.

— Pour l'amour du ciel, mon mari est mort, merde !

— Un deuil dans la famille ne vous dispense pas de rester polie, dit-il en s'efforçant de ne pas paraître choqué et surtout de ne pas rire. Je suis désolé de ce qui est arrivé à votre époux. D'ailleurs ça sent encore un peu le vomi, ici. Mais Barbara a dû souffrir autant, sinon plus. Une femme si adorable, si dévote. Une incinération si prématurée et si violente. Elle a dû se dire qu'elle avait oublié une prière et qu'elle allait droit en enfer. La leçon qu'il faut tirer de cela, c'est que l'absence d'extincteur dans votre voiture vous expose à une fin tragique.

— Je pense qu'il vaut mieux que vous partiez, Mr. Prentiss, conclut, d'une voix posée, la jeune personne debout à côté de Georgina.

Il lui vint à l'esprit que ce devait être la copine de Sherry.

— Je reviendrai quand vous vous sentirez mieux, dit-il en se dirigeant vers le vestibule. Je vous conseille de suspendre une plaque d'Air-Wick contre les odeurs.

Il claqua la porte derrière lui et, prenant soin de se composer une expression grave, traversa la rue pour se rendre chez les Brickett.

Comme il n'y avait personne, il rentra chez lui.

À la fin de la journée, la pluie se remit à tomber ; l'orage annoncé éclata au-dessus de Balmoral Close.

— Écoute, fit April en poussant une table roulante garnie de biscuits salés et d'amandes, Dieu est en train de faire le ménage là-haut. Est-ce qu'on n'est pas bien ici tous les deux, au chaud, douillettement installés ?

Elle s'accroupit près du magnétoscope, introduisit une cassette de vieux épisodes de *I love Lucy* avant de s'installer sur le canapé, grignotant des sticks au fromage, captivée par les prises de bec entre Ethel et Lucy.

Billy se versa un verre de whisky et se plongea dans ses réflexions. Quatre familles, à présent, se calfeutraient chez elles comme des huîtres dans leur vivier. Les attirer dehors ne présentait aucun intérêt. Mieux valait attendre qu'ils sortent. Cela lui laissait le temps de cocher une nouvelle case sur sa liste. Il vida son verre d'un trait puis se leva, attrapa son manteau sur le dossier de la chaise.

— Je sors juste faire un tour.

Le visage d'April s'assombrit.

— Billy, tu ne vas pas loin, n'est-ce pas ?

— Bien sûr que non. Je reviens tout de suite.

— Je suis désolée... Le docteur est en visite et je ne l'attends pas avant une heure au moins, expliqua Ruth McMann en ouvrant la porte. Si vous voulez le voir, il vous faudra aller demain à sa consultation au dispensaire, ou prendre rendez-vous avec sa secrétaire.

— En fait, je voulais simplement avoir un bref entretien avec votre mari.

Billy jeta un coup d'œil à la rue pour s'assurer que personne ne l'avait vu arriver. Il ajouta :

— Mais en son absence, je peux peut-être vous parler.

— Je ne laisse personne entrer quand mon mari n'est pas là, s'excusa-t-elle, nerveuse. Avec toutes ces choses horribles qu'on lit dans les journaux...

— Mais vous me connaissez, Mrs. McMann. Vous êtes venue à ma soirée, vous vous en souvenez ?

— Là n'est pas le problème. Il se passe tant d'atrocités dans le quartier. On ne sait plus à qui se fier.

— Ta gueule, vieille salope. Je ne vais pas enlever mes gants. Ça ne va pas me prendre longtemps.

Le coup de tonnerre au-dessus d'eux eut un effet théâtral. Il poussa la porte de l'épaule et la referma vivement derrière lui. Sans lui laisser le temps de crier, il lui mit sa main sur la bouche, la déséquilibra et l'entraîna vers le salon. Elle était aussi lourde qu'un réfrigérateur plein. La vieille carne pesait une tonne. Trop de bouffe bourgeoise dans le bide. Elle manqua le renverser en se débattant mais il arriva à la traîner jusqu'à une chaise de cuisine en bois assez solide sur laquelle il la cloua d'un geste si violent qu'elle en fut momentanément sonnée et resta silencieuse.

Il jeta un regard circulaire dans la pièce encombrée. Allons, un peu d'imagination. Il arracha la têtière du fauteuil le plus proche, la fourra dans la bouche de l'épouse du docteur, débarrassa en un tournemain de ses aiguilles un cardigan à moitié tricoté qu'il utilisa pour attacher les vieilles mains tremblantes à la chaise. La pelote de laine qui traînait sur le sol lui servit à lier les chevilles. Les yeux de Mrs. McMann ne cessaient de cligner avec une expression suppliante. Il éteignit le poêle à gaz, puis rouvrit le robinet, approchant le visage de sa victime des brûleurs. Mais au fait, était-il toxique, ce gaz-là ? Le comble, c'est qu'il n'en avait aucune idée. Quelle chierie d'avoir à improviser après avoir passé tant de temps à tout planifier ! Peut-être existait-il désormais du gaz de ville inoffensif. Il était toujours détonant mais était-il asphyxiant ? Il n'en avait plus le moindre souvenir. Quelle ironie, étant donné ses vastes connaissances en physique et chimie. Il se jura, après ce coup-là, de s'en tenir à son plan et de ne plus en dévier.

Les cris étouffés de Ruth McMann se faisaient plus distincts à mesure qu'elle poussait le bâillon avec sa langue. Elle était aussi forte qu'un bouledogue. Il fallait qu'il agisse vite.

Il se mit à fouiller les unes après les autres les pièces du rez-de-chaussée. Inutile de chercher des drogues létales. Le docteur les laissait certainement à son cabinet. Ce qu'il voulait, c'était une preuve et il n'avait pas le temps de faire parler Mrs. McMann sur l'implication de son mari dans la grande conspiration anti-March.

Contre toute attente, c'était ce qu'il avait toujours suspecté. La preuve était juste là, dans le tiroir à cravates puant la naphtaline de la vieille armoire en noyer du docteur. Il prit l'objet et le fit tourner dans sa main. Ce ne pouvait être que le même. Cela signifiait que le docteur avait toujours menti en prétendant l'avoir perdu. Il tenait là la confirmation de ce qui s'était passé dix ans plus tôt. Tout était vrai, il n'avait rien imaginé.

Avec une énergie renouvelée, il se rua dans la cuisine, arracha les tiroirs à couverts, vida leur contenu sur le sol. Tous les couteaux et les fourchettes merdiques de la mémé étaient si délicats. Sûr qu'ils allaient se tordre sur sa vieille peau racornie. Il finit par trouver un couteau à découper digne de ce nom mais hésita à l'idée de se couvrir de sang. Elle était du genre à saigner. Une grosse outre pleine de sang épais et puant. Il découvrit une bouteille de trois litres de pétrole dissimulée sous l'évier et se dit que cela ferait mieux son affaire.

La vieille femme était calme quand il revint au salon. Une masse inerte sous les lainages et les collants marronnasse. Toujours attachée, elle avait pourtant réussi à enlever une chaussure. Ses yeux haineux suivaient tous les mouvements de Billy. La pièce sentait le gaz mais elle n'était pas assez hermétique pour qu'une explosion se produise. Il vida la bouteille de pétrole sur la tête de Mrs. McMann en prenant soin d'en imprégner son épaisse chevelure blanche, puis s'apprêta à sortir. Allait-il lancer l'allumette pour embraser la pièce ? Il pouvait être tué. Et un feu si soudain donnerait l'alerte trop rapidement. *Merde*. Si seulement il avait apporté un de ses minuteurs, il aurait, avec le circuit électrique de la chaudière, une boîte d'allumettes, un morceau de chiffon et une soucoupe remplie de pétrole, fabriqué un système incendiaire grossier mais efficace. Hélas, il ne pouvait éviter de se salir les mains.

Il essaya de l'étouffer avec un coussin plaqué sur son visage mais le kapok dont il était garni laissait passer l'air. Malgré ses joues, son nez et ses lèvres bleuis et enflés, elle était déterminée à défendre chèrement sa vie et serrait les paupières sous la douleur.

Il n'avait pas le choix.

Il alla à la cuisine prendre le couteau à découper ; la mince lame affûtée traversa les bourrelets du cou, le sang gicla. Il fit pivoter la tête pour ne pas se faire éclabousser. Il avait deviné juste. Qu'est-ce qu'elle saignait ! Des litres et des litres. Elle émit de curieux petits piaillements, comme un renard blessé. Puis, plus rien. Elle mourut enfin pour de bon en vidant le contenu de ses intestins.

Billy attendit d'être sûr qu'elle était bien morte avant de quitter la pièce empuantie pour sortir par la porte de devant qu'il referma tranquillement derrière lui. Il marcha d'un pas rapide dans la rue silencieuse ; un raz de marée de pure rage déferla en lui, sublime montée d'adrénaline. C'était la sensation la plus libératrice qu'il eût jamais éprouvée. Il savait maintenant que la vengeance pouvait mener à la rédemption. Un feu purificateur brûlait dans son cœur.

Ses doigts se resserrèrent sur la pince à billets en argent au fond de sa poche. Il comprit, plus que jamais, que ce qu'il faisait était juste.

35

Perspectives de promotion

« *Le poste de police est trop petit pour une zone en pleine expansion comme Invicta Cross. Mais les membres de la municipalité ne le laisseront jamais s'agrandir. Avec leur médaille d'or, l'installation permanente d'une brigade criminelle complète serait du plus mauvais effet. Ils veulent pouvoir montrer qu'Invicta Cross est une communauté modèle, ce qui veut dire qu'ils sont mal équipés pour faire face à un tel pavé dans leur mare. Ils auront donc probablement recours à une intervention extérieure. Cela leur prendra du temps. Or, du temps, ils n'en ont pas.* »

Le Cahier rouge

Le sergent Diller avait un cauchemar. Le problème, c'est qu'il ne dormait pas. En dépit du froid qui régnait dans le poste de police, il sentait couler dans son dos grassouillet un filet de sueur. Les gens n'arrêtaient pas de le regarder, comme s'ils s'attendaient qu'il leur communique des informations exclusives. Mais il n'en savait pas plus que les autres. En plus, il n'était plus l'officier présent le plus élevé en grade : l'inspecteur enrhumé venait d'arriver. Mais lui, Diller, restait le plus ancien dans le poste. Et il connaissait de vue la plupart des victimes. Probablement cinq en tout, du moins pour le moment. Ici, à Invicta Cross, qui n'avait jamais connu le moindre crime sérieux.

Diller n'était pas enquêteur. Il enregistrait les plaintes, s'acquittait des tâches courantes, se déplaçait à la rigueur en cas d'effectif réduit, mais on ne lui avait jamais demandé de penser par lui-même. Il n'y avait pas d'enquêteur à Invicta Cross. À Croydon, oui ; on les attendait d'une minute à l'autre avec leurs portables, prêts à arracher les lames des parquets et à apporter un soutien moral à ceux qui venaient de perdre un être cher. Ensuite viendrait le tour de la presse. Les journalistes accourraient pour pondre leurs articles sur la ville modèle qui avait mal tourné. Il sentait que l'affaire lui filait entre les doigts avant même le début de l'enquête.

C'était *maintenant*, alors que la ville était encore sous le choc et qu'au poste on attendait les ordres, qu'il devait faire quelque chose qui le distinguerait. Il s'efforça de penser, de penser vraiment, bien et fort, faisant défiler dans sa tête les gens qu'il connaissait depuis le temps si lointain où il n'était que simple gardien de la paix. Si seulement il possédait un début de piste... Il se souvint alors de la feuille trempée de thé qu'il avait mise à sécher sur le radiateur : la liste des plaintes.

D'ordinaire, le sergent Diller se méfiait de la précipitation. Pourtant, il regagna son bureau en grimpant l'escalier quatre à quatre.

Gary Mitchell, en lisant le fax, crut tout d'abord à une plaisanterie. On y évoquait la possibilité de cinq meurtres commis en un seul week-end dans le secteur sud d'Invicta Cross. Le journaliste de l'*East Grinstead Advertiser* recevait des rapports de la police sur ce qui se passait dans la région : simple courtoisie de la part des flics, sans plus. Ce lundi-là, un de ces lundis gris et mouillés où pas grand-chose ne se passe, il n'attendait rien d'autre qu'un rapport statistique sur l'augmentation du chiffre des agressions. Le journal paraissant le vendredi, la salle de rédaction restait singulièrement vide jusqu'au jeudi. L'*Advertiser* était une feuille de chou financée par la publicité locale. De lecture facile, il évitait les sujets sensibles, restait en harmonie avec le conformisme de ses lecteurs qu'un rien choquait. À l'occasion, il menait des croisades contre des objectifs consensuels, une librairie accusée de pornographie parce qu'on pouvait y trouver des plaquettes sur les rapports protégés, une doctoresse qui avait des pratiques à la limite de l'illégalité, des poids lourds indésirables. Il avait même déjà couvert des faits divers tragiques, comme le décès d'un retraité asphyxié par son chauffage à pétrole, ou celui d'une vieille dame qui, s'étant aventurée en ville, avait été agressée par des drogués. Mais quatre morts suspectes et une cinquième victime portée disparue, tout cela en un week-end ! Depuis douze ans qu'il faisait partie de la rédaction, Mitchell n'avait jamais rien vu de tel. Il essaya de contacter le seul spécialiste des affaires criminelles du journal, absent ce jour-là, tomba sur un répondeur détraqué. Il retourna à son bureau, se prépara une tasse de thé avant de relire attentivement le fax en grattant son gros ventre. Une femme portée disparue depuis vendredi soir. Hypothèse : enlèvement. Un homme soudain malade qui meurt le samedi. Hypothèse : poison. Un autre battu à mort avec un club de golf le dimanche matin. Une femme carbonisée dans sa voiture à côté d'une *église*, juste ciel ! Une vieille femme ligotée et poignardée chez elle. Quelle série ! C'était trop beau pour être vrai.

La poisse, en fait. Une histoire aussi énorme ameuterait à coup sûr la presse nationale. Les types de Londres allaient s'en emparer, se pointer les poches pleines de chèques en blanc et piquer tous les contacts. Comment un canard local ferait-il le poids face à eux ? Pourtant, en admettant que la police ait une piste menant à quelqu'un du coin, Mitchell tenait un super-scoop. Ça ne valait pas Oklahoma City, mais au moins, c'était anglais. Il parcourut de nouveau le fax, n'y trouva rien qui pût suggérer que les policiers londoniens disposaient d'éléments supplémentaires. Il était dix heures vingt à l'horloge de la salle de rédaction. Le temps passait trop vite.

Il téléphona au sergent Morris Diller.

En pleine discussion avec son patron, Diller tentait de se faire entendre par-dessus le bruit de la salle remplie d'officiers de police tous plus jaloux les uns que les autres de leurs prérogatives, lorsque le téléphone sonna. Il dut sortir dans le couloir avec le récepteur. Hélas, le fil était trop court. Il fut obligé de s'accroupir pour pouvoir parler. Le journaliste et lui se connaissaient depuis longtemps. Leurs liens remontaient à l'époque où Diller était encore simple agent, tandis que Mitchell ne s'occupait que de chiens écrasés. En dix ans, ils avaient abouti à une symbiose aussi profitable sur le plan professionnel que financier.

— Je suis très emmerdé, expliqua Diller. L'affaire va nous échapper. C'est dingue. Pour une fois qu'il se passe quelque chose de vraiment intéressant, il faut qu'on envoie les types de la crime de Croydon pour nous court-circuiter, nous et East Grinstead, juste pour le plaisir de se balader sur les plates-bandes du quartier en hurlant dans leurs talkies-walkies. Apparemment, tout ce qu'ils sont prêts à nous laisser faire à ce stade, c'est à leur fournir des informations. On ne sera que de la crotte de bique, Gary, sauf si on arrive à trouver le bon truc. Tu sais, nos gars méritent qu'on leur donne leur chance.

— Qu'est-ce que tu veux que je fasse, Morris ? Tu ne peux pas t'attendre que je t'aide si tu ne disposes d'aucune piste. Tu as bien une idée ?

— J'en sais que dalle. Les habitants tombent comme des mouches. Même en admettant que ce soit une super-putain de coïncidence, il y en a au moins deux qui se sont fait incontestablement et irrémédiablement trucider. Tout le monde, ici, va ouvrir son parapluie. Les bourges du coin savent tous que ça finira par une enquête qui étalera leur linge sale au grand jour.

— Qu'est-ce que tu sais encore que tu ne m'as pas dit ?

Il y eut un petit silence plein de méfiance.

— Pas grand-chose, à part que l'une des victimes a travaillé pour ton canard.

— Qui ça ?

Mitchell n'avait jamais été un journaliste particulièrement observateur. Il se préoccupait uniquement de protéger jalousement son carré, ce qui expliquait pourquoi il n'avait jamais pu entrer dans un grand journal. Diller lui ressemblait en cela, n'ayant lui-même pas réussi, pour les mêmes raisons, à devenir inspecteur.

— Celle qui a disparu : Daphné Metcalf. Elle écrit des romans pour bonnes femmes sur des Américains qui s'envoient en l'air. Est-ce qu'elle n'avait pas une chronique chez toi ?

— Je crois qu'elle était simplement free-lance.

— Ça te fait déjà un titre.

— Et qu'est-ce que tu veux en échange, exactement ?

— Voilà. Ils ont commencé les interrogatoires, maison par maison. Mais je connais les copropriétaires : pas un de ces connards n'aura vu quoi que ce soit. Or, y a bien *un* connard qui sait ce qui s'est passé. Pour l'instant, aucun rapport évident entre toutes ces affaires. Je ne compte pas sur les petits malins de Croydon pour nous fournir un mémo. Alors si tu pouvais voir dans tes archives...

— Arrête, Morris, on n'a même pas terminé le transfert des anciens numéros sur informatique.

— Ça fait deux ans que vous êtes dessus, ça va vous prendre combien de temps ?

— Ils nous ont fait passer d'IBM à Apple et les deux systèmes n'étaient pas compatibles.

— Écoute, tâche de voir dans ce qui est déjà copié. Fais ton possible. Pour le reste, vérifie dans les exemplaires archivés. Cherche des bandes de jeunes qui ont eu des problèmes avec les habitants. Essaie de me trouver quelqu'un qui a un grief, un jardinier qui s'est fait lourder, un cambrioleur allumé qui a un casier, un marginal déjà connu – est-ce que je sais, moi ? –, quelqu'un dont tu penses qu'il pourrait avoir une raison de tuer ses voisins.

— Les humains ont des tas de raisons de tuer leurs voisins, Morris. Tu ne lis pas les journaux ? Le seuil de tolérance des gens n'est plus très élevé, aujourd'hui. N'as-tu pas vu ce vieux couple condamné pour harcèlement qui est sorti du tribunal coiffé de couvre-théières à la noix pour faire croire qu'ils étaient des terroristes ? Quand on laisse traîner ses oreilles dans les cours de justice, c'est pas jojo ce qu'on apprend. Y en a qui se foutent mutuellement de la merde dans leurs boîtes aux lettres, qui lâchent leur chien pour un oui ou pour un non, d'autres qui foutent le feu parce que quelqu'un a mis sa télé trop fort. La parano généralisée. Mais pourquoi tu penses à ce genre de profil ?

— Celui qui a laissé une gentille vieille dame comme Mrs. Mc Mann dans cet état-là ne peut que l'avoir sacrément haïe, mon vieux. On n'est pas en train de parler d'un simple coup sur la tête. Vois ce que tu trouves. Tu as dû rencontrer des cinglés de cette espèce depuis le temps... Tu es là depuis toujours.

Mitchell prit cela pour une allusion à son incapacité à se faire engager par les grands journaux de Londres.

— T'as épluché le registre des mains courantes ?

— J'ai commencé par là.

Diller réfléchit un court moment, puis décida de mettre Mitchell au parfum.

— Depuis un mois, quelqu'un n'a pas arrêté de faire de mauvaises farces à ces gens, en leur faisant livrer des pizzas non commandées, des conneries comme ça. Tout, chaque fois, a été consigné, mais personne ici n'a fait gaffe.

Il fut bien obligé de s'inclure dans cette catégorie. Plusieurs riverains étaient venus le voir personnellement.

— On pensait tous, avoua-t-il, qu'il s'agissait de blagues de lycéens.

— Plutôt duraille, la plaisanterie... Quelqu'un qui se fait brûler vif... Un peu plus méchant que *La Caméra invisible.* Ça va me prendre quelques jours, Morris. Les principaux dossiers ne sont plus ici. On les a déménagés à Croydon quand on a fusionné avec *Gazette.* J'ai comme l'impression que seules les premières pages ont été transférées sur disquettes.

— Avec leur putain de technologie... Bon, écoute, tâche de te grouiller. Moi, je m'occupe de te garder la priorité sur tes petits copains de Londres. Un enfoiré du *Sun* a déjà commencé à appeler ici. Il a téléphoné trois fois en une heure.

— Bordel, comment ils ont fait pour être au courant si vite ?

— T'en fais pas, ces mecs peuvent flairer la merde à cinq cents kilomètres. Tu m'appelles sur ma ligne privée dès que tu as quelque chose, d'accord ?

Mitchell reposa le combiné et se renversa dans sa chaise. La police avait besoin de son aide. C'était nouveau, ça. Après tout, peut-être en sortirait-il quelque chose de bon. Il se mit en quête du numéro des archives centrales à Croydon.

36

Soupçon

« Je me demande combien de temps ils vont mettre pour comprendre que deux et deux font quatre. Quelqu'un va certainement se souvenir des événements d'il y a dix ans. On dit que les gens oublient les leçons du passé parce que personne n'en tient plus compte. Peut-être se les rappelleront-ils grâce à moi. »

Le Cahier rouge

— Qu'est-ce que tu fais ici ? demanda Georgina Bovis, à moitié invisible dans la pénombre de l'entrée.

— Je suis venu voir si tu allais bien, Georgina. J'ai appris pour ton mari.

— Ah, vraiment ? C'était écrit quelque part ou tu as écouté les commérages du quartier ? Alors c'est maintenant que tu te pointes. Il a fallu qu'il y ait une mort pour que tu me rendes visite, ou tu avais juste envie de tirer ton coup avec une veuve ? Eh bien, je n'ai rien à te dire, Graham.

Toutefois, elle ne ferma pas la porte.

— Laisse-moi entrer un moment, on pourrait simplement parler un peu. Ça doit être terrible pour toi.

Graham Birdsmith posa le pied sur la dernière marche du perron, fixant Georgina d'un air affligé. Elle n'avait pas cessé de pleurer. Elle était encore en robe de chambre et chaussons, échevelée. Un sein bronzé apparut lorsqu'elle rajusta son vêtement ; il ne put s'empêcher d'y jeter un regard trouble.

— Bon, allez, viens. Rentre le lait, s'il te plaît.

Graham prit les deux bouteilles sur le seuil et se glissa dans la maison. Par habitude, il vérifia que personne, depuis la rue, ne l'avait vu entrer.

Ils s'assirent dans la cuisine surchauffée. Graham prépara du thé. Georgina alluma une cigarette à la braise de celle qu'elle venait de terminer.

— Il semble, dit-elle en chassant le nuage de fumée de son visage, que personne ne peut vraiment me dire de quoi il est mort. Le vieux McMann a été son médecin pendant douze ans, mais il n'est bon que si on a un ongle incarné au pied ou un rhume. Il n'a jamais eu à traiter un tel cas. Et puis il a aussi ses problèmes.

Graham lui lança un coup d'œil interrogateur.

— Quelqu'un s'est introduit chez lui hier soir. Sa femme a été agressée et tuée. C'est vrai qu'elle était mauvaise, cette vieille sorcière. Pourtant, jamais je ne serais allée jusqu'à lui souhaiter un tel sort. Je donnerais cher pour savoir ce qui se passe. J'ai demandé la protection de la police. Apparemment, il y a un tas de formalités à accomplir et personne pour prendre ce genre de décision en ce moment. Ils n'ont pas l'air d'avoir la moindre information crédible. Alan a pu mourir d'une péritonite ou de n'importe quoi. Il faut attendre l'autopsie. C'est drôle, je ne peux pas m'enlever de la tête que je suis une meurtrière.

— Qu'est-ce que tu veux dire ?

Graham versa un peu d'eau chaude dans la théière pour la rincer.

— Tu vois, quand il était au lit, tremblant et vomissant et que moi, j'étais là à parler au docteur, essayant d'expliquer qu'il n'avait rien avalé d'inhabituel, que nous avions tous mangé la même chose la veille, j'ai eu comme l'impression que c'était ma faute. Comme si je l'avais tué et que je cherchais à dissimuler mon crime. Un peu comme dans l'histoire de cette femme qui donnait à boire à son mari du bouillon empoisonné. C'est tellement étrange...

Sans crier gare, elle fondit bruyamment en larmes.

— Oh, Graham, qu'est-ce que je vais faire ?

— Allons, allons.

Instantanément, il se rapprocha d'elle, lui tapota amicalement l'épaule. Mais n'ayant eu jusqu'à présent avec elle que des rapports érotiques, il lui était difficile de lui manifester une sollicitude véritable. Il essaya l'accolade fraternelle, geste de consolation particulièrement maladroit de la part d'un homme qui avait été son amant à l'insu du défunt. Il enleva son bras. Elle était secouée de sanglots.

— Bois un peu de thé, ça te fera du bien.

Il remua les sachets dans la théière et versa deux tasses.

— Laquelle des deux veux-tu ? reprit-il en lui tendant les deux bouteilles de lait frais, l'une avec une capsule rouge, l'autre, argentée.

Ses pleurs cessèrent. Elle renifla, releva la tête. Elle répondit calmement :

— L'argentée. J'ai horreur du lait écrémé. Je n'en commandais que pour Alan. Il suivait un régime sans graisses. Mauvais pour son cœur...

Sa phrase se perdit dans une espèce de gémissement. Même dans les moments les plus tragiques, Graham restait obsédé par son embonpoint. Il se versa donc du lait provenant de la bouteille à capsule rouge. Il était sûr qu'Alan n'y aurait vu aucun mal.

— J'ai aperçu les policiers en rentrant du boulot, dit-il en ajoutant deux sucres dans sa tasse. On dirait qu'ils vont poser des questions dans les environs. Ça m'étonnerait que qui que ce soit ait vu quelque chose par ici. Il faudrait assassiner la moitié du quartier avant que quelqu'un commence à s'inquiéter. Je me demande s'ils sont déjà passés chez Billy March.

— Billy qui ?

Georgina s'arrêta net de parler en se frottant les yeux.

— Mon Dieu, j'avais oublié les March, s'exclama-t-elle. Ça fait des années. Qu'est-ce qui t'a fait soudain penser à eux ?

— Simplement qu'il habite à côté de chez toi.

— Quoi ?

— Je l'ai vu ce week-end chez le marchand de journaux ; je ne crois pas qu'il m'ait reconnu.

— Graham, qu'est-ce que tu racontes ?

Le météorologiste soupira et se mit à parler lentement, comme s'il s'adressait à une enfant.

— Le fils March, celui qui n'arrêtait pas d'accuser tout le monde. Il habite à côté de chez toi. Je viens de le voir sortir à l'instant et monter dans sa voiture.

— Mais non, ce sont les Prentiss, Jack et Polly, tu te trompes.

— Non, je te jure que non, protesta Graham avec indignation. Je l'ai reconnu aussitôt que je l'ai vu. En fait non, je ne l'ai pas reconnu à son apparence, il a tellement changé que je mets quiconque au défi de...

— Graham, comment l'as-tu reconnu ?

— Il était dans cette drôle de boutique, un peu plus loin que le croisement avec Windsor Terrace, du côté de Gaveston Crescent...

— J'ai compris.

— Il cherchait la maison d'un ami d'enfance, mais le marchand de journaux n'a rien pu lui apprendre. Une blonde l'a appelé de la voiture et lui a dit : « Ça va pas te prendre toute la journée ! » J'étais sur le point de lui adresser la parole. Je me suis ravisé en me disant qu'il ne devait pas se souvenir de moi.

C'était ça, elle les avait bien déjà vus. Voilà pourquoi elle leur avait trouvé un air si familier le jour où ils étaient venus visiter la maison. Ses yeux s'écarquillèrent ; un coin du voile commençait à se lever.

— Mon Dieu, sa femme, c'est la petite fille triste qui était toujours avec lui autrefois. Elle a dû changer son nom... Graham, tu ne penses quand même pas que c'est lui qui a fait ça ? Il détestait tout le monde, nous accusait tous de choses terribles, j'ai oublié quoi, et ils avaient toujours des ennuis avec la justice. Mais ils sont partis il y a bien dix ans. On ne garde pas une rancune si longtemps, qu'est-ce que tu en penses ? Ce n'est pas une raison suffisante pour vouloir assassiner quelqu'un.

Graham ne répondit pas. Plongé dans ses pensées, il buvait son thé.

— Que devrions-nous faire ? Attends, je reviens tout de suite.

Elle monta dans sa chambre, passa un jean, un tee-shirt, un chandail et une paire de tennis, puis redescendit dans la cuisine où Graham était toujours assis à la table.

— Reste ici, dit-elle. Je vais aller parler à Polly pour lui demander ce qu'elle sait.

— Est-ce bien raisonnable ? objecta Graham en se frottant l'œil droit du revers de la main. Je veux dire, et si le type est un fou complet ?

— Graham, tu l'as vu sortir. De toute façon, je *connais* cet homme, il est parfaitement normal, aussi sain que toi et moi. Plus, même...

— Alors vas-y, mais peut-être qu'on devrait d'abord passer un petit coup de fil à la police. On ne sait jamais.

— Bonne idée.

Elle chercha sa veste qu'elle finit par trouver sous une pile de linge sale.

Graham tira le téléphone jusqu'à lui, appela les renseignements puis composa le numéro du poste de Sherington Road. Pas de chance : occupé.

— Réessaie dans cinq minutes, recommanda-t-elle. Naturellement, tu sais comment ça se passera quand tu les auras : ils vont noter ton appel et tu n'entendras plus parler d'eux. Écoute, je vais traverser la pelouse d'en face, jusqu'au perron. Tu pourras m'observer de la fenêtre pour t'assurer que tout va bien.

En ouvrant la porte, elle lui décocha une œillade radieuse qui ne reflétait plus du tout l'état pitoyable dans lequel il l'avait trouvée une demi-heure auparavant.

— Je ne serai pas longue, d'accord ? Au fait, tu ne veux pas rester dîner avec moi ce soir ?

Si incroyable que cela ait pu paraître, il y avait dans son invitation une pointe de coquetterie coquine.

Après l'avoir regardée sortir à pas rapides sous les dernières gouttes de l'averse puis franchir précautionneusement la pelouse voisine, il se frotta une nouvelle fois le visage.

Georgina pressa le bouton de la sonnerie, recula d'un pas et attendit. Elle ne voyait aucune lumière à l'intérieur, mais il ne faisait pas encore nuit. Au-dessus d'elle retentissaient de menaçants roulements de tonnerre. Elle sonna une nouvelle fois. Portant son regard vers sa maison, elle distingua la pâle silhouette de Graham derrière la fenêtre embuée. Il semblait penché en avant, la tête appuyée contre la vitre.

Quand elle tourna une nouvelle fois ses yeux en direction de l'entrée, April était là. Elle portait une robe espagnole rouge cramoisi en taffetas synthétique et tenait à la main ce qui paraissait être une longue fourchette. Elle avait l'air assez agitée.

— Georgina, ma chérie, s'exclama-t-elle d'une voix suraiguë, quel plaisir de vous voir ici ! Jack est sorti mais il ne devrait pas tarder à revenir. Regardez-moi ça, vous allez vous faire tremper. Rentrez vous mettre à l'abri, je vais vous préparer un cocktail.

— Non, ne vous dérangez pas, je voulais juste...

— Ne soyez pas ridicule. Entrez, je vous en prie, avant d'attraper la crève à rester là dehors.

Vaincue, Georgina jeta un dernier coup d'œil à sa propre maison avant de disparaître dans le repaire de ses voisins.

37

Connaissance générale

« « *La folie en soi n'est rien. Seule compte la décision de commettre un acte fou.* » *Celui qui a écrit cela mériterait qu'on l'enferme car il a tort. On obéit parfois à ses impulsions, non parce qu'elles sont bonnes mais parce que si on ne le faisait pas, on trahirait ses véritables désirs. Il existe à la National Gallery un tableau de Etty intitulé* L'Ange exterminateur et les démons du mal mettant un terme aux orgies du vice et de la débauche. *L'œuvre décrit une société décadente emportée par un monde nouveau, meilleur, mais capable d'une infinie cruauté. Au fait, personne n'a jamais dit que les esprits vengeurs devaient être bons.* »

Le Cahier rouge

Gary Mitchell tira une nouvelle fois sur la boîte de métal ; elle bougea enfin avec un crissement qui le fit grincer des dents. Il se releva, épousseta les genoux de son pantalon et traîna l'objet jusqu'à une table de lecture mal éclairée. Il essaya de lire l'heure à sa montre ; sept heures passées : c'était la première fois depuis des années qu'il travaillait aussi tard. Les vieux numéros de l'*Advertiser* n'avaient pas été transférés sur microfiches. On les avait entreposés dans un sous-sol humide, rangés n'importe comment dans des boîtes à dossiers mal fermées et ils avaient moisi. Il manquait des mois entiers.

Or, il lui fallait trouver quelque chose, quelque chose remontant aux années quatre-vingt, concernant une famille exclue d'Invicta Cross dans des circonstances malheureuses. C'était la première chose à laquelle il avait pensé lorsque Diller avait parlé de chercher quelqu'un qui aurait un grief.

Posant son ample postérieur sur une étroite chaise de bureau, il commença à vérifier les dates de chaque numéro. Bien que datant du début de l'année 1986, la série qu'il avait sous les yeux était dévorée de moisissure et tellement jaunie qu'on eût pu penser que ces papiers avaient cent ans. Ce serait bien de les rapporter au siège de l'*Advertiser*. De façon intéressante, son journal avait réussi à relier les événements mondiaux à l'actualité locale de ce petit coin perdu ; en janvier, par exemple, la visite faite par un habitant d'East Grinstead, vétéran de la dernière guerre, à Cap Canaveral, côtoyait de façon astucieuse le désastre de la navette spatiale Challenger, tandis que l'accident de Tchernobyl était judicieusement mis à profit lors d'un appel à la générosité publique pour l'achat d'un nouvel équipement de radiothérapie à l'hôpital de Croydon.

À une échelle plus locale, le journal faisait état des manifestations contre un projet de tunnel ferroviaire supposé traverser East Grinstead et refusait de se faire l'écho d'une nouvelle campagne gouvernementale d'information sur le SIDA, la jugeant de mauvais goût. Il se plongea dans un autre numéro, puis dans un autre. Concours canin, collecte de fonds pour la lutte contre la sclérose en plaques, le maire patronne une fête (histoire qui n'aurait pas paru déplacée un siècle plus tôt), et, bordel de merde, mais oui, c'était ça, apparemment la suite d'un article précédent, à cheval sur les pages quatre et cinq de la livraison du 18 mars 1986, avec un gala de nageurs handicapés et l'inauguration d'un nouvel entrepôt de vente de tapis, un article intitulé : « Une famille à problèmes quitte la cité de ses rêves. »

Il n'en revenait pas : bien qu'ayant lui-même écrit l'article, il l'avait complètement oublié. Un jeune garçon était venu lui raconter une histoire dingue de complot fomenté par des voisins et la police pour faire partir sa famille de la ville. Il n'avait pas cru cet étrange adolescent maigrichon qui, victime de sa rancœur, mélangeait manifestement les faits, mais avait réussi à en faire un bon pavé. Il s'en était ensuivi une âpre controverse qui, publiée dans le courrier des lecteurs, s'était prolongée longtemps après le retour de la famille dans la capitale.

Avant de parcourir le texte, il essaya d'en retrouver la première partie dans la dernière boîte que contenaient ces catacombes. Peine perdue. Elle devait remonter à plus de dix ans. On l'avait sans doute déposée ailleurs, avec un système de classement encore plus bordélique. Il lui faudrait se contenter de cet article pour le moment. Il pivota sur sa chaise pour avoir plus de lumière, déplia la page et commença à lire.

Peu à peu, il se rendit compte à quel point l'histoire qu'il avait écrite dix ans auparavant faisait parfaitement l'affaire. À ce stade, peu importerait que le personnage incriminé – il devait avoir maintenant quelque vingt-quatre ans – fût coupable ou non. Le lendemain matin, Invicta Cross allait se transformer en une pétaudière grouillante de policiers, de badauds et de reporters de la presse à scandales. Quant à Mitchell lui-même, la parution de l'*Advertiser* lui donnerait l'avantage sur ces frimeurs minables de Londres avec leurs costards de luxe et leurs notes de frais. Pendant qu'ils courraient partout en agitant leurs carnets de chèques sous le nez des résidents, il dirigerait une chasse à l'homme qui, même si elle s'orientait dans une mauvaise direction, lui conférerait toujours une avance sur le troupeau.

Demain, on serait mardi ; le bouclage de son journal se terminait jeudi en fin d'après-midi. Même en tenant compte du fait que l'*Advertiser* était un hebdo, ce serait lui, Mitchell, qui publierait le premier article de fond aussi solidement documenté. Et, pour couronner le tout, il était le seul à tenir une piste. Il lui fallait verrouiller ces boîtes de métal, faire en sorte qu'elles deviennent difficiles d'accès. La meute de Londres n'allait pas tarder à vouloir y fourrer son nez. Pas de problème ; seules quelques personnes savaient où croupissaient les vieux numéros et il se débrouillerait pour qu'elles n'ouvrent pas la bouche. Il avait fait le travail de base dix ans plus tôt ; cette histoire lui appartenait. Il ne la laisserait pas lui échapper.

Un titre accrocheur, voilà ce dont il avait besoin ; *Le Massacre d'Invicta Cross,* un peu sec, rappelait trop les histoires de tueurs fous. Plus grandiose, alors. Qu'est-ce que les journaux japonais avaient trouvé pour l'attaque au sarin dans le métro ? Voyons, Invicta Cross n'avait-elle pas remporté la palme nationale de Trucmuche La Plus Populaire ou une connerie dans ce genre ? Pourquoi pas *Assassinats dans la ville de rêve* ? Non, ça manquait d'allitération. *Hécatombe en banlieue.* Et si l'hypothèse Diller était la bonne, il pourrait donner un nom, écrire quelque chose comme : *Le Vengeur d'Invicta Cross.* Non, ça rappelait trop une émission de télévision. Au fond, l'*Advertiser* n'était pas le seul canard ; il pourrait vendre son article aux journaux nationaux, s'assurer des droits exclusifs. Sinon, il pourrait toujours utiliser sa recherche pour faire paraître un papier sur le thème « Dix ans après » dans sa propre feuille de chou.

En premier lieu, il devait localiser Billy March, de préférence avant le matin, et découvrir ce qu'étaient devenus les membres de sa famille après leur départ.

Debout à l'angle de Windsor Terrace et de Balmoral Close, Morris Diller, les sourcils dégoulinants de pluie, s'efforçait de se concentrer. Il ne restait pratiquement plus de temps. Une enquête en règle avait commencé. D'heure en heure, des hommes et des femmes d'autres unités de police débarquaient dans le poste. Son bureau avait été réquisitionné par un quidam bronzé vêtu d'un costume tape-à-l'œil et qui, pour toute entrée en matière, lui avait demandé de lui indiquer où se trouvait le modem de raccordement à Internet. Incapable de répondre, il fut forcé de le diriger vers quelqu'un de plus jeune qui était au courant. Comme c'était parti, ça ne pouvait aller que de mal en pis.

Il observa les maisons, songea à l'image d'eux-mêmes que les gens choisissaient de présenter au monde. Tout était si ordonné. Les haies des jardins étaient tellement impeccables qu'on les eût dites découpées dans des blocs de polystyrène vert. Sphères parfaites des buissons de rosiers et de rhododendrons, lampes de verre soufflé sur les vérandas, rideaux en macramé, gouttières de métal rouge déversant l'eau de pluie dans des barils de plastique vert. Quel contraste avec l'appartement sale et désordonné où il vivait avec son fils depuis que Margerie les avait quittés ! Encore une chance qu'il fût dans la police : on aurait pu le prendre pour un suspect.

Ça devait être un type jaloux de toute cette tranquillité. Quelqu'un de l'extérieur, sans famille, qui prenait plaisir à causer tant de peine et de malheur, quelqu'un qu'ils connaissaient tous. Mais quel pouvait être son mobile ? Pourquoi les gens faisaient-ils ce genre de choses ? Il essaya de se souvenir des circonstances qui avaient entouré plusieurs massacres en série du même genre, mais n'y parvint pas. Était-ce simplement de la frustration, une vision déformée du monde, une vengeance à la suite d'un sentiment d'injustice ?

Cela ne servait à rien. Il n'avait pas été formé pour réfléchir de la sorte. Il aurait dû suivre des stages pour devenir inspecteur. On le lui avait proposé jadis, mais il avait été découragé par la rigueur, la discipline, les relations hiérarchiques. Une sensation accablante de gâchis l'envahit ; une carrière, une vie foutues.

De toute façon, il était trop tard pour revenir en arrière. Plus pénible encore, il avait la certitude que la solution était à portée de sa main. Des lambeaux d'idées lui traversaient l'esprit, tels des fantômes. Des souvenirs sur le point de resurgir. Si seulement tous ces bâtiments se dressant devant lui avaient été des maisons de poupée... Il n'aurait eu qu'à en soulever les façades opaques pour observer leurs occupants.

Se sentant soudain vieux, inutile et stupide, il reprit le chemin du poste de police, tournant le dos à Balmoral Close et à son secret. Les flics de Croydon prendraient bientôt la relève. Ils allaient truffer le secteur d'analyses statistiques et de matériel de surveillance. Mais il leur manquait une chose que seuls de vieux policiers comme lui pouvaient apporter à l'enquête. Toute sa vie, il avait enregistré des plaintes au sujet de la largeur des allées et du bruit des séchoirs à linge. Sa propre épouse regardait d'un sale œil la moindre femme qui étendait son linge après midi, la traitait de grognasse paresseuse ou, plus simplement, de pute ne s'occupant de son intérieur qu'après s'être envoyée en l'air avec le facteur. Pour comprendre ce qui se passait ici, il leur faudrait saisir l'essence d'un univers de banlieue régi par des principes plus obscurs, plus capricieux que ceux de la cour d'un pharaon.

38

Purification par le feu

« Je me demande si la génération qui viendra après moi fera les mêmes erreurs et le saura d'instinct. Auquel cas, pourquoi même se venger ? Et moi, dans cette affaire, que suis-je ? Héros ou bandit ? Pourtant, même si je me mets à douter de moi, il y a une vérité que je n'oublie pas. Celui qui n'obéit pas à son Dieu n'est rien, et cela fait longtemps qu'Eblis a croisé mon chemin. »

Le Cahier rouge

Au volant de son étincelante BMW noire, Billy avait roulé sans savoir où il allait dans les rues mouillées avec les seuls feux de position allumés. Il ne se résolut à mettre les phares qu'au dernier moment, une fois l'obscurité devenue totalement opaque.

Comme des mollusques dans un trou de rocher...

Il traversa le parking du centre commercial, une lueur sanguinaire dans le regard, avec l'espoir de voir quelqu'un qu'il reconnaîtrait au sortir du sanctuaire climatisé. Mais l'endroit était trop à découvert, trop surveillé. Tout autour de lui, les clients du magasin transvasaient le contenu de leurs chariots dans leurs voitures.

Déçu, il regagna son propre quartier. Il savait que le temps primait sur tout le reste. Pour attraper un meurtrier, il faut généralement l'arrêter dans les quarante-huit heures qui suivent le forfait. C'était ce que lui avait dit un jour un policier. Moins de huit pour cent des meurtres étaient élucidés une fois ce délai écoulé. Il devait en finir au plus vite. Faire ce qu'il avait à faire, puis mettre April en sécurité. Son propre sort lui importait peu. Quelqu'un finirait bien par tout comprendre : ce n'était qu'une question de jours. Trop de gens le connaissaient ; tous ces esprits paresseux, en veilleuse, qui attendaient simplement qu'on leur demande de se souvenir...

Il longea lentement la maison des McMann. Une lampe brillait dans le salon. La silhouette du docteur apparut un instant à la fenêtre, puis tira les rideaux. *On aurait pu penser qu'il aurait préféré rester avec des amis plutôt que de s'attarder sur les lieux où sa femme a péri de façon aussi atroce*, pensa Billy. Le nom de McMann figurait toujours sur la liste, attendant d'être coché. Alors tant qu'à faire, puisqu'il passait par là...

Il se gara à moitié sur le trottoir, prit un Bic dans la boîte à gants, descendit de voiture, ouvrit le coffre, en sortit une grande boîte enveloppée de papier kraft et d'un plastique de protection. Il écrivit son message sur un simple bristol qu'il glissa sous l'un des rabats de la boîte. Puis il remplit soigneusement un bon de commande qu'il avait gardé à cet effet et sur lequel il recopia un numéro inscrit au revers du cahier rouge.

Il déposa son paquet sur le seuil de la maison, sonna avant de courir se rasseoir au volant de son véhicule. Il disparut au coin de la rue avant même que le brave docteur eût ouvert sa porte.

Un sourire niais aux lèvres, April ajouta une dose de martini dans le cocktail. Après avoir remué vigoureusement, elle tendit le verre à son invitée. Sur la chaîne stéréo Dansette, Julie Andrews chantait *My Favourite Things* (Les choses que j'aime). Toujours souriante, April s'assit à côté de sa visiteuse éplorée.

— Dites-moi, commença-t-elle, soudain pleine de sollicitude, comment arrivez-vous à surmonter le choc épouvantable causé par une mort brutale ?

— Je ne sais pas moi-même, April. Je ne sais pas si j'y parviens. Tout s'écroule autour de moi. Je n'arrive pas à croire qu'il n'est plus là. Tout semble si irréel...

— Nous avons tous nos moments de dépression, Georgina, que la Grande Faucheuse nous appelle ou pas. Moi, par exemple, il m'arrive souvent de... déconnecter. Quand la tempête mord, quand l'abeille pique, quand je me sens triste...

Elle décocha à Georgina son regard le plus enjôleur.

— Lorsque je n'ai pas le moral, eh bien je chante. Pas vous ? Chantez avec moi, vous verrez, ça aide, je vous assure. Chaque fois que je me sens triste, je me souviens. Allez...

Elle souleva en arrière le bras du gramophone pour reprendre la même chanson.

Inquiète, Georgina hésita.

— Vraiment, vous vous sentirez tellement mieux. Laissez-vous aller. Une légère nuance d'autorité dans sa voix fit comprendre à Georgina qu'elle n'avait d'autre choix que de chanter avec elle.

— Alors, je me souviens des choses que j'aime et déjà je me sens moins mal...

— Alors, je me souviens...

— Des choses que j'aime...

— Des choses que j'aime.

Georgina se remit à pleurer.

— Et déjà je me sens moins mal. Encore une fois, d'accord ?

Elle replaça le bras du tourne-disque au début de la chanson.

— Quand la tempête mord, quand l'abeille pique, quand je me sens triste... Allez, plus fort...

— Alors, je me souviens des choses que j'aime, et déjà je me sens moins mal.

— Là, voilà. Oh, vous avez repris des couleurs. Rien de tel que d'écouter Julie pour se remonter le moral. Tchin-tchin.

Elle leva son verre. Il y eut quelques instants de flottement. Son invitée leva enfin le sien et elles burent ensemble. Que cette jeune femme aux longues jambes fût effectivement Polly Prentiss ou non, il ne faisait pas de doute qu'elle était folle. Décontenancée par cette séance improvisée, Georgina décida de partir pendant qu'il en était encore temps.

— Il faut que je m'en aille, Polly.

— Vous n'allez pas faire ça, j'ai encore une carafe de cocktail tout prêt. Je serai obligée de le jeter.

— Non, je dois vraiment...

— Oh, ça alors !

— Qu'est-ce qui se passe ?

April examina le contenu de son verre. Il était bleu. Celui de Georgina était transparent.

— Ces cocktails sont censés avoir exactement la même couleur.

— Mais qu'est-ce que vous avez mis dedans ? glapit Georgina.

— Je pense que ça doit être du curaçao.

April but une petite gorgée en penchant la tête de côté comme si elle écoutait des voix, puis passa sa langue sur ses lèvres.

— Curaçao, c'est bien ça, confirma-t-elle.

Georgina voulut demander de quoi se composait sa boisson, mais il lui fut impossible de remuer les muscles de sa bouche. Elle sentit des picotements dans ses membres. Puis sa jambe gauche ne répondit plus.

— Quelle idiote je fais ! J'ai versé le mien depuis la carafe et le vôtre directement de la bouteille, parce que je sais que j'ai tendance à faire mes cocktails un peu trop forts au goût des gens. Regardez, c'est écrit sur l'étiquette.

Elle prit la bouteille pour la voir de plus près. De là où Georgina était assise, il semblait s'agir d'une simple bouteille de gin.

— Parmi les ingrédients, je lis très clairement le mot gin. Et le mien est à base de vodka. Voilà déjà une petite partie du mystère résolue, n'est-ce pas ?

Sa voisine essaya de hocher la tête, de bouger les doigts, en vain.

— Voyons mais bien sûr, c'est le verre ! Je me souviens maintenant que je ne devais pas utiliser celui-là. Billy m'a pourtant mise en garde. « Ne te sers pas de ce verre, m'a-t-il dit, j'y ai versé un mélange d'acide borique et de nitrate d'argent. Je le réserve pour quelqu'un de spécial. » Eh bien, gageons que vous êtes quelqu'un de spécial. Vous sentez-vous spéciale ?

Aux premières notes de la chanson suivante, elle leva l'index.

— Oh, écoutez cet air, c'est vraiment mon préféré.

La bouche de Georgina était en feu : une terrible brûlure qui, embrasant sa langue, descendait jusqu'au fond de sa gorge. Elle voulut crier. Elle ne parvint qu'à éructer une épouvantable bouffée fétide. Les muscles de son cou se tendaient comme des cordes auxquelles on aurait accroché une pierre pesant des tonnes. Elle s'agrippa aux accoudoirs du fauteuil, mais ses mains étaient devenues totalement insensibles. Sa poitrine n'était plus qu'une vaste et douloureuse fournaise. Quelque chose de chaud et de mouillé, entre ses jambes, indiquait qu'elle était en train d'uriner. Le feu du ciel dévastait son corps dans un cataclysme de flammes purificatrices. Elle crut voir un ange du ciel qui, dressé devant elle, l'absolvait de tous ses péchés.

Sombrant alors dans le coma sous l'effet du poison, elle glissa de son siège, s'affala sur la moquette. La dernière chose qu'elle entendit, ce fut Julie Andrews gazouillant une chanson où il était question d'escalader toutes les montagnes et de franchir toutes les rivières.

Le docteur McMann ramassa le paquet, le secoua ; mais aucun bruit ne s'en échappa. Assez lourd, d'une trentaine de centimètres de côté environ, il était adressé à sa défunte épouse. Le numéro de sa carte de crédit figurait sur le reçu scotché au-dessus du colis. Elle avait passé une commande et maintenant qu'on la lui livrait, cette idiote n'était pas là pour la recevoir. Les larmes lui vinrent aux yeux. Il était simplement venu prendre quelques vêtements. Sans elle, la maison était comme morte. Il respirait encore son parfum dans l'entrée, comme si elle allait revenir d'un instant à l'autre.

Il avait décidé d'habiter chez son frère, à Bayswater, jusqu'au jour des funérailles. Il avait assez l'expérience des enquêtes pour préférer rester à l'écart de celle concernant la femme qu'il avait – à sa manière – aimée. De façon assez choquante, selon lui, la police lui avait demandé de laisser un numéro de téléphone s'il s'absentait. Ne le laisserait-on donc jamais en paix ?

Et ce colis, à présent. Il posa la boîte dans le salon. Ces maudits catalogues de vente... Sa femme passait son temps à commander des choses qu'elle aurait pu aussi bien acheter au centre commercial. Ensuite, elle oubliait. Elle s'était dernièrement découvert une passion pour la vente par correspondance, achetant sans arrêt couteaux à viande, boucles d'oreilles et gants de jardinage, alors qu'elle ne cessait de vitupérer contre le monde moderne. Pour quel article avait-elle donné leur numéro de carte de crédit, cette fois-ci : un bain de pieds électrique, un oreiller ergonomique ?

Il lui apparut soudain important de savoir ce qu'elle avait acheté, comme si cela allait raviver le souvenir qu'il gardait d'elle. Soulevant le rabat, il défit impatiemment l'emballage avec un coupe-papier. Bizarre... La boîte avait l'air en métal. On aurait dit de l'aluminium. Qu'est-ce que c'était, une boîte de biscuits ?

Il fut surpris, en ôtant le couvercle, d'entendre un petit déclic.

Immédiatement après l'éclair violent provoqué par le détonateur, trois cents grammes de nitroglycérine lui explosèrent à la figure.

L'engin incendiaire se révéla remarquablement puissant. La déflagration souffla la tête du docteur. On retrouva sa montre à gousset au milieu de sa poitrine. Un pan entier du salon fut volatilisé, toutes les fenêtres du rez-de-chaussée volèrent en éclats tandis que, curieusement, l'étage restait intact. Un pied de lampadaire en acier transperça l'écran de la télévision telle une lance, une chaussure atterrit dans la rue voisine. On retrouva même des couteaux et des fourchettes fichés au plafond.

Dans sa BMW, à quelques rues de là, Billy entendit le bruit étouffé de l'explosion, puis écouta l'écho qui se répercutait d'une maison à l'autre, suivi par le hurlement d'une centaine de sirènes d'alarme qui se déclenchèrent dans les voitures.

— On va faire une petite promenade.

Pas de difficulté, elle était si légère ; il n'y avait presque rien à soulever. Elle n'était pas morte, simplement endormie, de sorte qu'April put aisément glisser ses mains sous ses aisselles et la tirer du fauteuil. Ensuite, d'un pas mal assuré, elle la conduisit par la cuisine jusque dans le jardin. Georgina était très calme et faisait ce qu'on lui disait, se tenant doucement le ventre quand elle essayait de s'asseoir. Elle ne sentait plus le bas de son corps. Elle avait vu son âme la quitter sur des ailes dorées. Une fois que l'âme s'en est allée, on n'a plus besoin de son enveloppe charnelle. La mort de ses terminaisons nerveuses n'avait donc plus d'importance. Ainsi, Georgina partirait sans souffrir, comme les agonisants dans les hôpitaux. Elle avait l'impression d'être redevenue petite fille, au lit avec de la fièvre.

L'ayant fait asseoir dans le patio, April souleva la plaque de l'égout. Les jardins voisins étaient silencieux sous la pluie. Et si quelqu'un l'observait d'un premier étage ? Elle remit Georgina sur ses pieds, la traîna au-dessus du trou sombre où passaient des trombes d'eau.

— Non, non...
— Chut, voilà, on y est presque.
— S'il vous plaît... J'ai besoin...
— Quoi, ma chérie ? De quoi avez-vous besoin ?

Georgina ne répondit pas. Jambes écartées de part et d'autre de la bouche d'égout, elle pleurait légèrement.

— Là, vous voyez, vous ne savez même pas.

April rapprocha doucement ses pieds pour qu'elle surplombe carrément l'ouverture. Georgina s'efforça de parler mais ne produisit aucun son. Alors, April lâcha ses bras. Avant de disparaître, Georgina eut un sourire de béatitude, comme si ce qui se produisait en elle tenait du miracle. Enfin, sans bruit, bien que sa tête eût heurté la paroi, elle s'enfonça directement dans la canalisation pleine d'eau.

April se pencha pour la voir disparaître, se releva et replaça la plaque de fonte. Elle jeta un coup d'œil aux fenêtres des pavillons, de chaque côté de la rue, ne détecta aucun mouvement derrière les voilages. Heureuse d'avoir aidé son mari à réaliser ses objectifs, elle regagna la maison pour se sécher les cheveux et se changer.

39

Un monde fou, fou

« *Tout le monde peut voir en plein jour. Le vrai héros est celui qui s'aventure dans les ténèbres. À présent, je m'y suis enfoncé si profondément que mon âme elle-même s'est éclipsée.* »

Le Cahier rouge

Brad Metcalf n'était pas content du tout de retourner à Invicta Cross. Maintenant qu'il avait vu ce qu'une grande cité avait à offrir, il détestait la ville qu'il avait laissée derrière lui, haïssait l'immobilité et l'étroitesse de toutes ces petites existences racornies derrière leurs rideaux de dentelle. Tout était si calme, si pépère que la police n'envoyait même pas de patrouille et rédigeait des rapports plus insipides que ceux du Comité de vigilance du quartier. Alors qu'à quelques kilomètres de là, dans les cités HLM, les gosses fracturaient les appartements des retraités, les femmes se prostituaient, les bandes réglaient leurs différends à l'arme blanche et à coups de flingue... Étrange, non ? Pas étonnant que sa mère eût des difficultés à écrire sur la vie réelle. Elle ne savait pas ce que c'était.

Lui, en tout cas, menait à présent la sienne, et pas précisément du genre que ses parents eussent approuvé.

Il ne rendait visite à sa famille que lorsque Daphné l'en priait instamment. Quant à Bob, son beau-père, mal à l'aise en sa présence, il lui demandait sans arrêt d'où il tirait son argent. Qu'allait-il faire ? Lui dire la vérité et lui raconter qu'il se remplissait les poches en vendant de la coke avec un super-bénéfice dans les boîtes de nuit de Croydon ?

Le vieux lui avait téléphoné, insistant pour savoir si sa mère se trouvait chez lui. Quelle idée ! Elle était donc officiellement portée disparue. Qu'y pouvait-il ? Retourner à la maison n'y changerait rien. Mais son beau-père avait l'air d'y tenir. Brad était donc là, à marcher dans Gaveston Crescent parce qu'on lui avait repris sa Porsche, dont il ne payait plus les traites ; il avait été obligé de monter dans un bus, n'ayant pu trouver un taxi sous la pluie...

Billly s'apprêtait à s'engager dans Windsor Terrace lorsqu'il aperçut une silhouette voûtée traversant l'extrémité non encore lotie et mal éclairée de la rue. Il n'en croyait pas ses yeux. Quelle aubaine ! La rue était déserte, l'arme toute trouvée et la cible idéale : le fils de son ennemi juré. Mais Brad l'avait vu et il ralentit, hésitant.

Il fallait agir avant qu'il ne soit trop tard.

Pied au plancher, il fit rugir le moteur de la BMW qui s'élança dans la rue vide, monta sur le trottoir bas et percuta Brad Metcalf de plein fouet à l'instant où celui-ci se retournait, alerté par le bruit de la voiture. Il eut une exclamation de joie : le garçon, tel un mannequin, valdingua en l'air avant d'aller se fracasser tête la première quinze mètres plus loin contre le mur arrière d'un petit pavillon.

Le cadavre atterrit en bouillie sur un tas de briques. Billy redémarra, choisit une cassette de Sting, *This Cowboy Song*, et rentra chez lui.

— Qu'est-ce qu'on a pour le dîner ? demanda-t-il joyeusement en accrochant son manteau dans le couloir.

Nulle réponse ne lui parvint du salon.

— April ?

À genoux, elle frottait une tache humide sur le sol ; les longs gants jaune canari qu'elle portait avaient sur elle une dimension fétichiste.

— Elle a renversé son cocktail, expliqua-t-elle en levant des yeux contrits. Je ne voulais pas laisser de traces sur la moquette.

— Qui a renversé son cocktail ? Que s'est-il passé ?

Il commençait à remarquer certains signes de désordre dans la pièce.

April se redressa, souffla sur une boucle de cheveux tombant devant ses yeux, eut un sourire nerveux. Elle se mit à plier soigneusement sa serpillière sur ses genoux. À nouveau, elle jouait la comédie, un personnage qui tenait à la fois de Marilyn Monroe dans *The Seven Year Itch* et de Doris Day dans *More Over, Darling.* L'innocence incarnée. Quelque chose de pas net s'était produit ici.

Elle soupira profondément, mimant l'épouse qu'on va réprimander parce qu'elle a invité le Premier ministre à dîner. Se levant enfin, elle rajusta ses bas.

— Georgina Bovis est venue prendre un verre, mais je me suis trompée en mélangeant les cocktails. Elle a bu le mauvais et s'est endormie. Alors, j'ai fait la même chose que toi.

Billy ne comprenait pas très bien.

— La même chose que moi ?

— Oui, parce qu'elle s'est endormie !

— Qu'est-ce que tu veux dire, la même chose que moi ?

— Je l'ai laissée glisser par la bouche d'égout et je l'ai envoyée à la mer, comme tu as fait avec Daphné. Franchement, si les gens se rendaient compte à quel point c'est facile, ils n'arrêteraient pas de se donner un coup de main pour le faire sans arrêt.

— Tu n'aurais pas dû essayer de faire quelque chose comme ça toute seule, April, dit-il doucement.

Il ne l'aurait jamais crue capable de meurtre, même si, pour elle, il ne s'agissait que « d'aider quelqu'un ». Il savait qu'elle avait jadis allumé des incendies dont l'un avait provoqué la mort d'un homme mais là, la volonté de tuer, qu'on l'appelle ainsi ou non, était manifeste, et il s'étonnait qu'elle eût décidé de lui apporter son concours.

— Comment te sens-tu maintenant ? demanda-t-il, attentionné.

— Très fatiguée, Billy. Pourquoi est-ce que je me sens si fatiguée ?

— Je vais te faire couler un bain bien chaud. Ensuite, tu iras dormir. Je pense qu'on va avoir une journée chargée demain. Je suis content pour Georgina, vraiment très content. Tout ce que j'espère, c'est que personne ne l'a vue entrer dans la maison.

Juste à côté, Graham Birdsmith était toujours assis à la fenêtre du salon des Bovis, tassé en arrière dans sa chaise, inconscient, dégoulinant de bave sous l'effet du poison. Le lait qu'il avait mis dans son thé était destiné à Alan, le mari de Georgina ; c'était celui de la bouteille à la capsule rouge percée d'un minuscule trou de seringue.

Avant que sa vision ne se brouille jusqu'à devenir une mer bouillante et cramoisie, tandis que son ancienne maîtresse, au moment d'entrer dans la maison voisine, lui lançait un regard nerveux, une voix traversant la tempête furieuse qui remplissait son crâne avait essayé de lui dire que cette liaison peu satisfaisante et sans cesse reconduite avec Georgina Bovis allait bientôt se terminer pour toujours.

April pleurait tout doucement, recroquevillée en position fœtale dans le lit. Elle s'agrippait à la main de Billy, se serrant contre son grand corps protecteur. Ses larmes s'arrêtèrent de couler, elle se détendit. La rue était tellement silencieuse que le moindre bruissement ressemblait à un rugissement. Elle demanda s'ils deviendraient un jour des gens normaux. Il n'eut pas le cœur de lui mentir.

— Non, nous ne serons jamais normaux. Il est trop tard, maintenant.

— Quand est-ce que ce sera fini ?

— Très bientôt, chuchota-t-il.

— On ne souffrira plus ?

— Il n'y aura bientôt plus de souffrance pour nous deux, promit-il sincèrement, sachant que les événements du lendemain allaient sceller leur sort. Personne ne meurt sans raison, tu le sais, n'est-ce pas ?

— Comment savons-nous que nos raisons sont les bonnes ?

— À l'intérieur de chacun d'entre nous vit un dieu qui guide nos actions. Nous l'écoutons. Il nous dit ce qui est juste.

— Est-ce que j'ai un dieu en moi ?

— Oui, bien sûr. Tout le monde en a un. Simplement, les nôtres sont différents de ceux des autres gens. Ils sont plus anciens et plus courageux.

— J'ai fait un rêve merveilleux, murmura-t-elle. Nous avions une maison blanche à balcon entourée de cyprès, deux enfants, un garçon et une fille, beaux tous les deux. La fille avait des couettes et portait une jupe de coton blanc, le garçon des culottes courtes bleu marine. Nous n'étions pas en Angleterre, mais dans un beau pays où la campagne n'était pas entièrement gâchée. En France, peut-être. Les champs étaient verdoyants, avec une légère brume d'été, tu sais, qui disparaît dès les premiers rayons. Le soleil me chauffait le visage. Tout était propre, ordonné : la maison, les champs, nous. Nous étions seuls dans un monde parfait.

Dehors, une inquiétante sirène de police cisailla l'air immobile de la nuit. Ce bruit suffit à interrompre le fil de ses pensées.

— Eh bien, dit-elle doucement, c'était un joli rêve. Il a duré presque cinq minutes.

Tout en l'entourant de ses bras, il s'aperçut qu'elle avait adopté les tics d'une autre actrice blonde. La dernière remarque qu'elle fit d'une voix à moitié endormie était une citation, peut-être inconsciente, tirée d'un dialogue, une réplique d'un film des années soixante sur grand écran en technicolor, où Dorothy Provine, vêtue de blanc et de jaune, prononce les mêmes mots d'un air nostalgique en s'arrêtant près d'une fontaine, laissant ses compagnons continuer à chercher le trésor de leurs rêves.

40

Pistes chaudes

« Peut-être y a-t-il quelque chose à apprendre de la farce grotesque du procès O.J. Simpson. Je pourrais éventuellement utiliser ma brève apparition sous les feux de l'actualité pour attirer l'attention sur les vrais coupables d'Invicta Cross. Mais il faudrait sans doute plus que quelques annonces aux heures de grande écoute pour expliquer l'implication d'Eblis, père de tous les diables, et pourquoi ce démon devrait assurer mon triomphe absolu sur ceux qui nous ont fait vivre dans la peur. »

Le Cahier rouge

Ce mardi-là, le jour eut du mal à se lever. À six heures du matin, il recommença à pleuvoir. Lorsque la police tint sa première réunion avec la presse, le crachin s'était mué en une grosse averse qui obscurcissait tout. Seule note de couleur dans les rues gris sombre, les cordons de plastique jaune que les agents avaient noués d'un lampadaire à l'autre, transformant les pelouses et les allées d'Invicta Cross en sections d'un décor de film.

Morris Diller était resté debout toute la nuit. Transformé en QG de fortune, son bureau servait de lieu de travail à des enquêteurs bruyants et bavards. Tombant de sommeil, Morris avait fini par s'allonger sur un banc dans le couloir, la tête calée sur son imperméable.

Finalement, avec la permission des autorités de Croydon, le sergent avait pu convoquer une conférence de presse – la première de sa vie – qui devait avoir lieu à midi. Il commençait à comprendre qu'il valait mieux s'entendre avec les journalistes. En échange de cette conférence de presse, il leur avait arraché la promesse de ne poser des questions aux parents et aux voisins des victimes qu'après les propres interrogatoires de la police. Il crut naïvement qu'ils tiendraient parole jusqu'à midi. Cela ne dura pas trois quarts d'heure.

Croydon avait non seulement envoyé trois équipes de médecins légistes, mais aussi une brochette complète de détectives de la brigade criminelle qui avaient envahi la petite ville tranquille, paradant dans le voisinage sans se soucier du mauvais temps, questionnant les habitants, vérifiant les traces de pneus, poudrant les chambranles de portes.

Excédé par tout ce cirque, Diller ruminait son amertume. Croydon était la dixième ville du pays et sur ses quelque quarante kilomètres carrés, on trouvait des délinquants aussi endurcis que dans les rues de New York. En conséquence, ses forces de police faisaient preuve d'une agressivité constante, excessive aux yeux de Morris, qu'on avait humilié en refusant par trois fois de l'intégrer au sein de cette équipe et qu'on avait à contrecœur promu sergent en guise de compensation.

Ne jouant aucun rôle précis dans l'enquête qui se déroulait, il sortit dans les rues détrempées.

— Eh, mec, ça te ferait rien de te bouger ?

On le poussa sans ménagement ; les spécialistes des empreintes étaient en train d'isoler d'un cordon le 23 Gaveston Street. L'un d'eux lui dit :

— Tu nous facilites pas beaucoup la tâche, tu sais.

Qu'ils s'amusent, pensa Diller en regardant deux photographes installer leur appareil sur des trépieds, devant le tas de briques ensanglanté où on avait trouvé le corps en charpie de Brad Metcalf. Il s'aperçut qu'il avait sali le dessus de sa botte en trébuchant dans un caniveau plein d'eau rougie de sang ; cela n'arrangea rien à sa mauvaise humeur. Foi de Diller, il aurait le dernier mot. Il connaissait le terrain mieux que n'importe lequel de ces abrutis. Invicta Cross lui appartenait et ne livrerait ses secrets qu'à lui seul, malgré tous les bataillons qu'on enverrait fouler ses pelouses immaculées.

L'homme qui ouvrit la porte avait une sacrée trogne de repris de justice multirécidiviste. Mauvaise cicatrice barrant son double menton mal rasé d'alcoolique, cigarette roulée à la main calée sur l'oreille, chemise distendue par une bedaine de soiffard, tatouage obscène sur le bras ; il aurait pu aussi bien porter une étiquette sur le front. Il accueillit Gary Mitchell avec un regard entendu, comme s'il s'attendait que l'autre lui fourre sous le nez un avis d'expulsion.

— Besoin de quelque chose, toto ?

Mitchell reçut en pleine figure son haleine de mauvais whisky. Il se trouvait dans la partie la moins reluisante du quartier HLM de North Peckham, à onze heures cinq du matin, aux antipodes des jardins proprets d'Invicta Cross. Mais, en ce moment même, la police s'évertuait de façon active à réduire les différences entre les deux communautés en défonçant les massifs de roses, en postant des voitures à gyrophares à chaque coin de rue, en dérangeant tout le monde et en laissant des saletés partout.

— Je cherche un vieil ami à moi, peut-être que vous pourriez m'aider. Il s'appelle William March. Il me semble qu'il habitait ici.

Le seul parent mentionné dans l'article de l'*Advertiser* était Carol-Lynn, la tante de Billy, mère de trois enfants, qui vivait alors à Hackney. Les renseignements téléphoniques n'avaient rien trouvé sous son nom de jeune fille, mais quand il s'adressa à la mairie, section HLM, une secrétaire tout d'abord réticente se révéla une mine d'informations sur elle, dès l'instant où il se fit passer pour le médecin traitant obligé de la contacter de toute urgence pour une question concernant son passé médical. Il avait tablé sur le fait qu'elle ne s'était jamais mariée officiellement et que son adresse avait été enregistrée sous son propre nom. Comme de bien entendu, le nom de March figurait sur les listes. Avec ces gens-là, il y avait si peu de mystère qu'il aurait pu décrire leurs vies minables de À à Z. Il ne put réprimer son contentement en apprenant que le lieu de résidence était également consigné. C'était le premier petit travail d'investigation qu'il faisait depuis des années et ça le changeait des reportages sur les courses de handicapés.

— Il habite pas ici. Il a jamais habité ici.

— Alors est-ce que Carol-Lynn est là ?

— Nan, elle a foutu le camp avec les mômes y a deux ans. On est divorcés. Tout est réglo.

Ouais, pensa Mitchell, *c'est ça.*

— C'est quoi que vous lui voulez, s'inquiéta l'homme, elle vous doit de l'argent ou quoi ?

— Plutôt le contraire, expliqua Mitchell. C'est elle qui va empocher du pèze si elle peut me dire où se trouve son neveu Billy.

Fronçant les sourcils, l'homme commençait lentement à comprendre.

— Billy ? Vous avez pas dit Billy, hein ? Vous avez dit William. Bon, ben, vous voulez pas rentrer ?

Charmé, pensa Mitchell, enjambant un cheval à bascule dans le vestibule. Ça valait toujours mieux que de traîner dans les rues de ce quartier. Quelque part au fond de l'appartement, un bébé pleurait. Une fille maigre à l'allure hippie et aux yeux cernés, cheveux jaunes décolorés et collier de suçons, vêtue uniquement d'un slip et d'un tee-shirt blancs, fit une brève apparition, puis se retira, gênée. *J'aurais pu me douter qu'il était à la colle avec quelqu'un de ce genre*, se dit Mitchell, *il a l'air d'avoir le profil. Il doit la droguer à mort.*

— Entrez.

Le salon était vide, hormis un fauteuil et un meuble à armatures tubulaires où trônaient un équipement vidéo d'une valeur de cinquante mille francs et plusieurs paquets de cassettes vierges. Il jugea préférable de ne pas poser de questions là-dessus. L'ex-mari de Carol-Lynn avait choisi de ne pas se présenter. Les vieilles habitudes sont évidemment tenaces.

— Je suis journaliste, expliqua Mitchell en jetant un coup d'œil à l'unique fauteuil sur lequel il renonça à s'asseoir quand il vit le jeune bull-terrier mordiller une part de pizza rassise qui dépassait de derrière le coussin.

— Couché, Spanky ! aboya l'homme, envoyant balader l'animal à travers la pièce. Vous voulez pas vous asseoir, prendre une tasse de café ou quéqu' chose ?

— Merci, ça ira, dit Mitchell. Voilà de quoi il s'agit. J'ai interviewé Billy March il y a dix ans et on a publié son histoire. À présent, mon journal veut en faire une suite et j'ai été autorisé à lui offrir – ainsi qu'à quiconque pourra m'aider à le trouver – une importante somme d'argent.

— Importante, ça veut dire combien ? demanda le barbare sans nom.

— Dix mille livres, lâcha Mitchell, citant le premier chiffre qui lui passait par la tête.

Que Dieu me pardonne le péché de mensonge, se dit-il.

À cette perspective, le néandertalien commença à s'agiter.

— Écoutez, j'vais être franc avec vous, j'sais pas où il est maintenant mais je peux facilement le trouver.

— Comment ? demanda Mitchell, content de voir sa victime mordre à l'hameçon. J'ai besoin de faire ça très vite. C'est une offre limitée.

— Quand son vieux est mort, il a loué un appart à un mec qui travaillait avec Carol-Lynn à l'hôpital. Ce mec, je le vois tout le temps.

— Mais vous n'avez plus de contacts avec Billy ?

— Nan, c'est du côté de sa famille à elle, pas vrai ? Vous savez que sa vie a été foutue en l'air et tout ça.

— Je sais que ça n'a pas été facile pour lui. Il y en a qui sont abonnés à la souffrance.

Mitchell s'efforçait de faire preuve de compassion, mais ce n'était pas très convaincant.

— Alors je lui passe un coup de fil, hein, à ce mec que je connais ?

— Si ça ne vous ennuie pas.

Cro-Magnon s'imagine sans doute que je suis plein aux as, il croit que je vais sortir une grosse liasse de billets et les agiter sous son nez, pensa Mitchell.

— Quand j'aurai parlé à Billy, poursuivit-il, on pourra discuter d'une sorte d'arrangement financier.

— Ouais, ça me paraît correct.

Y a intérêt, pensa Mitchell.

Il regarda le primitif fouiller dans un tiroir plein de saloperies et en tirer un bout de papier taché qu'il se mit en devoir de déchiffrer. Il composa le numéro sur un téléphone ultramoderne, de toute évidence volé, puis tourna le dos pour parler à voix basse dans le récepteur.

Un air de victoire éclaira sa gueule ravagée quand il eut raccroché.

— Y dit que si on y va maintenant, y nous emmène directement chez Billy.

Mitchell réfléchit un instant.

— Où est-ce qu'il habite ?

— À Camden Town.

— Alors qu'est-ce qu'on attend ? fit Mitchell, haussant les épaules. Allons-y.

41

Chambre 346

« Il est temps de terminer ce que j'ai commencé, et pour ce faire il faut que je me prépare à quitter Invicta Cross. Abandonner cet endoit m'attristera presque. Eblis, mon démon nocturne, approche. Ses yeux sont des boules de feu dans un ciel noir, implacable. Je sens sur mon visage le souffle chaud de ses ailes de cuir sombre et j'entends le rugissement des flammes brûlantes qui s'élèvent à son commandement et s'apprêtent à incinérer tous mes péchés. »

Le Cahier rouge

— Ça va être difficile, mais pas impossible, dit-il en glissant un œil à travers les voilages du salon, tandis que se resserrait le bouclage du quartier par la police et les journalistes.

À huit heures du matin, les flics semblaient avoir entamé les premiers interrogatoires et les perquisitions maison par maison en commençant par l'extrémité de la rue. On avait barré l'entrée du jardin des Bovis d'un ruban de plastique jaune et posté une femme policier à l'air ennuyé devant la porte de la maison. Des voitures bloquaient même le bout de la rue : éventualité à laquelle il n'avait pas suffisamment réfléchi.

— Veux-tu une autre tasse de thé ? demanda April en lissant les volants de son tablier de taffetas.

Elle était très en beauté, ce matin-là, avec pourtant quelque chose de vague et de somnambulique, comme séparée du monde réel.

— J'en ai pris trois en une heure, merci. Es-tu certaine que le puits d'accès à l'égout était dégagé lorsque tu as refermé la plaque hier soir ?

— Absolument. J'ai entendu le plouf en bas.

Elle se tut un instant, en proie à une angoisse profonde.

— Je te l'ai dit, reprit-elle. Je l'ai lâchée d'un coup. Quant elle est tombée, ses bras se sont soulevés de son corps. Son bracelet a résonné contre la paroi de brique. Je n'avais jamais rien entendu de si terrible.

Son visage eut une expression d'horreur mais retrouva instantanément sa gaieté, comme un nuage de printemps laissant soudain apparaître le soleil.

— Tu veux un biscuit ? Vanille ou gingembre-noisettes ?

Ce qu'elle pouvait être casse-pieds, parfois ! Mais il savait que ce va-et-vient permanent du rêve à la réalité constituait à présent sa seule façon de tenir le coup. Débiter des banalités lui permettait de garder la tête froide.

— Non, merci, fit-il, se forçant à sourire.

— Le déjeuner sera bientôt prêt. Je t'ai fait ce que tu préfères. Une grillade. Bonne raison pour ne pas traîner.

Elle leva les mains en montrant les paumes.

— Les mains, n'oublie pas de te les laver. Et tu penseras à ne pas laisser la serviette roulée en boule sur le lavabo.

— Pourquoi ne t'arrêtes-tu pas un moment, April ?

— J'ai trop de choses à faire aujourd'hui, nigaud ! protesta-t-elle joyeusement. Par exemple, il faut que j'aille passer l'aspirateur dans la chambre des jumeaux.

Qu'ils n'eussent aucune progéniture, des jumeaux ou autre, ne semblait nullement la gêner.

Il ferma doucement la porte derrière sa femme et revint à la fenêtre. Tout était en place. Si la pluie n'avait pas endommagé les détonateurs, la suite de la journée se déroulerait sans accroc. Une chose le préoccupait par-dessus tout : qu'on les arrête, April et lui, avant qu'il ait pu terminer son travail. La voiture risquait de les trahir à tout moment. Un seul coup d'œil au radiateur ébréché suffirait à constater qu'il avait été récemment heurté par quelque chose. Il ne restait plus qu'à espérer que la pluie aurait lavé toute trace de sang ; mais le premier médecin venu ferait vite le rapprochement avec le jeune Metcalf. Après tout, qu'est-ce que Brad Metcalf faisait là ? Il n'habitait plus dans le coin et détestait son beau-père. Peut-être était-il venu à la demande de Bob pour l'aider à retrouver Daphné ?

Autre problème : Billy ne pouvait prévoir l'attitude d'April face à un interrogatoire. Ses propos, dans le meilleur des cas, avaient toujours quelque chose d'anormal. Comment réagirait-elle en présence des policiers qui la questionneraient ? Tout irait bien pendant les cinq premières minutes, mais elle ne manquerait pas de s'impliquer de manière démente – et lui avec elle – au premier signe de pression.

Il n'y avait qu'une seule chose à faire : trouver un bouclier. Il leur fallait quitter rapidement la rue sans paraître suspects : ils allaient avoir besoin pour cela de l'aide de quelqu'un d'autre. Il repassa dans sa tête la liste des voisins survivants.

Consultant sa montre, il vit qu'il restait du temps pour que son nouveau plan puisse fonctionner. Il commençait à apprécier ce défi : l'improvisation. Il se trouvait lancé désormais dans une partie d'échecs, pimentée par l'obligation, difficulté supplémentaire, de deviner les derniers mouvements des pièces de la partie adverse.

Il alla au buffet pour vérifier les chargeurs du pistolet de guerre qu'il avait rangé derrière le linge de table, glissa l'arme huileuse et froide dans une des poches latérales de sa salopette et appela April, toujours à l'étage.

— Chérie, enfile ton imperméable et tiens-toi prête. Je reviens. Je sors quelques minutes rendre visite à un voisin.

La colère de Morris Diller montait d'heure en heure. On lui avait refusé *in extremis* la permission de parler devant la presse. Le commissaire au costume tape-à-l'œil avait décrété qu'il était en fin de compte trop imprévisible pour les contacts avec le public. On le remplaça par un officier supérieur de Croydon qui s'installa devant une rangée de micros, à une table de fortune, dans la salle de conférences vide du Centre communautaire d'Invicta Cross. Ce fonctionnaire confirma qu'une enquête se poursuivait sur des « activités terroristes » supposées dans le secteur et donna les bonnes réponses à toutes les questions pièges des journalistes en leur faisant un numéro de charme digne d'une danseuse de cabaret.

Diller écumait. Non content de ne lui accorder ni mutation ni promotion, voilà qu'on ne lui faisait même pas confiance pour assurer le rôle d'un simple agent de liaison. Après toutes ces années, on le traitait encore comme un agent de rien du tout. Personne n'avait même songé à lui demander son avis sur la situation. Ils allaient voir ce qu'ils allaient voir.

Alors que l'officier supérieur abordait la fin de la séance de questions qu'il venait de consentir aux journalistes, Diller se glissa prestement à la place restée vide et vérifia que les micros étaient toujours branchés.

— Dernière chose, commença-t-il en provoquant un effet larsen dans les haut-parleurs. En ma qualité d'officier de police exerçant depuis de nombreuses années au sein de cette communauté, je crois qu'il importe de rechercher plusieurs coupables. Je pense que nous avons affaire à un groupe paramilitaire éminemment organisé.

Furieux et abasourdis, les autres officiers tournèrent tous leurs regards vers lui.

— Et pourquoi ? demandèrent plusieurs personnes à la fois.

Un lourd silence se fit dans la salle.

— À cause de la manière dont ces attaques ont été menées, répondit Diller, ravi de focaliser l'attention. Typiquement militaire. Explosifs, poison, embuscades, pas besoin d'attendre les résultats des examens médico-légaux pour savoir que les matériels utilisés et les méthodes employées nous renvoient à quelqu'un qui a servi dans l'armée. Je suis moi-même un ex-militaire ; alors vous pensez si je m'y connais. Nous devons nous poser la question de savoir pourquoi ce secteur est devenu un objectif stratégique pour des terroristes.

Une dizaine de bras se levèrent, d'innombrables questions fusèrent. Tout le monde criait en même temps. Mais avant que Diller ait pu développer sa théorie, il se sentit tiré de côté sans ménagement par deux malabars de Croydon qui le traînèrent par les manches de sa veste jusque dans le couloir.

— Eh, Ducon, ça va pas dans ta petite tête ? éructa McIntyre, l'inspecteur en chef chargé des opérations à Invicta Cross.

L'expression féroce, les joues jaunies par l'héroïne, l'homme poursuivit :

— Tu baragouines quoi, là ? Que le secteur a une importance stratégique qui en ferait une cible désignée ?

— Qu'est-ce que ça peut faire pourvu qu'on attrape ces fumiers ? répondit Diller pour se justifier.

McIntyre se frotta le visage d'un air las.

— Si t'avais eu la bonne l'idée de te creuser un peu les méninges, tu te serais peut-être demandé s'il y a effectivement quelque chose de militaire et de sensible par ici.

— Pourquoi ? C'est le cas ? bredouilla Diller.

— Le dépôt de munitions de l'armée de terre du sud de l'Angleterre se trouve non loin d'ici, expliqua l'inspecteur en chef. Pour nos gars en Irlande du Nord. Le lieu est tenu secret. Enfin, il l'était jusqu'à aujourd'hui, parce que grâce à toi, tous les pisse-copie du pays vont se mettre à le chercher.

— Je n'en savais rien. J'ai simplement étudié les indices et j'en ai déduit que le type était un ex-bidasse ou quelqu'un ayant accès à du matériel de l'armée. Je n'ai fait qu'exprimer une opinion.

— Bravo, reconnut McIntyre. Maintenant, à moi de t'en donner une, espèce de cloporte. Tu viens de tirer une bonne fois pour toutes un trait sur ton plan de carrière. Je veillerai à ce qu'on te confie moins de responsabilités qu'à un agent de la circulation.

Il fit un signe aux autres policiers.

— Allez, sortez-moi ce crétin d'ici.

Gary Mitchell contempla l'immeuble qui se dressait derrière les étalages de fruits du marché.

— C'est un pub, dit-il. Tu m'avais pas dit qu'on allait chez ton pote ?

— C'est ici, répliqua le néandertalien en poussant la porte. C'est lui le propriétaire.

— J'ai fréquenté ce rade autrefois. Un trou pourri. On dirait qu'il n'a pas changé. Je pensais qu'on avait refait tous les bistrots du coin lorsque Camden est devenu chic et toc.

— Pas celui-là. Ça va, Jack ?

— Salut, Harry-boy.

Se penchant au-dessus du comptoir, le propriétaire du Skinner's Arm secoua avec conviction la paluche du Cro-Magnon. Comme pour accentuer son air de caïd, des cicatrices blanchâtres balafraient ses joues et un îlot glabre au-dessus de la naissance des cheveux témoignait d'une trépanation partiellement réussie.

— C'est le gus qui cherche Billy March ?

Gary Mitchell aurait pu se croire dans un film poussiéreux de Sid James ; tous ces bouffons exhibant leurs tatouages *Love and Hate* sur leurs phalanges, ce bar puant avec son papier peint boursouflé et le cuir rouge élimé de ses sièges... Qui pensaient-ils impressionner ? Il remarqua alors les autres minables assis autour de la pièce, des jeunes à peine assez âgés pour avoir entendu parler des années soixante. Vestes larges, cordelettes autour du cou, chaussures pointues ; cheveux crêpés pour les filles en pulls serrés dévoilant leur nombril et faisant saillir leurs nichons. Ça fumait, ça picolait. Ils s'y croyaient. Tous avaient soigneusement rangé au magasin des accessoires leur joli petit accent des classes moyennes et leurs idées politiquement correctes, le temps de jouer les gros durs, style prolo et relax, juste assez pour emmerder leurs parents.

— C'est un de ces pubs à thème dont j'ai entendu parler, n'est-ce pas ? demanda Mitchell en cherchant un endroit où coller son chewing-gum roulé en boule.

— Avant, c'était un vrai bouge de truands, expliqua Jack. Et puis les jeunes l'ont découvert. On se fait un max de blé, à présent. Finie l'époque où on voyait que des connards de vieux assis toute la journée dans leur coin, à cloper devant leur demi. C'était le rendez-vous des putes d'à côté et des cinglés d'asile en perm pour la journée. On les a virés. J'aurais bien rénové l'endroit, mais les jeunes le préfèrent comme ça. Votre Billy était un habitué.

Mon Billy, pensa Mitchell, *mon billet gagnant*.

— Alors, où est-ce que je peux le trouver, maintenant ?

— Il a rien fait de mal, hein ? demanda Jack. Parce que c'est pas un mauvais bougre et je voudrais pas qu'il ait des ennuis.

— Il n'a rien fait de mal du tout, répliqua Mitchell en se disant : *Pourquoi se frapper pour quelques petits meurtres entre amis ?* Il faut juste que je le trouve le plus rapidement possible.

Jack et Harry-Boy échangèrent quelques mots à voix basse, sans doute à propos du partage du butin. Enfin, Jack hocha la tête, siffla le fond de son verre de bière, écrasa entre ses doigts la braise de sa cigarette dont il cala le mégot encore fumant sur son oreille velue, puis souleva l'abattant du comptoir.

— Attends, faut qu'j'voye un truc.

Il traversa la salle, s'assit à côté d'un jeune lascar coiffé et gominé à la Elvis, bagues à tête de mort et chemise hawaïenne bleue.

— À qui il parle ? demanda Michell.

— C'est Bal, le chanteur des Earls of Suave, le groupe local. Il voit tout ce qui se passe ici. Il saura si Billy est venu.

Jack revint et fit signe aux deux autres.

— Ouais, il est dans les parages. Venez, on passe par-derrière.

Il les conduisit dans une cour pleine de barriques de bière en métal, puis les fit passer par une porte qui donnait sur la rue, de l'autre côté du pâté de maisons. D'instinct, il avait préféré ne pas les faire sortir par la porte de devant. Après avoir traversé la rue, ils se retrouvèrent devant le portail d'un sinistre établissement victorien en brique rouge, l'Arlington Road Hostel. Sur les marches, des clochards buvaient des canettes de bière brune. En pénétrant dans ce lugubre foyer, Mitchell se boucha le nez : pourvu que cette effroyable incursion sur le terrain se révèle utile.

L'odeur de crésyl qui agressa ses narines n'était pas assez puissante pour couvrir la puanteur tenace que les milliers de corps crasseux avaient laissée au cours des ans.

— Je ne pensais pas qu'il existait encore des endroits comme ça.

— Tant qu'on en aura besoin, y en aura toujours, expliqua Jack. Par ici.

Il les mena à un large escalier de pierre qui partait du milieu de l'immeuble. On entendait, couvrant le bruit de leurs pas, des discussions désespérées, des vociférations démentes et des quintes de toux. À mesure qu'ils montaient, l'immeuble devenait plus clair grâce aux pâles rayons de soleil qui parvenaient à filtrer à travers les hautes fenêtres jamais nettoyées. À part les avis punaisés sur les murs, nul repère temporel ne permettait de préciser l'année ou plutôt le siècle où ils venaient de pénétrer. Mitchell n'aurait pas cillé si Florence Nightingale était apparue devant eux, une lampe-tempête à la main.

— C'est là.

Jack poussa une porte coupe-feu rouge installée récemment par la municipalité. Ils s'engagèrent dans un long couloir carrelé, avec des dizaines de portes en bois de part et d'autre. L'atmosphère était chargée de relents de cantine, de choux, de purée de pommes de terre. Ils s'arrêtèrent devant la chambre 346. Jack frappa. Les trois hommes attendirent, tendant l'oreille ; une toux, un bruit de chaise : quelqu'un se dirigeait vers la porte et tirait un verrou.

L'occupant de la chambre qui s'encadra bientôt dans l'embrasure paraissait âgé de plus de quarante ans ; mais lorsque la porte s'ouvrit largement, ils s'aperçurent que l'homme, grand et voûté, en avait moins de trente. Sous une robe de chambre usée, il portait un pantalon qui avait l'air de sortir de chez le chiffonnier. Mitchell le détailla avec une certaine répulsion. Il n'était pas rasé. Au-dessus de son menton pointé en avant comme par défi, la ligne de ses lèvres serrées trahissait un être habitué à se justifier. Ses cheveux châtains, pendouillants, cachaient presque ses yeux enfoncés.

— Y a quelqu'un qui veut te voir, dit Jack, prudent. J' te présente Gary Mitchell. Il est journaliste.

Fantomatique, décharné, l'homme qui répondit avait la voix éraillée d'un vieux disque, comme un vieillard. Il murmura :

— Nous nous connaissons. Bonjour, monsieur Michell, je suis Billy March.

42

Oublions le passé

« *Jadis, tentant d'élaborer un plan pour m'échapper de Balmoral Close, je me demandai si quelqu'un découvrirait mon secret. Mais j'ai écarté cette idée.* »

Le Cahier rouge

— Cela fait plus de dix ans que je ne suis pas retourné à Invicta Cross, dit Billy March, assis sur le lit en fer qui composait le second élément du mobilier de la petite chambre. Pourquoi aurais-je voulu y aller ?

— Vous avez été victime d'une injustice, rappela Mitchell, prenant place sur l'unique chaise. Vous me l'avez raconté vous-même quand vous n'aviez que quatorze ans.

March n'avait pas changé. Mais il faisait plus vieux que son âge. Il avait l'air d'un enfant vedette oublié depuis longtemps et qui a mal vieilli.

— Bon, qu'est-ce qu'on fait maintenant ? demanda Jack.

Mitchell avait oublié que les zozos étaient encore là. Le patron du bar et Harry-boy se tenaient à la porte comme deux singes perplexes.

— C'est une situation délicate, expliqua Mitchell. Vous pourriez peut-être nous attendre en bas.

Les deux gaillards se regardèrent, méfiants.

— Comprenez-moi : il est difficile pour Billy d'avoir à se replonger dans son passé. J'ai juste besoin de parler un moment avec lui. Je vous retrouve dans dix minutes au grand maximum ; nous pourrons alors conclure notre arrangement. Vous avez ma parole.

Le prenant à tort pour un gentleman, ils s'éclipsèrent à contrecœur et fermèrent la porte derrière eux.

Mitchell était déçu ; sa seule hypothèse semblait s'écrouler. L'homme accablé assis sur le lit devant lui ne pouvait raisonnablement être le Vengeur d'Invicta Cross. De vagues vestiges de l'adolescent imaginatif qu'il avait rencontré dix ans auparavant subsistaient dans son regard. Mais il ne restait rien d'autre.

— Vous êtes au courant de ce qui se passe dans la ville où vous habitiez ? demanda-t-il en allumant une cigarette.

March parut décontenancé par la question. Manifestement, il ignorait tout des événements d'Invicta Cross.

— C'est passé à la télé.

— Il n'y a pas de télévision ici.

— Vous ne lisez pas de journal ? Les gros titres et tout ça ?

— Cela fait des mois que je n'en ai pas lu, répondit March d'un air las.

— Permettez que je vous informe. Un individu a fait de très mauvaises farces dans la rue où vous viviez. Empoisonnements, attaques à l'explosif, expéditions punitives, j'en passe. Il a zigouillé tous vos anciens voisins.

— Je ne comprends pas. Qui a fait tout ça ?

— Eh bien, *vous*, ai-je pensé, mais apparemment je me suis trompé. Dites-moi si l'un de ces noms vous rappelle quelque chose.

Mitchell sortit de sa poche le fax où figurait la liste des victimes et le lut.

— Oui, je les connaissais tous, reconnut March en fouillant dans un grand sac sous son lit. Et tous me connaissaient. Tenez, j'ai gardé l'article que vous avez publié.

Il étala précautionneusement une feuille de journal pliée en huit.

— Et vous êtes sûr que vous n'êtes jamais retourné là-bas depuis ? demanda Mitchell en étudiant la page.

— Pas une seule fois. J'étais trop occupé à galérer ici. Mon père est mort, j'ai perdu mon boulot. Je me suis mis à boire un peu, puis beaucoup. Maintenant, je ne suis pas différent de ceux qui végètent ici. Un peu plus irrécupérable, peut-être.

Arrête ton char, pensa Mitchell.

— Mais vous étiez remonté contre les gens qui vous ont fait ça, insista-t-il, essayant à toute force de caser sa théorie. Le quartier avait conspiré contre votre famille, m'avez-vous dit vous-même. Ils vous ont obligé à partir...

— Ils n'ont rien fait de tel, dit March, remettant l'article à sa place. À l'époque, je pensais qu'il existait une sorte de vaste conspiration, mais je me trompais. Aujourd'hui, je l'ai compris. J'ai toujours eu beaucoup d'imagination. Mais à partir du moment où mon père et moi sommes retournés à Londres et que je me suis mis à réfléchir là-dessus, je me suis rendu compte que nos voisins étaient des gens ordinaires. Ils n'étaient pas délibérément méchants. Simplement, je n'étais pas habitué à leur style, à ces petits-bourgeois à l'esprit étroit qui protégeaient leur territoire. Les seuls adultes que j'avais rencontrés vivaient à Londres. Ils étaient différents, plus... décontractés. Tant de gens entassés les uns sur les autres dans leurs appartements minuscules et leurs pavillons... Pas étonnant. Mais ceux d'Invicta Cross étaient comme des Martiens pour moi. Je crois que je faisais trop attention à leur comportement. J'ai toujours eu, enfant, des réactions disproportionnées. À l'époque où nous habitions encore Greenwich, j'ai attaqué l'employé municipal qui était venu nous enjoindre de déménager. Je l'ai frappé avec une pompe à vélo.

Comme je vous l'ai dit, j'étais trop sensible, j'avais trop d'imagination. Ce qui est arrrivé est arrivé. J'ai fait mes propres erreurs depuis lors. Et j'ai appris à oublier le passé.

Mitchell s'apprêtait à laisser tomber. Sa seule piste n'était qu'un tuyau crevé. Son ticket-restaurant ne valait rien. Ce mec était une triste loque. Et les deux imbéciles, en bas, attendaient leur oseille. Ils allaient probablement le battre à mort quand ils découvriraient qu'il n'avait pas un rond pour eux. Balançant son mégot par la fenêtre, il se leva, prêt à partir, mais s'arrêta avant d'arriver à la porte. Une idée venait de lui traverser l'esprit.

— Depuis que vous êtes parti, personne du bon vieux temps n'est venu vous rendre visite, n'est-ce pas ? Personne que vous connaissiez ?

— Vous voulez dire des anciens voisins, des ennemis, des gens comme ça ?

— N'importe.

March réfléchit un moment.

— Quelqu'un est effectivement venu quelquefois, mais ce n'était pas un ennemi.

— De qui s'agissait-il ?

— Il s'appelait Oliver Price. Il était mon meilleur ami au collège d'Invicta Cross.

— Vous avez dit qu'il *était* votre meilleur ami ? Vous vous êtes disputés ou quoi ?

— Non, pas du tout. Je pense qu'il a eu des ennuis parce qu'il passait trop de temps chez nous. Son père a fini par le garder davantage à la maison. On a simplement arrêté de se voir.

— Pourtant, il vous a rendu visite. De quoi avez-vous parlé ? Du passé ?

— Non, pas vraiment. C'est un sujet plutôt déprimant.

— Et vous n'avez vu personne d'autre ?

— Il y *a eu* quelqu'un.

Le visage de Mitchell s'éclaira.

— Oui ?

— Un employé des services sociaux. Il voulait m'aider à trouver du boulot chez Blockbuster Video.

— Donc, vous n'avez aucune idée de qui voudrait s'en prendre à cette ville et vous n'y êtes jamais retourné vous-même, ne serait-ce qu'un après-midi.

— Je déteste cette chambre, Mr. Mitchell. La pluie s'infiltre par l'appui de la fenêtre. Or, je suis obligé de la laisser ouverte parce qu'on étouffe, ici, à cause des radiateurs qui chauffent tout le temps et des odeurs de désinfectant qui piquent les yeux. Pourtant, je préfère être ici que là-bas.

Rien à faire. Autant essayer de tirer du sang d'une pierre. Mitchell n'avait plus d'autres questions à poser, et plus de piste à suivre. Il se souvint alors du journal qu'il avait fourré dans sa poche avant de quitter la salle de rédaction.

— Au fait, il faut que je vous montre quelque chose.

Il sortit de son manteau un numéro ancien de l'*Advertiser*, l'ouvrit à la page centrale.

— Il y a quelque temps, je vous l'ai dit, Invicta Cross a subi une série de farces de très mauvais goût. On a fait un reportage là-dessus et on a publié des photos des victimes avec leurs commentaires. Dites-moi si vous reconnaissez quelqu'un.

March prit le journal et l'étudia attentivement.

— Je les connais tous. Ce sont tous nos anciens voisins. Sauf celui-là. Lui, c'est lui l'ami dont je vous parlais, dit-il en posant son doigt sur l'une des photos.

— Votre ami...

— Oliver Price. Il y a des années qu'il n'habite plus à Invicta Cross.

Baissant les yeux sur la page, Mitchell examina le séduisant visage bronzé de l'homme que la légende décrivait comme un « habitant en colère de Balmoral Close ». L'article avait pour titre : « Vent de discorde dans un quartier paisible ».

— Vous êtes sûr qu'il s'agit de votre ancien camarade de classe ?

— Il a beaucoup changé mais c'est lui. Sans le moindre doute. Attendez, je vais vous montrer.

March fouilla à nouveau dans son sac pour en sortir une photo de classe chiffonnée et la brandir sous le nez du journaliste. C'était le genre de photo de groupe qui aurait pu représenter n'importe qui. En plus, elle était floue.

— Elle a dix ans, précisa March.

Mitchell vérifia de nouveau la photo du journal. La ressemblance entre les deux ne sautait pas aux yeux.

— Pourquoi votre ancien copain a-t-il déclaré qu'il habitait encore Invicta Cross ?

— Je n'en ai aucune idée. Jamais Oliver ne retournerait là-bas. Lorsqu'il est venu me voir, il m'a dit qu'il venait de s'installer en Irlande. Il était en garnison là-bas. Le pays lui a tellement plu qu'une fois son temps dans l'armée terminé, il a décidé d'y revenir. Il a acheté un appartement près de Dublin. Il n'a transité par Londres que quelques semaines. Il m'a invité à lui rendre visite.

— Il était dans l'armée ?

— Désamorçage des bombes.

Michell se saisit de son manteau qu'il avait posé sur le dossier de la chaise.

— Il faut que vous veniez avec moi.

— Je ne veux pas retourner là-bas.

March resta assis sur le lit, le journal encore ouvert sur ses genoux. Trop de temps avait passé ; revenir à Invicta Cross l'effrayait.

— Des gens sont morts, Billy. Si votre ancien camarade a quelque chose à voir avec ça, je pense que vous pourrez nous aider. Écoutez, nous ne pouvons pas passer par-devant. Y a-t-il une autre sortie ?

— Pourquoi vous aiderais-je ?

— Parce que, malgré ce que vous m'avez dit sur votre passé, tout n'est pas réglé. De plus, cela vous permettra peut-être de vivre l'âme en paix après tant d'années, rétorqua Mitchell en forçant Billy à se lever.

43

Crise d'identité

« Tout d'abord, j'ai envisagé de changer légalement mon nom d'Oliver Price en Billy March. Puis, lorsque j'ai épousé April, je me suis tellement habitué à ce qu'elle m'appelle Billy que je n'ai pas éprouvé le besoin d'officialiser mon changement d'identité. Après avoir passé une part si grande de ma vie à penser à mon ami, c'est tout naturellement que je suis devenu lui. »

Le Cahier rouge

Il marchait vers la maison des Metcalf, torturé par un désir de meurtre. Chaque pas lui rappelait le passé. *Tout cela, je le fais pour toi, Billy March, pour que tu puisses te délivrer de tes fantômes, de tout ce que tu as subi.* Oliver se senti envahi par une tristesse infinie en se remémorant la brève époque dorée de leur enfance qui, si rapidement, avait mal tourné.

Ce jour décisif où il l'avait rencontré dans la salle de classe du collège de Sherington, Billy March avait été pour lui une révélation, une source stimulante d'idées et d'énergie. Oliver n'avait jamais connu quelqu'un comme lui. Il apportait un souffle nouveau dans cette école : une forme d'excitation, la sensation du danger que recelait la ville. Bien sûr, il dérangeait les autres adolescents, les mettait mal à l'aise, leur faisait sentir ce qu'ils auraient pu être dans une autre vie. Oliver avait tout de suite su qu'il avait affaire à quelqu'un qu'il pouvait admirer, un ami pour la vie. Sensible et drôle, Billy, bien qu'incapable de se prendre en charge lui-même, veillait sur son copain. Il était sa face cachée, sa part sauvage, le soleil de ses ténèbres, le garçon qu'il ne serait jamais. Billy était plus qu'humain : c'était un dieu.

Mais les dieux eux-mêmes deviennent la proie des démons.

Oliver avait observé de jour en jour la déchéance de celui qu'il aimait. Les querelles incessantes de ses parents, la conspiration des voisins dans son dos, la dégradation de ses résultats scolaires. Quelques semaines après son arrivée à Invicta Cross, Billy March avait déjà des allures d'animal pris au piège.

Il cessa d'être un dieu, redescendit au niveau des simples mortels.

Oliver, qui croyait aux dieux, lisait les Écritures et vénérait Eblis, père de tous les diables, réfléchissait désespérément à ce qu'il pourrait faire pour aider son ami. Mais il ne pouvait rien. Il avait quatorze ans, et aucun pouvoir pour changer le monde...

C'était le passé...

... Maintenant, le présent était là.

Interrompant le cours de ses pensées, il pressa du doigt le bouton de la sonnette.

Emma Metcalf lui ouvrit la porte ; de saisissement, elle recula.

— Oh, Mr. Prentiss, s'exclama-t-elle sans pouvoir dissimuler qu'elle attendait quelqu'un d'autre. Vous désirez voir mon père ?

— S'il veut bien recevoir de la visite.

Oliver entra sans lui laisser le loisir de répondre. Dans la semi-obscurité de la maison, quelque chose sentait mauvais : une poubelle non vidée dans la cuisine. Les rideaux du rez-de-chaussée étaient encore tirés. Emma portait un costume deux-pièces noir de chez Donna

Karan dans lequel elle semblait avoir passé la nuit. Détail insolite, elle tenait à la main un fouet à œufs. Son maquillage barbouillait ses joues ; elle avait pleuré. Bizarre, se dit Oliver. Il avait toujours cru que sa famille ne comptait guère pour elle.

— Il est dans le jardin. Il m'a dit qu'il ne voulait parler à personne, mais je suis sûre qu'il fera une exception pour vous. Vous pouvez passer par ici.

— Le jardin ? Mais il pleut.

— Il est dans la remise. Il y est resté toute la nuit. C'est là qu'il se réfugie quand il va très mal.

En temps ordinaire, elle n'aurait jamais révélé ce petit fait à un voisin. Oliver passa par la cuisine après avoir longé des étagères chargées de chiens en porcelaine et de moules à gelée en cuivre, puis ouvrit la porte de derrière. La remise. Pratique.

Il y avait des outils dans la remise.

— Donc, vous étiez dans la même école, déclara Mitchell en démarrant en trombe au feu vert. Ouais, bon. J'avais beaucoup de copains à l'école mais je n'en connais aucun capable d'assassiner quelqu'un pour moi.

— Avec lui, c'était différent, dit Billy. Tous mes ennuis, il les partageait avec moi. Son père, divorcé, était entrepreneur de pompes funèbres. Oliver n'avait pas de vraie vie de famille. Il passait toutes ses soirées chez nous. Ma mère le retenait généralement à dîner. Ce qui nous est arrivé l'a beaucoup perturbé.

— Tout de même...

Mitchell tourna à gauche et s'engagea dans une rue à sens unique pour éviter Croydon. Invicta Cross était encore à une dizaine de kilomètres.

— C'est un peu fort de café, vous ne trouvez pas ? Si quelqu'un devait se venger, c'était vous, pas lui.

Mitchell avait raison. Cela n'avait aucun sens. Pourquoi Oliver serait-il retourné à Invicta Cross pour commettre tous ces crimes alors que celui qui avait de bonnes raison d'agir ainsi, c'était *lui*, Billy ?

— Je lui parlerai seul à seul, dit-il, conscient d'avoir avant tout affaire à un journaliste.

— D'accord. Mais il faut que j'appelle Diller, mon contact chez les flics.

— Morris Diller existe encore ?

— Ouais, toujours à la même table, près de la fenêtre. Vous le connaissez ?

— Si on veut.

— Nous avons un marché à conclure.

Il composa le numéro de Diller sur son portable puis lâcha un juron : la ligne était occupée.

Dans ses bons jours, Bob Metcalf était un homme falot. En période de crise, il devenait quasiment transparent. Pour l'heure, son visage se confondait avec le mur de la remise, comme celui d'un revenant. Ses rides naissantes s'étaient soudain creusées.

— Je veux juste savoir la vérité, gémit-il en serrant convulsivement ses mains sur son établi Black & Decker. Il faut que je sache si elle est saine et sauve ou si... ou si... s'il lui est arrivé la même chose...

Une soudaine crise d'asthme l'empêcha de reprendre son souffle.

Ils étaient assis l'un en face de l'autre dans la pénombre de la remise. Sur le toit en papier goudronné, on entendait battre la pluie. Apparemment, Metcalf avait l'habitude de construire des maquettes d'avion en balsa pour se calmer les nerfs.

— Et maintenant, votre pauvre fils aussi. Quel terrible malheur !

— Comme s'il y avait une malédiction...

— Si je peux faire quoi que ce soit, proposa Oliver d'une voix pleine de sollicitude, prendre contact avec les pompes funèbres, m'occuper de l'incinération, faites-le-moi savoir. Qu'en pense la police ?

Bob, misérable, leva les yeux en s'essuyant le nez.

— Je n'en sais rien... Pas grand-chose. Elle ne sait même pas s'ils ont affaire au même criminel que pour les autres ou s'il s'agissait d'un accident.

— Quelle tragédie ! Il était si jeune.

Le regard d'Oliver parcourut la paroi où Bob rangeait soigneusement ses outils. On peut faire beaucoup de dégâts avec ces machins, pensa-t-il. Clés-pipes. Pinces. Marteau pied-de-biche. Burin. Agrafeuse. Dommage qu'il n'y ait pas de tronçonneuse. Un peu trop bruyant, de toute façon.

Il devait agir vite, libérer Bob de sa détresse. Il détestait voir souffrir un être humain.

— Et Emma, comment l'a-t-elle pris ?

— Très bien. Elle est forte comme un roc. Elle ne se fait aucun souci pour sa mère.

C'est parce qu'elle ne peut pas la blairer, pensa-t-il. *Et elle ne t'aime pas trop non plus, si je me souviens bien.*

— Elle est persuadée que Daphné va revenir d'un moment à l'autre. Mais je sais qu'elle est morte. Étranglée, peut-être, son cadavre caché dans les buissons ou jeté au bord de la voie fer-rée.

— Pourquoi dites-vous cela ?

— N'est-ce pas toujours là qu'on les retrouve dans les films policiers ? Des cadavres. Ma propre femme. Mon fils. La police veut placer la maison sous surveillance. Ils disent que nous pourrions, ma fille et moi, nous trouver en danger. Ce n'est pas possible, n'est-ce pas ? Qui commettrait un tel... Qui ?

Il porta sa main serrée à sa poitrine, agrippa son cardigan, cherchant son souffle.

— Calmez-vous. Ne paniquez pas. Avez-vous un inhalateur ?

— Je... Je l'ai posé quelque part...

— Ne vous en faites pas, je connais le problème. Tenez, vous pouvez utiliser ceci.

Le grand Eblis est avec moi, se dit Oliver en extrayant de sa poche le petit vaporisateur de métal noir. Il avait, peu de temps auparavant, préparé le mélange qu'il avait transvasé dans un vieux tube de spray rafraîchissant pour la bouche avant de le repressuriser. Les produits chimiques qu'il contenait ne semblaient pas déplacés dans une remise de jardin. Il s'agissait d'un cocktail incroyablement toxique de malathion/parathion/chlorthion/sarin. Les deux premiers étaient des insecticides mortels pour l'homme. Le troisième, qu'on prenait parfois pour des gouttes pour le nez, avait un effet aussi radical. Le dernier, enfin, devenait, administré en aérosol, un puissant gaz innervant qui tuait en quelques minutes. Mélange si mordant qu'il aurait dû ronger le tube d'aluminium. Oliver s'était demandé comment utiliser ces poisons. Il n'avait pas une seconde imaginé l'asthme de Bob.

— Je n'ai pas besoin de spray rafraîchissant, s'écria Metcalf après avoir essayé de déchiffrer ce qui était écrit sur le tube.

Mettre en doute le conseil d'un ami de confiance... Cela lui ressemblait bien.

— Mais non, Bob, c'est un médicament spécial qu'on m'a donné à l'hôpital. Il a des effets absolument miraculeux. Il suffit de le respirer.

L'air sceptique, Bob leva le tube jusqu'à sa bouche, posa son doigt sur la valve, puis se ravisa.

— Qu'est-ce que vous pensez,vous, Jack ? Croyez-vous qu'elle m'a quitté ? Ou que ce cinglé s'en est pris à elle ?

Son asthme se calmait. Si cela continuait, il n'allait plus avoir besoin du spray.

— Je prie seulement pour qu'elle ne croupisse pas quelque part, ligotée, inconsciente, entre la vie et la mort, à la merci d'un fou furieux, répliqua Oliver, jouissant de sa propre perversité.

Sa réponse provoqua une nouvelle crise. Bob replaça le vaporisateur devant son visage. Oliver retint sa respiration, se pencha en arrière, hors de portée des gaz.

Deux spasmes. Bob eut l'air surpris, émit un faible

cri de douleur, toussa puis tomba sur l'établi, paralysé mais toujours vivant. Un liquide s'écoula de son nez.

Oliver ne pouvait se permettre de quitter la remise avant de s'assurer que Bob était bien mort. Il lui faudrait pour cela attendre environ un quart d'heure. Pas de problème. Enjambant le corps secoué de convulsions de son voisin, il attrapa un marteau sur le mur. Il choisit ensuite un gros clou de huit centimètres qu'il trouva dans une boîte lisiblement étiquetée sur l'étagère, en inséra la pointe dans l'oreille gauche de Bob. Il maintint bien droit le clou, donna trois grands coups de marteau. Quelque chose craqua au deuxième coup. Au troisième, le clou s'enfonça dans la cervelle de Bob Metcalf. Le petit disque de métal brillant qui dépassait de l'oreille ressemblait à un écouteur high-tech. Après avoir essuyé la tache de sang qui souillait sa main, Oliver remit le marteau en place.

Il était en train d'admirer son œuvre lorsque, levant les yeux, il vit Emma Metcalf debout à l'entrée de la remise, la bouche agitée de tremblements, les yeux exorbités.

— Ah, Emma. Votre père a eu un... petit accident...

— C'est vous qui avez tué Brad et ma mère, hein ?

Il fit un pas dans sa direction, trop fatigué pour s'embarquer dans une explication.

— Pourquoi, pourquoi ? hurla-t-elle.

— Je suis en train d'achever quelque chose qui a commencé il y a longtemps, Emma. Dans quelques minutes, nous irons faire des courses et tout sera terminé. Mais d'abord il faut que je vous parle.

Il était encore à quelques pas d'elle lorsqu'elle tourna les talons et fonça tête baissée sous la pluie. Il tenta de la rattraper, mais glissa sur l'herbe mouillée. Il se releva, se remit à courir et l'entendit heurter bruyamment la barrière du jardin voisin. Qu'est-ce qu'elle faisait ? En toute logique, elle aurait dû retraverser la maison et alerter les policiers disséminés sur toutes les pelouses bordant la rue.

Non ; elle était terrifiée par ce qu'elle venait de voir. Combien de temps avait-elle passé à l'entrée de la remise ? Quand retrouverait-elle ses esprits ? Oliver disposait-il encore de quelques minutes, de quelques secondes avant que le doigt de la justice ne le coince ? Il lui fallait exécuter le plan et le temps s'épuisait. En quelques bonds, il parcourut le jardin en sens inverse, entra chez les Metcalf d'où il téléphona chez lui.

— April ?

Il s'efforça de ne pas paraître essoufflé.

— Il est l'heure de partir. Je te retrouve chez les Brickett.

— Les Brickett ? Mais je suis en train de faire la cuisine, ou la vaisselle, je ne sais plus.

— Tu laisses tomber et tu me retrouves là-bas dans une minute.

Il raccrocha brutalement, jeta, par la fenêtre des Metcalf, un coup d'œil dans la rue. Il aperçut, tout au bout de l'allée, des voitures de police, plusieurs flics protégés par leurs parapluies et ce qui lui parut être une équipe de médecins légistes au travail sur du gazon saturé d'eau. Délicat. Il regarda de nouveau dans le jardin. Emma n'était nulle part en vue. Prenant une profonde respiration, il remonta le col de sa veste et gagna la porte d'entrée de la maison.

44

Retour

« *On prétend que les meurtriers vivent dans un vide moral, qu'ils n'éprouvent aucun remords. Je suis devenu meurtrier parce que j'aimais Billy, que je me suis identifié à lui. Et tout mon remords ne s'adresse qu'à lui.* »

Le Cahier rouge

— On dirait que rien n'a changé. Tout est simplement devenu plus grand. J'avais oublié cette perfection, cette propreté.

Billy claqua la porte de la Ford de Gary Mitchell, s'avança jusqu'à la bande de plastique jaune tendue par la police. *Bienvenue chez toi,* songea-t-il en lisant la plaque de Balmoral Close. Devant lui, à travers un rideau de pluie grise, il distingua quelques officiers de police en veste fluorescente, debout sur le perron d'une des maisons. Ils interrogeaient la mère d'Adolfo Garibaldi. Il avait du mal à croire que cette vieille matrone italienne était encore de ce monde. Elle devait être presque centenaire.

— Dans quelle maison Oliver a-t-il dit qu'il habitait ?

— Je ne sais pas.

— Vous devez bien avoir gardé le texte de son interview ?

— Nous ne sommes pas ce papier cul de *Guardian*, répondit Mitchell d'un ton outré. Dans notre journal, les articles ne servent qu'à remplir les espaces entre les publicités.

— Alors, parlons-en au policier le plus proche, dit Billy en se baissant pour passer sous le cordon.

— Surtout pas, protesta Mitchell en l'attrapant par le revers de sa veste. Je n'ai pas l'intention de balancer cette histoire à ces débiles mentaux.

— Ça veut dire quoi ? Que vous n'allez rien divulguer ?

— Je le ferai dès qu'ils se seront remué le cul. Je veux être dans le coup au moment de l'arrestation.

— Il faut que nous sachions dans quelle maison il se cache. Je veux parler seul à Oliver. Si j'en conclus que c'est lui qui est derrière tout ça, je vous appellerai pour que vous veniez nous rejoindre. Et vous déciderez vous-même du moment approprié pour alerter les flics.

— Comment allez-vous le trouver ? demanda Mitchell, exaspéré. Il y a au moins vingt maisons dans la rue.

— J'en fais mon affaire. Montrez-moi comment fonctionne votre portable. Quel est le nom de l'agence immobilière de ce secteur ?

— Il y en a plusieurs.

— Quelle est la plus grande ?

— Ce doit être Brickett & Co.

— Quelque chose à voir avec Justin Brickett ?

— Il s'agit de sa propre agence.

— Bien sûr... J'aurais dû m'en douter.

Il appela les renseignements, obtint le numéro qu'il s'empressa de composer. Au-dessus d'eux, un roulement de tonnerre assourdissant les fit sursauter. On eût dit le fracas d'un immeuble qui s'écroule.

— Bonjour... Je suis un vieil ami de Justin et je me demandais si... Pas aujourd'hui, je vois. Peut-être pourriez-vous m'aider. Je cherche à savoir si vous avez vendu ou loué une des propriétés de Balmoral Close au cours des derniers mois. J'envisage d'acquérir une maison, mais je n'ai pas encore choisi l'endroit. J'aurais souhaité parler à quelqu'un qui s'est installé récemment, afin qu'il me conseille. Oui, je ne quitte pas. Merci.

Quel plaisir de se sentir à nouveau responsable de ses actes ! Billy ne s'était pas comporté de façon aussi positive depuis des années. Il n'aurait pas dû laisser passer tant de temps. Il regarda autour de lui et se revit à bicyclette sous la pluie. Toute la frustration et l'impuissance qu'il avait éprouvées jadis lui revinrent en mémoire. Les frayeurs de l'enfance ne vous quittent jamais, sauf si on trouve le moyen de les chasser.

— Oui, je vous écoute. Vous avez trouvé ? Mr. et Mrs. Jack Prentiss ? À quel numéro ? Merci. Si j'ai encore besoin d'aide, qui dois-je demander ? Tracy. Très bien, dit Billy en raccrochant et en rendant l'appareil à Mitchell. Il habite au 19, sur le côté gauche de la rue.

— Comment savez-vous que c'est lui ? demanda le journaliste alors qu'ils se remettaient en route.

— Vous plaisantez ? *Jack Prentiss ?* répliqua Billy avec un petit rire forcé. D'abord, d'après la fille à qui je viens de parler, c'est le seul couple à avoir, en trois ans, emménagé dans cette rue. Deuxièmement, si on veut utiliser un nom d'emprunt indétectable, mieux vaut ne pas en choisir un qui permette à quelqu'un de faire le rapprochement avec votre véritable identité.

— Ce nom ne me dit rien.

— Il n'évoque rien pour vous. Mais pour d'autres personnes, si.

— Nous voilà bien.

Mitchell ralentit son allure au moment où ils passaient devant un groupe de policiers groupés derrière une haie de rhododendrons bien taillés.

— La rue est pleine de flics.

— Vous voulez qu'on les mette au courant ? demanda Billy. C'est le moment ou jamais.

— Non !

— Alors, ne vous arrêtez pas et faites comme si nous nous dirigions vers un endroit précis.

Ils passèrent derrière les policiers procédant aux interrogatoires chez les Garibaldi. Billy consulta sa montre ; midi passé. Pourtant, il faisait à peine jour. Quelle impression bizarre de se retrouver dans cette rue, de fouler ces trottoirs familiers ! Tout avait l'air plus petit, moins mystérieux.

L'entrée du 19 se dissimulait dans la pénombre. Aucune lumière dans la maison. Tandis que Mitchell attendait, Billy sonna, jeta un œil à travers la vitre de la porte en verre coloré représentant une scène marine, sonna encore. Pas de réponse.

— Venez.

— Où allez-vous ?

— Il y a peut-être une fenêtre ouverte sur le côté. Sinon, nous allons devoir en forcer une.

— C'est un acte d'effraction.

— Vous avez une meilleure idée ?

La fenêtre latérale de l'entrée était bien fermée. Passant le long de buissons de roses dégoulinants de pluie, Billy alla jusqu'à la fenêtre de la cuisine et tenta de soulever le chambranle. Sans succès. L'intérieur était trop sombre pour y distinguer quoi que ce soit.

— Passez-moi votre écharpe.

— Pour quoi faire ?

Mitchell commençait à se demander s'il avait bien fait d'amener avec lui cet homme maigre, qui marchait à grandes enjambées. La vie cloîtrée que Billy March menait dans ce foyer délabré devait bien avoir une explication. La folie, peut-être, une folie furieuse. Malgré ses réticences, il ôta son écharpe et la lui tendit. Billy ramassa une pierre assez grosse, la soupesa, l'enveloppa dans l'écharpe et se tint immobile, contemplant les nuages bas.

— Qu'est-ce qu'on attend ?

— Le prochain coup de tonnerre.

Il y eut un éclair puis, quatre secondes plus tard, une déflagration tombant du ciel. À l'aide de la pierre enveloppée, Billy donna un coup sec sur la fenêtre de la cuisine dont la vitre se fendit en deux. Une moitié se brisa à l'intérieur, avec un bruit de verre cassé qu'ils perçurent après la fin du grondement de tonnerre. Ils attendirent sans bouger. Rien. Passant le bras par la brèche, Billy actionna l'espagnolette.

Dès qu'ils furent entrés, il commença par chercher des signes de vie au rez-de-chaussée. À première vue la cuisine paraissait normale. Il releva ensuite, tout de même, certaines bizarreries : deux repas surgelés à moitié carbonisés entassés dans l'évier ; suspendue à un râtelier à casseroles, une sorte de barboteuse en caoutchouc ouverte à l'entrejambe, des verres à cocktail sur le sol. Plus, sur le bar, dans un seau de ménage, une tarte meringuée. Que s'était-il passé ici ? Il faisait trop sombre pour y bien voir et ils n'osaient pas allumer la lumière.

La bouilloire était encore chaude. On avait quitté la pièce depuis peu. Billy passa au salon. Meubles couleur pastel des années cinquante : une table basse en forme de rognon, des tableaux pyrogravés représentant des clowns et des vases de lilas, un cyclopousse avec son conducteur en fil de fer noir et rouge, un téléviseur avec portes coulissantes en bois, une photographie dans son cadre, sur la cheminée.

Un portrait de mariage pris au polaroïd dans une lugubre salle de mairie, juste après l'échange des anneaux. Le beau marié était Oliver Price, pas de doute. Quant à sa jeune épouse...

Billy la reconnaissait vaguement. Où l'avait-il déjà vue ? Sa coupe de cheveux au carré avait quelque chose qui clochait, une fixité étrange, peu naturelle, comme une perruque. De la main, il couvrit le haut de la tête. Alors apparut le visage d'April Barrow, une April Barrow adulte, sans rapport avec l'adolescente dégingandée qu'il avait connue. Une mariée bizarrement radieuse.

Emma Metcalf errait au hasard. Elle avançait au milieu d'un paysage inconnu où rien n'avait de sens et où nul n'était en sécurité. Elle rêvait de se blottir dans le grand sofa vert entre ses parents regardant un film de James Bond. Elle rêvait du réconfort des Noëls de son enfance. Mais le mal la poursuivait. Elle n'avait rien ni personne vers qui se tourner. Elle avait perdu une chaussure et traversait en clopinant le tapis mouillé des pelouses, son joli tailleur maculé de boue, s'efforçant de chasser de son esprit la vision de son père étendu sur le banc, les yeux révulsés et sanguinolents, le nez dégoulinant, un gros clou dépassant de son oreille.

En franchissant le losange du massif de fleurs des Prentiss, elle glissa et s'affala sur la terre détrempée. Elle resta là, secouée par les sanglots, ignorée du monde entier. Personne ne la remarqua, pas même la police. Sauf Billy March, qui ouvrit la porte et la releva.

45

Tope là

« Je m'aperçois que j'ai commis une seule petite erreur en utilisant le nom de Prentiss. Je ne pense pas que quiconque s'y arrêtera. En tout cas, pas à temps pour sauver la ville. »

Le Cahier rouge

Le poste de police d'Invicta Cross était un pavillon de brique ocre avec une rampe pour fauteuil roulant et des massifs de géraniums, quelques petites salles : salles d'attente, de déposition, d'interrogatoire, une pièce agréable où travaillait le personnel et trois cellules au sous-sol. Tout paraissait trop propre pour avoir jamais connu une activité intense. Hormis les allées et venues des policiers, c'était un endroit calme, sans histoires. Les messages radio étaient relayés par le quartier général d'East Grinstead. Ce jour-là, toutefois, on se serait cru dans un asile de fous. Des cameramen et des journalistes avaient investi les coins les plus stratégiques du parking, des preneurs de son brandissaient des micros sur perche vers toute personne portant un uniforme. Les flics de Croydon avaient envahi l'ensemble du poste. Morris Diller se sentait à présent aussi utile qu'une borne kilométrique, avec cette seule différence que, d'ordinaire, les bornes ne s'écartent pas devant les voitures en marmonnant des excuses.

S'éloignant de la ligne de feu, le sergent au rancart se réfugia derrière un bureau où, au moins, il pourrait capter les messages radio. Dans la pièce voisine se déroulait un de ces interminables briefings auxquels nul ne l'avait convié. Une fois de plus, il se retrouvait relégué à la place du mort, attendant les ordres pendant que d'autres assumaient les responsabilités et en recueillaient les fruits.

Il ne décolérait pas. On lui interdisait de quitter son poste alors que se déroulait la plus grande affaire criminelle qu'eût jamais connue la région. Il ruminait sa rancœur, regardant, sur le parking, les cameramen rassembler à la hâte leur équipement et se précipiter vers toute personne entrant ou sortant du bâtiment.

McIntyre, l'inspecteur en chef de Croydon, lui avait dit de ne toucher à rien et de ne pas bouger. Mais comme il ne servait à rien, à quoi bon rester là où il se morfondait ? Il se sentirait mieux dans la rue. Il s'y était toujours senti mieux, même s'il ne se l'avouait pas. Quel destin morose avait décidé ainsi de son sort, le reléguant derrière un bureau réquisitionné, en plus, par un homme deux fois plus jeune que lui ?

Personne ne le vit se faufiler devant la salle de briefing, puis se glisser à l'intérieur de l'économat, au bout du couloir du premier étage. Il prit un jeu de clés de Rover dans le tiroir réservé au parc de voitures du poste et se dirigea vers la sortie de derrière. Un jeune homme, Bétacam à l'épaule, se mit à courir vers lui lorsqu'il arriva à la hauteur de la voiture. Il parvint quand même à s'y enfermer et démarra sans avoir été identifié. Il savait que Balmoral Close, à cette heure, serait bouclée. Mais il avait besoin de se retrouver au cœur de la tragédie pour comprendre ce qui se passait.

Après s'être garé à l'entrée de Windsor Terrace, Diller ouvrit le registre des plaintes posé sur le siège du mort, à côté de lui. La pluie battait le toit ; on n'y voyait pas à dix mètres. Dans le dossier, quelqu'un – Bimsley, probablement – avait griffonné un schéma de Balmoral Close et du lieu de résidence de ses habitants. Prent, Metcalf, Bovis, Brickett, tous ces noms lui étaient familiers. Il n'avait pas souvent eu affaire aux Garibaldi, mais ils ne faisaient pas partie de ceux qu'il considérait comme suspects ; vieux, respectés, ils ne faisaient jamais parler d'eux. Il restait toutefois un nom qui ne cadrait pas avec les autres : Prentiss, numéro 19. Des nouveaux dans la rue. Nulle plainte spécifique n'émanait de cette adresse. Il existait pourtant un rapport concernant une farce dont tous les habitants de la rue, y compris ceux-là, avaient été victimes.

Prentiss. *Prentiss*.

Pourquoi ce nom lui disait-il quelque chose ?

Comme s'il avait trouvé en une seconde, il composa un numéro sur le téléphone de la voiture. Pas de tonalité. Merde. Il descendit puis se dirigea vers la cabine, au coin de la rue. À la deuxième sonnerie, Gary Mitchell répondit depuis son portable.

— Gary ? C'est Diller.

— J'ai essayé de te joindre, Morris. Où étais-tu fourré ?

— Je ne suis pas au poste, là. Écoute, j'ai quelque chose...

— Ouais. Moi aussi, j'ai quelque chose pour toi. Mais il faut que tu me dises d'abord ce que tu vas faire pour moi.

Gary venait sans doute à peine de rentrer. Il ne pouvait être au courant de ce qui s'était passé depuis son départ.

— Je ne crois pas que notre accord soit encore valable, Gary, dit le sergent.

— Pourquoi ? Qu'est-ce qui est arrivé ?

— Et tu te prétends journaliste ? Ici, c'est le vrai bordel. Y a plein de gens qui courent partout comme des canards à qui on a coupé la tête. Les médias s'intéressent tellement à cette enquête qu'on va finir par arrêter le premier venu, uniquement pour exhiber un coupable.

— Tu crois que les poulets ont quelqu'un en vue ?

— Eux non, mais moi, oui. Écoute, Gary, je crois que je sais comment ce mec s'est pointé ici. Sous un faux nom.

— C'est drôle... Nous aussi.

— Il faut que tu me dises tout ce que tu sais, Gary. Compris ? Sinon, tu seras poursuivi pour entrave à la justice.

— Va te faire foutre ! J'exige les droits exclusifs sur cette affaire, la promesse que personne de ta clique ne balancera rien aux autres journaux avant que je ne t'aie livré mes informations.

— Tu sais que je ne peux pas garantir un truc comme ça. Sois raisonnable.

— Ne quitte pas.

La ligne resta silencieuse une longue minute. Avec qui était Mitchell ? se demanda Diller. Et qui était ce *nous* ? Il commençait à croire que la communication avait été coupée lorsque Gary parla de nouveau. Il avait l'air ivre ou excité, ou les deux à la fois.

— Si on te donne un tuyau qui te permette de confirmer l'identité du tueur, il faut que tu promettes que personne ne s'en mêlera avant qu'on ait pu lui parler.

Diller n'avait aucune autorité pour organiser un tel marché. L'enquête lui filait entre les doigts, à supposer qu'il l'eût jamais eue en main. Mais peut-être pourrait-il encore gagner un semblant de respect en orientant l'équipe de Croydon dans la bonne direction.

— D'accord, affirma-t-il en gros menteur qu'il était. Je crois que je peux arranger ça. Tope là. Quel nom vas-tu me donner ?

— Ramène-toi d'abord ici, ordonna Mitchell qui sentait qu'après toutes ces années de chamaillerie avec le sergent, il tenait enfin le beau rôle.

46

Kidnappé

« *Quatre-vingt-cinq pour cent des gens retrouvés assassinés chez eux ont été victimes d'un proche ou d'un ami. Le saviez-vous ? Le meurtre me vient facilement et la vengeance me fait du bien ; mais c'est la peur qui me pousse. Je sais que je mets un terme à une injustice. Pourtant, je sens les flammes de l'enfer rugir sur mes talons* ».

Le Cahier rouge

Sandra Brickett ouvrit la porte et sourit nerveusement. Elle n'était pas maquillée. April nota avec satisfaction que, dans cet état, ses yeux perdaient tout éclat.

— Dieu merci, enfin des visages amicaux, dit Sandra en les accueillant avec empressement. Vous vous rendez compte ? Nous sommes en état de siège ! Prisonniers dans nos propres maisons. Quel cauchemar... Je pensais que c'était la police qui voulait encore nous interroger. Ils sont déjà venus chez vous ?

— Non, dit Oliver, ils n'ont pas fini de faire le tour de la rue. Je crois que la vieille Mrs. Garibaldi les a retardés un peu. Justin est là ?

— Il est dans la cuisine. Entrez, je vous en prie. Je vais mettre de l'eau à chauffer.

Justin était assis à la table, en bras de chemise et bretelles rouges, pianotant sur son ordinateur. Il donnait l'impression de considérer cette journée comme parfaitement ordinaire. Son fils de six ans jouait sous la table, poussant et tirant un énorme camion à roulettes.

— Asseyez-vous donc, dit-il. J'ai essayé d'avancer un peu mon travail ici, mais mon imprimante me donne du fil à retordre. La police nous a demandé de ne pas quitter le quartier. Ce bouclage perturbe tout mon emploi du temps.

— Ils veulent nous convoquer à Croydon pour des interrogatoires supplémentaires, expliqua Sandra en disposant quatre tasses. Parce que nous connaissons toutes les personnes concernées. Je leur ai dit que nous ne pourrions pas y aller avant d'avoir trouvé quelqu'un pour garder le petit.

— Qu'est-ce que vous pensez de toute cette histoire ? demanda Justin. J'ai appris en écoutant les informations qu'il se pourrait que nous soyons devenus une sorte d'objectif militaire. Le présentateur a parlé d'Invicta Cross comme d'« une ville soumise à la terreur ». Pourquoi ce genre de choses arrive-t-il tout d'un coup ? J'aimerais bien le savoir.

Penché sur son clavier, se parlant à lui-même, il semblait avoir perdu cette espèce d'aplomb qui lui donnait des allures de meneur. Sa femme s'affairait avec les tasses comme si sa vie dépendait de leur disposition sur la table.

— C'est terrible, s'exclama-t-elle, tous ces gens tués et portés disparus, ces gens que nous connaissions depuis des années ! Leurs enfants ont grandi avec les nôtres, nous avons dîné ensemble, joué au golf ensemble. Le fils de Bob Metcalf a été victime d'un chauffard qui a pris la fuite. Vous le saviez ?

— C'est plutôt de cela que nous étions venus vous parler, commença Oliver en faisant glisser ses doigts tachés de sang sur la crosse de son revolver, dans la poche de sa salopette. Figurez-vous que nous savons pas mal de choses.

April hocha joyeusement la tête, comme s'ils s'apprêtaient à discuter de jardinage.

— Ah ? fit Sandra en quittant immédiatement des yeux la théière et en leur décochant un regard soupçonneux. Qu'est-ce qu'on vous a raconté ?

— Il ne s'agit pas de ce qu'on nous a raconté, mais de ce que nous savons être la vérité.

— Que voulez-vous dire, exactement ?

— Je ne sais pas par où commencer, répondit Oliver en prenant la tasse de thé brûlant que lui tendait Sandra. Cela remonte à longtemps. Vous souvenez-vous d'une famille du nom de March ? Ils ont eu quelques difficultés avec leurs voisins. Vous vous rappelez à propos de quoi ?

— Mon Dieu, les March, fit Justin en secouant la tête, incrédule. Pendant un moment, je me suis demandé ce que vous alliez dire. Il y a des années que je n'ai pas pensé à eux. Des gens horribles. Des timbrés. Ils nous accusaient de vouloir les chasser de la ville.

— Vous ne vous êtes jamais demandé ce qu'ils étaient devenus ?

— Pas le moins du monde. Pourquoi diable y penserions-nous ? Bon débarras, c'était de la mauvaise graine. Nous étions tous d'accord là-dessus.

— Je suis heureux que vous vous souveniez d'eux. Vous souvenez-vous aussi d'une jeune fille qui vivait avec sa mère à quelques rues d'ici ? Les enfants appelaient sa maison la maison de la sorcière.

— Vaguement, pourquoi ?

— Pour rien. Faites un effort de mémoire, Justin. Le club de golf n'existait pas, à l'époque.

— Vous avez raison. C'était il y a neuf ou dix ans. Je crois même que nous attendions le permis de construire.

— Vous aviez besoin de faire partir les March, n'est-ce pas ? Il vous fallait leur accord pour construire un accès conforme au cahier des charges.

— Non, ce n'est pas vrai ; ce n'est pas vrai du tout ! s'écria Justin avec indignation. Je leur ai demandé s'ils accepteraient de négocier une sorte d'arrangement avec les services de relogement, mais ça ne les intéressait pas. Ça n'avait d'ailleurs aucune importance.

— Pourquoi donc ?

— Parce que les Prent avaient déjà donné leur accord pour que nous puissions faire passer l'allée d'accès au club sur leur terrain. Je suis juste intervenu auprès des March au cas où il aurait fallu présenter un plan de rechange.

Oliver était décontenancé.

— Mais le docteur McMann a fait renvoyer Ray March de son travail.

Il fouilla dans sa poche, en sortit la pince à billets en argent, la jeta sur la table.

— Il l'a accusé d'avoir volé ceci.

— Oh ça... Ernest était tellement embêté à ce sujet. Il avait fait tout un foin au garage. Il a finalement retrouvé sa pince dans la doublure de sa poche, une fois rentré chez lui. Il était trop tard pour aider March, mais il m'a dit qu'il lui avait envoyé de l'argent sans se faire connaître. Il s'est senti coupable pendant très longtemps. Il n'a pas pu se défaire de l'idée qu'il avait contribué à les chasser. Mais comment connaissez-vous cette histoire ?

— Êtes-vous en train de me dire qu'il n'y a jamais eu de conspiration pour faire partir les March d'Invicta Cross ?

— Bien sûr que non. C'était une obesssion du gosse. Il a même pris contact avec les journaux locaux pour leur raconter des tas de salades sur ce qu'il pensait qu'on lui faisait. Il avait beaucoup d'imagination, ce garçon. Pas bête du tout. Mais un peu dérangé.

La main d'Oliver lâcha le canon du pistolet qui était dans sa poche, attrapa un morceau de kleenex chiffonné. L'odeur d'huile de l'arme imprégnait ses doigts ; il la sentit distinctement en s'épongeant le front. Il fut pris d'une colère sourde contre Justin, qui troublait ses idées et détruisait son mobile.

— Je ne comprends pas. Et ces coups de téléphone obscènes, toutes ces lettres d'injures que recevaient les March ?

— Comment pourrais-je le savoir ? rétorqua Justin d'une voix impatiente. Et d'abord, comment se fait-il que vous en sachiez autant à leur sujet ? Cette affaire remonte à des années. Elle n'intéresse plus personne, maintenant.

Oliver se força à fermer les yeux. Il ne voulait se rappeler qu'une seule chose : conspiration ou pas, la vie de Billy March et de sa famille avait été détruite. Il se leva, s'appuya à l'égouttoir de l'évier, tout près de Sandra. C'était à April de jouer. Sentant que quelque chose était sur le point d'arriver, elle suivit le regard d'Oliver dirigé vers Justin, s'en approcha.

— Sandra, dit Oliver, pouvez-vous me passer ma tasse ?

Surprise, elle obéit.

— Alors ? lança sèchement Justin. Qu'avez-vous à voir là-dedans ?

Il se tut, attendant la réponse.

Oliver but une gorgée de thé, en renversa un peu. Il reposa la tasse, examina ses deux paumes.

— Oh, pardon... Pourriez-vous me passer cette serviette ?

Après qu'elle lui eut tendu un des torchons accrochés près de l'évier, il l'enroula autour de sa main, et dirigea son poing levé sur le côté gauche de la poitrine de Sandra. Il y eut un éclair à l'intérieur du tissu de coton, un bref son mat comme un morceau de plomb qu'on laisse tomber sur un revêtement de liège : Sandra s'effondra, un trou rouge assombrissant son chandail de cachemire rose pâle. Sa tête heurta successivement le bord de l'évier, le dossier d'une chaise et le sol, puis son corps glissa comme un pantin sous la table, les jambes ouvertes en V. Avant que Justin ait pu émettre un son, April avait arraché l'une des épaulettes de sa veste et la lui avait mise dans la bouche. Oliver bondit derrière lui et saisit ses poignets qu'il immobilisa avec une paire de menottes en caoutchouc.

Le fils des Brickett poussa un hurlement à l'instant où sa mère tomba à côté de lui, puis se mit à pleurer. Oliver leva son pistolet, sentant, derrière lui, Justin se raidir en lâchant un cri étouffé. Il regarda l'enfant un moment, baissa le canon de son arme.

Justin Brickett essaya de faucher April de sa jambe droite, mais son mollet fut immobilisé par Oliver qui pesa de toutes ses forces sur sa cheville jusqu'à ce qu'il entendît l'os craquer. Il se redressa, reprit sa respiration, pointa son pistolet contre la tempe de Justin.

— Maintenant, prenons la clé de sa voiture et sortons. Le gosse peut rester ici.

À la porte d'entrée, April inspecta attentivement les alentours. La femme policier surveillant la maison des Bovis leur tournait le dos. Ses collègues les plus proches se trouvaient à quelque deux cents mètres. Ils regardaient vaguement dans leur direction mais la pluie avait repris, torrentielle. Avec un peu de chance, ils ne pourraient rien distinguer.

April maintint la porte ouverte tandis que son mari poussait Justin Brickett devant lui jusqu'à la jeep. Ne pouvant marcher sur sa cheville cassée, l'agent immobilier dut s'appuyer sur l'épaule d'Oliver. Dès qu'ils l'eurent installé sur le siège arrière, April se mit au volant. Oliver força son otage à s'aplatir, en le tenant toujours sous la menace de son arme.

— Vous êtes Billy March, hein ? grogna Justin. Vous n'irez pas très loin.

À l'extrémité de la rue, un jeune policier en ciré jaune

à capuche les arrêta pour leur demander où ils allaient. April baissa sa vitre de quelques centimètres.

— Nous avons rendez-vous à l'hôpital, dit-elle. Mon mari est diabétique.

Le policier jeta un œil à l'intérieur mais ne put voir grand-chose dans la pénombre.

— Vous avez besoin de quelqu'un pour vous accompagner ?

— Non, merci, ça ira. Nous n'en avons que pour une heure. Quant à vous et à vos collègues, il vous faudrait une bonne tasse de thé. Je vous en préparerai à notre retour.

Elle regarda droit devant elle pendant que le jeune homme relevait le numéro de la plaque minéralogique avant de leur faire signe de passer.

Alors, elle accéléra sur la route mouillée en direction du centre commercial d'Invicta Cross, prenant soin de ne pas dépasser la vitesse autorisée.

47

Utopie & compagnie

« Les meurtriers, dit-on, vendent leur âme au diable ; moi, j'ai fait un pacte avec le plus grand, Eblis, né d'une pure et unique explosion. Eblis, créature de feu et d'air. Eblis qui, le premier, m'a montré la beauté terrible des flammes purificatrices. »

Le Cahier rouge

Judith Fenchurch s'ennuyait ferme et se gelait. Cette jeune femme policier de trente-trois ans avait espéré se voir confier un rôle plus gratifiant dans l'enquête qui se déroulait autour d'elle. Elle aurait aimé contribuer aux interrogatoires maison par maison, réconforter les gens, expliquer, conseiller. Au lieu de cela, on l'avait postée sous la pluie à l'entrée du pavillon silencieux et vide des Bovis. Le mari, Alan, était mort au cours du week-end et sa femme n'était pas rentrée la veille au soir. Leur fille, qui s'était éclipsée pendant une heure pour se rendre dans son propre appartement, avait trouvé la maison vide à son retour et faisait maintenant tout un ramdam au poste de police, affirmant que sa mère avait été enlevée. Georgina avait laissé son sac à main et son porte-monnaie sur le bar de la cuisine. Or, selon sa fille, elle ne s'en séparait jamais, où qu'elle aille.

Sherry n'avait même pas vu le cadavre de l'amant de sa mère derrière le sofa.

Les collègues de Judith parlaient d'étranges événements qui avaient lieu aussi dans d'autres maisons. Il y avait un fou en liberté, ou des extraterrestres aux intentions peu pacifiques lâchés dans la nature. De toute façon, l'agent Fenchurch n'aurait pas l'occasion de le vérifier par elle-même.

Elle scruta le voisinage. La pluie obscurcissait sa vision. De l'autre côté de la rue, trempés jusqu'aux os, les deux petits inspecteurs chargés des interrogatoires passaient d'une maison à l'autre. Quelques minutes auparavant, elle avait aperçu un jeune homme et sa compagne, bien sous tous rapports, sortir de chez eux, braver le déluge et se précipiter vers le domicile des Brickett. Une femme qu'elle identifia plus tard comme étant Sandra Brickett leur avait ouvert. Un quart d'heure plus tard, la porte du pavillon s'était rouverte. Le couple était ressorti en compagnie d'un autre homme. Tous les trois avaient pris place dans sa voiture.

Quelque chose dans les gestes du trio avait alerté l'agent Fenchurch. Elle se décida, au risque de se retrouver sanctionnée pour abandon de poste, à aller jeter un coup d'œil par la fenêtre de la cuisine des Brickett.

À première vue, tout semblait normal. Le regard de Judith fut quand même attiré par une chaise renversée sur le sol, près de la cuisinière. Elle se rapprocha de la vitre, les mains en entonnoir autour de ses yeux, s'efforçant de distinguer les ombres mouvantes à l'intérieur. Effectivement, quelque chose bougeait.

Derrière la chaise, elle aperçut un enfant qui pleurnichait puis, enfin, le corps ensanglanté de Sandra Brickett. Ses jambes dépassaient de dessous la table. Ce que Judith avait pris pour du linoléum marron était une flaque brillante de sang. En courant, elle traversa le jardin en sens inverse, cria au policier le plus proche de venir. Il pénétra dans les lieux en cassant une vitre.

La femme au volant de la jeep de Justin Brickett avait dit au jeune flic qui gardait l'extrémité de la rue qu'elle et son mari avaient rendez-vous à l'hôpital, sans préciser lequel. On n'avait pas encore identifié le couple ; mais le policier avait noté le numéro d'immatriculation du véhicule. On le diffusa à toutes les patrouilles de la zone de Croydon et sa banlieue. Quant à la presse, elle n'avait pas accès aux rues isolées par les cordons tant que duraient les interrogatoires. Que pouvait-on faire de plus ?

Emma Metcalf essayait de retenir ses sanglots. Billy la regardait se sécher les cheveux avec une serviette-éponge. Derrière elle, Mitchell, incarnation du désarroi ou pris d'une crise d'aérophagie, on ne savait pas trop, faisait les cent pas.

— Si nous la conduisons à la police, ils feront le nécessaire. Je vous demande simplement de ne pas me mentionner, Billy. Si Diller apprend que j'ai été impliqué là-dedans sans le lui dire, il me foutra au trou et me cuisinera jusqu'à ce que je crache le morceau.

Billy, s'agenouillant à côté de la jeune fille, ôta doucement la serviette de son visage.

— Je vous en prie, essayez de vous souvenir de ce qu'il vous a dit. Vous a-t-il donné une indication sur l'endroit où il se rendait ?

— Je n'ai pas vraiment fait attention. Mais il allait me tuer, c'était horrible ! Il s'est avancé vers moi avec ses mains pleines de sang. Alors, j'ai perdu la tête et je me suis enfuie en courant.

— Mais il vous a bien dit quelque chose ?

— Oui.

— Tâchez de vous souvenir, Emma. Nous sommes les seuls à connaître l'identité de cet homme. Il faut que nous essayions de l'arrêter.

— C'est à la police de le faire.

— La police ne pourra rien si on ignore qui il est et où il se trouve.

Elle posa la serviette, écarta les cheveux de ses yeux.

— Attendez. Cela me revient. Il a parlé de courses à faire.

Voilà qui était cohérent. Il n'existait qu'un seul endroit vers lequel Oliver pouvait se diriger, un endroit que tous trois avaient partagé. Il l'avait vu par la fenêtre de la voiture de Mitchell en arrivant aux abords de la ville, encore debout bien que noyé, désormais, dans un nouvel ensemble. Aller faire des courses signifiait le centre commercial d'Invicta Cross, lequel, à son tour, renvoyait à l'ancien château d'eau. Billy se leva et fit signe à Mitchell.

— Laissez Emma conduire la police jusqu'à son père. Il faut que vous veniez avec moi. Je n'ai pas de voiture et je ne sais pas conduire.

— Et moi qui pensais que vous me vouliez à vos côtés à cause de ma personnalité... Où allons-nous ?

— Ici, bien avant la fondation de la ville, on ne trouvait que de la forêt. Mais pendant des siècles, un village a existé sur ce site.

— Le moment semble mal choisi pour un cours d'histoire, March.

— Ce village s'appelait Prentice Field. Il y a dix ans, j'ai construit une maquette d'Invicta Cross représentant ses maisons, ses rues et les terres environnantes. J'ai fait des recherches à la bibliothèque. C'est là que j'ai découvert l'existence du village. La plupart des publications locales tirent leur information du journal tenu par un fermier de la fin du XVIIIe siècle qui s'appelait Jack Prentice. On pense que le nom du village vient du sien. Mais les promoteurs d'Invicta Cross ont négligé la signification historique de ce terrain et ont tout repris de zéro. Ils ont coulé une dalle de béton sur le passé.

Mitchell ouvrit la porte d'entrée.

— Je ne vois pas le rapport avec votre copain.

— Oliver Price m'a aidé à construire la maquette. Il était obsédé par la présence des champs recouverts par la ville et par ce qu'on trouverait si on arrachait les routes goudronnées. Je lui disais qu'ainsi, il restituerait ses terres à Jack Prentice et rendrait un service au monde. Vous voyez ? Pour Oliver, le jeu continue.

— Si vous essayez de suggérer qu'il va faire disparaître la ville entière pour remettre des champs à la place, nous avons intérêt à le trouver avant que la plaisanterie cesse d'être drôle, dit Mitchell tandis qu'ils sortaient sous la pluie.

Faisant crier son levier de vitesse, Morris Diller sentit ses roues arrière patiner sur le bitume mouillé. À l'entrée de Balmoral Close, il s'arrêta. Il n'aurait jamais dû accepter de venir jusqu'ici. Ceux de Croydon avaient peut-être reçu des instructions pour garder un œil sur lui ; mais il en doutait.

Personne ne l'avait vu sortir du poste. Pis encore : personne ne s'en souciait. Il coupa le contact, se glissa hors de la voiture, examina, par-dessus une haie, la rue bouclée. Gary lui avait dit qu'ils pourraient se retrouver au 19. Tripette : aucune trace de sa guimbarde dans la rue. Et pas moyen de franchir le cordon jaune sans se faire reconnaître.

Perplexe, il revint à la Rover, composa un numéro sur son téléphone de voiture qu'il laissa en mode « mains libres ». Il lui fallait rester en contact avec le journaliste au cas où il aurait quelque chose d'intéressante à lui révéler.

— Gary, qu'est-ce que tu fous ?

— Désolé, Morris. Nous n'avons pas pu attendre plus longtemps. Nous devons absolument parler à ce type. On pense qu'il est allé au centre commercial. Retrouve-nous là-bas. C'est la chance de ta vie.

La chance de ta vie pour un papier bien saignant, marmonnait Diller au moment où, levant les yeux, il aperçut McIntyre. *Et voilà la mienne qui fout le camp.* McIntyre venait de descendre de sa camionnette et se dirigeait vers lui, l'air furibard. Il avait dû repérer la Rover du coin de la rue. Morris n'avait pas prévu que l'inspecteur en chef reviendrait si vite sur les lieux de l'enquête.

— Sors de ta bagnole, Diller !

Plusieurs jeunes inspecteurs se retournèrent pour assister à la scène.

Morris n'ayant pas le combiné en main, McIntyre ne pouvait se rendre compte qu'il était au téléphone. Une idée lui vint. Il ne parviendrait pas, maintenant, à aller là-bas, mais quelqu'un, peut-être, le pourrait.

— Gary, appelle Gavin, mon fils, à la maison. Dis-lui de venir te rejoindre. Parle-lui exactement comme si tu me parlais à moi.

— Pourquoi tu me demandes ça ?

— Il t'aidera. Tu veux l'exclusivité de l'affaire, non ?

— Bon, mais tâche de me la garder.

— Ouais, ouais.

Il coupa précipitamment la communication à l'instant où McIntyre arrivait à la hauteur de la Rover. Espèce de connard. Mitchell idem. Qu'il aille se faire foutre. Quand le pisse-copie s'apercevra qu'il s'est fait doubler, ils auront serré ce taré.

— Diller, sors ton cul de cette caisse ! hurla McIntyre.

À vingt-six ans, le fils de Morris, chômeur depuis trois ans, vivait encore chez son père, à qui il commençait depuis peu à ressembler. Il passait son temps entre le Millionnaire, les Mcburger et la télé. Sa candidature à la haute fonction d'agent de police avait été rejetée pour inaptitude physique (surcharge pondérale). Il s'apprêtait à tenter de nouveau sa chance et, pensa Morris, il avait là l'occasion unique d'accomplir une action d'éclat, ce qui ne leur ferait de mal ni à l'un ni à l'autre.

Son sourire s'effaça lentement lorsqu'il se retourna pour affronter le visage courroucé de son supérieur.

— Ton père souhaite que tu assures pour lui, dit Mitchell.

— Va te faire mettre, grommela Gavin Diller. J' veux

pas faire son sale boulot. C'est quoi, tout ce bruit que j'entends ?

— Je me trouve à un échangeur de l'autoroute. Je tiens le volant d'une main et la batterie de mon portable est presque à plat. Alors, écoute-moi bien. C'est important pour vous deux. Ton vieux m'a l'air de s'être foutu dans la merde et il aurait besoin d'un coup de main. Tu pourrais aussi y trouver ton compte. Tu cherches toujours à entrer dans la police, hein ?

— Ouais, admit Gavin.

— Le moment est venu de te faire un peu remarquer. Je suis sur un super-scoop, ici, et tu peux avoir ton rôle à jouer.

— C'est quoi, ce gag ?

En robe de chambre devant un programme de patins à glace sur Eurosports, un plateau de thé et de toasts sur les genoux, Gavin ne se voyait pas du tout sortir sous la pluie sans une bonne raison.

— Ce n'est pas un gag. Tu verras quand tu seras ici. Fais-moi confiance.

— Tu rigoles, dit Gavin en terminant son toast : faire confiance à un journaliste ?

Mitchell n'avait plus le temps de palabrer.

— On se retrouve devant l'entrée principale du centre commercial d'Invicta Cross.

— Quand ?

— Maintenant, abruti, maintenant !

— D'accord, mais y a intérêt à ce que ce soit du solide.

Gavin reposa le combiné puis, d'une pression du pouce sur la télécommande, remonta le son de la télévision.

— On va devoir se débarrasser de lui, dit Oliver. Il est trop encombrant.

Ils traversaient le vaste parking qui s'étendait devant l'entrée du centre commercial. Dès qu'il s'appuyait sur elle, la cheville de Justin faisait un bruit affreux. Oliver ne pouvait l'obliger à forcer l'allure : il avait trop mal. Il avait réussi à expulser le bâillon de sa bouche, mais ses mains étaient toujours attachées dans son dos.

— Comme vous ne pouvez pas être des nôtres, vous voulez détruire ce que nous possédons, dit-il en trébuchant et en crachant abondamment. Vous ne vous en tirerez pas comme ça.

— C'est vous et vos semblables qui vous en tirez toujours, répondit son kidnappeur. Billy ne demandait rien : juste un peu de respect.

— Pardonnez-moi si je ne m'embarque pas avec vous dans une discussion sur notre foutu système de classes. Je ne peux pas marcher avec ces menottes aux mains. Enlevez-les-moi.

— J'aurais dû me garer plus près de l'entrée, dit April. Qu'est-ce qu'on va faire de lui ?

Ses cheveux emmêlés formaient une calotte jaune dégoulinante de pluie. Elle semblait perdue, frigorifiée, abandonnée, mais paraissait en un sens plus concentrée, comme si l'action la libérait de tout souci. Sa voix couvrit le bruit de la pluie.

— On ne peut pas le laisser là, cria-t-elle. Il racontera tout à la police et ils t'emmèneront.

— Aucune importance, à présent, répondit-il, haussant lui aussi le ton. Ils vont nous identifier dès qu'ils auront trouvé le corps de Sandra. Et ils auront une preuve supplémentaire quand ils examineront la BM.

— Qu'est-ce qu'on va faire, Billy ?

Billy. Jack. Oliver. Il s'efforça de voir clair dans sa tête, de penser lucidement au moins pendant une seconde. Ils approchaient de l'entrée.

— Terminer le plan.

Tu parles d'un plan, pensa-t-il. *Quel bordel !* Tous les calculs minutieux auxquels il s'était livré pendant si longtemps avaient volé en éclats dès l'instant où tous deux avaient invité Daphné Metcalf à venir prendre un verre. En la liquidant à cette occasion sous le coup d'une impulsion, il avait commis une erreur stupide. Il aurait dû s'en tenir à ce putain de plan. Trop tard, à présent. Il ne lui restait qu'une solution : continuer. Il en vint à se demander si la ville elle-même ne l'avait pas envoûté. Il détacha l'une des menottes en caoutchouc de Justin avec laquelle il le tira.

— Billy, tout ira bien, n'est-ce pas ?

Il n'avait jamais dit à April comment cela finirait : loyale jusqu'au bout, elle n'avait jamais cru bon de le lui demander. Dans ses yeux qui clignaient nerveusement sous la pluie, il lisait une confiance totale, qu'il ne put se résoudre à trahir.

— Oui, tout se passera bien.

Un instant plus tard, ils se retrouvèrent à l'intérieur du centre ; du moins April et lui. Car, au moment où la porte tournante se refermait sur le couple, Justin arracha la menotte de la main d'Oliver et tenta de s'enfuir. Oliver se retourna, brandit son revolver, fit feu par l'entrebâillement de la porte de verre qui se refermait. La balle effleura la tempe, sectionna le haut de l'oreille. Justin glissa sur le bitume mouillé. Son front heurta le bord d'un baç à fleurs en ciment. Poussant un petit cri d'effroi, April se détourna. Derrière eux, dans l'allée centrale, il y eut des hurlements, un silence pétrifié. Ensuite, ayant pris la mesure de la situation, les acheteurs se hâtèrent de disparaître à l'intérieur des boutiques.

Oliver entraîna April au pas de course.

En les voyant passer, les gens, dès qu'ils se rendaient compte que l'homme qui surgissait devant eux tenait une arme, s'empressaient de se confondre avec les murs. On tombait rarement sur ce genre d'accessoire dans les rues d'Invicta Cross. Oliver s'arrêta soudain, ne sachant où aller.

— Par où, Billy ?

— Ce devrait être là-bas, à gauche.

— Je n'en peux plus, souffla April.

Mais il ne s'était pas trompé. La vieille maquette de la ville était là, dans sa vitrine de plexiglas rayée : Invicta

Cross, construite sur le site de Prentice Field. Une petite étiquette signalait même l'ancien village de Jack Prentice, au milieu des arbres d'éponge et de balsa. Eh bien, dans quelques minutes, la ville retrouverait ses dimensions de jadis. Les champs réapparaîtraient.

— Pas besoin d'y aller tous les deux. Attends-moi ici.

Lâchant la main d'April, il courut vers la maquette, s'agenouilla. Il explora le socle en aggloméré peint puis se leva, revint vers elle. Ses baskets mouillées crissaient sur les dalles de plastique.

— La tour, dit-il, montrant du doigt la coupole de verre bleuté de l'atrium. Il y a une porte d'accès derrière l'escalier roulant.

Ils traversèrent en courant le cœur du centre commercial, interminable succession de figuiers en pot tous identiques, longèrent la fontaine d'acier qui déversait son eau plus brillante que du saphir dans un univers de tables de bistrot en fer forgé, de théières individuelles bon marché, d'ersatz de lait, de pyramides de chocolats enroulés dans du papier bleu, de parfumerie suffocante, d'enseignes lumineuses pour shampooing décapant et body anti-flirt. Un univers rempli de retraités effarés, de ménagères paralysées, d'adolescents désespérés et de boutiques vides. Utopie & Compagnie : les limites de l'espoir, la fin du rêve.

Derrière le pied de l'escalier roulant principal, ils trouvèrent l'une des portes coupe-feu du centre, interdite au public. Oliver actionna la barre d'ouverture, passa ses mains sur le mur de la cage d'escalier. Il trouva ce qu'il cherchait : une longue hache d'incendie à la lame d'un rouge brillant. Il la détacha, la mit sur son épaule, fit signe à April de s'engager la première dans le sombre escalier. On avait peint les murs en blanc, installé des rampes métalliques de sécurité, rouges elles aussi. Les pigeons roucoulants avaient disparu. Mais les dimensions de l'ancien château d'eau étaient les mêmes que dix ans plus tôt. Se retrouver là faisait affluer les bons vieux souvenirs.

— Billy, j'ai besoin de souffler.

— Encore un petit moment, chérie. Ensuite, ce repos, nous ne l'aurons pas volé.

Il savait que l'étau des policiers, des journalistes et des cameramen se resserrait autour d'eux. Il pria pour disposer encore d'un peu de temps, pour pouvoir terminer ce qu'il lui restait à accomplir.

48

Réunion

« Il m'apparut au milieu du brasier. Le désir de vengeance me torturait. Mais je n'en avais pas les moyens. L'imaginatif, c'était Billy ; pas moi. Je n'étais que ce garçon bizarre à qui personne ne parlait, sans doute à cause du métier de mon père. Pourtant, c'est à lui que je dois la découverte de ces flammes vivifiantes. Quand il appuyait sur le bouton, un sifflement terrifiant retentissait, suivi par ces jets de feu éclatant en dards de lumière. Là, comme issu d'une combustion spontanée, surgissait le père de tous les démons. Durant les quelques minutes précédant le glissement du cercueil sur les rouleaux silencieux, il émergeait du feu purificateur et me parlait. Eblis embrassait tous les pécheurs. Son étreinte les transformait en flocons de poussière, en échardes d'os. Il m'a enseigné non seulement le courage, mais la puissance. »

Le Cahier rouge

Le téléphone de la Rover n'était pas une ligne sûre. Croydon avait intercepté l'appel et relevé l'information. Les véhicules de police commencèrent à affluer sur le parking principal du centre commercial d'Invicta Cross, suivis de près par les camionnettes de la télévision.

Gavin Diller avait réussi à s'arracher à son émission. Saisi par la panique contagieuse qu'accentuait le cirque des médias, il traversa d'un pas lourd l'aire de stationnement en direction du centre. Le souffle court, il approcha de l'entrée. Mitchell, accompagné d'un autre homme, lui fit signe.

Le journaliste l'attrapa par le bras et l'entraîna à l'intérieur.

— Magne-toi ! La police aura bouclé l'endroit dans quelques minutes.

— C'était l'idée, non ?

— L'idée, c'est de pénétrer dans la place avant eux.

— Pourquoi ? Tu sais où ce mec est allé ?

Gary se tourna vers son compagnon, puis adressa un large sourire au fils du sergent.

— Moi, je le sais, dit Billy.

Une nouvelle fois, de toutes ses forces, Oliver cogna la porte avec le marteau de la hache. La serrure faillit céder, le vacarme résonna dans toute la cage de l'escalier. Impossible de faire autrement.

— C'est ici que j'ai installé le transmetteur il y a un peu plus d'un an, grogna-t-il en cognant de plus belle. J'espère que personne ne l'a trouvé et qu'il fonctionne toujours. Ce n'est qu'un tout petit truc, pas très puissant. Mais efficace.

La porte céda avec un craquement assourdissant. Des bribes du passé se pressèrent à l'esprit tourmenté d'April lorsqu'elle se retrouva dans la pièce de brique voûtée, contemplant la ville par-dessus le parapet. Un moment, elle eut à nouveau quatorze ans. Des larmes brûlantes jaillirent de ses yeux.

— Oh, Billy...

— Ne craque pas maintenant, mon amour. C'est presque terminé. Je dois rendre le passé au présent.

Il courut jusqu'au mur et se baissa sous la corniche de brique, là où la jeune April s'asseyait jadis avec sa boîte de crayons de couleur.

— Il est toujours là, lança-t-il. Je me suis arrangé, au cas où quelqu'un tomberait dessus, pour qu'il ressemble à une boîte ordinaire de connexion des Télécom.

Il sortit de la poche de son pantalon une petite clé, ouvrit le panneau vertical de métal, appuya sur deux interrupteurs de plastique.

— Ce ne sera plus long. Une minute et demie, maximum.

— Avant quoi, Billy ? Qu'est-ce qui va arriver ?

Il la prit par la main, l'entraîna jusqu'au parapet de brique, désigna du doigt un point de l'atrium à travers le dôme.

— Sous la maquette, expliqua-t-il de sa voix la plus douce, à l'intérieur de son socle de bois, j'ai fourré du trinitrotoluène. Pas aussi puissant que la nitroglycérine. Mais c'est tout ce que j'ai pu me procurer.

Il ne lui avoua pas qu'il avait donné trois cents livres à un agent de la sécurité pour pouvoir s'introduire de nuit dans le bâtiment. Il s'était fait passer pour un électricien susceptible de se faire virer par son chef pour avoir, une semaine plus tôt, mal recâblé l'installation électrique. S'il pouvait travailler dessus pendant une heure, lui avait-il assuré, personne ne s'apercevrait de son erreur et il garderait son boulot.

Moins payé qu'un réceptionniste dans un hôtel balnéaire hors saison, le vigile avait, avec un grognement, accepté les billets tout en le regardant farfouiller à l'intérieur du socle de la maquette, avec son matériel électrique et ses boîtes à outils. Il était resté impassible, indifférent au travail de l'électricien. Oliver avait agi ainsi avec tous les gens dont il s'était servi pour mener à bien le plan. Pas un seul n'imagina se rendre complice d'un crime. Chacun pensait avoir simplement agi par omission, fermé les yeux au bon moment. Ainsi allait le monde désormais, ainsi s'appliquait le consensus négatif.

Il revint à la boîte du transmetteur, s'agenouillant une fois encore.

— Le TNT manque d'oxygène. Quand il explose, une partie de son carbone s'oxyde en monoxyde de carbone, produisant une épaisse fumée noire. En 14-18, on appelait les obus chargés au TNT des « boîtes à charbon », ou des Jack Johnsons, du nom d'un célèbre boxeur noir.

Toujours penché sur la boîte, il sourit d'un air fatigué. Sa mission touchait vraiment à sa fin.

April recommençait à avoir peur. Elle avait froid, se sentait épuisée. Que faisaient-ils là-haut ? Qu'allait-il leur arriver ?

— Je pensais qu'on allait être ensemble pour toujours ! Le mal qu'ils nous ont fait, nous le leur avons rendu. Et après ?

— Je n'ai jamais prétendu que cela modifierait quoi que ce soit. Rien ne change jamais rien. Mais, dans quelques secondes, tu te sentiras heureuse : nous aurons enfin empêché ces salauds de nuire à d'autres gens, dit-il en regardant sa montre.

Beaucoup plus violente que prévu, l'explosion qui malmena leurs tympans creusa une large brèche ovale au milieu du toit de l'atrium et projeta, dans l'air chargé de pluie, des éclats de verre volant comme des joyaux reflétant un arc-en-ciel. La tour trembla violemment. Oliver crut un instant qu'elle allait s'écrouler.

Les sirènes d'alarme hurlaient dans tout le parking. Les gens couraient et criaient, des débris de toutes sortes retombaient partout. Une autre explosion de métal et de verre arracha de la muraille de la tour l'enseigne géante au néon rouge « Safeway ».

Ravi, il se pencha par-dessus le parapet, contempla le chaos. Il se retourna, serra April contre lui.

— Tu es gelée. Et ta coiffure... Ça ne te ressemble en rien. Toi toujours si parfaite...

Encore des cris au-dessous d'eux, des gens courant, des portes de voitures claquées et une série de petites explosions, comme des chapelets de pétards. Essayant de remettre en place une boucle mouillée de ses cheveux, il la sentit grelotter. Il posa sa main sur sa joue.

— C'est presque fini, April. Bientôt, tu auras chaud. Voilà enfin le jour que j'attends depuis si longtemps.

Il la tenait toujours dans ses bras lorsque la porte s'ouvrit à nouveau avec fracas, laissant passer trois hommes.

Gary Mitchell détailla le couple enlacé puis s'avança, sur ses gardes. Enfin, il se présenta.

— Je suis journaliste, affirma-t-il non sans fierté. Je ne suis pas ici pour vous juger. Les flics ne tarderont pas, même si votre bombe va probablement les égarer un moment. Voici Mr. Diller.

— Nous nous sommes déjà rencontrés, dit April, reculant jusqu'au parapet comme un chat acculé. Tu vas bien, Gavin ?

Le chômeur grassouillet se troubla.

— Je ne vous connais pas, miss.

April jubilait. Elle toisa le rejeton du sergent.

— Ah, les hommes... Si vous voulez qu'ils se souviennent de vous, pas de sexe, surtout pas de sexe.

Une expression d'affolement apparut sur le visage de Gavin.

— Vous n'êtes pas... April ?

L'individu dissimulé entre lui et Gary Mitchell sortit de l'ombre. Beaucoup plus frêle que les deux autres, les cheveux lisses et fins, le teint bilieux, il avait des cernes sombres sous les yeux. Il paraissait désorienté, malade, comme quelqu'un qui vient de vivre pour la première fois l'expérience des montagnes russes. Faisant un geste dans sa direction, le reporter l'amena à sa hauteur en le tirant par la manche de son chandail.

— Et ce monsieur est...

S'avançant, la gorge nouée, April lui tendit la main.

— Bonjour, April.

L'homme souffreteux qui se tenait devant elle avait la voix faible, comme asthmatique. Le vent aurait pu l'emporter tel un fétu de paille à travers la campagne.

— Bonjour, Billy, répondit-elle, sans savoir si elle devait rire ou pleurer.

49

Châtiment et pardon

« Lorsque la première explosion déchirera la ville, Eblis réapparaîtra pour me guider. À chaque détonation, il renforcera ma décision d'amener les choses à bonne fin. Il veillera avec bienveillance sur la conflagration et, témoin de ma confrontation finale, le dieu de la fournaise m'approuvera en silence. »

Dernière notation dans Le Cahier rouge

— Je crois que ceci t'appartient. Je l'ai récupéré dans les affaires que tu avais jetées. Je l'ai tenu à jour.

Billy March comprit tout de suite. Oliver Price, souriant, s'excusant presque, sortit de sa ceinture le vieux cahier rouge et le lui tendit. Les deux hommes offraient un contraste saisissant. Grand, bronzé, musclé, l'ancien ami de Billy incarnait l'image idéale de la santé, alors que lui, maigre, fatigué, les épaules tombantes, ressemblait à un cancéreux. Au-dessous d'eux, c'était toujours le chaos, la fumée. En haut du château d'eau, personne ne bougeait.

— Oliver. Tu es... Oliver.

April porta la main à sa bouche.

— Je suis sincèrement désolé, April.

Elle avait, ces derniers mois, cru en un homme qu'en fin de compte elle connaissait à peine. Pis : elle l'avait aimé. Cela la blessait profondément.

— Je l'ai fait pour toi, Billy, murmura Oliver.

Ce fut son seul commentaire. Leur rencontre ne paraissait même pas le surprendre.

— Tu l'aimais, dit April. Tu dois l'avoir aimé pour avoir agi ainsi.

— Bien sûr que oui, répondit Oliver en contemplant la silhouette maladive de Billy. Le jour où je m'en suis rendu compte a été terrible pour moi. Tu étais mon autre moitié. J'ai dû me faire violence pour cesser d'être ton ami. Tu as toujours cru que mon père soutenait ceux qui conspiraient contre toi, que c'est lui qui nous empêchait de nous voir. J'ai préféré te laisser penser ça, Billy. Mais cet effort m'a presque tué. Mes sentiments m'horrifiaient. J'avais peur que tu ne les découvres, peur que tu n'en viennes à me détester. Ton départ m'a terrassé. Mais je ne t'ai pas quitté un seul instant. J'ai sauvé ta maquette des mains des éboueurs. Je l'ai restaurée, j'ai organisé une campagne pour qu'on l'installe ici, dans le centre commercial. Je voulais te guérir.

— Ce n'est pas ainsi qu'on guérit les gens, dit Billy, retrouvant sa voix.

— À la mort de ton père, tu t'es effondré. Je le sais. J'étais là. Je passais parfois la journée à Londres, comme autrefois, du temps où nous faisions l'école buissonière. J'ai vu où tu habitais. Je t'ai suivi à ton travail. Je voulais m'excuser de n'être pas là pour toi, mais je n'y arrivais pas. L'ironie, c'est que la fin de notre amitié ne m'a pas rendu meilleur que les autres résidents d'Invicta Cross, ceux qui t'avaient obligé à partir. Je voulais t'aider, me venger à ta place. Je suis venu te rendre visite dans cette horrible clinique. Je ne t'ai pas laissé me voir, je t'ai juste regardé par la fenêtre. As-tu idée de ce que j'ai ressenti ? J'ai décidé de devenir toi, de m'occuper de ce que tu ne pouvais mettre en œuvre toi-même.

« Après ton départ d'Invicta Cross, j'ai assisté mon père lors de nombreuses incinérations. Quand je me tenais là, à côté du crématoire, dans mon costume noir élimé, une seule pensée m'obsédait : accomplir ta vengeance. Toi, tu ne pouvais rien. Moi, je pouvais tout. Tu m'as dit un jour que tu n'exercerais jamais de représailles, que ce n'était pas dans ta nature. Tu t'en souviens ? La seule personne ayant jamais compté pour moi croupissait dans un asile de fous à cause des habitants de cette ville. Tu n'avais rien. Pas de famille. Pas d'argent. Pas même la santé.

Oliver pleurait. Ses larmes se confondaient avec les gouttes de pluie noircies par la fumée. Mitchell faillit intervenir. La crosse du pistolet qui dépassait de la ceinture d'Oliver l'en dissuada.

— Tout a vraiment pris forme lors de mon séjour dans l'armée. Je me morfondais en Irlande du Nord. Mais j'ai fini par en savoir plus que n'importe qui sur les explosifs. Même si je n'ai tué personne, j'ai appris comment on fait. Je me suis documenté sur d'autres sujets : armement, pièges, poisons. J'avais toujours été bon en chimie et en physique. J'ai organisé mon retour ici comme une campagne militaire. J'ai déclaré la guerre au quartier. Reconnu les lieux. Défini chacune de mes cibles. Et j'ai demandé au dieu de mon enfance de m'assister.

Le bruit étouffé d'une nouvelle détonation se fit entendre derrière eux.

— Les autres bombes explosent, maintenant. Le sergent Morris vient de retrouver son créateur. J'espère qu'il était assis à son bureau, le même vieux bureau qu'il occupait depuis des années ; j'ai caché l'engin au fond de son tiroir.

Gavin Diller émit un vague grognement, mais ne bougea pas. Quelque chose s'embrasait au-dessous d'eux.

— S'introduire sans donner l'éveil dans les maisons particulières et des bâtiments théoriquement protégés :

c'est ce qu'on apprend à l'armée si on traîne avec des individus qu'on devrait éviter. Et il y en avait plein.

« Tu vois, j'avais tout planifié dans les moindres détails. C'est alors que je me suis rendu compte que toute cette stratégie avait un défaut fondamental. Il fallait que je m'installe dans le secteur, de préférence à Balmoral Close. Je devais agir de l'intérieur sans éveiller la méfiance des voisins. Je voulais être là, assister à leur agonie, les voir payer pour ce qu'ils t'avaient fait, pour ce qu'ils nous avaient fait. Un célibataire, à Invicta Cross, ne serait pas passé inaperçu. Tout le monde l'aurait remarqué. Mais un couple, un couple parfait...

— Menteur ! Gigolo !

April fondit en larmes. Entre les immeubles, dans le lointain, une autre explosion résonna.

— Je ne voulais pas te faire de mal, April. Pour rien au monde je ne ferais une telle chose. J'ai été très heureux avec toi. À ma manière, je t'aime vraiment.

Oliver se tourna de nouveau vers Billy.

— À l'armée, j'ai fait beaucoup de culture physique. Je suis devenu un véritable athlète. À la mort de mon père, j'ai hérité de son affaire. Je savais que j'étais beau gosse et j'avais un peu d'argent. Et puis je t'ai vu dans cet endroit dégueulasse où ils t'ont mis à ta sortie de clinique.

— Le foyer d'Arlington Road.

— Je me sentais perdu. Je voulais t'aider : pas simplement t'acheter un costume ou te payer un repas. Mais comment résoudre tous les problèmes qui se posaient ?

Oliver essuya son nez coulant du revers de sa main, regarda April.

— Et un jour, par hasard, je suis tombé sur elle. Dès lors, tout s'est mis en place. Elle ne m'a pas reconnu. Pourquoi se serait-elle souvenue de moi ? Elle ne m'avait vu que deux ou trois fois et toujours en ta présence, Billy... Tous les deux, nous ne nous intéressions qu'à toi. Alors, je lui ai dit que j'étais toi. C'était parfait.

Marié, j'avais une couverture. Mais April ne s'en était pas beaucoup mieux tirée que toi. Depuis la mort de sa mère, elle avait erré d'hôpitaux en cliniques. Je devais quand même prendre le risque. On s'aimait bien, alors on s'est mariés. C'était la seule façon de réussir : acheter une jolie maison, de belles voiture et tout le toutim, donner à April une certaine sécurité, l'empêcher de faire la folle. Le sexe ne l'intéressait pas beaucoup ; je veux dire le sexe orthodoxe...

— À cause de lui, dit April en désignant Gavin Diller. À cause de ce qu'il m'a fait.

— Je n'avais pas encore réfléchi au moyen d'arriver jusqu'à toi, Gavin, dit Oliver sortant son pistolet dont il libéra le cran de sûreté. Tu es le dernier sur la liste. On dirait que le destin s'est chargé de te livrer à nous.

— Pas le destin. Mon connard de paternel, grommela Gavin en jetant un coup d'œil aux autres. Alors, qu'est-ce qu'on fout, maintenant ? Tu as mis toute la ville à feu et à sang. T'es content ?

— Ce n'est pas à moi de le dire, répondit Oliver. Billy, tu as retrouvé la sérénité ?

Billy March n'en croyait pas ses oreilles. Son ami d'enfance avait massacré Dieu sait combien de personnes et il avait le culot de lui demander si cela lui faisait plaisir ! Il se força à garder son calme. Oliver était dangereux. Quant à April, elle avait l'air de ne pas avoir toute sa tête. Ayant jaugé la situation, il prit la parole.

— Je ne suis pas comme toi, déclara-t-il doucement. Qu'est-ce que tout ça a entraîné sinon des souffrances supplémentaires ? Le passé est mort. J'ai pardonné.

— Comment as-tu pu ! cria Oliver. Regarde ce qu'ils nous ont fait. Nous étions trois alors, pas deux. Mais vous, vous faisiez la paire. Moi, je tenais la chandelle. Et j'observais. Nul autre que moi n'était assez viril pour agir. Je ne vivais qu'en fonction de ce jour.

Un filet de salive coulait sur son menton. Il jeta avec mépris, en sanglotant :

— Pour ça !

Avant que Billy ait pu l'en empêcher, Oliver saisit Gavin par les épaules et le projeta contre le parapet. Diller se débattit en beuglant. Sans succès. Il était le plus lourd. Mais Oliver était plus fort que lui.

— Alors, tu as pardonné, n'est-ce pas ? cria-t-il.

Poussant Diller un peu plus au-dessus du parapet, il se tourna vers April.

— Toi aussi, tu as pardonné le passé ? Lui as-tu pardonné d'avoir détruit ta vie ?

— Ma vie n'est pas détruite, fit April, primesautière, indifférente à la pluie qui ruisselait sur ses cheveux et inondait son visage. Je suis très heureuse. J'ai une jolie maison, deux enfants adorables, des jumeaux de quatre ans, Tim et Tom...

— Tu n'as pas d'enfants, April.

Elle parut troublée.

— Non ?

— Tu es même à moitié fêlée à cause de gens comme lui.

Il laissa Diller descendre un peu plus bas, puis le releva en le tirant par le col de sa veste de nylon bleue. Gavin hurla.

— Tu lui as vraiment pardonné ?

— Je ne sais pas... Arrête de me demander ça.

— AS-TU PARDONNÉ À CET HOMME ?

— Non, répliqua-t-elle d'une voix ferme, après un instant de silence. Comment pourrais-je lui pardonner ? Il m'a violée. C'est lui qui a envoyé toutes ces lettres chez toi, Billy. Les appels anonymes, c'était lui. Demande-lui de quoi il s'agissait. Parle-lui de tous les messages qu'il m'a montrés et qui disaient : « *Éloignez votre fils de cette traînée.* » Non, poursuivit-elle amèrement, je n'arriverais à lui pardonner que si je parvenais à oublier. Et cela ne sera jamais possible.

Oliver desserra son emprise. Gavin Diller bascula. Tête la première, il passa à travers le toit de l'atrium et plongea dans les eaux couleur d'azur de la fontaine.

50

Justice sommaire

Ils redescendirent, trouvèrent le centre commercial rempli d'une épaisse fumée noire. Les secours commençaient à affluer, mais l'effondrement de la verrière gênait les opérations de sauvetage. La jolie femme en maillot de bain dont la silhouette vantant une marque de laque s'étalait sur un grand panneau lumineux s'écrasa soudain sur le sol dans une gerbe d'étincelles.

Au pied des escaliers Gary Mitchell se sépara des autres.

— Je ne suis qu'un journaliste, cria-t-il, tentant de couvrir les clameurs. Vous n'avez plus besoin de moi. Je vais raconter ton histoire, fiston. Je veillerai à ce que tout le monde soit au courant. Tu vas devenir célèbre.

Le propos ne manquait pas de générosité, mais son auteur était manifestement mal informé sur le profil du lectorat de l'*Advertiser*.

Oliver, qui le tenait sous la menace de la hache d'incendie, le laissa enfin disparaître dans l'horrible pagaille.

— Nous voilà à nouveau tous les trois ensemble, dit-il en poussant Billy et April vers l'une des rampes de métal qui permettaient de quitter la zone dévastée. Par ici. La sortie ouest.

Ils coururent à travers les fumées âcres, dans le vacarme des sirènes, les cris, les éclats de lumière rouge, croisant des hommes et des femmes en uniforme qui se pressaient en sens inverse. Autour d'eux, des bûchers de matière plastique jetaient des flammes sifflantes, comme autant de feux sacrificiels à la gloire des dieux de la consommation.

Une fois parvenus à l'extrémité du parking, ils traversèrent la haie qui bordait la zone des livraisons et piquèrent par les labours. À travers la pluie, ils distinguaient les deux lueurs orange des incendies de Balmoral Close et de Gaveston Crescent. La boue des champs leur collait aux pieds. Avec peine, ils poursuivirent leur chemin, fuyant la banlieue en feu.

— J'ai perdu une chaussure, pleurnicha April. Mes belles mules orientales en vinylite.

Elle se tut et s'affaissa brusquement, comme endormie par une sorcière. Billy la retint à temps. Elle ne pesait rien. Délicatement, Oliver écarta de ses yeux ses cheveux mouillés. De faux cils s'étaient posés sur une de ses clavicules, telle une grosse chenille.

— Elle est belle. Les gens meurtris par la vie le sont souvent. Tu devrais l'épouser.

— Elle est déjà mariée, rétorqua Billy.

— Plus pour longtemps.

Oliver posa la hache, déboutonna sa veste.

— Je t'ai dit qu'il y aurait encore trois explosions. Je n'en ai compté que deux. Pas toi ?

Autour de sa taille, il avait fixé six bâtons de gélinite jaune vif ligaturés avec du papier collant, sur lesquels reposait un nombre égal de grenades, leurs détonateurs reliés par une courte chaîne à la goupille de mise à feu principale.

— Maintenant, je ferais mieux de partir, dit-il. C'était chouette d'avoir été toi un moment. Je t'ai redonné une stature, mon pote. On t'a aimé, on t'a admiré.

Il désigna April évanouie dans les bras de Billy.

— Dis-lui au revoir de ma part. Demande-lui d'essayer de me pardonner.

— Écoute, ne fais pas ça. Il doit bien y avoir une autre solution.

Oliver leva les yeux vers le ciel tourmenté. Il cligna des paupières à cause de la pluie, leva les bras.

— Mais il plaisante ou quoi ?

Il posa sa main sur l'épaule de Billy.

— Tout n'est pas fini pour vous. Si on découvre la vérité, ce qui m'étonnerait, elle s'en tirera avec les circonstances atténuantes. Quant à toi, tu n'as rien fait de mal. Moi, je mérite la mort. Je suis un messager de malheur, un instrument de destruction. Et même si je ne l'étais pas, je ne voudrais pas rester sur terre. Je t'ai toujours aimé et toi, tu ne m'as jamais aimé. Il n'existe pas de plus grande douleur en ce monde. Rien ne peut guérir une telle blessure. L'amour est plus cruel que la mort. J'ai été heureux de te venger. Francis Bacon avait raison, Billy : cette justice sommaire fut pour moi, même si elle ne m'appartenait pas vraiment, la plus douce des consolations. Si tu veux en savoir davantage sur ce que j'ai ressenti, jette un coup d'œil sur le cahier rouge. Oh, peut-être aimerais-tu garder ceci en souvenir...

Il extirpa de sa poche la pince à billets du docteur McMann.

— Tu avais peut-être raison. Peut-être, après tout, n'y a-t-il jamais eu de conspiration. Tous nos ennemis viennent de l'intérieur. Voilà, *adios, amigo*.

Billy suivit des yeux la silhouette d'Oliver qui se détachait sur un mur de flammes tandis qu'il s'en retournait vers la ville à travers champs, la hache d'incendie jetée sur ses larges épaules.

April, trempée jusqu'aux os, commença à bouger dans ses bras.

— J'ai fait un rêve merveilleux, Billy, dit-elle en essuyant les gouttes de pluie dans ses yeux.

Elle n'éprouvait aucune difficulté à l'appeler par son nom. Cela semblait la chose la plus naturelle, comme s'il avait toujours été là.

— C'était l'été. Nous pique-niquions dans le champ qui se trouve au bout de Gaveston Crescent. Ma mère était là. Il y avait aussi tes parents, Oliver et son père. Nous parlions tous ensemble. Tout le monde riait. Nous étions un peu pompettes.

— Ce n'était qu'un rêve, dit Billy.

— C'est bien ce que je pensais. C'était trop beau pour être vrai.

— Rendors-toi, April, murmura-t-il. Rêve encore un peu.

Il se tourna de nouveau vers l'endroit où la silhouette d'Oliver venait de disparaître, ne vit que l'embrasement apocalyptique d'Invicta Cross. Peu après, l'atmosphère se figea d'un seul coup. Suivit le fracas d'une forte explosion. Des mottes de terre volèrent dans tous les sens. Billy sut que la dévastation issue de leur passé commun touchait à son terme.

Invicta Cross brûlait.

Des panaches de fumée s'élevèrent des maisons. Le vernis des étagères fondit. Les collections reliées en similicuir du Reader's Digest furent réduites en cendres. Les statuettes rose pâle de chevaux piaffant se craquelèrent, tombèrent en morceaux. Les magnétoscopes se gondolèrent. Les lecteurs de CD se ramollirent, comme les montres de Dalí. Cent mille photos se consumèrent : les portraits des êtres chers craquèrent, enflèrent à l'intérieur de leurs cadres. Ordinateurs, télécopieurs et modems furent engloutis dans une mélasse gluante, déconnectés à tout jamais. Les ampoules sautaient comme des bouchons de champagne. Une fumée fuligineuse engloutit les vedettes de rock et les champions de football. Les boîtes de conserve gonflèrent, les grains de café grillèrent, l'eau se mit à bouillir dans les tuyaux, les paquets de céréales s'enflammèrent. Lave-vaisselle, sèche-linge, micro-ondes, tout se changea en magma.

Les armoires à liqueurs garnies avec tant de soin se volatilisèrent. Les dalles de plafond tombèrent comme des crêpes. Les canapés, eux, ne s'embrasèrent pas avant d'avoir épuisé leur capacité de résistance au feu. Mais des millions de chefs-d'œuvre du gadget domestique disparurent en moins de deux. Agrippés à leurs coussins, leurs ours en peluche, leurs grille-pain, à tout sauf à leur prochain, les gens hurlaient dans leurs jardins, ne pensant qu'à sauver leurs collections de disques.

Invicta Cross mourut.

Billy, portant April encore endormie, traversa les flaques d'eau où s'était déversée la fureur du ciel, pour se diriger vers les lumières apaisantes de la grande ville.

Épilogue

Brûlée au bras et à la jambe gauches, Emma Metcalf gisait sur le côté dans une salle fraîche et aseptisée du service des urgences de l'hôpital de Croydon, attendant d'être examinée par un médecin. On avait nettoyé ses plaies avant de lui donner un bandage provisoire qu'elle avait dû, en fin de compte, s'appliquer elle-même. Les infirmières allaient et venaient, transportant les blessés d'un point à un autre. On avait même réquisitionné les portiers pour maintenir l'ordre dans les files d'attente.

Emma se trouvait dans le couloir du poste de police d'Invicta Cross au moment où la bombe posée sous le bureau du sergent Diller avait soufflé le plafond. Boum. Malgré les cloques sur sa chair à vif, elle souffrait peu. Autour d'elle, des exclamations affolées fusaient de toutes parts. Les voix effarées retentissant dans les couloirs lui parvenaient assourdies, dans une sorte de rêve, comme si elle ne devait plus jamais rien ressentir : ni douleur ni peine.

En face d'elle, assise depuis une demi-heure sur un banc, près de sa compagne, Sherry Bovis tenait toujours sur les genoux la tête d'une femme inconsciente, sous sédatifs, et pour qui on n'avait pas trouvé de lit. Sherry avait une coupure à la tête qui, saignant jusqu'à son œil, nécessitait des points de suture de toute urgence. Même si elles se connaissaient depuis des années, Emma et elle n'avaient fait que se croiser, se parlant à peine. Mais à présent qu'on en savait plus sur les événements d'Invicta Cross, Sherry mourait d'envie d'en discuter avec quelqu'un.

— Bonjour, ça va ?

Emma resta silencieuse, serrant son bras brûlé.

— Pourquoi ne pas devenir amies ? reprit Sherry. Nous vivons toutes les deux une épreuve pénible.

Emma sembla ne pas avoir entendu. Elle regardait fixement le mur au-dessus de la tête de Sherry.

— On en a parlé toute la journée à la radio. Terrible. Vraiment... terrible.

Sherry rectifia la position de la tête de la femme blessée. Toujours pas de réponse en face.

Emma releva enfin les yeux, loucha dans sa direction.

— Et vous croyez que c'est une raison pour devenir amies ?

— Je pense...Je ne sais pas... Peut-être devrions-nous en parler.

— Vous voulez dire qu'il y a une leçon à tirer de tout cela ? Que c'est à cause de nous qu'un cinglé s'est fourré dans le crâne l'idée de faire sauter la ville ? Vous pensez que nous devrions faire cause commune face à cette tragédie pour reconstruire notre vie, comme dans les feuilletons américains ?

Sherry battit en retraite.

— Eh bien, pas exactement... Mais un peu, oui...

— Vous voulez nous aider ? Alors, je vais vous dire comment, rétorqua Emma, le visage déformé par la colère. Vous feriez mieux d'aller faire vos saletés ailleurs, vous et votre brouteuse.

Quelques semaines plus tard, Sherry Bovis partit pour Londres. Il ne fallut pas beaucoup de temps à Invicta Cross pour ressusciter, aussi propre, aussi belle qu'autrefois. Afin d'éviter toute connotation fâcheuse qui aurait découragé de nouveaux acheteurs, on la rebaptisa New Invicta. Tout le monde s'extasia sur l'excellence de la restauration. On aurait juré que rien de mal, en cet endroit, ne s'était jamais produit.

Remerciements

Je voudrais exprimer toute ma gratitude, et plus encore, à Richard Woolf et Jim Sturgeon, à ma famille, à Serafina Clarke, Nann du Sautoy, Andrew Wille, Nick Ross et Peter Cotton, Mark Hutchinson, Jennifer Luithlen, Pippa Dyson, ainsi qu'à tous ceux qui ont été mêlés, pendant toute une année, à ce cocktail de bons et mauvais moments ; sans oublier Maggie, Poppy et Amber, Richard Parker, Pam Griffiths, Sally et Gary Chapman, Martin Butterworth, Graham Humphries, Mike et Sarah, Jo Green, Rebekah Wood, Bal et Stephanie Croce, Di Carter, Guillermo Del Toro, Rob Newman, Steve Gallagher, Peter James, Kim Newman, Graham Joyce, Gordon Arnell, Amanda Scofield, Martin Campbell, Pierce et l'équipe de 007, et enfin à ces cinglés du cinéma que sont les membres du *Creative Partnership*. Nick et Steve, s.v.p., faites le film !

Dans la même collection

-- / --

Claude Amoz	Le caveau	5741
	Dans la tourbe	5854
Laurent Botti	Pleine brume	5579
Serge Brussolo	Le livre du grand secret	5704
Philippe Carrese	Graine de courge	5494
Thomas H. Cook	Les instruments de la nuit	5553
Philippe Cousin	Le pape est dans une pièce noire, et il hurle	5764
Stella Duffy	Les effeuilleuses	5797
James Elliott	Une femme en danger	4904
Linda Fairstein	L'épreuve finale	5785
Christopher Fowler	Psychoville	5902
Nicci French	Jeux de dupes	5578
	Mémoire piégée	5833
Lisa Gardner	Jusqu'à ce que la mort nous sépare	5742
Andrea H. Japp	La voyageuse	5705
Yasmina Khadra	Le dingue au bistouri	5985
Guillaume Lebeau	L'agonie des sphères	5957
Éric Legastelois	Putain de cargo !	5675
David L. Lindsey	Mercy	3123
Jean-Pierre Maurel	Malaver s'en mêle	5875
Estelle Monbrun	Meurtre chez tante Léonie	5484
	Meurtre à Petite Plaisance	5812
T. Jefferson Parker	L'été de la peur	3712
	Pacific Tempo	3261
Whitley Strieber	Billy	3820
Dominique Sylvain	Travestis	5692
Maud Tabachnik	Un été pourri	5483
	La mort quelque part	5691
	L'Étoile du Temple	5874
Carlene Thompson	Tu es si jolie ce soir	5552
	Noir comme le souvenir	3404
Fred Vargas	Debout les morts	5482
	Un peu plus loin sur la droite	5690
	Ceux qui vont mourir te saluent	5811

* / *

5902

Composition PCA - 44400 Rezé
Achevé d'imprimer en Europe (France)
par Maury-Eurolivres – 45300 Manchecourt
le 11 mai 2001.
Dépôt légal mai 2001. ISBN 2-290-31218-5
1er dépôt légal dans la collection : octobre 1998

Éditions J'ai lu
84, rue de Grenelle, 75007 Paris
Diffusion France et étranger : Flammarion